Der Geigenschneckenschnitzer

MARY WEISSENSTEIN

Der Geigenschneckenschnitzer

Historischer Roman

Bibliografische Information der Deutschen Nationalbibliothek:
Die Deutsche Nationalbibliothek verzeichnet diese Publikation
in der Deutschen Nationalbibliografie; detaillierte bibliografische
Daten sind im Internet über http://dnb.dnb.de abrufbar.

Coverbild: Mary Weißenstein: Schneckensonnenbad 1999, Öl auf Holz.
Textkorrektur: Judith Kreiner, Wien
Satz, Umschlaggestaltung, Herstellung und Verlag:
BoD - Books on Demand

ISBN: 978-3-7460-6957-9

Inhalt

Die Personen

Ludwig und Ignaz von Paar	Vater und Sohn, Reichspostmeister
Elise von Paar	Tochter des Ludwig von Paar
Doctor Adam von Lebenwaldt	Pestarzt und Poet auf Schloss Stibichhofen
Gräfin Diana Sekely	Manufakturbesitzerin ohne Stammbaum
Graf Ladislaus von Wasenau	unehel. Sohn eines polnischen Königs, heimatlos
Wolfgang Prämer	Baumeister und Hofquartiermeister
Ottavio Burnacini	Baumeister und Bühnenbildner aus Mantua
Johann Bernhard Fischer	Baumeister, Steinmetz und Medailleur aus Graz
Franziska Wössner	Tochter des Franz Hieß, Rahmenmacherin
Hermann von Annaberg	Notar
Herr Lorenzo	viel früher Karel Lorenzy, Sohn des Totengräbers des Krowotndörfls,
Ruschka Hetzer	viel früher Kammermagd des Burnacini
Rosa Hetzer	unehel. Tochter des Burnacini im Krowotndörfl
Köchin Teresa	viel früher Köchin des Burnacini
Tschontschon	Lumpensammler und Schnitzer im Krowotndörfl
Doctor Paul de Sorbait	Pestarzt, Musiker, Rektor der Universität Wien

Wilhelm von Schröder	Ökonom aus Jena in Diensten Leopolds I.
John Miller	Vorarbeiter der englischen Wollweber am Kunst- und Werkhaus
Franz Hieß	Steinmetzmeister, verh. mit einer älteren Witwe
Johann Harsleben	Dombaumeister, verh. mit einer älteren Witwe
Gertrud Knox	Geliebte des Franz Hieß
Eugen Curtius	Vorsteher des Bürgerspitals
Jean Bellemont	Perückenmacher, Hausbesitzer
Ferdinand Schuller	privater Schulmeister
„Schwester Pförtnerin"	Pförtnerin im Konvent der Ursulinen

Wien, Sommer 1693

Einen Augenblick waren sie wie blind, als sie aus dem Dunkel der Stephanskirche in die gleißende Abendsonne traten, obwohl ihre Schleier das scharfe Licht dämpften. Als Catharina schützend die Hand an ihre Stirn hielt, spürte sie plötzlich grobes Tuch über ihren Kopf geworfen und einen Arm, der sie der Menge entgegendrängte, hin zu einer Kutsche, die mit einem Ruck anfuhr, bevor sie beide noch richtig saßen. Gabriela stieß einen kleinen Schrei aus, und Catharina legte ihr rasch die Hand über den Mund.

»Schschsch!«

Eine Verhaftung war das nicht. Eine Verhaftung wäre nicht so heimlich vor sich gegangen. Die Soldaten der Stadtguardia hätten ihren Auftrag mit lautem Getöse ausgeführt. Ketzer zu verhaften war immer noch ein Vergnügen für die Wächter und Rumorknechte.

»Schschsch!«, zischelte Catharina noch einmal und drückte die zitternde Hand neben sich.

Catharina von Greiffenberg hatte nicht viel zu fürchten, außer der neuerlichen Verbannung und der Konfiszierung ihrer Kutsche. Aber Gabriela war nicht adelig, auch wenn Catharina sie als ihre Nichte ausgegeben hatte. Gabriela hatte viel zu fürchten. Eine Protestantin, eine Prädikantin aus Nürnberg, die sich in Wien einschlich, um die armen Seelen der Wienerinnen für den lutherischen Teufel zu verführen. So sah man es hier. So würde die Anklage lauten. Ihre Mission war gescheitert. War wieder gescheitert.

Das grobe Tuch über ihren Köpfen, dieser Geruch … dieser Geruch … dieser Duft. Dieser Duft in ihrer Erinnerung. Unwillkürlich presste sie das Tuch an ihr Gesicht.

*

Wenn die Hütte wenigstens ein kleines Fenster hätte oder breitere Ritzen zwischen den Brettern. Vier Nächte Angst. Der Gestank von Kloake und Pferdedämpfen, von Perückenparfüm und Körperschweiß. Diese Tage im Halbdunkel, mit geschärften Sinnen, ob nicht das gefürchtete Geräusch sich dem Verschlag des Perückenmachers nähert. Die Stiefel der Stadtguardia oder die groben Tritte der Rumorwächter, dazwischen wahrscheinlich die Trippelschritte des Perückenmachers.

Den vierten Tag harrten sie jetzt schon in dieser Bretterhütte aus. Herumliegende und an Schnüren aufgehängte Pferde- und Ziegenhaare, ein paar irdene Töpfe mit weißem, schwarzem und braunem Pulver. Satzfetzen, die an ihre Ohren drangen, wenn draußen jemand vorbeieilte zur Verrichtung seiner Notdurft ganz in der Nähe, vielleicht ein Hinterhof, in dem die Hütte stand. Das Lager eines jener Perückenmacher, wie sie sich seit einiger Zeit in den Städten niederließen. Gegenüber offenbar die Werkstätte. Denn durch die dünnen Holzwände drang manchmal das gedämpfte Geschnatter der Perückenmachermädchen und Bandlbinderinnen, wenn der Meister ihnen erlaubte, das Fenster zu öffnen, ein paar Minuten lang. Bis dann seine grobe Stimme rief: »Fenster zu!«

»... hat zwei Weiber geküsst, eine Junge und die Alte auch. Und in der Sekunde, wie die Messe angefangen hat, sind sie hinaus aus der Stephanskirche, und es hat nach Schwefel gestunken. Alle haben es gerochen. Ihn haben sie gefasst, und jetzt sitzt er im Arrest und stinkt so nach Schwefel, dass die Wächter sich abwechseln müssen.«

»Unsinn! Wer sagt so was? Die Weiber haben nach Schwefel gestunken, nicht der Baumeister.«

»Welcher Baumeister?«

»Na, ein Baumeister halt. Der sich in der Kirche an Frauen heranmacht. Kennst du einen?«

Gelächter antwortete.

»Und die Weiber sind verschwunden?«

»Sind verschwunden.«

»Wegen zwei Weibern kommt man nicht gleich in den Arrest.«

Wieder Gelächter.

»Waren protestantische Weiber.«

»Gibt's nicht. Wie schauen die aus?«

»Gibt's doch. Schleichen in Wien herum. Riechen nach Hühnermist. Nicht nach Schwefel.«

»Die können lesen, die Protestanten.«

»Wer's glaubt.«

»Blödsinn! Riechen nach Hühnermist und können lesen? Woher hast du das?«

»Vom Schuller. Vom Schulmeister.«

»Gans, blöde. Vielleicht beim Schulmeister lesen gelernt? Dann würde er längst schon baumeln. Was tust du beim Schulmeister?«

»Still, still!«

»Fenster zu!«

Das Lachen der Mädchen wurde durch das heftige Zuschlagen des Fensters abgebrochen.

Catharina von Greiffenberg legte den Arm um die Schultern der Jüngeren, die auf dem Strohsack kauerte und ihr Schluchzen unterdrückte. »Nur heute noch, Gabriela, halt aus.«

»Aber können wir nicht wieder bei der Gräfin …«

»Still, Gabriela. Still! Nenn den Namen nie mehr! Sie hat schon genug für uns riskiert. Soll sie auch verbannt werden? Wegen uns?«

»Aber warum nach Süden? Warum in die Steiermark? Noch weiter weg von … zu Hause.«

Catharina wusste, dass sie eigentlich einen Namen hatte sagen wollen.

»Weil wir dort einen Freund haben.«

»Einen Freund im Glauben?«

»Einen Freund im Herzen. Einen Freund in der Vernunft.«

»Aber in Nürnberg erzählt man doch, in der Steiermark sind alle wieder zum Papst zurückgekehrt, alle wieder Katholiken. Wo ist dort ein Freund?«

»Mehr als in Wien. Man erzählt viel. Du darfst nicht alles glauben.«

»Wer ist es, Catharina? Ein Graf? Ein Burgherr?« Es gab immer noch Adelige, die lieber in ihrem herrschaftlichen Hausarrest blieben, als ihrem lutherischen Glauben abzuschwören.

»Ein Schlossherr. Ein Poeta laureatus.«

»Was? Ein kaiserlich gekrönter Dichter? Dann kann er aber kein Freund in unserem Glauben sein.«

»Er ist unser Freund. Und der Freund des Abtes von Admont. Und der Freund vieler kranker Menschen.«

»Aber Catharina! Du willst zum Freund eines Abtes flüchten? Woher kennst du ihn?«

»Von früher. Als der Paul de Sorbait noch lebte.«

»Der Pestarzt? Der Leibarzt der Kaiserin?«

»Eben der. Sie waren Freunde, der Paul de Sorbait und … der Poeta laureatus. Und noch andere.«

»Und jetzt …«

»Jetzt ist er unsere Zuflucht.«

»Und du kennst den Weg zu diesem Schloss in der Steiermark?«

»Der Kutscher wird ihn kennen.«

Gabriela schwieg einige Minuten und schaute sinnend zu einer Ritze im Holz, durch die ein schmaler Sonnenstrahl drang.

»Und wann werden wir wieder …«

»Geduld. Wenn wir sicher sind.«

Gabriele fragte nicht weiter. Sie würde keine Antwort bekommen. Sie hatte sich auf diese Mission eingelassen, aus Liebe zu Gott, dessen Namen die Katholischen missbrauchten. Dessen Namen sie missbrauchten für Geld. Ihre Familie, alle ihre Verwandten dankten Luther, dass er ihnen den rechten Weg gewiesen hatte. Aber nur sie hatte beschlossen, ihr Leben zu riskieren und dieser wunderbaren Frau, dieser Poetin, nach Wien zu folgen. Diese wunderbare Frau hatte sich einen Plan zurechtgelegt, wie sie den Kaiser und das ganze Reich vor dem Irrglauben des Papstes retten konnte. Und sie durfte dabei sein. Ihre Familie würde einmal stolz auf sie sein – wenn ihre Mission beendet war. Wenn sie den Kaiser bekehrt hatten. Der Tag würde kommen.

»Catharina, wer hat uns in dieses Versteck gebracht? Unsere Kutsche war doch nicht so weit entfernt! Ein paar Gassen nur! Wir wären schon fast zu Hause!«

»Wir hätten sie nicht mehr erreicht. Man hat uns beobachtet.«

»Es ist alles so schnell gegangen vor der Kirche, als wenn jemand auf uns gewartet hätte. Hast du jemand bestellt?«

»Nein Gabriela, mein Plan war anders. Ganz anders. Ich habe niemand bestellt.«

»Und wenn diese Botschaft von gestern eine List war? Man hat uns ja auch in der Kirche überlistet.«

»Das nicht gerade, Gabriela. Du bist in Ohnmacht gefallen in den katholischen Weihrauchschwaden. Das hat unseren Plan zunichtegemacht.«

»Ob das ein Wink Gottes …«

»Das darfst du nicht einmal denken! Gott hat uns einen Retter geschickt. Das ist sein Wink.«

»Aber die Botschaft. Der Brief. Das ist jetzt vielleicht eine List. *Flut und Flammen gehen zusammen. Lebe wohl morgen nachts.* Flut und Flammen gehen zusammen – das sind deine Worte, Catharina, das ist dein Gedicht. Aber hier klingt es nicht wie eine Botschaft. Es klingt wie eine Drohung.«

»Keine Drohung. Keine List. Halte aus, Gabriela. Kommt Zeit, kommt Rat.«

»Kommt Rat, kommt Tat«, antwortete Gabriela.

»So ist es. ›Lebe wohl‹ schreibt nur einer.«

*

Kein vernünftiger Kavalier lief am frühen Morgen zu Fuß durch die dreckigen Gassen von Wien, wo jetzt noch der Pferdemist und die Küchenabfälle lagen und dazwischen andere Verdauungsreste, weil der Karren des Müllkutschers nicht vor zwölf Uhr kam, damit er dann auch gleich die Jauchenfässer tauschen konnte. Der Pferdemist gehörte bis neun Uhr den Burschen der kaiserlichen Hofgärtnerei. Da durfte nichts durcheinanderkommen. Jetzt um acht Uhr – der Hofquartiermeister Wolfgang Prämer war gerade mit dem Anlegen seiner Hofkleidung beschäftigt gewesen, als er die Nachricht vom Tod des Schulmeisters Schuller erhielt – musste man kreuz und quer über den Unrat springen, wollte man nicht seine Schuhe und womöglich auch gleich die Beinkleider bis zum Knie verdrecken.

Als er einer großen Entladung kaiserlicher Rossäpfel ausweichen musste, denn er konnte nicht mehr so weit springen, hörte er eine Stimme hinter sich rufen:

»Herr Hofquartiermeister! Bitte submissest fragen zu dürfen, ob ein Zimmer …«

»Keine Zeit, mach er eine Eingabe!«, rief Prämer zurück.

Er hasste es, die Leute abzuweisen, deshalb lief er auch selten zu Fuß. Die einen redeten ihn an, ob er nicht doch eine freie Wohnung wüsste, ein Zimmer, ein kleines Zimmer, denn man liefere ja die besten Leinenbänder an den Hof, da sei man ja eigentlich fast Mitglied des Hofes und hätte ja Anspruch auf ein Zimmer, die anderen drehten sich weg, weil der Hofquartiermeister oder seine Adjutanten ihnen ein Zimmer für die Hofleute abgezwungen hatten, und nun erhielten sie nur die halbe Miete. Es hatte kein Jahr gedauert nach der Pest, dass sich die Häuser wieder auffüllten, mit richtigen und mit falschen Erben und mit Fremden aus dem ganzen Reich, die die Gunst der Stunde nutzten, um in die Kaiserstadt zu ziehen. Die Notare und Advokaten hatten gute Geschäfte gemacht.

Der Hofquartiermeister ging eigentlich nicht, sondern eilte, lief, hetzte, den schwarzen Hofrock noch offen, die Manschetten nur halb aus den Ärmelstulpen herausgezupft, die Perücke nicht ganz mittig, was ihm ein verwegenes Aussehen verlieh.

Als er einen Soldaten der Stadtguardia, einen Roten – so wurden sie wegen ihrer roten Pluderhosen genannt – erblickte, winkte er ihn heran.

»Konfiszierung!«, rief er ihm im Laufen zu.

»Gefährlich?«, rief der Rote zurück.

Prämer wollte schon antworten: ›Das nicht‹, aber dann hätte der Rote sich vielleicht wieder entfernt, weil ein Soldat der Stadtguardia ja nicht den Befehlen eines Hofquartiermeisters unterstand, deshalb rief er: »Kann schon sein!«

Der Rote sprang über eine Jauchenlacke an seine Seite und trabte neben ihm her.

»Bitte submissest fragen zu dürfen …« Die Stimme war immer noch hinter ihnen. Der Rote scheuchte sie mit seinem Gewehr davon. Wenn der Hofquartiermeister sich nur eine Minute geduldet hätte, wäre auch seine Sänfte schon bereit gewesen, der Hintermann hätte sich nur noch seinen Dreispitz mit der roten Feder aufsetzen müssen, denn ohne die volle Adjustierung konnte man unmöglich eine Hofsänfte tragen. Nur eine Minute Geduld, dann müsste seine Sänfte jetzt nicht hinter ihm herlaufen und der Rufer hätte keine Gelegenheit gehabt, den Hofquartiermeister submissest zu belästigen.

An der Dreifaltigkeitssäule am Graben, an der nicht mehr viel fehlte, bis sie noch einmal, endgültig, geweiht werden konnte, blieb er dennoch wie immer einen Augenblick stehen und bekreuzigte sich. Jeder, der hier vorbeikam, bekreuzigte sich, denn mit dieser Stein gewordenen Bitte würde man die Pest ein für alle Mal besiegen. Hier unten lag sie, die teuflische Pest, das Pestweib, schrecklich anzuschauen, hingestreckt vom Glauben. Daneben hämmerte gerade ein Geselle am Harnisch des Kaisers herum, bevor man die herrliche Figur wieder hinaufhob, wo sie hingehörte. Alles hatte hier seinen Platz. Die Heiligen, die Engel, die Wolken. Zehn Gesellen und Lehrlinge hoben, schoben und kratzten, von den Meistern war zu dieser Morgenstunde noch nichts zu sehen.

Keine Zeit jetzt, hier herumzustehen. Der Schulmeister Schuller sei ermordet worden, erstochen, hatte man ihm gemeldet, obwohl er ja eigentlich weder für Ermordete, noch für Schulmeister zuständig war. Draußen, vor den Mauern – und das ging ihn dann noch weniger was an. Und gerade heute, wo er doch diesem plötzlich aus Triest aufgetauchten Grafen von Wasenau im Wort war, dass er ihm eine Wohnung suchen werde.

Mord, nein, das war nicht seine Sache. Er hatte darauf zu achten, dass die Leute vom Hof ihre Unterkunft hatten und die Hausbesitzer ihrer Hofquartierspflicht nachkamen. Das war seine Sache. Die Sache war aber auch die: Er war damals ins Gerede gekommen, er hätte nichts dagegen unternommen, dass ein verdächtiger Schulmeister ein Offenes Zimmer in der Griechengasse bewohnte, wo man ein- und ausgehen konnte, ohne dass eine Wirtin das beobachtete, mit einer Türe direkt in die Durchfahrt und mit einem Fenster zur Griechengasse hin, und das ohne Familie. Ein Offenes Zimmer, ohne Zimmerwirtin, die große Ohren hatte, war fast so viel wert wie eine Wohnung. Er hatte einige Neider am Hof, denen es verdächtig vorkam, dass man vom Kammerdiener des Kaisers zum Baumeister und gar zum Hofquartiermeister aufstieg. Das Zimmer in der Griechengasse durfte ihm nicht entgehen, es gab zwei

Dutzend Anwärter, und von höherer Stelle hatte man ihm bedeutet, er hätte es schon längst irgendwie für die Hofbediensteten in Beschlag nehmen sollen, gesetzlich, indem er einfach nicht so säumig war wie schon öfters, wenn er erst am nächsten Tag oder gar am übernächsten seine Adjutanten vor die Türe schickte, hinter der schon der nächste Mieter seinen Tisch und sein Bett aufgestellt und dem Hausbesitzer einen Gulden bar in die Hand gezahlt hatte.

Als der Hofquartiermeister in der Griechengasse ankam, vor dem Haus, an dem ein Perückenmacher-Zunftschild hing, zwei lockenverzierte Löwen, die eine Tatze auf eine gespreizte Schere legten und mit der anderen eine Krone mit fünf Zacken darüber hielten, denn vor kurzer Zeit war den Perückenmachern die Zunfterlaubnis erteilt worden, war er schon außer Atem. Es hatte sich schon eine Gruppe Schaulustiger angesammelt, obwohl es eigentlich nichts zu sehen gab, denn der Tote lag im Armenspital draußen und wartete darauf, ob er innerhalb oder außerhalb der Mauern begraben werden würde. Immerhin war er vor den Mauern gestorben, und es gab keine Familie, die auf ihn Anspruch erheben konnte. Und auf den Friedhöfen innerhalb der Mauern wurde der Platz immer knapper.

Aus dem Portal von der anderen Seite der Durchfahrt trat gerade der Hausbesitzer Jean Bellemont heraus, ein dürres Männlein mit rüschenbesetzten Beinkleidern und einer doppelten roten Masche um den Hals, wie man es jetzt in England trug – denn England war der neue Freund des Kaisers –, einen Schlüssel in der vorgestreckten rechten Hand. Mit der linken schob er eine Frau zur Seite, die ihm im Weg stand, und steckte schon den Schlüssel ins Schloss des Offenen Zimmers, und gerade, als er ihn herumdrehen wollte, hörte man:

»Einen Moment, Herr Bellemont, nicht so eilig! Das ist doch das Offene Zimmer des Herrn Schulmeisters Schuller, oder?«

Der Hausbesitzer und Perückenmacher Bellemont zog den

Schlüssel verblüfft wieder aus dem Schloss. Er erkannte den fein angezogenen Herrn mit der schiefen Perücke und den verdreckten Schuhen auf den ersten Blick. Jeder Hausbesitzer in Wien kannte ihn.

»Ja, und?«, fragte er und trat einen Schritt zurück.

»Und er wollte ja gerade melden, dass das Zimmer frei geworden ist, oder?«

Bellemont schätze es nicht, von der Obrigkeit als ›er‹ angesprochen zu werden. Immerhin war er Hausbesitzer, und das war ihn teuer zu stehen gekommen vor ein paar Jahren. Aber anders hätte er den Meisterbrief nicht bekommen vom neuen Vorsteher der neuen Zunft, die der Kaiser endlich bestätigt hatte, damit man die Franzosen vor der Türe hielt. Aber der Hof kümmerte sich nicht darum und holte sich weiterhin Franzosen, und die einheimischen Perückenkünstler schauten durch die Finger. Wenn er nicht die Mädchen hinten im Hof hätte, er hätte glatt verhungern müssen. Ungern dachte er daran, wie er sich einmal vom Doctor de Sorbait hatte übertölpeln lassen mit einem undankbaren Luder. Sie hieß Rosa und hatte angeblich, bevor sie zu ihm kam, bunte Federvögel gemacht und sogar auf ein Papier gezeichnet, aber dann hatte sie bei der Perücke der Gräfin Ipphof, die immer besonders heikel war, jedes Löckchen doppelt gedreht und ein paar Federn auf eine Seite platziert, wie es ihr gerade eingefallen war, und die Gräfin hatte die Perücke nicht genommen und ihm angedroht, sie werde allen ihren Freundinnen, und das seien nicht wenige, erzählen, dass seine Perücken die dümmsten in ganz Wien wären. Es hatte ihm auch nichts mehr geholfen, dass er die Rosa aus dem Haus hinausgeohrfeigt hatte.

So undankbare Weibsbilder wie die Rosa gab es immer wieder, und er hatte meistens ein Gefühl dafür, welche Schwierigkeiten machen würden. Die Rosa hätte er eigentlich nicht genommen. Er nahm nur Mädchen vom Land, die nicht gleich nach Hause laufen konnten, wenn ihnen etwas nicht passte. Aber die Sache war damals so gelaufen: Als er eine neue Perücke für die Gattin des Doctor de Sorbait ablieferte – seine Frau Janette war immer dabei und wartete in gehörigem Abstand – und die Sache etwas länger dauerte, weil auch die Kammermagd der Madame de Sorbait anwesend war und ständig um ihre Meinung gefragt wurde, ob nicht die hängenden Locken vielleicht zu keck wären, was schon befremdlich war, wer fragt denn seine Kammermagd um ihre Meinung, trat auf einmal der Hausherr, der Doctor de Sorbait persönlich, in den Raum und schaute den Beratungen einige Minuten zu. Als man sich geeinigt hatte, an welchen Stellen der Aufbau locker und wo er eher streng anzulegen wäre, und Bellemont sich gerade mit mehreren Verbeugungen verabschieden wollte, fragte der Hausherr, ob der Herr Bellemont seinen Künstlerinnen – tatsächlich, so nannte er seine Hinterzimmermädchen – einen Lohn zahle.

»Schon«, hatte Bellemont geantwortet, und ganz gelogen war das ja nicht. Was ging den Sorbait sein Geschäft an? Er fragte ja auch nicht, ob er seiner Kammermagd, die immer noch frech an der Perücke ihrer Herrin herumzupfte, einen Lohn zahle.

»Wo kommen denn Ihre Künstlerinnen her?«, hatte Sorbait ihn weiter gefragt.

»Nicht aus der Stadt«, hatte Bellemont zögernd geantwortet und die Perücke, über deren finales Aussehen man sich geeinigt hatte, an seine Frau zurückgereicht.

»Warum nicht aus der Stadt? Woher dann?«

»Aus der Stadt nehme ich keine. Nur vom Land. Die aus der Stadt sind zu verwöhnt.«

»Und wie suchen Sie die Mädchen aus? Die müssen doch auch sehr geschickt sein, nicht wahr?«

»Sehr Geschickte muss man mit der Lupe suchen. Ich lerne sie natürlich an, aber Sie werden nicht leicht erleben, dass eine besonders wird. Das können die Frauen eben nicht so. Die sind mehr geeignet fürs Sticken, das schon. Da muss man Geduld haben, aber für Perücken braucht man Fantasie, künstlerisches Genie.« Bellemont fühlte wieder Ärger aufsteigen, dass er sich derart ausfragen lassen musste, er fragte Sorbait ja auch nicht, wie dieser sein Hauspersonal fand. Wenn er überhaupt gewissenhaft suchte, denn so eine freche, herumzupfende Kammermagd, die sich einmischte, hätte er, Bellemont, nicht geduldet.

»Und die Mädchen wohnen bei Ihnen und haben es gut?«

»Sie wohnen natürlich bei mir und meiner Gattin, und es geht ihnen besser als Prinzessinnen, wenn man das bisschen Arbeit abrechnet.«

»Ich kenne nämlich ein begabtes Mädchen aus dem Krowotndörfl«, hatte dieser Sorbait dann so zögernd gesagt, als ob er nicht sicher wäre, ob seine Werkstatt das Richtige dafür wäre, »sie ist sehr geschickt und malt sogar Menschen und Vögel auf Papier. Für sie wäre der Beruf einer Perückenmacherin vielleicht sehr passend.«

»Eine Frau kann aber doch keine Perückenmacherin werden, Herr de Sorbait. Und bald gibt es vielleicht auch keine Gehilfinnen mehr, nur mehr Lehrlinge. Und das wäre, unter uns gesagt, auch kein Nachteil für diese wunderbare Kunst. Aber schicken Sie das Mädchen einmal zu mir.« Keinesfalls wollte er sich durch eine voreilige Ablehnung eine Kundschaft wie den Doctor de Sorbait vergrämen, der schließlich bei Hof verkehrte. Er durfte dort sogar die Haupttreppen benutzen, und das bedeutete, man gab dort etwas auf seine Rede.

So war das gewesen damals. So war diese freche Dirne in sein Haus gekommen. Gott sei Dank war er sie jetzt los. Wenn eine gehen will, soll man sie nicht daran hindern.

Es hatte nicht viel genützt, dass er sich schon lange nicht mehr Johann Schönberger nannte, sondern Jean Bellemont. Und es war ihm auch nicht gelungen, die Hofquartierspflicht, die auf dem Haus lag, amtlich löschen zu lassen. Und dieser widerliche Schulmeister in seinem schönen Zimmer. Wie hätte er ahnen können, was für einen Mieter er sich da eingehandelt hatte? Wie hätte er das ahnen können?

»Und er wollte das Zimmer ja gerade melden, nicht wahr?« Die Stimme des Prämer rief ihn wieder aus seinen Gedanken. Er schwieg. So weit war man noch nicht, dass man sich mit ›er‹ anreden lassen musste, mitten auf der Straße, vor allen Gaffern, von einem Quartiermeister. Er steckte den Schlüssel zurück in die bestickte Bauchtasche, die er mit geflochtenen Frauenhaaren umgebunden hatte.

Der Hofquartiermeister dachte an seine Mission, die nicht darin lag, Hausbesitzer gegen sich aufzubringen. Deshalb sagte er jetzt: »Und Sie wollten ja das Zimmer unserem Kaiser als Hofquartier anbieten, nicht wahr, Herr Bellemont?«

»Nun, eigentlich wollte isch zuerst …«, begann Bellemont. Er sagte öfters ›isch‹ anstatt ich, zumindest wenn er mit Kunden redete, weil er dachte, dass das französisch klinge.

»Das dachte ich mir, dass Sie als treuer Untertan zuerst an unseren Kaiser und seine treuen Hofbediensteten gedacht haben. Sie haben ja auch noch ein Hinterzimmer, wo früher junge Helferinnen … Aber jetzt haben Sie ja keine heimlichen Helferinnen mehr, nicht wahr, Herr Bellemont?«

Die Frau, die der Hausbesitzer zur Seite geschoben hatte, gab ein paar murrende Laute von sich, aber mittlerweile war die Sänfte des Hofquartiermeisters angekommen und postierte sich so, dass die murrende Frau zurücktreten musste.

»Das ist doch etwas anderes«, antwortete Bellemont schnell, »das hier …«

»Das hier ist ein Zimmer, auf das die treuen Bediensteten unseres Allerchristlichsten Kaisers Leopold Anspruch haben. Nicht wahr, Herr Hausbesitzer?«

Bellemont wurde es siedend heiß und seine Wangen färbten sich rot, röter als das Rouge, das er jeden Morgen auftrug. Was redete dieser Höfling von seinen geheimen Helferinnen? Die alles freiwillig machten. Alles. Was wusste er noch? Vielleicht auch von den anderen, die man ihm aufzwang, aufpresste? Vielleicht wartete er nur auf eine Gelegenheit, ihm das ganze Haus zu konfiszieren?

Bevor er zustimmen konnte, drängte sich plötzlich ein zweiter Soldat der Stadtguardia durch die Gaffer, hinter ihm ein älterer Mann mit einer runden, schachtelförmigen Kappe auf dem Kopf, der Grieche namens Theodat, der hinter der Schlagbrücke ein Kaffeehaus betrieb.

»Der Herr Kaffeesieder Theodat …«, begann der Stadtwächter und zeigte auf den Mann hinter sich.

»Warte er«, sagte Prämer, denn er wollte seine Amtshandlung zu Ende bringen. Und er konnte sich hier, auf der Straße, auch nicht einfach von einem Kaffeesieder und von einem Stadtwächter anreden lassen, als hätten sie sich verabredet. Der Stadtwächter und der Kaffeesieder blieben erwartungsvoll stehen. Immerhin waren sie zum Warten aufgefordert worden, nicht zum Gehen.

Bellemont kämpfte seinen Schrecken nieder. Fort mit dem Offenen Zimmer. Kein Aufsehen. Ruhe bewahren. Er legte einen trotzigen Ton in seine Stimme: »Aber die Sachen des Schulmeisters muss ich haben, er hat schon länger nicht gezahlt, und der Tisch gehört mir. Der war nur geliehen.«

»Sie bekommen den Tisch, und um die Miete hätten Sie sich kümmern müssen, Herr Hausbesitzer. Die Sachen gehören dem Kaiser, denn der Schulmeister hat keine Erben.«

»Aber vielleicht sind auch andere Sachen von mir«, versuchte es Bellemont noch einmal.

»Dann benennen Sie die Sachen, die Ihnen gehören, Herr Bellemont. Jetzt gleich.« Er hatte schon öfters erlebt, dass die Hausbesitzer sich allerhand Dinge aus dem Hausrat aussuchen wollten.

»Genau weiß isch das nicht mehr, aber isch glaube, eine Schüssel und eine Schere und ein Messer und …«

»Dann kann es nicht so kostbar sein, wenn Sie es nur glauben. Darf ich um den Schlüssel bitten, Herr Hausbesitzer Bellemont?«

Bellemont wollte sich mit dem Hofquartiermeister nicht anlegen, obwohl er der Meinung war, er habe seiner Quartierspflicht schon längst Genüge getan. Er fischte den Schlüssel wieder aus seiner Bauchtasche und überreichte ihn dem Soldaten der Stadtguardia. So musste er ihn nicht persönlich dem Hofquartiermeister aushändigen, und das bereitete ihm eine kleine Genugtuung. Der Soldat der Stadtguardia reichte den Schlüssel weiter. Prämer hatte schon gefürchtet, hier würde sich wieder ein Advokat einschalten, und war froh, dass die Sache so glimpflich abgelaufen war, ohne lautstarken Protest, was er oft erlebte.

»Damit ist der Hausbesitzer Bellemont seiner Hofquartierspflicht vor Zeugen nachgekommen«, sagte er, »das Zimmer wird umgehend seiner Bestimmung zugeführt werden.« Das war eine wichtige Regel zugunsten der Hausbesitzer, denn der Hof durfte die Quartiere nicht auf Vorrat horten. Das hatte sich der Magistrat ausverhandelt. Der Soldat nützte die günstige Gelegenheit, um den Kaffeesieder Theodat nach vorn zu schieben. Dieser sagte rasch: »Es ist wegen dem Grafen aus Triest.«

»Was? Was hat er mit dem Grafen von Wasenau zu tun?« fragte Prämer abweisend, während er den Schlüssel energisch entgegennahm.

»Nun, er hat ja heute bei mir übernachtet, und jetzt wollte ich wissen, ob der Graf von Wasenau jetzt …«

»Er hat bei ihm übernachtet? Der Graf Wasenau? In seinem Kaffeehaus?« Er hatte sich wohl verhört. Er wusste, dass diese Kaffeehäuser beim Adel keinen guten Ruf hatten, jemand am Hof hatte sie ›freigeistig‹ genannt, und das war fast ein Schimpfwort. Aber in der Affäre um den Baumeister Fischer hatten sie eine rettende Rolle gespielt, das musste jeder zugeben. Trotzdem konnte er sich nicht vorstellen, dass ein polnischer Königssohn, nicht einmal ein illegitimer, bei einem Kaffeesieder übernachten würde.

»Der Graf wollte nicht mehr gehen, gestern. Weil ihn das lange Stehen in der Kirche doch ermüdet hat. Und der Herr Lorenzo, der Diener des Grafen Harrach, hat mich gefragt, ob es ein gutes Bett gibt bei uns für den Grafen, denn heute würde er vom Herrn Hofquartiermeister eine Wohnung bekommen.«

Heute! Wo sollte er heute eine standesgemäße Wohnung hernehmen? Der Wasenau war ja erst vor zwei Tagen aus Triest gekommen! Überraschend! Natürlich würde er eine Wohnung finden. Er hatte sich gerade ausdenken wollen, welchen unwichtigen Herren, der in einer schönen Hofquartierwohnung logierte, er umsiedeln könne für den Grafen von Wasenau, da kam ihm dieser Schuller dazwischen. Und nun musste er rasch handeln und konnte nicht sorgfältig disponieren, wie er das lieber tat. Immerhin hatte der Graf von Wasenau ihn und noch andere vor einem unverzeihlichen Irrtum bewahrt, dass man einen Unschuldigen verurteilt und wahrscheinlich aus dem Kaiserreich verbannt hätte, weil er in Verdacht geraten war, ein Protestant zu sein. Und immerhin hatte er den Grafen Harrach blamiert mitsamt seinem italienischen Architekten, das war auch was wert.

Er hatte sich allerdings keine Gedanken darüber gemacht, wo der Wasenau die nächsten Tage nächtigen würde. Ein Graf musste doch ohne Probleme einen Gastgeber finden und nicht auf ein Nachtlager bei einem Kaffeesieder angewiesen sein. Plötzlich kam ihm eine Idee, wie er die schwierige Selektion der Anwärter auf ein Offenes Zimmer ein paar Tage verschieben konnte. Das Zimmer musste ja umgehend belegt werden, und niemand konnte leugnen, dass ein plötzlich zugereister polnischer Graf, der wahrscheinlich sogar am Hof empfangen wurde, denn man nahm es jetzt nicht mehr so genau, und immerhin war der Graf vom polnischen König als natürlicher Sohn anerkannt worden, hatte man am Hof erzählt, dass also der Zugereiste Anspruch auf ein Hofquartier hatte.

»Die Wohnung für den Grafen Wasenau wird noch gerichtet«, sagte er zögerlich, aber sein Plan war schon gefasst. »Wo weilt der Graf nun?«

»Er ist … er weilt bei mir im Kaffeehaus mit dem Herrn Lorenzo vom Grafen Harrach und wartet auf die Kutsche, die ihn zu seiner Wohnung bringt.«

Dem Diener Lorenzo des Grafen Harrach war im Laufe der Jahre irgendwann die Bezeichnung Herr angehängt worden, nur inoffiziell natürlich, nur eine Art schlechte Gewohnheit, die sich eingeschlichen hatte, vielleicht, weil er vom Grafen Harrach dahin und dorthin geschickt wurde mit Aufträgen, die er dann in steifer Würde ausführte. Denn natürlich hätte man sonst die vollkommene Konfusion, wenn man die Diener, Zofen und Mägde Herr und Frau nennen würde. Der Diener Lorenzo des Grafen Harrach war gestern, nach der Festmesse zum Geburtstag des Kronprinzen, mit dem Grafen aus Triest in der Stephanskirche zusammengestanden, was eigentümlich war, denn was hatte ein polnischer Graf mit einem Diener aus Wien zu reden? Und es hieß sogar, dieser Lorenzo wäre einmal Totengräber gewesen oder etwas Ähnliches. Der Graf hätte nach der Messe in einer Kutsche der Adeligen sicher leicht Platz gefunden, aber er hatte abgelehnt und sich stattdessen mit dem Diener Lorenzo in einer Sänfte – in der gleichen Sänfte! – zum Kaffeesieder Theodat tragen lassen.

»Aber die Wohnung für den Grafen von Wasenau ist noch nicht bereit. In ein paar Tagen. In zwei Tagen«, sagte Prämer ungeduldig. In zwei Tagen hätte er natürlich noch keine schöne

Wohnung für den Wasenau gefunden, aber so genau würde der Wasenau das wohl nicht nehmen. Zumindest sah er nicht so aus, als würde er energisch auf dem voreiligen Versprechen bestehen.

»Es hat sich aber ganz zufällig ergeben, dass ich dem Grafen von Wasenau bis dahin ein Offenes Zimmer anbieten kann, wenn der Graf es nicht doch vorzieht, ein paar Tage die Gastfreundschaft einer der Wiener Familien in Anspruch zu nehmen. Der Herr von Paar zum Beispiel wäre sicher höchst geehrt. Auch die Fürstin Kaunitz führt ein großzügiges Haus.« Prämer ahnte allerdings, dass die Großzügigkeit der Fürstin Kaunitz nicht so weit gehen würde, einem unehelichen Sohn eines verstorbenen polnischen Königs, der aus dem Nichts aufgetaucht war und den Grafen Harrach blamiert hatte, was dieser und andere ihm nie verzeihen würden, Quartier anzubieten. Aber es gehörte sich, auf die Gastfreundschaft der Wiener Adeligen hinzuweisen.

In diesem Moment drängte sich wieder jemand durch die Gaffer, ein großer, hagerer, dunkel gekleideter Mann in schmalen Beinkleidern ohne Bänder und Rüschen, nicht mehr jung, ein schmaler Kopf mit kurzen, schwarzen Haaren bis zu den Ohren, dunkle Augen, eine Hakennase, ohne Dreispitz, ohne Hut, als hätte er nur einen kurzen, eiligen Weg zu erledigen.

»Herr Hofquartiermeister«, sagte der Mann namens Lorenzo mit einer kleinen Verbeugung und mit der leisen Stimme, die man von ihm gewohnt war, wenn er überhaupt redete, »ist es erlaubt zu fragen, wohin der Graf von Wasenau geführt werden soll? Ist es hier?« Dabei blickte er mit einer raschen Drehung seines Kopfes zur Türe der Wohnung, die der Schuller gerade für immer verlassen hatte.

»Das hier war das Zimmer des Schulmeisters. Das ist eigentlich keine Wohnung für einen Grafen. Ich könnte den Postmeister von Paar fragen, der hat so gut wie sicher ...«

»Aber der Graf von Wasenau möchte niemand zur Last fallen und würde es bevorzugen, ein- und ausgehen zu können, wie es ihm beliebt. Darf ich dem Grafen von Wasenau melden, dass Herr Hofquartiermeister ihm das Zimmer des verstorbenen Schulmeisters Schuller anbieten? Bis eine Wohnung gerichtet ist? Ist es nicht ein Offenes Zimmer?«

»Ja«, antwortete Prämer, überrascht, dass der Diener des Grafen Harrach offenbar schon die Agenden des Wasenau übernommen hatte. »Aber ich habe es noch nicht in Augenschein genommen. Der Verstorbene ist ein armer Mann gewesen. Man muss es erst reinigen und neu ausstatten, aber das kann man noch heute veranlassen.«

»Ich habe den Er… den Verstorbenen gekannt, den Schulmeister Schuller. Ich bin sicher, der Graf von Wasenau würde das Zimmer gern selbst in Augenschein nehmen, wenn der Herr Hofquartiermeister gestatten.« Das war natürlich nur eine Floskel, denn der Hofquartiermeister konnte dem Grafen schwerlich die Besichtigung des Zimmers verwehren. Lorenzo war voll von Floskeln, die er in den langen Jahren seiner Dienerschaft gelernt und geübt hatte. Prämer erwartete sich nichts von der Einrichtung des Schuller, außer dem Tisch, der dem Hausbesitzer gehörte. Er konnte sich die Inspektion ersparen, sich in seiner Sänfte zurücktragen und seine verschmutzte Kleidung in Ordnung bringen lassen.

Der Kaffeesieder Theodat und der Wachsoldat standen immer noch in einigen Schritten Entfernung, und Bellemont ließ sich kein Wort entgehen und wusste nicht, ob er erfreut oder verärgert sein sollte, dass nun offenbar ein Graf sein schönes Offenes Zimmer beziehen sollte. Vielleicht konnte er in diesem Fall eine höhere Miete fordern.

»Nun, wenn der Graf Wasenau das Zimmer tatsächlich gleich übernehmen will, spricht nichts dagegen«, sagte Prämer, überreichte Lorenzo den Schlüssel und würdigte Bellemont keines

Blickes mehr. Um alles Weitere würde sich sein Hofquartieramt kümmern.

Als er endlich in seiner Sänfte saß und seine ruinierten Schuhe inspizierte und die Träger im Laufschritt die Richtung zur Hofburg einschlugen, wo er sich seine Dienstwohnung zugewiesen hatte, wunderte er sich, dass dieser Lorenzo offenbar vom Tod des Schulmeisters und vom Zimmer in der Griechengasse wusste. Das konnte er nicht im Kaffeehaus erfahren haben, wo der Wasenau genächtigt hatte. Denn ein Diener des Grafen Harrach stand seinem Herrn auch in der Nacht zur Verfügung, jederzeit, und konnte infolgedessen das Palais des Harrach nicht verlassen haben.

Dieser Ferdinand Schuller war ein besonderer Fall. Nicht dass er eine besondere Persönlichkeit gewesen wäre, nur ein Einbeiniger ohne Familie, der aus unbekannten Gründen die Erlaubnis erhalten hatte, Schüler in Lesen und Schreiben zu unterrichten. Die Lehrstunde kostete nur einen Kreuzer, wenn mindestens zehn Personen vor ihm standen, fünf mit Sitzplatz auf der Bank. Der Schulmeister war ein eifriger Besucher des Kaffeehauses des Kolschitzky gewesen und durfte dort seine Schüler werben. Alle Buchstaben lesen lernen, kam auf ungefähr dreißig Kreuzer, zum Schreiben musste man die Sitzbank buchen. Die Sache war nur die: Es hatte einmal das Gerücht gegeben, der Schuller würde auch Verlorene Kinder von verurteilten Protestanten unterrichten, geheim im Krowotndörfl draußen, deshalb stand der Schuller unter ständiger Aufsicht des Magistrats und der Jesuiten.

Aber das alles war ja eigentlich nicht die Aufgabe des Hofquartiermeisters. Das war Aufgabe des Stadthauptmannes und der Jesuiten. Dass es immer noch geheime protestantische Messen und verbotene Luther-Bibeln gab, die von Hand zu Hand gingen, wusste jeder in Wien. Und weiter draußen, in den Vorstädten, gab es sogar noch Kirchen, wo die Protestanten

Messen abhielten. Aber das war alles nicht seine Sache, nicht seine. Obwohl er es irgendwie verstehen konnte, dass man nicht wollte, dass die Kinder von hingerichteten Protestanten so wurden wie ihre Eltern, deutsche Bibeln lasen und den Papst schmähten. Es gab genug Arbeit in Wien, wofür man nicht lesen und schreiben können musste, wichtige Arbeit. Der Reichspostmeister Ignaz von Paar klagte oft darüber, dass er keine Pferdeknechte bekam, die richtig striegeln und die richtigen Pferde vor die richtigen Wagen spannen konnten und nicht schon am Vormittag betrunken unter dem Stroh lagen. Und die Steinmetzen der Dreifaltigkeitssäule klagten darüber, dass ihnen der Kaiser keine Hilfskräfte zur Verfügung stellte, die den Schutt und Staub entfernten, obwohl das in ihrem Vertrag vereinbart war, und nun mussten sie ihre eigenen Lehrlinge damit beschäftigen, was reine Zeitverschwendung war. Prämer hörte viel über die Knausrigkeit des Kaisers, wenn es um die Bezahlung von Handwerkern und Künstlern ging. Nur die Musiker erhielten immer prompt ihr Honorar.

Aber gerade die Steinmetzen sollten sich eigentlich nicht beklagen. Wer hatte sich denn besonders scharf gegen das Werkhaus am Tabor gestellt, damals, gegen die Manufakturei, die eigene Lehrlinge ausbildete, ohne die Zünfte? Wer hatte denn verhindert, dass sie wieder aufgebaut wurde nach dem Türkensommer? Die Maurer und Steinmetzen und die Zimmerer und Tischler hatten am lautesten geschrien, und als die Wollweber aus England einer nach dem anderen dahinsiechten, tat es ihnen nicht leid. Der Herr von Paar und die Gräfin Sekely und der Herr von Schröder und die Wössnerin konnten jetzt schauen, wie sie wieder eine Manufaktur auf die Beine stellten, denn der Kaiser hatte jetzt auch kein Geld mehr. Er gab es jetzt lieber für ein neues Jagdschloss aus, draußen in Schönbrunn. Es war damals bis zum Kaiser gedrungen, dass es oft innerhalb der Familien Zank und Hader gegeben hatte und nicht erst dann, wenn einer die Zunft verlassen und Meister im Werkhaus werden wollte. Aber ihn hatte der Kaiser damals zum Baumeister ernannt und die Zünfte hatten nichts dagegen tun können, und er wäre gern Lehrer und Meister am Tabor geworden. Ja, so war das gewesen. Und die Gesellen vom Werkhaus waren jetzt im ganzen Reich verstreut und verdienten gutes Geld und zahlten gute Steuern.

Der Herr Ökonom Schröder, der damals die Idee und das Ohr des Kaisers gehabt hatte, schien jedoch nicht aufgeben zu wollen, und angeblich hatte er wieder ein neues Project. Er sagte immer ›Protschekt‹, wie er das in England gehört hatte. Und angeblich war jetzt auch dieser Pestarzt aus Trofaiach dabei, der Freund des Paul de Sorbait, der, Gott hab ihn selig, nicht sterben hätte müssen, wenn man in Wien einen Medicus gehabt hätte, der genau so viel konnte wie Sorbait. Der Pestarzt aus Trofaiach, der Adam von Lebenwaldt, hatte eine Scharte in seinem guten Ruf, denn es ging das Gerücht, er hätte immer wieder Protestanten heimlich aus der Stadt gebracht, wenn er im großen Reisewagen des Abtes von Admont fuhr, was ja wohl eine doppelte Spitzbüberei wäre, aber es war ein Gerücht geblieben, weil der Adam von Lebenwaldt die besten Arzneibücher schrieb, mit wunderbaren Zeichnungen, und immer mehrere Exemplare der Universität schenkte. Aber man musste ihn im Auge behalten.

Prämer dachte an die Liste, die ihm der Graf Harrach vor ein paar Tagen geschickt hatte, damit … ach, das sollte er lieber vergessen. Aber es war schon seltsam, wie Gott die Dinge fügte, oder das Schicksal, das war in diesem Fall nicht zu entscheiden. Die Liste hätte verhindern sollen, dass der Baumeister Johann Fischer den Bauauftrag für Schönbrunn erhielt, und es war genau anders gekommen. Aber er hatte jetzt diese Liste mit Hausbesitzern, die ihrer Hofquartierspflicht noch nicht nachgekommen waren, und er konnte sich dem Grafen Harrach ja einmal auf andere Weise erkenntlich zeigen. Zwar waren seine Jahre als Kammerdiener bei Seiner Majestät schon lange vorbei, aber er hatte immer noch das Zutrittsrecht und das Ohr des Kaisers, und das konnten nicht viele von sich sagen.

*

Als die Gaffer in der Griechengasse, vor dem Haus des Bellemont sich verzogen hatten, und das dauerte eine Weile, denn man wollte nicht gern versäumen, wie ein Graf ein Hofquartierzimmer bezog, wie das ausschaute, wenn ein Adeliger über die Schwelle des Schulmeisterzimmers trat, rollte die Mietskutsche aus den Stallungen des Grafen von Paar in die Durchfahrt. Bellemont stand immer noch in seinem Torbogen und ließ sich die Ankunft seines neuen Mieters nicht entgehen. Der Diener Lorenzo, der Herr Lorenzo, war zum Wagenschlag getreten, und während der Kutscher vom Bock stieg, hatte er ihn schon geöffnet und half nun dem gut beleibten Herrn über das Trittbrett herab, indem er ihm seinen linken Handrücken zur Stütze anbot. Der rundliche Herr war einen Kopf kleiner als Lorenzo und ächzte ein wenig, als er glücklich am Boden angelangt war, und sagte »Grazie, Signor Lorenzo«.

Dann blickte er fragend zu Lorenzo, als wolle er sich orientieren, und Lorenzo sagte: »Das ist das Hofquartierzimmer, das Herr Graf beliebig betreten und verlassen können. Natürlich muss es noch hergerichtet werden.«

Bellemont beobachtete das Geschehen aus dem Hintergrund. Ein großer lederner Sack wurde heruntergereicht. Keine Reisetruhen. Vielleicht waren diese bereits bei Hofe irgendwo gelagert. Er musterte seinen neuen Mieter. Unter dem langen dunkelblauen Umhang – heutzutage trug man eher kurze – konnte man seine Kleidung nicht so genau erkennen. Ein enges rotes Wams, aus der Mode. Dunkelbraune Beinkleider, viel zu weit, und die Stulpen der Stiefel viel zu eng. Alles aus der Mode. Na gut. Alte Herren nahmen es nicht mehr so genau. Interessant war aber, dass man unter der breiten Krempe des Hutes, die seine rechte Gesichtshälfte verdeckte, dichtes graues Haar hervorquellen sah, keine Perücke, aha. Am Morgen sagte das allerdings noch nichts. Aber hier konnte sich eventuell ein neuer Kunde einquartieren. Bellemont nahm in Gedanken bereits Maß. Denn seit die Perückenmacher zünftisch waren und zwei Gesellen erlaubt waren und drei Lehrlinge, baute er auch Männerperücken. Vor allem die Allongen brachten was ein, aber das waren eher seltene Aufträge. Dass er in den zwei Hinterzimmern im Obergeschoß immer noch die Mädchen aus den Dörfern beschäftigte, für die feinen Damenperücken, auch für solche Damen, die nicht adelig waren und infolgedessen eigentlich keine Perücken tragen durften, ging niemand was an. Irgendwie musste sich das teure Stadthaus ja bezahlt machen. Und wenn die Damen außerhalb der Stadt Erledigungen hatten, fragte man ja nicht gleich, ob sie perückenfähig waren. Er beschloss, die zwangsweise Vermietung seines schönen Offenen Zimmers nicht als Ärgernis zu sehen. Vielleicht ergab sich die Gelegenheit, mit dem Grafen zu parlieren und seine Dienste anzubieten, dass er ihn vielleicht bei Hofe empfehlen könnte.

Als der Graf von Wasenau und der Diener Lorenzo sich noch einmal umdrehten, bevor sie in das Zimmer des verstorbenen Schulmeisters traten, vollführte Bellemont eine Verbeugung, indem er in der Mitte nach vorn knickte. Nach einer weiteren Verbeugung in den Rücken der beiden Männer zog er sich zurück und drehte den Schlüssel zu seiner Haustür zweimal um.

Lorenzo trat als Erster in das Zimmer des toten Schulmeisters. Er war überrascht von der Größe und Helle. Vor ihm, nah bei der Türe, ein Tisch und eine Bank. Bevor er den Raum noch weiter inspizieren konnte, ob es vielleicht Ratten gab, was in den Zimmern im Parterre nicht so selten war, trat der Graf heran, ließ sich auf die Bank fallen, legte seinen großen, schwarzen Kavaliershut auf den Tisch und sagte: »Das geht, Signor Lorenzo. Die nächsten Tage. Wenn man ein gutes Bett hereinstellen könnte?« Sein Blick schweifte leicht verzweifelt zu dem schmalen Bett in der dunklen Nische ganz hinten, die Lorenzo noch nicht bemerkt hatte.

»Natürlich, Herr Graf. Nicht nur ein Bett. Der Hofquartiermeister hat sicher schon veranlasst, dass das Zimmer würdig ausgestattet wird«, antwortete Lorenzo. Er bezweifelte, dass man mehr als ein Bett bringen würde.

Neben dem schmalen Bett stand ein Hocker und darauf eine halb heruntergebrannte Kerze. Mehr Platz war nicht. Am Fußende des Bettes ein Korb mit irgendeinem Stoffteil, vielleicht die zweite Hose des Schulmeisters. In der anderen Ecke ein irdener Wasserkrug, umgestoßen, leer. Unter dem Fenster zur Griechengasse eine Truhe, auf der Zeitungen, Buchstabenzettel und ein paar leere Blätter wild durcheinanderlagen, als hätte jemand etwas gesucht, als hätte vielleicht der Schulmeister sein Zimmer in großer Eile verlassen. Davor auf dem Boden ein paar angespitzte Federn, zertreten, und ein Pinsel. Solche Pinsel konnte man im Kaffeehaus des Theodat kaufen, wenn gerade der Bürstenbinder vorbeikam, denn beim Theodat trafen sich die Maler und Urkundenschreiber, und einmal im Monat kamen die Papiermacher von der Papiermühle in Stattersdorf vorbei. Die meisten Maler banden sich allerdings ihre Pinsel selbst und hatten ihre geheimen Methoden.

Wasenau fragte: »Hat der Schulmeister gemalt?«

»Gemalt? Nein, ich glaube nicht, dass er malen konnte«, antwortete Lorenzo bestimmt, aber zugleich klang seine Stimme unsicher, weil die Worte immer leiser wurden.

»Aber da liegt ein Pinsel. Ein Pinsel ist nicht billig, wenn es gute Haare sind.«

»Nein, soviel ich weiß, hat der Schulmeister nur Buchstaben geschrieben.«

»Aber vielleicht hat er gezeichnet, mit einer Feder, und hat dann die Zeichnung ein wenig gefärbt. Das sieht hübsch aus, mit Ockererde, das geht ganz leicht.« Wasenau hatte am Hofe der Königin Christina von Schweden in Rom gelebt, und da wusste man solche Dinge.

Lorenzo schüttelte den Kopf. »Nein«, sagte er noch einmal, als müsse er den Schuller verteidigen, »der Schulmeister hat nur Buchstaben geschrieben.«

»Nun, das ist ja nicht so wichtig, ob der Signor Schuller malen konnte. Aber er hätte dann vielleicht seine Bilder verkaufen können, dafür bekommt man mehr als für Buchstaben. Oder wenn jemand Gesichter zeichnen kann, das ist noch besser. Ein Konterfei ist modern.«

»Der Schulmeister war nicht modern, Herr Graf. Ich glaube nicht, dass er Gesichter zeichnen konnte.«

Offenbar hatten sie die Türe nicht richtig geschlossen, denn auf einmal stand ein Mann im Raum, barfuß, noch keine dreißig, groß und dünn, dürr, ein schmutziges wollenes Tuch wie einen Turban um den Kopf gewunden, darunter hingen ein paar Strähnen über die Ohren. In der rechten Hand einen mit einer Schnur umwickelten Stoffballen, seine linke hielt noch die Schnalle der Türe umfangen.

»Tschontschon!«, rief Lorenzo und ließ die zertretenen Federkiele wieder fallen, die er gerade aufgehoben hatte. Auch der Angesprochene schien über die Anwesenheit der Herren überrascht zu sein, denn anstatt dass er sich seinem alten Beschützer, den ihm die Ursulinen und der Graf Harrach entwendet hatten, in die Arme geworfen hätte, stammelte er nur: »Ich will … muss zum Schuller. Wegen der Zeichnungen für die Köpfe … für den Peter Strudl … für den Geigenbaumeister Klotz … weil der doch einen Geigenschneckenschnitzer sucht.«

»Aber der Schulmeister ist … gestorben, gestern. Der Schuller ist tot, Tschontschon. Geigenschneckenschnitzer? Bist du jetzt ein Geigenschneckenschnitzer, Tschontschon?«

»N-noch nicht. Nur ein Schnitzer für Geigenköpfchen.«

In Lorenzo mischte sich Freude und Bestürzung. Tschontschon. Das schreckliche Gerücht, ein Hadernlump mit einem dummen Namen hätte damals das Feuer gelegt im Werkhaus am Tabor, das ohnehin schon halb entvölkert war nach dem Wüten der Pest, die sich auch bei den Menschen am Tabor gründlich bedient hatte, auch bei den Wollwebern. Nur zehn von den fünfzig Männern hatten damals überlebt. Lorenzo wusste das. Er war einer der Totengräber gewesen, einer von denen, die in der Stadt geblieben waren. Und dann der Brand. Als die Tischlerei und die Uhrenwerkstatt und noch andere Gebäude abbrannten und nur ein paar halbverkohlte Schuppen blieben, und das Laboratorium des Doctor de Sorbait war mit einem ohrenbetäubenden Knall explodiert. Jedenfalls hatte man Tschontschon damals in der Nähe des Tabors gesehen, das hätte eigentlich genügt, um ihn unter Arrest zu setzen. Aber der Doctor de Sorbait hatte sich gegen diese Anschuldigung gestellt und gedroht, seine freiwilligen Hygienedienste im Bürgerspital einzustellen. Und man wagte es nicht, sich gegen den Doctor de Sorbait zu stellen. Sogar der unerschrockene Fürst Liechtenstein wollte den Pestarzt und Leibarzt der Kaiserin nicht zu seinen Feinden zählen. Deshalb hatte man den Hadernlumpen mit dem dummen Namen laufen lassen.

Einige Gebäude hatte man wieder aufgebaut, die Seiden- und die Wollweberei, die Tischlerwerkstatt, eine Silberdrahtzieherei, die Sattlerei und das Laboratorium. Und die Mühle hatte man natürlich wieder in Betrieb genommen. Aber es war nicht mehr das Gleiche. Und es war auch nicht leicht gewesen, Leute aus den Zünften für den Wiederaufbau anzuwerben. Manche der Zunftmeister hatten es sogar für einen Fingerzeig Gottes gehalten, die Pest und den Brand, und hatten gehofft, die böse, ungerechte, unzünftische Konkurrenz vom Halse zu haben. Diesen Wunsch haben ihnen die Türken dann erfüllt. Nach der Belagerung war nicht mehr viel übriggeblieben. Die meisten der hölzernen Häuser waren zerstört. Nur das Bäckerhaus und die Backöfen hatten die Türken weiter betrieben bis zur Flucht. Und an der Stätte des Laboratoriums hatte man mehrere Röstöfen für die grünen Kaffeebohnen gefunden, die die Türken überallhin mitschleppten, sogar in den Krieg. Es hatte ein ganzes Jahr gedauert, bis wieder ein paar Manufakturbetriebe eingerichtet waren, die Seidenweberei, die Glashütte und auch die Wollweberei und die Färberei wurden wieder in Betrieb genommen, weil ein paar englische Wollweber die großen Katastrophen überlebt hatten und nun die Einheimischen anlernten. Und die Färber hatten Nachzug aus ihrer flandrischen Heimat bekommen, weil sie ihre alten Niederlassungsrechte nicht aufgeben wollten.

Aber der Leiter der Manufaktur am Tabor, dieser Herr von Schröder, wurde vom Grafen nicht eingeladen, weil jeder wusste, dass er erst vor ein paar Jahren und nur, damit der Kaiser Leopold seine Englandreise zahlte, zum wahren Glauben übergetreten war. Im Salon des Grafen Harrach nannte man ihn nur spöttisch ›der Ökonom aus Jena‹. Und auch eine Gräfin Sekely war dabei, die der Graf Harrach nicht ausstehen konnte, weil sie keinen Stammbaum hatte, und außerdem schätzte er Damen, die sich ökonomisch betätigten, nicht. ›Die Herrschaften vom Tabor‹ nannte er die Leute.

Er hatte alles beim Grafen Harrach miterlebt, mitangehört. Stumm lauschend, wie immer. Ein Diener zählte nicht. Niemand kam auf den Gedanken, ein Diener könnte sein Wissen verraten. Gar verkaufen. Ein Diener, der die Gespräche seiner Herrschaft verriet, hätte seine Zukunft verspielt. Und wie? Man legte keinen Wert darauf, dass die Dienerschaft lesen oder Gott behüte gar schreiben konnte. Wozu? An wen? Die Zeitungen interessierten sich für den Tabakhandel, für französische Spione und ein Unglück im Hafen von Triest, nicht für Hadernlumpen und nicht einmal für den Pestarzt. Seine dürftigen Lesekenntnisse hatte ihm der Schulmeister Schuller beigebracht, lange bevor er zu den Ursulinen und zum Grafen Harrach gekommen war. Der Schulmeister, der Tote, der Ermordete, war eigentlich auch sein Lehrer gewesen, ein paar Wochen lang, und hatte ihm damals ein paar seltsame Fragen gestellt über den Tschontschon und seine Mutter und über die Ruschka Hetzer und über den Ottavio Burnacini. Was ging den Schuller ein kaiserlicher Baumeister und Bühnenkünstler an?

Bevor er ihn wieder getroffen hatte im Kaffeehaus des Kolschitzky. In den letzten Jahren hatte es zu seinen Aufgaben gezählt, die Wiener Kaffeehäuser zu besuchen und sich dort umzuhören, wer gegen die Adeligen redete, und dann dem Grafen Harrach zu berichten. Leider konnte er sich nicht immer an alles erinnern. Das war seine kleine Macht gewesen. Der Schulmeister hatte mit keinem Wort ihre alte Bekanntschaft erwähnt, und er selbst war ja eigentlich inkognito dort, auch wenn sicher viele wussten, dass er der Spion des Grafen Harrach war. Er hatte aber gesehen, dass der Schulmeister beim Kaffeesieder Kolschitzky, wo er seine Schüler rekrutierte, manchmal ein Blatt hervorzog, und dann machte seine Hand Bewegungen, sicher nicht wie Buchstaben, sondern als ob er etwas zeichnen würde, und dabei schaute er immer wieder verstohlen in den Nebenraum.

Tschontschon hatte er aus den Augen verloren. Als Konventknecht bei den Ursulinen und als erster Diener eines gräflichen, bald bischöflichen Haushalts hatte man keine Kontakte zum Krowotndörfl.

Und niemand ahnte sein Geheimnis. Nicht die Ursulinen,

nicht die adeligen Gäste des Grafen Harrach. Niemand. Das Geheimnis von den Gräbern. Niemand wusste, dass es in manchen zwei Tote gab. Einen im wahren Glauben Verstorbenen und einen Verdammten. Und es ging auch niemand was an. Außer – vielleicht hatte der Doctor de Sorbait etwas geahnt. Aber der Doctor de Sorbait war tot. Und er selbst dachte nicht mehr jeden Tag an sein Geheimnis. Vergangene Zeit. Ein anderes Leben. Tschontschon hatte ihn nun daran erinnert. Tschontschon, der seinem Vater die Totenbretter abgekratzt hatte und dafür ein paar Stunden lang mit einem Messer herumschnitzen durfte, bis er wieder zurückmusste zu den beiden Säufern am anderen Ende des Krowotndörfls, die ihn zum Stehlen abrichten wollten.

»Geigenschneckenschnitzer?«, fragte Wasenau und riss Lorenzo aus seinen Gedanken. Tschontschon stand immer noch wie erstarrt in der Türe. »Ein schönes Handwerk«, fuhr der Graf fort. »In Rom, am Hof der Königin, habe ich einmal einen kennengelernt, der für einen Geigenmacher des Maestro Scarlatti gearbeitet hat. Ein schönes Handwerk«, wiederholte der Graf, »auch wenn der Geigenkopf nicht klingt. Trotzdem schön. Und er will das jetzt lernen?«, wandte er sich an Tschontschon. »Kann er denn schnitzen?«

»Er kann«, antwortete Lorenzo.

»Und kann er auch Geigenköpfe schnitzen? In Rom haben manche Musici ein Köpfchen bestellt anstatt der Schnecke. Das war große Mode.«

Aber obwohl dieser Mann mit dem Turbantuch gerade selbst etwas von Zeichnungen für Köpfe gestottert hatte, rief er: »Nein, kann ich nicht!«, drehte sich um, hörte nicht auf das »Warte!« Lorenzos und war so rasch aus dem Zimmer verschwunden, wie er zuvor erschienen war.

»Seltsam. Tschontschon haben Sie ihn genannt? Ein seltsamer Name. Ist das ein christlicher Name? Kroatisch? Polnisch ist es nicht. Und auch nicht Französisch oder Italienisch. Vielleicht Russisch?«

»Nein, so wurde er im Krowotndörfl genannt, draußen vor den Mauern. Ja, ist vielleicht aus Kroatien«, erwiderte Lorenzo wider besseres Wissen. Er hatte Tschontschon fast vergessen, obwohl er dem Doctor de Sorbait versprochen hatte, ein Auge auf ihn zu haben. Aber das Leben ging weiter, drehte sich. Auch seines.

»In Wien kann man sich als Geigenschneckenschnitzer sicher sein Leben verdienen«, hörte Lorenzo den Grafen sagen, der dann, mit einem entschlossenen Blick durch das Zimmer, anfügte: »Also, Signor Lorenzo, hier kann man doch eine Zeit lang wohnen, wenn man mir ein Bett bringt.«

Lorenzo befreite sich aus der Vergangenheit. »Selbstverständlich. Wenn Sie das meinen, Herr Graf.« Er kannte keinen Geigenschneckenschnitzer in Wien, nur den Geigenbauer Klotz, der manchmal zum Grafen Harrach gekommen war. Die Geigen im Haushalt des Grafen waren alle unter Verschluss, wie die Silberlöffel und der Zucker.

Ladislaus von Wasenau war die Verwirrtheit seines Gefährten nicht entgangen. Der arme Mann hatte sicher ein schlechtes Gewissen, dass er seinen Dienst im Hause seines gräflichen Herrn so vernachlässigt hatte.

»Signor Lorenzo, ich bitte, lassen Sie mich jetzt allein. Ich finde mich zurecht. Ich werde mich noch ein wenig durch Ihre wunderbare Stadt tragen lassen. Gleich vorne habe ich Sänften gesehen.«

»Soll ich nicht doch …« Lorenzo schien sich nur schwer trennen zu können.

»Nein, Signor Lorenzo, Sie sollen nicht. Adieu.«

Am Nachmittag, kaum hatte man ihm das Bett und einen goldgerahmten, hohen Spiegel aufgestellt – ein seltsames Willkommensmöbel für einen in die Jahre gekommenen Junggesellen –, kamen drei Besucher. Der Baumeister Johann Fischer, dem er die Reputation und den Auftrag für Schloss Schönbrunn gerettet hatte, zusammen mit dem Polier der Wiener Maurer und Steinmetzen Christian Öttl, der sich unter den Teilnehmern der seltsamen nächtlichen Versammlung in der Deutschordenskirche befunden hatte. Die beiden Herren, die eigentlich der Grund für seine überhastete Reise von Triest nach Wien gewesen waren, boten ihm Quartier an. Aber Ladislaus hatte erlebt, dass es im Haushalt des Fischer gerade nicht zum Besten stand, und konnte sich auch nicht vorstellen, dass die Familie des Poliers viel Raum übrig hatte für einen Gast, und lehnte deshalb das Anerbieten mit vielen Dankesbezeugungen ab.

Gegen Abend klopfte es noch einmal, und Ladislaus fürchtete schon, der Perückenmacher wolle ihn näher in Augenschein nehmen, doch auf seine Aufforderung, man möge eintreten, stand eine Frau in der Türe, in einen langen, blauen Umhang gehüllt, einen Gesichtsschleier aus Spitzen über das halbe Gesicht herabgezogen, und darunter ein lächelnder kleiner, roter Mund. Sie betrat den Raum zögernd, hinter ihr eine Magd, die eine große bestickte Tasche trug und drei Schritte hinter der Verhüllten Aufstellung nahm. Gleich würde sie nach dem Schulmeister fragen, denn wen sonst konnte sie an dieser Adresse erwarten?

»Graf von Wasenau?«, fragte die Verhüllte zu seiner Überraschung, und er antwortete »Zu dienen, Signora« und schwenkte seinen rechten Arm einladend zur Seite. Die Frau schlug ihren Schleier zurück, sodass er wie ein Blütenkranz ein lockengesäumtes junges Gesicht umrahmte.

»Ich heiße Clara … Ich bin die Fuxin, die Clara Fux.«

Fux? Fux? Der Name des Organisten, nach welchem sich der Bischof Kollonitsch erkundigt hatte in dieser seltsamen, geheimen Zusammenkunft Samstagnacht. Bevor er nachfragen konnte, sagte die junge Frau schon: »Mein Mann ist der Kompositeur des Kaisers und Organist bei den Schotten. Der Johann Fux.«

Er wiederholte seine einladende Geste, und die Frau namens Clara Fux setzte sich auf die Kante des Stuhls, auf dem bis gestern noch der Schulmeister gethront hatte, wenn er seine Buchstaben vorzeigte.

»Mein Mann und ich, wir wohnen im Haus der Gräfin Elsbeta von Molnar in der Brunnengasse. Nur vorübergehend, nur ein paar Tage. Die Gräfin selbst wohnt nicht dort, sie lebt auf dem Land. Das Haus wird von der Gräfin Sekely bewohnt, aber im Parterre gibt es drei große Zimmer, und wenn …«

Obwohl Ladislaus erst ein paar Tage in Wien weilte, ahnte er bereits, dass nun das Wort ›Hofquartier‹ folgen würde.

»Und wenn wir wieder ausziehen, mein Mann und ich …«

»Und ich auch«, sagte ein Stimmchen aus dem Hintergrund.

»… und meine Zofe auch«, setzte die Fuxin hinzu, »dann werden die Zimmer wieder frei und kann sein, der Hofquartiermeister weiß das schon. Aber die Gräfin Sekely hat gehört, was sich zugetragen hat mit dem Baumeister Fischer und dass Sie nun in Wien bleiben wollen.«

»Aber werte Signora Fux«, unterbrach Ladislaus sie, »das käme sich doch auf das Gleiche heraus, wenn ich dort einziehe.«

»Nein«, widersprach die Fuxin, »wenn erst einmal eine Hofquartierspflicht auf dem Haus liegt, wird man sie nicht so schnell wieder los, und wer weiß, wer dort einziehen würde. Die Gräfin Sekely lässt ausrichten, Sie wären ihr Gast und sie würde sich freuen. Sie sagte ›über einen männlichen Schutz‹.«

»Ich danke für diese Botschaft, Signora Fux.« Ladislaus hatte so viele Jahre in Rom gelebt, dass ihm die Anrede immer von selbst über die Lippen kam, obwohl doch eigentlich Polnisch seine Muttersprache war, gewesen war, einst. Er fand es wenig charmant, dass man den Frauen im Norden einfach eine Silbe anhängte. Aber die Signora Fux hatte sich doch selbst gerade ›Fuxin‹ genannt.

»In der Brunnengasse Nummer vier«, wiederholte die Fuxin.

»Gleich morgen zu Mittag werde ich der Gräfin meine Aufwartung machen«, antwortete Ladislaus, »der Gräfin …«

»Gräfin Diana von Sekely.«

»Der Gräfin Diana von Sekely.«

Als männlicher Schutz einer Dame – das wäre natürlich eine andere Position, ein anderer Beginn seines Lebens in Wien, als die gnadenhalber erfolgte Zuweisung einer Wohnung durch einen Quartiermeister. Es erfüllte ihn ein warmes Gefühl. Auch in Rom hatte er öfters als ›männlicher Schutz‹ fungiert, wenn an einer Tafel zu viele Damen und zu wenige Herren teilnahmen. Dann hatte man oft auf ihn zurückgegriffen, als Junggeselle in den besten Jahren und auch danach noch, und dann hatte man der schutzbedürftigen Dame den Arm anzubieten, wenn man zur Tafel schritt, bei Tisch hatte man sie zu unterhalten, und danach wurde die Dame an seinem Arm bis zum Damenzimmer geleitet, während sich die Herren zu Männergesprächen versammelten. Das war der Schutz gewesen, den man von ihm erwartet hatte. Den er perfekt beherrschte. Zur Tafel hin, parlieren, von der Tafel weg. Hoffentlich erwartete man hier in Wien nicht irgendwas mit Waffen.

Die Signora Clara Fux nickte freundlich und erhob sich zum Gehen. Sie drehte sich dann noch einmal um und sagte: »Und mein Mann, der Fux, ist froh, dass Sie gekommen sind, Graf Wasenau. Nächsten Sonntag, vor der Zehn-Uhr-Messe, in der Kirche der Schotten, spielt er ein Präludium für Sie. In C-Dur. Er hat es schon aufgeschrieben.«

*

Ladislaus von Wasenau erwachte durch Räderrollen, Scharren, Klirren und laute Rufe, die durch die Griechengasse hallten, und dachte, er wäre doch gerade erst eingeschlafen. Schon am ersten Tag im Hofquartierzimmer des Perückenmachers Bellemont hatte Ladislaus Seltsames erlebt. Zuerst ein Geigenschneckenschnitzer oder einer, der es werden wollte – Lorenzo hatte ihn Tschontschon genannt –, der etwas von Bildern gestottert hatte und dann davongerannt war, als er vom Tod des Schulmeisters erfahren hatte, aber der Schrecken war ihm auf die Stirn geschrieben, dann der Baumeister Fischer und sein Polier, dann diese reizende Fuxin. Es erwartete ihn allerhand in dieser Stadt.

Um neun Uhr, er hatte seine Toilette noch kaum beendet und musterte sich im Spiegel und fand sich nicht so übel nach all den Strapazen, die er in den letzten Tagen hatte erleiden müssen, klopfte es, und Ladislaus spähte vorsichtig aus der Türe. Draußen stand ein Kutscher und überreichte ihm eine Karte der Frau Marianne von Paar, eine Einladung zum Frühstück um neun Uhr, Graf von Wasenau möge sich der Kutsche bedienen. Neun Uhr! Frühstück um neun Uhr! Die Tage schienen lang zu werden in Wien. Der Hofquartiermeister hatte den Namen des gastlichen Hauses des Herrn von Paar erwähnt, und Ladislaus war einen Moment lang froh, den Vorschlag nicht angenommen zu haben, wenn man dort schon um neun Uhr frühstückte.

Eine halbe Stunde später wurde Ladislaus in das Frühstückszimmer des Reichspostmeisters Ignaz von Paar geleitet. Ignaz von Paar hatte das Geschäft und den Titel von seinem Vater geerbt, und auch das weitläufige Palais, dessen Frühstückszimmer nicht viel kleiner war als das der Königin Christina in Rom. Zwölf Leute, und alle vollständig angekleidet, stellte Ladislaus fest, saßen bereits um den langen Tisch, vor zwölf Silbertellern, um mehr als Armeslänge voneinander entfernt, und davor lagen große Löffel, denn seit die Franzosen damit begonnen hatten, jedem Gast einen eigenen Teller und einen eigenen Löffel hinzulegen, hatte das überall in Europa Schule gemacht. Ladislaus kannte diese Mode, die das Handwerk der Silberschmiede und der Keramikwerkstätten hatte aufblühen lassen, aus Rom. Die Namen der Herrschaften hatte er im Augenblick, als sie genannt wurden, schon wieder vergessen.

Er hatte eine Art Matinee erwartet, diese neue französische Vormittagsbelustigung, aber in diesem riesigen Haus schien man wenig von Musik und heiterem Plausch zu halten. Man sprach nur leise über die Geburtstagsmesse des Kronprinzen, und dass nun doch der Baumeister Fischer Schönbrunn bauen werde und nicht wieder ein Italiener, dass die neuen Kutschen mit den großen Federn, die der Reichspostmeister angeschafft hatte, einfach wunderbar seien, und dass die Bilderrahmen der Franziska Wössner durchaus mit den Rahmen des Zunftmeisters Kirchner mithalten konnten und dabei noch billiger seien, und dass die neue Silberdrahtzieherei am Tabor pünktlich liefere und die Engländer von der Wollweberei endlich ein wenig Deutsch gelernt hätten, was doch wichtig sei, wenn sie Einheimische anlernen sollen, und das Pferdegeschirr und die Sättel, die man am Tabor nun herstelle, seien wirklich unerreicht, kein Wunder, wenn der Herr Reichspostmeister nun höchstpersönlich die Meister engagiere.

Der Hausherr selbst saß nicht am Tisch. Das Frühstück schien Sache seiner Gattin zu sein, die steif wie eine Statue an der Schmalseite der Tafel thronte und mit Fingerbewegungen ihre Anweisungen an die Diener erteilte. Die drei Diener servierten lautlos ein Hühnersüppchen, das man mit den silbernen Löffeln, in deren Griffe zwei verschlungene Wagenräder eingraviert waren, schlürfte, dann stellte man vier Silberplatten, angehäuft mit kleinen Stückchen von Kalbsnieren und fein geschnittenen Streifen von Kutteln so vor die Gäste, dass jeder bequem zur Platte langen und sich mit drei Fingern bedienen konnte. Schließlich stellte man kleine, grün glasierte Becherchen vor die Gäste hin und kleine silberne Löffelchen und füllte die Becherchen mit Kaffee, schwarz wie der Teufel und fast so gut wie bei den Kaffeesiedern, und ein wunderbarer Duft verbreitete sich im ganzen Haus. Der erste Diener überreichte der Hausfrau eine silberne Schatulle. Sie holte einen kleinen Schlüssel aus der Spitzenflut ihres Ärmels hervor, sperrte die Dose mit zierlichen Bewegungen auf, und dann schritt der Diener von Teller zu Teller und die Damen häuften sich gehörig Zucker in ihre Becher, die Herren winkten ab.

Man hatte Ladislaus neben einer schwerhörigen Frau von Atzdorf platziert, die ihn mehrmals fragte, ob er bei ihrem nächsten Hauskonzert die Kniegeige ihres verstorbenen ersten Gatten spielen würde, wie der Doctor de Sorbait, Gott hab ihn selig, oder die Geige ihres verstorbenen zweiten Gatten, der der Meister Klotz gerade eine neue Halsschnecke ansetzte. Das Frühstück bei der Frau von Paar sei ja immer vorzüglich, aber leider gäbe es in diesem schönen Haus keine Konzerte mehr.

»Die Frau von Paar«, sagte die Frau von Atzdorf laut, damit sie sich selbst auch hören konnte, »hat ja früher die Bratsche gespielt, ganz wunderbar, sie hat mir auch manchmal die Ehre gegeben, bei einem Hauskonzert mitzuwirken, aber jetzt gibt es keine Musik mehr für sie. Sie trauert immer noch um ihre Söhne, die die Pest nicht überlebt haben, damals.«

»Weil dieser unfähige Doctor Mauser geflohen ist«, mischte sich jetzt der zweite Teller links ins Gespräch, »und die Stadtsoldaten haben ihn mit Gewalt zurückgeholt, dass er die Kranken betreut. Erst später hat sich herausgestellt, dass er mit dem Teufel im Bunde war. Er ist ja zum Feuertod verurteilt worden, aber der Doctor de Sorbait war dagegen und hat empfohlen, ihn lebenslang aus der Stadt zu jagen, das würde den Teufel mehr ärgern als eine Verbrennung, die dem Teufel ja nichts ausmacht.«

»Trotzdem bin ich der Meinung, man hätte ihn verbrennen sollen«, widersprach eine tiefe Männerstimme ein paar Teller weiter oben, »was haben wir davon, wenn sich der Teufel ärgert? Verbrennen ist immer noch das Beste.«

Man hörte zustimmendes Gemurmel.

»Was für Reste?«, fragte die Frau von Atzdorf.

»Verbrennen ist das Beste«, wiederholte die tiefe Stimme so laut, dass alle am Tisch aufblickten, »oder hängen. Hängen, eingraben, und fertig.«

»Oder in den tiefsten Kerker, bis er dort verfault«, schlug Frau von Atzdorf vor.

»Das ist aber teurer«, widersprach die tiefe Stimme, »und die braven Bürger können nicht daran teilhaben.« Das zustimmende Gemurmel wurde lauter.

»Ich habe gehört, der Doctor Mauser hat auch Liebespulver verkauft, aber es hat nicht immer gewirkt, und manche Leute sind sogar daran gestorben«, sagte die Frau von Atzdorf nun und versuchte, zu flüstern.

»Tatsächlich? Liebespulver? Von wem haben Sie das gehört?«, fragte jemand skeptisch.

»Von der Witwe des Steinmetzen Franz Hieß, der unseren Brunnen mit der schönen Poseidonfigur gemacht hat«, sagte die Frau von Atzdorf. »Die Amalie Hieß war damals sehr traurig nach dem Tod des Hieß, Gott hab ihn selig. Zweimal eine Witwe werden, traurig ist das, ich weiß, wovon ich spreche. Die Hießin ist dann leider ja auch vom Schwarzen Tod geholt worden, wie die armen Knaben der Frau von Paar. Die Pest hat vor niemand Halt gemacht. Sehr traurig war das.«

Aber dann fragte sie Ladislaus plötzlich, ob er vielleicht bei ihrem nächsten Hauskonzert eine kleine Arie zum Besten geben könnte? Denn schon beim Sprechen klinge seine Stimme wie eine Melodie, besonders wenn er ›Signora‹ sage. Die Schwerhörigkeit der Frau von Atzdorf enthob ihn einer Antwort. Am

Hofe der Christina hatte er zu den wenigen Kavalieren gehört, die sich nicht selbst musikalisch betätigten. Aber er war ein perfekter Zuhörer geworden, dessen Urteil immer vorteilhaft ausfiel, was ihm viel Anerkennung eingebracht hatte.

»Ich finde es ganz wunderbar«, sagte der Herr zwei Teller weiter rechts nun, »dass es jetzt die Akademie des Meisters Strudl gibt, denn unser Raphael, unser sechster Sohn, fühlt sich zur Kunst berufen und kann nun eine würdige Ausbildung absolvieren, wo er sogar lernt, wie man einen Menschen ohne Kleider zeichnet, wie die griechischen Statuen.« Die Damen am Tisch erröteten, und die Gattin des zweiten Tellers versuchte, ihren Mann mit den Fußspitzen anzustoßen, was ihr nicht gelang, weil sie nicht so lange Beine hatte. Der zweite Teller räusperte sich und sagte: »Und sie lernen auch wunderbare Girlanden zeichnen, mit Früchten und Blumen. Wir wollen Raphael dann auch ein Jahr nach London schicken, wo sich jetzt alle Leute ein Portrait machen lassen, nicht nur die Damen vom Hof, und die Maler kommen gar nicht nach mit Aufträgen, hat Herr von Schröder erzählt. Herr von Schröder kennt ja die englischen Sitten.«

»Oder nach Venedig«, sagte seine Gattin

»Oder nach Venedig.«

Das Frühstück dauerte nur eine Stunde, dann erhob sich die Hausherrin und die Gäste taten es ihr gleich, und sie verschwand mit einem huldvollen Senken ihres Kopfes. Die Diener begannen rasch, die silbernen Teller und Löffel einzusammeln. In wenigen Minuten war das Frühstückszimmer geleert, und der Kutscher brachte Ladislaus zurück in die Griechengasse, und um elf Uhr war der ganze Zauber vorbei.

Ladislaus machte sich zu seinem Antrittsbesuch bei der Gräfin Sekely bereit, indem er die Flecken, die die Nierchen, die Kutteln und der köstliche Kaffee der Frau von Paar auf seinen Hemdspitzen hinterlassen hatten, mit einem Rüschentuch verdeckte, das er zweimal um seinen Hals schlang. ›Hängen, eingraben, und fertig‹. Wie schrecklich einfach.

Plötzlich stand Lorenzo in der Türe und beharrte darauf, ihn zur Gräfin Sekely in die Brunnengasse zu begleiten, weil die Sänftenträger und Kutscher gern einen Umweg machten, wenn jemand sich nicht auskannte in Wien.

Mittlerweile war es Mittag geworden.

Früher und viel früher

Finito. Amen«, sagte einer der Männer der Totenbruderschaft und warf noch einen Blick in die Grube hinab. »Finito. Amen.« Es war kein Gebet, aber es klang doch irgendwie so. Mehr war nicht zu tun. Mehr durfte nicht getan werden. Niemand steckte ein Kreuz in die Erde. Denn hier, am Arme-Sünder-Totenacker, lagen keine gewöhnlichen Gestorbenen, keine im Herrn Dahingeschiedenen. Hier lagen die Unglückseligen, die Mörder, Diebe und Protestanten.

Der Totengräber und seine zwei Gehilfen waren nicht allein an der Grube: Da waren auch die vier Männer der Totenbruderschaft. Die italienische Mutter des Kaisers hatte verboten, die Gehenkten einfach in eine Grube zu werfen, und hatte eine Bruderschaft aus ehrsamen Bürgern gegründet, die die Toten zu den Gräbern begleiteten, ehrsame Männer, die ehrlose Leute von der Welt verabschiedeten. Die Männer zogen schwarze Kutten über und setzten schwarze Masken auf, sodass man sie nicht erkannte, und nahmen die Toten, die man auf den Arme-Sünder-Gottesacker karrte, in Empfang, zu viert, und legten sie auf ein Leichentuch, das sie mitbrachten als letzte Gabe für Leute, die nun keinen Schaden mehr anrichten konnten. Einer von ihnen – Karel hatte beobachtet, dass alle schreiben konnten – schrieb den Namen und den Todestag des Gehenkten auf ein kleines Stück Papier und legte es ihm auf die Brust, bevor sie das Tuch dann zusammenschlugen. Sein Vater und zwei Totenknechte übernahmen es dann, den Toten auf ein Brett zu hieven, zur Grube zu tragen, das Brett mit der eingehüllten Leiche hinabzulassen und es dann zur Wiederverwendung unter dem toten Körper geschickt wieder heraufzuziehen. Die Männer der Totenbruderschaft wollten zwar, dass die Leiche ordentlich gerade liegen blieb, aber das gelang nicht immer, und wenn die Männer nicht gleich ans Grab herantraten, um hinabzuschauen, ob der Tote nicht auf der Seite lag oder womöglich gar auf dem Gesicht, begannen sein Vater und seine zwei Knechte schnell mit dem Zuschaufeln. Nach einer Minute konnte man die Lage des Toten nicht mehr erkennen, und dann trat sein Vater ein paar Schritte zurück, damit die Männer der Totenbruderschaft noch einen Blick in die Grube werfen konnten, und einer sagte dann: »Finito. Amen.«

Karel Lorenzy war der Sohn des Totengräbers des Krowotndörfls, außerhalb der Mauern der Stadt. Als er drei war, starb seine Mutter. Als er fünf wurde, durfte er mithelfen, die Gräber zuzuschaufeln. Er erinnerte sich: Es war ihm nicht unangenehm gewesen. Schaufel um Schaufel schloss die Erde sich wieder. Keine Wunde mehr. Nur noch ein flacher Hügel, der wie eine Decke über dem Begrabenen lag, aber bald war auch der verschwunden, die Toten lagen ohne Sarg da unten. Mit zehn Jahren hatte Karel schon mehr Tote gesehen als andere in ihrem ganzen Leben.

Karels Aufgabe war es, die schwarze Kutsche, mit der die Männer der Totenbruderschaft ankamen, zum richtigen Platz zu führen, denn es kamen nicht immer die gleichen, und dann dem Kutscher einen Krug Wein zu bringen. Obwohl sein Vater ihn davon abhielt, einer Hinrichtung zuzuschauen, hatte er öfters die toten Gesichter gesehen, bevor sie eingehüllt wurden, und meist waren sie nicht schön. Irgendwie war es nichts Besonderes für Karel, dass böse Leute eben hässlich waren. Auch die Teufel an den Wänden in der Kirche waren immer hässlich.

Manche Gesichter verließen ihn viele Nächte lang nicht. Er wusste eigentlich nicht, was sein Vater empfand, wenn er den eingewickelten Leichnam in Empfang nahm. Manchmal schien ihm, er würde überhaupt nichts empfinden, sondern nur rasch seine erdige Arbeit erledigen, und es wäre ihm gleichgültig, ob der Tote gerade oder schief im Grab lag, solange es die

Totenbrüder nicht bemerkten, und manchmal schien ihm, er würde die Toten sanft hinablassen und auch noch zurechtrücken für ihren ewigen Schlaf. Sein Vater besuchte keine heilige Messe. Wenn ihn jemand darauf ansprach, sagte er, er würde in die Stadt zur Stephanskirche gehen, weil ihn da niemand kenne als Totengräber. Karel wusste, dass das nicht stimmte. Der Vater bekreuzigte sich auch nur, wenn ein Priester in der Nähe war für eine geistliche Zeremonie.

Ein Totengräber war nicht beliebt, aber nicht so unbeliebt wie der Henker. Einen Totengräber brauchten alle, irgendwann. Aber man hielt Abstand zu einem Mann, den man sich nicht herbeiwünschte. Beim Wirt zum Schwarzen Hund konnte er sich an einen Tisch setzen, aber allein. Nicht einmal nach einem Begräbnis wollten ihn die Leute an ihrem Tisch, denn dann wollten sie lustig sein, weil sie jetzt nicht selbst unter der Erde lagen. Nur die Betrunkenen, die den ganzen Tag beim Wirt Zum Schwarzen Hund herumlungerten, hatten keine Ahnung von der gruseligen Würde eines Totengräbers. Aber die verspotteten alle, die nicht so betrunken waren wie sie selbst. Karel hatte wenig Gelegenheit, mit anderen Leuten zu reden, außer wenn er beim Wirt zum Schwarzen Hund einen Krug Wein holte, dann sagte er:

»Den Krug halb voll.«

Und der Wirt sagte: »Viel Arbeit heute, hahaha?«, und aus dem Hintergrund wieherten dann auch ein paar Betrunkene hervor: »Hahaha, immer viel Arbeit!«, als ob sie selbst unsterblich wären.

»Wer war heut' dran? Eine schöne Leich?« Karel antwortete dann immer: »Nein, niemand.« Der Vater hatte ihm eingeschärft, nichts über ihre Arbeit zu erzählen. Weder über die im Herrn Dahingeschiedenen noch über die Hingerichteten. Der Wirt Ludolf Köhler hatte sein Wirtshaus eigentlich Zum Schwarzen Adler nennen wollen und hatte schon das Schild aufgehängt. Ein Schildermaler hatte ihm für drei Krüge Wein einen schönen Vogel gemalt. Aber am nächsten Tag war die Stadtguardia mit zwei Wächtern und zwei Soldaten angerückt, und der Ludolf Köhler hatte das Schild abmontieren und sein Wirtshaus umbenennen müssen, weil der schwarze Adler das Wappen des Kaisers war und der Kaiser und die Kaiserin sich bei den Kostümfesten des Hofes oft als Herr Wirt und Frau Wirtin zum Schwarzen Adler verkleideten. Und der Ludolf Köhler hatte noch froh sein müssen, dass man ihn nicht arretierte wegen Majestätsbeleidigung.

Der Totengräber stand höher als Kesselflicker, Spielleute, Haderlumpen, Bettler, Knechte, Mägde oder unehelich Geborene, oder, Gott bewahre, womöglich gar als die Kinder von verurteilten Protestanten. Er war aber doch nicht ehrsam genug, dass man seinen Sohn als Lehrling in eine Zunft aufgenommen hätte, selbst wenn er genug Geld gehabt hätte, das Lehrgeld zu bezahlen, aber woher hätte er das Geld? Und deshalb dachte Karel auch nie darüber nach, welches Handwerk ihm gefallen würde. Die meisten Kinder im Krowotndörfl dachten über so etwas nicht nach. Ein zünftisches Handwerk kam nicht infrage. Eventuell, dass eine Papiermühle oder ein Gerber Knaben aus dem Krowotndörfl aufnahm, aber den Gestank musste man erst einmal aushalten. Es kam, wie es kam. Irgendwas. Man konnte Pferdeknecht oder Kutscher werden, wenn man Pferde mochte, oder Wirt, wenn man gerne mit den Leuten redete oder man konnte mit den Tabakshändlern ziehen, die überall im Land das neue Wundermittel gegen alle Krankheiten anpriesen. Manche wurden von den Taschendieben ausgebildet, und wenn sie geschickt waren, verdienten sie nicht schlecht und konnten jeden Tag essen. Eventuell konnte man auch Rumorknecht bei der Stadtwache werden, wenn man ordentlich dreinschlagen konnte. Karel fürchtete sich vor Pferden und redete nicht gern. Er schlug auch nicht gern drein.

Vielleicht dass er sich einmal um eine Bettlerlizenz bewerben würde. Oder um eine Anstellung als Knecht im Bürgerspital, dazu musste man aber groß und stark sein, denn man musste die Kranken heben können. Aber angeblich wurde man dort richtig bezahlt, jede Woche, wenn man jeden Tag kam.

Wenn man sich um eine Bettelkonzession beim Magistrat bewarb, musste man die Gebete hersagen, die der Bettelmeister abfragte. Dann bekam man sogar das Wiener Stadtzeichen auf den Ärmel und durfte vor den Kirchentoren stehen. Nicht auf den Friedhöfen. Wenn der Bettelmeister einen auf einem Friedhof erwischte, womöglich sogar, dass man eine Witwe beim Gebet störte, war man die Konzession los für ein ganzes Jahr. Allerdings bettelten auch die armen Studenten von der Universität, und sogar ohne Bettlerprüfung, und nahmen den echten Bettlern, die immerhin eine Magistratserlaubnis hatten, das Einkommen weg. Die armen Studenten, die Pauperes, die wegen der Bettelei nicht mehr zum Studieren kamen, waren eine große Konkurrenz für die echten Bettler geworden und man konnte sie auch nicht davonjagen, wie das fremde Gesindel. Vor einiger Zeit hatte sich der Pestarzt und Rektor der Universität, Paul de Sorbait, dazu etwas einfallen lassen. Nach der Vereinbarung mit dem Magistrat gingen die Pauperes nur mehr am Freitag und in Gruppen zu den bezeichneten Häusern, die sich dazu bereit erklärt und einen Zettel mit einem großen P an die Haustüre genagelt hatten, und die echten, geprüften Bettler wussten dann, hier bekamen sie nichts. Denn das P konnten alle lesen. Den Bettlern war diese Lösung nicht unwillkommen, denn so ersparten sie sich, ihr ärmliches »Pane, pane!« gegen schöne Sprüche der Studenten einzusetzen, und sie hätten auch nichts dagegen unternehmen können, denn der Bettelvogt hatte schon zugestimmt. Eine Bettlerprüfung konnte man jedenfalls in Erwägung ziehen, wenn man die Gebete lernte.

Eines Tages war etwas Seltsames geschehen. Sein Vater hatte ihm die Schaufel übergeben, war ein paar Schritte von der Grube zurückgetreten und hatte irgendetwas unter seinen Mantel geschoben. Zu Hause – sie bewohnten ein kleines Haus am Rand des Krowotndörfls, das sogar gemauert war und auf einer Seite einen Bretterschuppen angelehnt hatte, wo der Vater seine Geräte lagerte – hatte Karel gefragt, was er auf dem Totenacker gefunden hatte. Es gab dort nicht viel, was man hätte aufheben und einstecken können, eigentlich nichts. Der Vater hatte geseufzt, als hätte er die Frage kommen sehen, und hatte ein Papier und ein paar Haare aus der eingenähten Tasche unter seinem Mantel hervorgezogen.

»Fürs Grab«, hatte er gesagt.

»Für welches Grab?«

»Für die geheimen Gräber.«

Dann hatte der Vater ihm sein geheimes, verbotenes Tun erzählt, seit die Gehenkten mit ihren Namen begraben wurden. Wenn es sich um einen Protestanten handelte, um einen Lutherischen oder Calvinischen, fand sein Vater eine unbeobachtete Sekunde, in der er dem Toten ein paar Haare abschnitt und irgendwie auch den Namenszettel an sich brachte, er bettete Haare und Zettel dann in ein Holzkistchen und legte es in einer anderen unbeobachteten Sekunde in einem geweihten Friedhof in ein frisch ausgehobenes Grab, manchmal auch in eine Gruft. Das mache er, hatte sein Vater ihm erklärt, während Karel atemlos lauschte, weil er wisse, dass viele Leute, die zum katholischen Glauben zurückgekehrt waren, auch nicht heiliger waren als die Protestanten, die aus Trotz – ja, das war ihr eigentliches Vergehen – heimlich immer noch protestantische Messen abhielten oder gar verbannten Protestanten Unterschlupf gewährten, wenn diese in die Stadt hereinkamen. Für ihren Starrsinn hätten sie ja mit dem Tod gebüßt, das wäre Strafe genug, hatte sein Vater gemeint.

Wenn die hingerichteten Protestanten Kinder hatten, ließ man sie nicht lesen und schreiben lernen, jedenfalls nicht bei einem Pfarrer und nicht bei den Jesuiten und auch nicht bei einem Schulmeister mit Konzession. Man nannte sie Verlorene Kinder. Das war oft der Grund, dass manche Lutherischen doch zum wahren Glauben zurückkehrten, damit nicht auch ihre Kinder gestraft wurden. Freilich konnte man das nicht lückenlos kontrollieren, sonst hätte man hinter jedes Verlorene Kind einen Wächter stellen müssen. Die Leute im Krowotndörfl hatten nicht solche Gedanken wie sein Vater, denn wer konnte schon lesen? Oder sogar schreiben? Sein Vater hatte immerhin gelernt, die Namen der Verstorbenen zu lesen und auch noch andere Worte, wie ›Requiescat in pace‹, und er hatte schließlich sogar herausbekommen, was das hieß. Karel war es sinnlos erschienen, Frieden für das Jenseits zu wünschen, und hatte sich gedacht, dass es wohl ›in pane‹ heißen sollte, denn das riefen die Bettler gegen die Fenster von wohlhabenden Adeligen, die Italienisch sprachen, und dann trat eher eine Hausmagd heraus und gab ihnen ein paar Stück Brot oder einen Teller Suppe. Außerdem konnte man »Paa-nee!« in zwei langen Tönen rufen, wie Flehen, »Brot!« aber nicht. Brot klang immer wie ein Befehl oder wie Hundebellen. Und er ergab ja auch einen Sinn, dass Verstorbene, wenn sie in den Himmel kamen, immer genug zu essen hatten.

»Aber warum nur die Haare?«, hatte Karel gefragt. »Sollen die Haare allein auferstehen am Jüngsten Tag? Haare können nicht stehen.«

»Die Haare verderben nicht unter der Erde«, hatte sein Vater erklärt, »sie sind so gut wie die Knochen. Und die Knochen allein könnten auch nicht stehen, wenn Gott es nicht befehlen würde. Und daher kann Gott auch den Haaren befehlen.« Die Haare, hatte sein Vater gemeint, seien so gut wie der Mensch selber, und so könnten am Jüngsten Tag die Lutherischen auch aus geweihten Grabverstecken auferstehen, und Gott selbst könne dann bestimmen, wohin sie kommen sollen. Wenn die Haare in gesegneter Erde lagen, war für seinen Vater das Werk getan.

*

Die meisten Toten, die der Vater des Karel begraben musste, waren doch im Herrn gestorben und dann standen die Verwandten um das Grab herum. Karel hatte sich bei den Beerdigungen, bei denen der Totengräber und seine Gehilfen in einem würdevollen Abstand stehen mussten, damit es nicht so aussah, als könnten sie das Zuschaufeln nicht erwarten, aufs Beobachten verlegt und sich Geschichten ausgedacht, wenn jemand sehr weinte am Rande der Grube oder nur eine finstere Miene machte oder sogar zufrieden dreinschaute.

Da der Vater also nicht nur Hingerichtete, sondern auch ehrenhaft Verstorbene in den Friedhöfen der Alser Vorstadt begrub und daher auch Priester und Pfarrer zu sehen bekam, hatte er eines Tages den Pater Severin von der Servitenkirche, der sich immer ein wenig mehr Zeit für die Einsegnung nahm, gefragt, ob er einen Platz für den Karel wüsste, denn dieser wäre zu wenig geschickt für die Kesselflicker und zu groß für die Bettler, und als Hilfstotengräber hätte er auch keine Zukunft, wenn nicht wieder die Pest über Wien kam, und es sah Gottseidank doch nicht danach aus.

Der Pater Severin hatte auf den Buben geblickt, der danebenstand und schon fast so groß wie der Totengräber war, und wahrscheinlich hatte er auf den ersten Blick gesehen, dass man den dünnen, langen Kerl als Kirchendiener brauchen könnte. Die Kirchenmänner hatten ja nicht den Zweifel der Zünfte und Zechen, für die schon jeder zweite Bub nicht mehr gut genug war, dass sie ihn aufnahmen und in ihre Geheimnisse einführten. Karel hatte nicht gewusst, wohin mit seinen Händen und mit seinen Augen, und seiner Erinnerung nach hatte ihn noch nie jemand so genau angeschaut, von oben bis unten, außer einmal der Bettelvogt, bevor er ihn für zu lang und zu gerade befunden hatte, obwohl Karel sich bemüht hatte, einen Buckel zu machen. Der Pater Severin hatte gemeint, solange ihre Kirche immer noch aus Holz wäre, und es schaue nicht so aus, dass man bald das Geld für einen Steinbau hätte, könnte man einen brauchen, der den Boden jeden Tag mit Sägespänen bestreute und auch wieder abkehrte und auf die Kerzen achtete, damit nicht ein Brand entstand. Die Kerzen anzuzünden wäre nicht sein Geschäft, das sei für den Kirchendiener Roman, der wisse, wo und wann wie viele und wie große Kerzen anzuzünden wären. Da müsse man sich auskennen, denn die Verschwendung von Kerzen wäre ebenso Sünde wie das Gegenteil. Wenn eine Witwe eine Messe für ihren verstorbenen Mann lesen lasse oder ein Witwer für seine drei verstorbenen Frauen, das passierte sogar öfter, mit acht großen Kerzen, dürfe man nicht mittelgroße anzünden, das wäre unredlich, und man dürfe auch die Namen nicht verwechseln. Aber es wäre dann die Aufgabe Karels, darauf zu achten, dass die Kerzen nach der Messe abgelöscht wurden, bis auf zwei, das könne Karel wohl lernen. Das Geschäft könne er neben den Hilfsleistungen für seinen Vater besorgen. Später würde man vielleicht weitersehen. Vielleicht könne Karel im Laufe der Zeit auch den einen oder anderen Buchstaben lesen lernen. ›Amen‹ zum Beispiel sei nicht so schwer.

Das war Karels Einstieg gewesen in eine Welt, wo man mit ihm sprach, zumindest der Kirchendiener Roman, wenn auch nur das Notwendigste, aber Roman und der Pfarrer erwarteten doch auch Antwort, und das war etwas Neues für ihn. Schweigen war ihm aber fast lieber.

Einmal war dem Vater eine besondere Ehre zuteilgeworden.

Am Friedhof der Stephanskirche waren gleich drei Totengräber ausgefallen, und daher hatte man seinen Vater gebeten, auszuhelfen. Sein Vater war sehr erfreut gewesen, dass er einmal einem hochgeehrten Bürger, dem Steinmetzmeister Khain, das Grab schaufeln durfte. Fünf Totengräber waren hier am Werk, nicht nur drei wie im Krowotndörfl. Ein Grab am Friedhof der Stephanskirche. Ein edler Platz für einen Bürger. Noch edler waren nur die Grabstätten im Dom und unter dem Dom. Es war ein tiefes Grab bestellt worden, weil ja auch die Witwe des Hans Khain in nicht allzu ferner Zeit Platz haben musste.

Der Vater hatte seinen Totenmantel umgelegt, wie oft, wenn er den Schmutz des Grabens verbergen wollte, bis er zu Hause angelangt war. Man sollte nicht gleich erkennen, dass er gerade wieder die traurige letzte Arbeit geleistet hatte, obwohl es natürlich jeder wusste. Zum ersten Mal hatte Karel erlebt, dass so viele Leute rund um ein Grab standen, dass sie sich gegenseitig auf die Füße stiegen und der Dombaumeister selbst hatte über den Toten gesprochen und über sein ehrenvolles, arbeitsames Leben, und dass nun die Steinmetzzeche sich seiner ehrbaren Witwe annehmen werde. Der Sarg wurde nicht von den schwarz verhüllten Totenbrüdern des Krowotndörfls begleitet, sondern von sechs Steinmetzen, die dunkle Umhänge über ihre Zunftkleidung geworfen hatten. Die um die Grube stehenden Steinmetzen und Maurer nahmen ihre Barette und Mützen ab und pressten sie an die Brust, und als der Sarg unten angekommen war, setzten sie sie wieder auf und drückten sie zurecht, dass der Wind sie nicht womöglich hinunterwehe in die Grube.

Karel hatte eine Beobachtung gemacht, während er, hinter den Totengräbern, einige Schritte vom Grab entfernt, auf das Ende der Zeremonie gewartet hatte. Ganz nahe am Rand des Grabes stand eine ziemlich alte Frau, die Witwenhaube tief ins Gesicht gezogen, und starrte in das Loch hinab, in das ihr

Hans Khain gerade hinabgelassen worden war in einem schön gezimmerten Sarg, den die Zunft der Steinmetzen und Maurer bezahlt hatte. Sie bekreuzigte sich dreimal und drehte sich dann um, und Karel hatte erwartet, dass jemand ihren Arm nahm und sie stützte auf dem traurigen Gang hinweg vom Grab, wo sie ihren Gatten zurücklassen musste, und war sehr verwundert, dass nicht der Dombaumeister Harsleben neben sie trat, sondern ein Mann im Zunftkleid, der wahrscheinlich noch keine dreißig war, das Barett der Steinmetzen auf dem dichten blonden Haar, das ihm bis zum Kinn reichte, und sich verbeugte und ihr den Arm reichte, und sie hakte sich unter, und so schritt die Witwe Khainin vom Grab ihres Gatten fort.

Im Augenblick, als die Witwe ihren Arm in den des jungen Steinmetzen schob, hörte Karel ein unterdrücktes Schluchzen ganz hinten, wo die Gruppe der Trauernden schon dünner war, und dann drehte sich eine junge Frau um und lief zum Friedhofstor hin, so rasch es die dichten Gräberreihen erlaubten.

Schließlich hatten die meisten Trauernden und Neugierigen den Friedhof verlassen, und die Totengräber mussten die Grube schließen, Schaufel um Schaufel. Dann blieb noch der kleine Hügel, und die fünf Totengräber kratzten jeder noch ein paar Erdbrocken zusammen, die herumlagen, was der Dompfarrer nicht schätzte. Der Dombaumeister Harsleben zählte dem Hilfskaplan ein paar Geldstücke in die Hand, und dieser verteilte sie dann an die fünf Totengräber. Die Totengräber des Stephansfriedhofs bekamen jeder sechzig Kreuzer, sein Vater zwanzig, und das war gar nicht schlecht für eine Aushilfe aus dem Krowotndörfl. Die Steinmetzen waren großzügige Leute.

Der Vater blieb dann noch ein paar Sekunden länger stehen als seine Kollegen, die schon zum Wirtshaus im Unteren Werd unterwegs waren, wo ihnen die Steinmetzzunft auch noch eine Jause hatte bereiten lassen. Er schien die Reihen der Gräber zu zählen, es waren aber doch viel weniger als im Krowotndörfl, wo man die zwei Friedhöfe schon hatte vergrößern müssen. Dann drehte er sich um, hob seine Schaufel auf, die er für ein paar Augenblicke an den Rand des frischen Hügels gelegt hatte, winkte Karel heran und deutete auf das Grab: »Musst dir merken«, sagte der Vater, »hab nicht jeden Tag so eine feine Kundschaft.« Karel merkte sich das Grab und auch den Namen im Totenkästchen, das der Vater unter dem Khain versenkt hatte.

*

Hin und wieder half Karel noch auf dem Totenacker, wo die Gehenkten lagen, und beobachtete noch ein paarmal, dass der Vater im Schuppen aus kleinen Brettchen, nicht größer als seine Hand, die Totenkästchen zimmerte und mit in einen geweihten Friedhof nahm, wenn sich die passende Gelegenheit ergab. Inzwischen lagerte er die Kästchen unter einem Stein im Kamin, welcher schon so rissig war, dass man aufpassen musste, dass der Rauch nicht in die falsche Richtung zog. Sein Vater achtete darauf, dass der ehrbar Verstorbene und der Hingerichtete irgendwie zusammenpassten. Einmal hatte er sogar ein Jahr lang lang warten müssen, bis er das Kästchen eines Wanderschulmeisters, der zum Tode verurteilt worden war, weil er seinen Schülern erzählt hatte, der große Krieg hätte nur deshalb so lange gedauert, weil die Fürsten und der Kaiser den Hals nicht vollgekriegt hätten, wer mehr Land und daher mehr Geld bekäme, und um den Glauben wäre es längst nicht mehr gegangen, in das Grab eines Studenten betten konnte, der an der Schwindsucht gestorben war. Sein Vater hatte gefunden, ein Schulmeister und ein Student würden sich auch im Jenseits verstehen.

In der Früh um fünf ging Karel zur Servitenkirche, kehrte die Sägespäne zusammen und streute neue aus und fragte nach seinen Pflichten an diesem Tag. Abends ging er mit seinem Vater ins Wirtshaus Zum Schwarzen Hund, wo sie sich wie immer an einen freien Tisch setzten und einen Krug Wein mit Wasser gemischt tranken, und es setzte sich wie immer niemand dazu. Sein Vater achtete darauf, dass der Wirt nicht mehr als die Hälfte Wasser dazu goss. Karel durfte nun, nachdem der Kirchendiener Roman schon ziemlich gebrechlich geworden war und oft nicht ganz hinaufreichte zu den hohen Kerzen, diese unter Aufsicht entzünden. Er hatte sich inzwischen selbst einige Buchstaben eingeprägt, obwohl es der Vater für Hochmut hielt, wenn Totengräber mehr lesen konnten, als die Namen der Toten. Er hätte das Geschäft vielleicht auch ganz übernehmen können, aber seine Lesekünste waren noch zu wenig ausgeprägt, und Pater Severin hatte gemeint, solange er statt ›Beinhauer‹ ›Reinhauer‹ lese, könne er ihm die Organisation der Kerzen noch nicht vollständig anvertrauen. Er nahm Karel aber trotzdem als Ministrant für die erste Morgenmesse auf, nachdem Karel die lateinischen Sprüche, die er antworten musste, gelernt hatte.

Karel hatte zum ersten Mal in seinem Leben eine Aufgabe, bei der ihm nicht die Gesichter der Hingerichteten in Erinnerung kamen, weil er sich darauf konzentrierte, was er dem Priester am Altar antworten musste.

Dann starb sein Vater, und Karel half dem Totengräber von den Minoriten, ihn zu begraben. Der Pater Severin hatte einen Sarg für ihn bezahlt. ›Das letzte Mal, dass ich ein Grab schaufle‹, dachte Karel, denn bald würde man einen Nachfolger für den Vater gefunden haben und er musste dann keine Hilfsdienste mehr leisten. Der Pater Severin hatte ihm auch erklärt, was ›Requiescat in pace‹ bedeutete. Vielleicht konnte er eines Tages sogar Mesner werden, aber man durfte keine unbescheidenen Wünsche haben. Sein Vater hatte ihm mehr als einmal gesagt, dass oft gerade unbescheidene Wünsche der

Grund waren, warum einer dann auf dem ungeweihten Totenacker begraben wurde.

In der Nacht, wenn er auf seiner Pritsche im Totengräberhaus lag, dankte er Gott, dass er so ein glückliches Leben hatte und sich nicht mit drei anderen um einen Schlafplatz im Ziegenstall des Kesselflickers raufen musste.

Eines Tages, nach einer Sonntagsmesse, bei der Karel wieder Wache stehen musste, dass die Kerzen richtig brannten und rechtzeitig gelöscht wurden, denn der Umbau der hölzernen Kirche war immer noch nicht in Angriff genommen worden, weil die Wiener Maurerzeche dagegen protestierte, dass wieder ein italienischer Architetto den Auftrag bekommen hatte, rief ihn Pater Severin in die Sakristei und fragte ihn, ob er mit Pferden umgehen könne. Karel schüttelte den Kopf. Denn auch wenn in der Rossau die Schifferpferde grasten, hatte er Respekt vor diesen Tieren und kam ihnen nicht zu nahe.

»Schade«, antwortete der Pater, »sonst hätte ich was Schönes für dich gehabt. Du bist groß, und stark bist du auch geworden beim Schaufeln, und du schaust auch nicht schlecht aus.«

Karel hatte noch nie darüber nachgedacht, wie er ausschaute. Er war groß, ja, viel größer als sein Vater, und er hatte glattes schwarzes Haar, das er sich unter den Ohren abschnitt, aber er hatte eine scharfe Nase und einen schmalen Mund, das hatte er öfters festgestellt, wenn er die Kutsche der Totenbruderschaft bewachen musste und sich sein Gesicht im Glas der Kutschenfenster spiegelte. Obwohl Karel wusste, dass es sich nicht gehörte, neugierig zu sein, konnte er nicht umhin, zu fragen: »Und was, Pater Severin?«

»Du kennst ja sicher die wunderbaren heiligen Spiele, Theaterspiele, die die Jesuiten zu Ostern aufführen«, antwortete Pater Severin, »das heilige Theater?«

Karel hatte noch nichts davon gehört. Er war nur selten in der Stadt drinnen gewesen, weil ja seine Bettlerkarriere nicht geklappt hatte, und im Krowotndörfl sprach man nicht vom Theater der Jesuiten.

»Vielleicht«, sagte er sicherheitshalber.

»Vielleicht kannst du sie nicht kennen. Also nein.«

»Vielleicht nein«, gab Karel zu. Er wollte ein Gespräch, mit dem der Pater ihm etwas Schönes verhieß, nicht gleich mit einem Nein beenden. Deshalb fasste er sich ein Herz und fragte weiter: »Und dort spielen auch Pferde mit?«

»Pferde spielen nicht mit, aber sie stehen manchmal vor dem Portal unter der Bühne oder daneben, wenn das so zum Stück gehört. Zur heiligen Wirklichkeit. Und dann muss einer das Pferd am Zügel halten, dass es nicht durchgeht, wenn es den Donner Gottes hört.«

Den Donner Gottes! Karel blickte Pater Severin entsetzt an.

»Der Donner wird auch von einem Jesuiten gemacht, oder von einem Burschen, aber im Auftrag Gottes«, beruhigte ihn der Pater.

»Und wenn dort viele Leute stehen, fürchten die sich nicht? Laufen sie nicht davon?«

»Natürlich fürchten sie sich. Aber der Donner ist nicht so schrecklich wie die Hölle, wenn man Gottes Gebote nicht beachtet. Deshalb laufen die Leute nicht weg. Deshalb warten sie auf die Auferstehung des Herrn.«

Trotz seines Kirchendienstes kannte Karel zwar ein paar Gebete, aber die Auferstehung des Herrn vor der Jesuitenkirche kannte er nicht, denn wenn der Pfarrer in der Kirche etwas vorlas, war das Lateinisch. Nur bei der Predigt sprach er Deutsch, jedenfalls in der Servitenkirche, weil man sonst nicht verstanden hätte, was passiert, wenn man die Gebote Gottes nicht einhielt. Karel wusste besser als viele, was dann passierte. Die Hingerichteten landeten ohne Sarg in der Grube, ja, und wenn sein Vater ihre Strafe noch verstärken wollte, lagen sie irgendwie, wie sie sich das als Lebende wahrscheinlich nicht gewünscht hatten. Nicht schön gerade, mit zusammengefalteten Händen und das Gesicht zum Sternenhimmel. Das war jedenfalls die Strafe seines Vaters für die Hingerichteten gewesen, wenn die Totenbrüder nicht zuschauten. Aber die Protestanten waren auch Hingerichtete, und sein Vater hatte sie in einer guten Haltung geordnet, mit der man sicher nicht zur Hölle fuhr. Er wusste also jetzt schon mehr über die Zeit nach dem Tod als Pater Severin. Er wusste das natürlich nur über die Hingerichteten. Wenn der Sargtischler die im Herrn Dahingeschiedenen bettete, kontrollierten das die trauernden Hinterbliebenen genau, weil der Sarg ja drei Tage lang offen blieb und alle kamen, die sich verabschieden wollten. Und dann kamen auch keine verhüllten Totenbrüder.

Karel hatte noch nie so ein langes Gespräch mit jemand geführt, schon gar nicht mit einem Pater. Deshalb fasste er sich noch einmal ein Herz: »Ich habe aber schon öfters das Pferd der Kutsche der Totenbrüder gehalten.«

»Na, siehst du«, sagte Pater Severin, »so ist es auch bei den heiligen Osterspielen. Du musst das Pferd festhalten, das ist alles, und wenn man dir ein Zeichen gibt, musst du es wieder langsam wegführen. Reiten brauchst du nicht.«

»Das kann ich«, sagte Karel mit Bestimmtheit.

»Also, dann nehme ich dich morgen mit zum Pater Corbinius. Hast du noch einen anderen Rock?«

Was für eine seltsame Frage. Wer hatte noch einen anderen Rock? Dass er überhaupt einen hatte und nicht nur einen löchrigen Umhang, wie die meisten im Krowotndörfl, war ja ohnehin seiner Totengräberarbeit zu danken, denn die Totenbruderschaft wollte, dass die Totengräber Rock, Hose und Schuhe trugen, und die hielten viele Jahre.

»Was für einen anderen Rock? Den von meinem Vater?«

Pater Severin musterte ihn und schüttelte dann den Kopf.

»Du bist schon größer, als dein Vater war. Vielleicht bekommst du sogar einen neuen für deine Rolle.«

›Für deine Rolle‹. Wie wunderbar das klang. Ein neuer Rock und eine Rolle. Wie die Schauspieler am Vorplatz der Servitenkirche, am Faschingsdienstag, der Harlekin und die Hermine. Vielleicht bekam er sogar einen bunten Rock mit großen Knöpfen. Das Leben hielt etwas Wunderbares für ihn bereit.

Aber Karel hatte dann nur einen braunen Rock mit kleinen Knöpfen bekommen, und der war auch schon ein paar Jahre alt. Doch damit war das neue Leben Karels beschlossen, als Statist bei den heiligen Theaterstücken der Jesuiten, bei denen er ebenso wenig sprechen musste wie bei den Begräbnissen der Hingerichteten. Er hatte nun Gelegenheit, die Menschen, die dort unten auf dem Vorplatz standen und weinten und lachten, viel mehr weinten als lachten, zu beobachten, und es fiel ihm auf, dass manche gleich weinten an der traurigen Stelle, wenn unser Herr Jesus von Judas verraten wurde, und andere sich das ruhig anschauten, als wäre ihnen das gleichgültig. Die einen fassten ihren Nachbarn entsetzt an den Händen, wenn der Donner des Himmels die Verdammung ankündigte, andere wiederum grinsten sogar. Ja, tatsächlich, es gab welche, die grinsten, wenn die Jesuiten den schrecklichsten Theaterdonner veranstalteten.

*

Ein Totengräber fiel nicht unter das Heiratsverbot wie die Kesselflicker, Lumpensammler, Bettler, Knechte und Dirnen, aber man fand nicht leicht eine Frau, auch nicht als Sohn eines Totengräbers, und so kam es fast auf das Gleiche heraus. Die meisten Leute vom Krowotndörfl waren nicht verheiratet, auch wenn es dort Kinder gab. Aber die Obrigkeit und die Geistlichkeit konnten ihre Augen nicht überall haben.

Hinter der Schlagbrücke, am Tabor, gab es eine Seidenspinnerei. Die nahm sogar uneheliche Burschen auf, wenn sie sich sonst nichts hatten zuschulden kommen lassen. Die Arbeiter der Seidenspinnerei konnten in den Hütten neben der Manufaktur schlafen und mussten nicht beim Meister wohnen wie die Zunftlehrlinge und Gesellen. Und die Arbeit in der Manufaktur dauerte nur zwölf Stunden am Tag und nicht vierzehn oder noch mehr, wie bei den Meistern. Aber man nahm dort lieber die Burschen vom Unteren Werd und nicht Burschen aus dem Krowotndörfl, die niemand kannte. Der Pater Severin hatte daher mit dem Sargtischler gesprochen, der sein Haus und seine Werkstatt in der Servitengasse hatte. Der Tischler Konrad Ritzker, erklärte Pater Severin, könne Karel natürlich auch nicht als zünftischen Lehrling aufnehmen, aber als Gehilfen zum Sägen und Ordnen der Bretter, und er wäre bereit dazu.

So wurde Karel neben seinen Mesnerhilfsdiensten, den Totengräberhilfsdiensten und den Statistenrollen am Jesuitentheater auch noch Gehilfe beim Sargtischler Ritzker. Seine Tage waren ausgefüllt mit schweigenden Arbeiten und die halbe Zeit mit dem Ende des Menschenlebens. Karel war mit seinen vier Tätigkeiten nicht unzufrieden, sie ergänzten sich irgendwie. Messdiener, Sargtischler, Totengräber und schließlich die Auffahrt der Seele in den Himmel oder die Verdammung in die Hölle bei den Jesuiten, das passte alles zusammen.

Eines Tages gab es beim Konrad Ritzker große Aufregung. Die zwei Lehrlinge und die zwei Gesellen wurden in der inneren Werkstatt zusammengerufen. Die vier Gehilfen, zu denen Karel gehörte, die nur Sägearbeiten und Hilfsdienste verrichteten durften, wie das Schlichten und Sortieren der Bretter, hatten keinen Zutritt zur Werkstatt, weil sie keinen Hobel führen durften, und die Erzeugung des Holzleimes und der Farben waren Zunftgeheimnisse, die die Gesellen und der Meister hüteten wie einen Schatz. Die Gesellen mussten den großen Sessel mit den geschnitzten Armlehnen herbeitragen, den der Ritzker für besondere Kunden bereithielt. Er hatte die Armlehnen höchstpersönlich geschnitzt, obwohl er nur ein Sargtischler und daher für die Sesselherstellung und geschnitzte Armlehnen nicht zugelassen war. Aber da es sein eigener Sessel war, war es erlaubt. Jeder konnte sich einen eigenen Sessel herstellen. Das war nicht verboten. Er hoffte aber immer, irgendein wichtiger Kunde würde sich an die wunderbare Schnitzarbeit des Konrad Ritzker erinnern. Vielleicht ergab sich irgendwie eine Erweiterung seiner zünftischen Konzession auf geschnitzte Armlehnstühle für die Trauernden vor der Bahre des Verstorbenen. Er stellte sich ein neues Gewerbe für ›Trauersessel‹ vor, das noch nicht zunftgebunden, aber an eine Sargtischlerei angeschlossen wäre. So hätte er weniger zukünftige Konkurrenten, denn nicht jeder Sargtischler war ein so talentierter Schnitzer wie er. Natürlich konnte das Jahre dauern.

Zwei Männer der Stadtguardia mit den roten Pluderhosen tauchten auf, mit Flinten, als wollten sie jemand verhaften, aber sie stellten sich nur vor die Türe und pflanzten ihre Gewehre auf. Dann rauschte ein Herr in weißen, seidenen Kniehosen und weißen Kniestrümpfen und in einem dunkelroten langen Rock durch die Türe und durch die Gehilfenwerkstatt in die Zunftwerkstatt hinein. Dort blieb er eine Viertelstunde, kein Ton drang heraus, dann öffnete sich die Türe wieder, und der Herr entschwand unter Hinterlassung einer gewaltigen Duftwolke. Karel konnte gerade nur ein herrisches Gesicht mit einem mächtigen Kinn und mit hervorstehenden Augen wahrnehmen und eine lange, gelockte, schwarze Perücke.

Am Abend erfuhren sie dann, dass der rauschende, weiß-gewandete Herr der Signor Ottavio Burnacini war, der sich persönlich vergewissern wollte, dass die Werkstatt des Konrad Ritzker den Anforderungen der Hofschreinerei entsprach und dass er keine Bönhasen beschäftigte, wandernde Gesellen, die ihren Meistern davongelaufen waren und über das Land zogen mit ihren Hobeln und Zunftgeheimnissen und da und dort pfuschten und die Zunft und den Kaiser hintergingen. Und sie erfuhren, dass Signor Burnacini den geschnitzten Armsessel des Konrad Ritzker wohlwollend zur Kenntnis genommen hatte, indem er mit den Fingern die eingerollten Schnecken entlangfuhr, in denen die Armlehnen endeten. Aber Signor Burnacini hatte leider keinen Einfluss auf die Zunft der Sesselmacher.

Karel kannte den Namen des Ottavio Burnacini von den heiligen Spielen der Jesuiten, wenn alles genau so aufgestellt werden musste, wie der Burnacini es sich ausgedacht hatte. Nicht einmal der Pater Corbinius durfte etwas ändern. Als er einmal bei der Szene von der Auferstehung des HERRN aus dem Grab, vorbei an den schlafenden Wachsoldaten, die sich rund um das Grab lagern mussten, wie es in der Bibel stand, ein Brett der Abdeckung des Grabes nur ein wenig verschob, damit der hingelagerte Wachsoldat nicht hineinkippte, stieß der auferstehende Herr Jesus mit dem Kopf an das Brett, und der Signor Burnacini hatte hinter den Kulissen vor Wut aufgestampft und den Pater Corbinius einen Saboteur genannt.

Die Hofschreinerei war in zeitliche Bedrängnis geraten, weil die Kulissen für die neue Oper nicht rechtzeitig fertig wurden, und daher wollte man ausnahmsweise einen zünftischen Tischler an dem Auftrag teilhaben lassen. Natürlich nur für ein paar hölzerne Säulen und Wolken, nicht für die wunderbar bemalten Kulissen, die der Signor Burnacini für das Hoftheater entwarf. Karel hätte viel dafür gegeben, eine Wolke hobeln zu dürfen, weil er bei den Theaterspielen der Jesuiten ja ab und zu auch Wolken hin- und herschieben musste, aber der Meister hielt sich streng an die Regeln, und die vier Gehilfen bekamen die Wolken und Säulen nur kurz zu Gesicht, als sie von ein paar

Hofschranzen abtransportiert wurden. Der Ottavio Burnacini war nicht zum letzten Mal beim Konrad Ritzker gewesen, weil er auch bei den Kulissen für die Jesuiten manchmal im letzten Augenblick noch eine Wolke oder eine Säule brauchte.

Aber dann war alles auf einmal wieder zu Ende. Der Konrad Ritzker hatte eine Tochter, die manchmal durch die Werkstatt streifte und sich die Lehrlinge und Gesellen anschaute. Einmal war sie bei Karel stehen geblieben, hatte ihn angeschaut, dass er sein Herz im Halse spürte, und hatte ihren Ellbogen in seinen Oberarm gebohrt, sodass er die Bretter fallen ließ, die er gerade aufschlichten hätte sollen. Der Ritzker war herbeigesprungen, hatte ihn geohrfeigt, links und rechts, und ihn an seinem Hemd zur Tür gezogen und hinausgeworfen.

*

»Da capo, da capo!«, riefen die Gäste, die im Halbkreis um das Cembalo im Musikzimmer des Doctor Paul de Sorbait saßen, mit gedämpfter Stimme. Die Damen legten ihre Fächer in den Schoß und klappten die Fingerspitzen aneinander. Ein paar der Herren blinzelten erschreckt und richteten sich auf. »Da capo«, sagte der Reichspostmeister Ludwig von Paar schnell und stellte seinen gichtigen Fuß vorsichtig vom Schemel herunter, denn er war in Gedanken gerade ganz woanders gewesen.

Ein paar Minuten lang sah er die Bilder vom Arme-Sünder-Gottesacker im Krowotndörfl, draußen vor den Mauern, vor sich und dachte an die Worte, die sie immer vor der Grube für die Gehenkten sagten: »Finito. Amen.« Kein Gebet. Den Mördern, Dieben, Selbstmördern und Protestanten gebührte kein Gebet, aber doch zwei Worte des Abschieds von der Welt, an der sie sich versündigt hatten. Er gehörte damals zur Totenbruderschaft, die die italienische Mutter des Kaisers gegründet hatte, weil es sie in ihrer christlichen Seele schmerzte, dass

die Hingerichteten einfach von den Henkersknechten in eine
Grube geworfen wurden. Die Männer der Totenbruderschaft
wickelten die Unglückseligen in ein Leichentuch und gaben
ihnen zwei Worte mit ins Grab. Es waren nicht allzu viele
ehrenwerte Bürger zu diesem traurigen Totendienst bereit, damals. War das schon zehn Jahre her? Jetzt schrieb man sech-
zehnhundertdreiundsechzig ... Oder schon länger? *Da capo
und finito. Da capo oder finito.* Und so viel dazwischen.

Obwohl der Doctor de Sorbait der angesehenste Arzt von
Wien war, sprach man hier nie über Krankheiten. Höchstens
über Unpässlichkeiten, oder welcher Apotheker die besten
Blutegel züchtete. Denn weniger die Tatsache, dass Sorbait
ein berühmter Medicus war, begründete seine herausragende
Stellung, noch die Tatsache, dass er eine medizinische Bibliothek gegründet hatte, das war nicht so wichtig. Aber man hatte
selten jemand so perfekt die Viola da Gamba spielen gehört.
Von den Leibärzten der Kaiserin Eleonore Gonzaga war er der
angesehenste, weil er in Padua studiert hatte.

Es war üblich, dass man nach dem Hauskonzert bei Sorbait, wo dieser die Viola da Gamba, seine Gattin Edeltraud
das Cembalo und ihre Tochter Sybille die Flöte spielten,
nicht gleich den Heimweg antrat, sondern noch Konversation
machte. Man sprach dann über alles, was in Wien und in
der übrigen Welt passierte, etwa, ob man das Pfeifenrauchen
verbieten solle, denn in England waren schon ganze Stadtvier-
tel abgebrannt, weil ein Fuhrmann seinen Strohsack in Brand
gesteckt hatte, oder über das letzte Bühnenbild des Ottavio
Burnacini, der sich damit selbst übertroffen hatte, oder über
das Gerücht, der Perückenmacher Bellemont würde den Mädchen, die seine Kunstwerke fabrizierten, nicht genug zu essen
geben und sie nicht einmal zur Sonntagsmesse aus dem Hause
lassen. Immerhin lebte man jetzt in der modernen Zeit, wo
alles seine Ordnung hatte. Das Haus des Doctor de Sorbait

war eines, wo man damit rechnen musste, dass man nicht unter sich blieb, unter Gleichgesinnten, die verstanden, wovon man sprach, wenn man die Koloratur der Fürstin aus Mantua mit der Koloratur der Prinzessin von der Pfalz verglich. Im Hause des Doctor de Sorbait konnte es passieren, dass man unversehens einem Wiener Steinmetzmeister gegenüberstand oder sich als Tischdame neben einem Maler wiederfand, der darauf bestand, dass ein Handwerker und ein Künstler nicht das Gleiche seien, und einem den Unterschied erklären wollte.

»Liebes Fräulein von Paar«, sagte die Hausfrau, nachdem sie sich vom Cembalo erhoben hatte, »es hat doch noch eine schöne Stimme gefehlt. Wollen Sie nicht doch noch eine kleine Arie zum Besten geben? Ein Liedchen vielleicht?«

Elise trat einen halben Schritt zurück. Bei allen fraulichen Tugenden, die man ihr anerzogen hatte, war der Gesang auf der Strecke geblieben, und jeder Gesangslehrer hatte nach wenigen Wochen seine Bemühungen eingestellt. Es war ein Rätsel, wer das Gerücht gestreut hatte, sie könne singen. Sie hatte ihren Vater zu diesem Hauskonzert begleitet, weil sie Sybille Reitstunden geben und bei diesem Konzert ihre Körpereigenschaften kennenlernen sollte. Die Reitställe ihres Vaters waren Heimstatt für hunderte Rösser, selbst der kaiserliche Hof nahm die Reitlehrer des Herrn von Paar in Anspruch. Elise war natürlich nur für ganz besondere Reitschülerinnen zu haben, wie für die jungen Prinzessinnen des Hofes, darauf achtete ihr Vater. Denn er sah Elises Zukunft am Hof, nicht in seinen Ställen und Gestüten. Schade, dass Elise der höfischen Eleganz so wenig abgewinnen konnte. Unlängst hatte sie sogar den Wunsch geäußert, sich in der medizinischen Bibliothek umzutun, die der Doctor de Sorbait gerade zusammenstellte, ein Wunsch, den man mit einem nachsichtigen Lächeln zu den anderen Wünschen Elises verräumte, die alle unpassend waren, wie die Idee, eigene Unterkünfte für die Pferdeknechte zu bauen.

»Ich danke für die Einladung. Aber ich bin noch nicht so weit mit meinen Gesangsübungen, leider«, antwortete Elise. Dann zog sie sich mit Sybille in den Garten zurück, um ihren Gang und ihre Haltung zu studieren, und sortierte in Gedanken die Stuten, die zu Sybille passen könnten.

Nachdem sich die meisten Gäste verabschiedet hatten, blieben einige Herren im Musikzimmer zurück, um ihren großen Plan zu besprechen: Ihr englisches Projekt. Alles hatte mit dem Herrn von Schröder begonnen. Er hatte in Jena die Philosophie und die Ökonomie studiert und war vor einigen Jahren, nach seiner Rückkehr zum einzig wahren Glauben, in die Dienste des Kaisers Leopold getreten, um diesen bei seinen Plänen der Volksreichmachung zu unterstützen. Er hatte im Auftrag des Kaisers England bereist und dort Wissenschaft und Handwerk erforscht. Nun war er sich sicher, dass es an den Zünften lag, dass das Handwerk im Kaiserreich nicht recht vom Fleck kam und der kaiserlichen Finanzkammer nicht genug einbrachte. Und nun strebte Wilhelm von Schröder nichts weniger als eine Revolution des Handwerks an und nannte es ›eine englische Revolution‹. »Alles muss sich ändern«, sagte er immer wieder, »den Zünften wird es nicht gefallen und den Hofbefreiten auch nicht. Aber dem Kaiser.«

Denn es gab auch die hofbefreiten Künstler und Handwerker, die sich nicht an die Regeln der Zünfte halten mussten. Die meisten waren aus Italien zugewandert, was die Zünfte besonders kränkte. Die Hofbefreiten bildeten sich weiß Gott was darauf ein, dass der Kaiser ihnen Privilegien erteilt hatte. Der Ottavio Burnacini, der gefeierte Kostümbildner und Bühnenmeister des Kaisers und der Jesuiten, hatte sogar einmal den Reichspostmeister gerügt, weil dieser etwas an der Behandlung der Rösser bei den Theateraufführungen vor der Jesuitenkirche auszusetzen gehabt hatte. Der Burnacini hatte sich dagegen gewehrt, dass die Rösser im Schatten standen, weil das seine Kulissen gestört hätte. Der Disput hatte zum Glück in Italienisch stattgefunden, sodass ihn das herumstehende Publikum nicht ganz verstanden hatte, außer den Zorn in beiden Stimmen. Doch Ludwig von Paar hatte sich auf seine Weise gerächt. Der Burnacini musste von da an immer extra lang warten, wenn er eine Reisekutsche mieten wollte, und die besseren waren leider alle schon vergeben, und die Briefe in seine Heimat Mantua kamen immer eine Woche später an.

Der Kaiser hatte sich sehr interessiert gezeigt, als ihm der Herr von Schröder die Idee einer großen Manufakturei auf dem Tabor unterbreitet hatte, eines Kunst- und Werkhauses, mit freien Lehrwerkstätten für alle jungen Männer, für alle Gewerbe. Wobei er dem Kaiser nicht nur bedeutende Einkünfte versprach, sondern auch nicht hatte ausschließen können, dass es ihm und seinen Mitarbeitern gelingen würde, das Goldrezept zu entdecken. Doctor de Sorbait war skeptisch und auch der Graf Althan und der Herr von Paar setzten mehr darauf, neue Werkzeuge zu erfinden und die jungen Männer in Arbeit zu bringen, und das Gold wäre dann eine Zuwaage. Aber da der Kaiser immer noch hinter dem Stein der Weisen her war – niemand hatte gewagt, ihm das auszureden, und warum auch? –, konnten solche Versprechungen nicht schaden.

Heute war ein Freund des Hausherrn aus Trofaiach zu Besuch gekommen, mit der großen Reisekutsche des Abtes von Admont, der Pestarzt, Magister der Heilpflanzen und Dichter Adam von Lebenwaldt, nun sogar vom Kaiser ernannter Poeta laureatus, denn seine Sinnsprüche und Reime hatten den Weg bis an den Hof gefunden.

Adam von Lebenwaldt hatte den schwarzen Talar, den er für seinen Vortrag vor den Studenten der Universität übergeworfen hatte, abgelegt und ließ sich von der Kammermagd des Hausherrn einen breiten, weißen Spitzenkragen um die Schultern legen und die Manschetten aus den Rockärmeln zupfen.

Dann zogen sich die zwei Pestärzte in die Bibliothek zurück und Sorbait präsentierte seinem Gast die Bücher, die er in den vergangenen Monaten erstanden hatte, bis die Magd meldete, dass das Nachtlager des Doctor von Lebenwaldt bereitet sei.

*

Im Musikzimmer wartete man inzwischen ungeduldig auf die Rückkehr des Hausherrn. Herr von Schröder lief wie immer unruhig auf und ab. Sein Körper und sein Geist waren immer in Bewegung. Seine Hände fuhren über seine graue Mähne oder spielten mit seiner akkurat vierfach gebundenen schwarzen Halsbinde. Der Reichspostmeister Ludwig von Paar war schon ungeduldig, weil ihn heute sein gichtiger Fuß wieder besonders schmerzte, und machte sich alle paar Minuten durch einen tiefen Atemzug bemerkbar. Die Magd Else hatte ihm wieder einen Hocker mit einem dicken Polster unter das linke Bein geschoben. Graf Althan mahnte ihn zu Geduld, aber er schätzte es ebenfalls nicht, dass der Hausherr sie warten ließ, obwohl der Adam von Lebenwaldt natürlich kein gewöhnlicher Gast war. Als Sorbait endlich eintrat und ihr Gespräch beginnen konnte, räusperte der Graf sich ein wenig, damit Sorbaits Abwesenheit nicht ganz unkommentiert blieb.

Immer noch mussten sie im kleinen Kreis beraten, welche Werkstätte sie als Nächstes anstreben sollten, damit die Zünfte nicht schon vorher Mittel und Wege fanden, sie zu durchkreuzen. Immerhin gab es tausend Zunftbetriebe in Wien und daher genügend Feinde ihres Planes. Oft, wenn sie dachten, einen passenden Lehrer für das Manufakturhaus gefunden zu haben, passierte es, dass er wieder absagte, mit einer fadenscheinigen Ausrede. Aber irgendwann, vielleicht schon bald, würde ein ganzes Manufakturdorf auf dem Tabor stehen. Dazu fand man sich ein in der Weihburggasse, dass man solche Ideen wälzen konnte, unbehelligt von den Diskussionen, ob der Ottavio Burnacini das Kostüm des Kaisers als Kriegsgott Mars nicht hätte ganz in Rot machen sollen und noch mehr Kanonen auf die Bühne stellen und ob er das Wappen des Kaisers nicht hätte größer machen sollen. Hier ging es um andere Dinge.

Die Reise des Herrn von Schröder nach England, auf die ihn der Kaiser geschickt hatte, damit er Kontakte mit den englischen Wollwebern herstellte und sich umhörte, wie das die Engländer machten mit ihren Gewerben, die dort in großer Blüte standen, hatte Erfolg gezeitigt. Er hatte einen Kontrakt mit einer Wollweber-Kolonie geschlossen, mit dreißig Männern, die sonst nach Amerika ausgewandert wären, und demnächst erwarteten sie ihren ersten Abteilungsleiter, Mister John Miller, Meister für englisches Wollgewebe. Die Herren aus dem Kreis des Paul de Sorbait verstanden alle ein wenig Englisch. Wenn man Geschäfte machen wollte, war Englisch jetzt fast schon wichtiger als Italienisch. Obwohl das Englische dem Italienischen natürlich nicht das Wasser reichen konnte. Und dem Französischen erst recht nicht.

Der Wollwebermeister John Miller sollte in einem der Zimmer über den Stallungen des Postmeisters von Paar untergebracht werden, vorläufig, aber man hatte die Quartiere der Engländer, feste Hütten mit einem steinernen Unterbau, sodass man sie heizen konnte, schon in Angriff genommen.

»Und man kann sich auf diesen Wollweber verlassen?«, fragte der Graf Althan, weil er immer als Erstes wissen wollte, woher jemand kam – ›aus welchem Haus‹ nannte er es – und bei wem er gelernt hatte.

»Lieber Graf«, erwiderte Herr von Schröder etwas ungeduldig, weil der Graf seine Entscheidung anzweifelte, »wenn wir im Kaiserreich verlässliche Wollweber hätten, die etwas können, müssten wir sie nicht aus England importieren. Außerdem sind diese Leute genügsam, davon habe ich mich überzeugt.

John Miller versteht sein Handwerk. Er ist sogar ein Ingenieur, weil er neue Webstühle erfunden hat. Aus welchem Haus, kann man nicht mehr beantworten, weil das Haus sich aufgelöst hat in alle Weltrichtungen. Weil die Familie – nun, eben nicht den Glauben lebte, der in England jetzt vorgeschrieben ist.«

Er hüstelte. Mehr war nicht zu sagen. Man verstand. Glaubensfragen waren in diesem Kreis nicht angebracht. Das Wort *Puritaner* kam ihm nicht über die Lippen.

∗

»Hast du gut geruht, mein Freund?«, fragte Sorbait, nachdem er am nächsten Morgen das Zimmer seines Gastes betreten hatte. »Wie schön, dich hier zu haben, Adam! Dass du den weiten Weg nicht gescheut hast, ist mir eine größere Ehre als alle Posaunen!«

»Du kennst mich, Paul. Für die Gespräche mit dir würde ich um die halbe Welt reisen.«

»Was Gott sei Dank nicht nötig ist. Der Semmering ist Mühe genug. Ich warte schon dringend auf dein neues Arzneibuch. Du weißt, nicht jeder liebt unsere Forschungen. Man wartet oft lieber auf Wunder. Hast du einen guten Maler und einen guten Stecher gefunden? Die dir nicht die Arbeit verhunzen?«

»Die beste Malerin und den besten Stecher.«

»Die Wandermalerin, die im Winter im Admonter Stift wohnt?«

»Ja, dieselbe. Dafür bessert sie dort Schäden an den Bildern aus oder sie malt einen neuen Heiligen hinein, den die frommen Padres gern dabeihaben möchten. Und mir zeichnet sie die Pflanzen wie lebend, und ihre Girlanden sind unerreicht. Im Sommer zieht sie im Salzburgischen umher und bringt neue Ideen mit.«

»Das klingt wunderbar. Und der Drucker?«

»Wie man es nimmt. Er will sich noch überlegen, ob er auch meine Reime und Sinnsprüche druckt. Aber ich will das nicht trennen. Sinnsprüche sind nur eine andere Art Arznei.«

»Was kann ein Drucker gegen deine Sinnsprüche haben? Du bist ja schließlich Poeta laureatus! Weiß man denn, dass du früher …?«

»Natürlich weiß man das. Aber es gibt eben nur wenige Ärzte in der Steiermark, und ich habe mein Glaubensbekenntnis gesprochen. Ich bin ja nicht der Einzige. Und der Abt von Admont steht hinter mir. Aber du weißt, in Österreich herrscht nicht der Geist von Padua.«

Nach ihrem Studium der praktischen und theoretischen Medizin hatten ihre Wege sich getrennt. Paul war einer Einladung des Kaisers gefolgt, seine Studien zur Pest in Wien fortzusetzen, ob man die Pest tatsächlich mit der neuen Mode ›Hygiene‹ vertreiben konnte oder ob sie nicht doch eine Strafe Gottes war, gegen die es kein Kraut gab, sondern nur das Gebet. Adam hingegen war der Einladung des Abtes von Admont gefolgt, dem Stift und der ganzen Landschaft sein Wissen und Können angedeihen zu lassen. Natürlich erst nach seiner Konversion zum wahren Glauben, aber das war das Geringste. Eine Konversion zum wahren Glauben war kein Problem. Keine Konversion war das Problem.

Paul nickte: »Nein, Padua ist weit. Es muss sich noch viel ändern. Einen Mann wie dich könnten wir brauchen.«

»Ärzte gibt es genug in Wien. Du hast schon viel geändert, Paul. Die Ärzte im Bürgerspital waschen sich die Hände, habe ich gehört, und die Bettelstudenten haben einen Schlafsaal und eine Bibliothek bekommen. Das ist nicht wenig, was du erreicht hast.«

Bei seiner Ernennung zum Rektor der Universität hatte Paul de Sorbait sich bereit erklärt, auch als Hygiene-Kontrolleur im Bürgerspital zu fungieren. Die Position war weniger eine Ehre als vielmehr eine Notwendigkeit, denn im Bürgerspital legte man keinen Wert auf Ärzte, die behaupteten, sie würden eine ›Wissenschaft‹ betreiben. Eigentlich legte man dort überhaupt keinen Wert auf Ärzte, die der Gesundheits- und Seuchenkommission hineinpfuschen wollten und immer mit neuen Ideen kamen, etwa damit, dass man sich öfters die Hände waschen sollte, das würde schon helfen. Helfen wobei? Wasser zu verschwenden? Gesund wurde man davon sicher nicht. Das war die Meinung des Vorstehers des Bürgerspitals, und damit hielt er nicht hinter dem Berg.

»Ja, aber das ist doch nur ein kleiner Erfolg«, erwiderte Sorbait, »das Bürgerspital ist immer noch kritisch, ob das Händewaschen was hilft. Der Vorsteher, dieser Eugen Curtius, hasst alles, was nach Wissenschaft klingt, weil er selbst nichts richtig gelernt hat. Der Doctor Mauser ist ganz nach seinem Geschmack. Die Leute wollen eine Arznei, ein Wundermittel, ein Pulver gegen den Tod. Sie glauben nicht an Luft und Wasser. Sie halten die Medizin für eine Kunst, nicht für eine Wissenschaft. Aber der Curtius ist vom Magistrat ernannt und versteht es, sich bei den richtigen Leuten einzuschleimen. Er hat sich ein privates Laboratorium eingerichtet, und ich möchte nicht wissen, was er dort zusammenbraut.«

»Wie weit ist das Manufakturhaus am Tabor schon gediehen? Ein Segen für arme Burschen, die das Lehrgeld nicht zahlen können oder den Zünften auch sonst nicht gut genug sind. Angeblich soll dort auch ein modernes Laboratorium entstehen.«

»Das stimmt, und wir machen gute Fortschritte, denn der Kaiser steht hinter dem Plan. Der Herr von Schröder hat die internationale Ökonomie studiert und weiß, wie man so einen Plan in die Wirklichkeit umsetzt. In England nennt man das ›project‹. Und es ist meine Hoffnung, dass ich dann auch ein schönes Laboratorium bauen kann mit einer guten Ausstattung und meine Studien zur Pest fortführen kann.«

»Das wäre ein Segen. Hast du neue Erkenntnisse gewonnen?«

»Noch nicht. Ich möchte meinen Gedanken weiterverfolgen, dass der Schwarze Tod ein böser Funken von außen ist, ein Pestfunken, der sich auf die Haut setzt, so klein, dass man ihn nicht sieht.«

»Das deckt sich mit meinen Ideen. Aber du kannst schwerlich gegen etwas kämpfen, das du nicht siehst.«

»Das stimmt. Jedenfalls weiß man schon, dass der Schwarze Tod größere Ernte hält, wo die Menschen nah beisammen wohnen. Wo es Dreck, Flöhe und Ratten gibt. Und deine Arzneibücher werden dabei helfen, die richtige Medizin zu finden.«

»Das ist meine Hoffnung. Und der Kaiser steht hinter deinen Forschungen?«

»Wie man es nimmt. Er interessiert sich für das Laboratorium, weil er hofft, dass wir den Stein der Weisen entdecken, das Goldrezept. Seine Kriegskassen sind leer. Was die Pest betrifft, vertraut er eher den Fürbitten der Jungfrau Maria und der Heiligen. Aber er verspricht sich mehr Einnahmen für die Staatskasse, wenn es viele Handwerker gibt, die nicht den Regeln der Zünfte unterliegen.«

»Aber solche Regeln haben doch auch ihren Sinn.«

»Ja, aber es ist längst schon alles übertrieben. Die Zünfte schaden sich selbst. Im Ausland ist alles billiger, und es hilft nichts, dass der Kaiser die Einfuhr verbietet. Aber es geht nicht nur um Geld. Schau dich um, wie viele junge Männer in Wien die niedrigsten Arbeiten verrichten, weil ihre Eltern auch arm sind und das Lehrgeld nicht bezahlen können. Die als Bettler herumstehen. Die keinen Beruf haben, nichts, weil die Zünfte alle Regeln für sich in Anspruch nehmen. Im Krowotndörfl draußen vor den Mauern der Stadt herrscht bitterste Not, weil die meisten keine Arbeit finden, nicht einmal für eine Suppe. Manche fangen schon mit zehn zu saufen an. Wenn sie Glück haben, nimmt sie ein Lumpensammler in seine Kolonne. Oder

der Bettelvogt. Aber dann werden sie über Gebete abgefragt, und manche können sich nicht einmal ein Ave Maria merken.«

»Und die Manufakturen am Tabor sollen das ändern?«

»Hoffentlich. Es ist eine Chance. Aber es ist nicht leicht, gute Lehrer dafür zu finden. Die Handwerker fürchten sich vor der Rache der Zünfte, wenn die Sache schiefläuft. Versuch einmal, in Wien ein Haus zu bauen ohne einen zünftischen Baumeister. Versuch einmal, dein Pferd beschlagen zu lassen ohne einen zünftischen Hufschmied. Und die Schuhmacher von Retz dürfen den Schuhmachern von Wien oder den Schuhmachern von Wiener Neustadt nicht in die Quere kommen. Und das kannst du weiterdenken in alle Richtungen.«

»Und ihr habt sicher wichtige Unterstützer für eure Sache. Wer wird das Lehrgeld bezahlen? Vom Kaiser wird nicht so viel Geld kommen.«

»Das ist gar nicht so leicht. Es soll kein Lehrgeld geben. Der Kaiser zahlt nur die Meister. Die Werkstücke sollen für gutes Geld verkauft werden, überall im Reich. Aber viele Leute wollen sich nicht exponieren, sondern nur nachher profitieren.«

»So ist es überall auf der Welt.«

»Ja, leider. Aber wir haben den Reichspostmeister, den Ludwig von Paar, für unseren Plan gewonnen. Er wird für die auswärtigen Meister Zimmer und Schlafstellen zur Verfügung stellen, bis die Häuser auf dem Tabor fertig sind. Jetzt muss er für seine Stallungen, Kutschen und Rösser nicht weniger als dreißig verschiedene Zünfte heranziehen und setzt deshalb große Hoffnung auf die zukünftigen Tabor-Werkstätten. Vor zwei Jahren sind seine neuen Stallungen nicht rechtzeitig fertig geworden und zwanzig Rösser sind verendet, weil sie wochenlang ohne Unterstand waren. Der Zimmerer hat dafür sogar ins Gefängnis müssen, acht Wochen lang, aber davon wurden die Rösser auch nicht wieder lebendig, und dem Reichspostmeister entgingen wichtige Kurierdienste.«

»Da ist es natürlich verständlich, dass er an einer Änderung interessiert ist.«

»Viele sind daran interessiert. Viele sind mit der Umständlichkeit der Zünfte unzufrieden. Für einen Spiegel musst du den Spiegelmacher, den Rahmentischler, vielleicht sogar einen Rahmenschnitzer und schließlich noch den Vergolder beauftragen. Die Bilderrahmenschnitzer dürfen aber keine Lehnen für Armsessel schnitzen, denn dafür sind die Sesselmacher zuständig. Mit ihrer Geheimniskrämerei kommen sie nicht mehr weit. Und in jeder Zunft und jeder Werkstatt schauen sie eifersüchtig darauf, dass niemand anderer die Rezepte und Techniken erfährt, wenn sie etwas Neues entdeckt haben. Und dann achten sie darauf, dass niemand einen dritten Gesellen hält, wenn nur zwei erlaubt sind, und einen vierten Lehrling, wenn nur drei erlaubt sind, und womöglich ungelernte Helfer, wenn keine erlaubt sind. Aber bald kommen sie nicht mehr an gegen die guten Waren aus dem Ausland.«

»Halt, halt, Paul. Das klingt ja schrecklich! Drängen da nicht die Zünfte selbst nach Veränderung?«

»Leider nicht. Die meisten sind der Meinung, dass die Regeln ihrer Väter und Vorväter sinnvoll sind, heilig. Und oft heiraten die Gesellen die Meisterwitwen, dass nur ja alles beisammenbleibt.«

Sorbait dachte daran, wie der Dombaumeister feierlich in sein Amt eingeführt wurde, in der Stephanskirche, und an seiner Seite war eine viele Jahre ältere Frau. Sie hätte leicht seine Mutter sein können. Er hatte die Witwe des alten Steinmetzmeisters Hutter heiraten müssen, um den Meisterbrief zu bekommen, so bestimmten es die Statuten der Zeche. Das System funktionierte seit undenklichen Zeiten. Dann und wann passierte es, dass ein Geselle lieber wartete, bis eine Meisterstelle ohne Witwe vergeben wurde, das war aber eher selten. Sorbait hielt diese Regel für eine gotterbärmliche Sünde. Er hatte mehr als einmal erlebt, wie die Witwen von den hoffnungsvollen Gesellen bedrängt wurden, obwohl sie nur ihre Ruhe wollten und ein ordentliches Dach über dem Kopf.

»Halte mich auf dem Laufenden, lieber Freund und Kollege. Die Sache ist zu interessant. Der Abt von Admont hat ja eine eigene Manufaktur für Leinenwebe und eine große Schuster- werkstatt und einen Riesenbackofen für das ganze Stift und das ganze Dorf. Die Klöster sind ja ihre eigenen Herren.«

»Nächstes Jahr will ich endlich einmal deiner Einladung fol- gen und dich besuchen.«

»Schloss Stibichhofen wartet auf dich, Paul. Und es warten viele Gespräche, die wir hier nicht führen können. Nicht ein- mal in deiner Bibliothek.«

»Hast du diesmal wieder …«

»Nicht einmal in deiner Bibliothek«, wiederholte Adam von Lebenwaldt.

»Wieder hast du recht, Adam. Aber nun will Edeltraud dich begrüßen und deine neuen Sinnsprüche lesen.«

*

Von den dreißig Wollwebern, die der Herr von Schröder aus England hatte importieren lassen, waren sechs auf der langen Reise gestorben. Einer war noch im Strudengau in die Donau gefallen.

Der Herr von Schröder und der Reichspostmeister von Paar hatten die verbliebenen Männer, die man mit zwei Fuhrwerken am Anlegeplatz von Nussdorf aufgenommen und zum neuen Manufakturhaus am Tabor transportiert hatte, persönlich begrüßt, dem Flussmeister, der einen im Strudengau verloren hatte, allerdings einen halben Gulden abgezogen. John Miller, der Vorarbeiter und Ingenieur der Weberei, verlangte aber eine Namensliste jener, die die Reise nicht überlebt hatten, dass er den Familien schreiben konnte, wenn sie eine zurückgelassen hatten in England. Die meisten der Wollweber waren Puritaner, weshalb ihnen in England sicher auch kein langes Leben gegönnt gewesen wäre. Dennoch: Wenn man dreißig Wollweber auf der Liste hatte, musste man wissen, wo sie geblieben waren. Herr von Schröder hatte dem Kaiser versichert, dass die Puritaner nicht nur sehr genügsame und daher billige Arbeiter wären, die keinen Alkohol trinken und keine Scherze machen, nicht einmal Lieder singen, sondern auch, dass sie ihrem falschen Glauben schon in England abgeschworen hätten, spätesten jedoch auf der Reise nach Wien. Ohne den richtigen Glauben käme ihm keiner in sein Manufakturhaus, hatte Schröder dem Kaiser versichert.

Die Wollweberei war mittlerweile das größte Werkhaus am Tabor, außer den Unterständen für die Wagnerei, weil fünf große Webstühle Platz brauchten und außerdem hatten die englischen Weber und die einheimischen Helfer getrennte Schlafsäle, weil sich die Engländer beschwert hatten, dass die Einheimischen schnarchten und angeblich nach Wein stanken. Aber während der Tages arbeiteten sie Seite an Seite.

»Mister Miller! Mister Miller! Number ten is missing!«, rief eine aufgeregte Stimme. Number ten – das war Jack Rosslin. Gestern war es Jack Hunt gewesen, der nicht an den Webstuhl gekommen war, number twelve.

John Miller war der einzige, der mit seinem Namen angesprochen wurde, und das kam so: Da die großen Webstühle für dreißig Arbeiter ausgerichtet waren, Lehrlinge und Helfer nicht mitgerechnet, musste man die Kolonne mit Einheimischen auffüllen, und da mehrere der englischen Weber Jack und John hießen und die Einheimischen sie nicht auseinanderhalten konnten, einigte man sich darauf, ihnen Nummern zuzuteilen.

»Number ten? Was ist mit Rosslin?«, fragte John Miller.

»Krank«, antwortete Number seven, »sick.«

John Miller wusste, was das hieß: homesick. Das Heimweh brachte sie noch alle um, denn keiner von den Männern war je in einem Land gewesen, wo man ihre Sprache nicht verstand, und die religiösen Zeremonien, denen sie beiwohnen mussten, waren ihnen verhasst. Die einheimischen Hilfsweber hatten sich geweigert, Englisch zu lernen, schließlich war man in Wien, und die Engländer hatten sich geweigert, Deutsch zu lernen, schließlich hatte man sie geholt. John Miller wusste: Jack Rosslin konnte seine Frau nicht vergessen, die er hatte zurücklassen müssen. Das war auch der Grund gewesen, weshalb er sich nicht den Auswanderern in die Neue Welt angeschlossen hatte. Österreich war näher als Amerika. Und der Tag würde kommen, an dem sie wieder nach Hause konnten.

»Call Miss Elise!«

Es hatte keinen Sinn, einen englischen Wollweber in das Bürgerspital zu bringen, obwohl der Stadthauptmann Anordnung gegeben hatte, die Engländer gleich wie die Wiener zu behandeln. Number nine war daran gestorben. Als ihm ein Baken des Webstuhls so schwer auf die Hand gefallen war, dass die neue Webe blutgetränkt und unbrauchbar war, und man ihn in einem Tragsessel im Laufschritt ins Spital brachte, war nur der Lizentiat Curati anwesend und schnitt ihm gleich drei Finger ab, weil er das Wort ›thumb‹ nicht verstand und man es verabsäumt hatte, jemand mitzuschicken, der übersetzen konnte. Am nächsten Tag war Number nine verblutet.

Miss Elise hatte ursprünglich nur die Aufgabe übernommen, ab und zu die Briefe der Engländer – tatsächlich, die Wollweber konnten schreiben, aber man verstand das englische Gekritzel natürlich nicht – abzuholen und sie mit der Reichspost, die ihrem Vater anvertraut war, transportieren zu lassen. Es war aber auch schon vorgekommen, dass ein Einheimischer und ein Engländer sich in die Haare gerieten, und Miss Elise musste den Streit schlichten. Denn die englischen Wollweber waren keine alten Männer, sonst hätte man sie nicht importiert, und der eine oder andere hatte schon einmal versucht, mit einem Mädchen in ein Gespräch zu kommen, wenn sich die Gelegenheit bot, was selten genug war, aber es scheiterte fast immer daran, dass der Vorarbeiter dazwischen ging. Und viele von ihnen hatten ja auch eine Frau, daheim in England.

Miss Elise war kein zartes Wesen. Sie kam jeden Tag am frühen Morgen auf einem Gaul aus dem großen Stall ihres Vaters angeritten, im Herrensitz, schwang sich aus dem Sattel, bevor ihr Mister Miller zu Hilfe kommen konnte, und rief schon von Weitem: »Good morning, Gentlemen! Need anything?« Oft brachte sie eine Salbe oder eine Arznei, wenn sie bemerkte, dass einer sich wundgescheuert hatte an den großen Webstühlen oder dass einer hustete, bis ihm der Atem wegblieb.

Mit ihrer Hilfsbereitschaft diesen Fremden gegenüber, diesen Verrätern am Wiener Zunftwesen, hatte sie sich keine Freunde gemacht. Auch dem Herrn von Paar behagte es eigentlich nicht, dass seine Tochter mit diesen Heimatlosen in Kontakt war. Wer weiß, was sie ihr erzählten. Wenn es stimmte, dass sie alle zum wahren Glauben zurückgekehrt waren, warum hatten sie sich dann hinter dem großen Webersaal einen Andachtsraum eingerichtet, wenn sie doch jeden Sonntag um acht Uhr die heilige Messe bei den Minoriten besuchen konnten? Wenn ihn nicht ständig die Gicht plagen würde und die Sache mit den Webern nicht so wichtig wäre, hätte er seiner Tochter verboten, mit den Engländern zu sprechen. Er hätte es lieber gesehen, wenn Elise sich auf die Reitstunden für die kaiserlichen Prinzessinnen konzentriert hätte. Seine Frau hatte überhaupt gedroht, ihr Haus in der Brunnengasse, das sie der Elise als zukünftiges Erbe zugedacht hatte, dem Hofquartiermeister als Hofquartier für einen Herzog oder Grafen oder für einen französischen Gesandten anzubieten, denn es hatte nicht nur einen geräumigen Innenhof, sondern auch eine Gassenbeleuchtung neben dem Portal. Dann wäre ihr der Kaiser vielleicht verpflichtet und Elises Lebensweg würde direkt an den Hof führen. Aber bevor sie diese Gedanken in die Tat umsetzen konnte, vermietete ihr Gatte das Haus an eine ungarische Gräfin, eine seiner besten Kundschaften, die durch halb Europa seine Equipagen in Anspruch nahm. Der Protest von Elises Mutter fruchtete nichts, denn ohne die Erlaubnis ihres Gatten hätte sie das Geschäft mit dem Hofquartiermeister nicht abschließen können.

Als Elise eintraf und zu Jack Rosslin geführt wurde, drang ihr Stöhnen entgegen. Number ten hing halb aus dem Pritschenbett heraus, seine Decke fest um seinen Körper gewickelt, obwohl es ein heißer Tag war. Die Wollweber hatten jeder eine eigene Wolldecke mitgebracht, Zeugnis ihres Könnens und Erinnerung an die Heimat.

»Jack Rosslin«, rief Elise, denn sie konnte die Namen der Engländer auseinanderhalten, »what's the matter?« Stöhnen antwortete. Elise ließ sich einen Lappen und kaltes Wasser bringen. Number fifteen und Number twenty und zwei Einheimische standen herum und beobachteten, wie Elise begann, mit langsamen Bewegungen den Schweiß von der Stirn und vom Oberkörper Rosslins abzuwaschen, aber sobald ihre Hand in die Nähe seines Herzens kam, stöhnte er auf.

Mister Miller trat heran und klatschte in die Hände, und die Männer begaben sich zögernd wieder an ihre Webstühle. Elise sah, wie Number twenty den Kopf schüttelte, als wollte er nicht glauben, was er hier sah. Mister Miller setzte sich an den Pritschenrand und redete leise auf Rosslin ein, wie in einem Singsang, den Elise nicht verstehen konnte. Aber bei diesem fremden Singsang begann ihr Herz wieder schneller zu schlagen, wie sie das in den letzten Wochen schon ein paarmal erlebt hatte, wenn sie John Miller bei seiner anstrengenden

Arbeit beobachtete, wenn seine Muskeln sich spannten und wieder entspannten, wenn er die Baken der Webstühle hob und senkte. Dabei gab es eigentlich keinen Grund dafür, denn Mister Miller schien sie kaum zu beachten. In Gedanken nannte sie ihn nicht Mister Miller, sondern John. Einfach John.

Jack Rosslin wurde ruhiger, und Elise dreht sich um, um das feuchte Tuch gegen ein trockenes zu tauschen. Als sie sich wieder dem Kranken zuwandte, hatte er aufgehört zu atmen.

Elise hätte niemals gedacht, dass Mister John Miller, der hier in der Weberei mit strenger Hand über die Engländer und über die Einheimischen und über die Webstühle herrschte, Tränen in den Augen haben konnte. »Good bye, Jack. God with you the way home.« Oder so ähnlich klang es, was Mister Miller murmelte.

Elise legte ihre Fingerspitzen auf die Schulter John Millers und fuhr sanft über das raue Hemd, das er immer trug, und fragte mit leiser Stimme: »Ist er getauft? Catholic?«

»Ich verstehe Sie doch, Miss Elise«, sagte er und hielt einen Augenblick ihre Hand auf seiner Schulter fest, aber er beantwortete ihre Frage nicht. »Thank you, Elise«, sagte er leise, »thank you so much.« Die Männer, die sich gerade zögernd entfernt hatten, traten wieder heran und bekreuzigten sich, alle, auch die Engländer, obwohl Elise das bisher noch nicht beobachtet hatte. John Miller zog die Wolldecke über den stillen Körper. Eine Zeit lang waren die eingespielten Bewegungen der Männer an den Webstühlen langsamer als sonst, und Elise blieb bei ihrem Pferd stehen, ob einer noch Trostworte oder Hilfe brauchte, bis John Miller herantrat, ihre Hand erfasste und sagte: »Reiten Sie heim, Miss Elise, gehen Sie nach Hause.« Dann sagte er zögernd und dabei glitt sein Daumen über ihren Handrücken: »Tomorrow? Kommen Sie morgen wieder? Bitte. If your father ... wenn es der Vater erlaubt.«

Wenn es der Vater erlaubt? Nein, ihr Vater würde es nicht erlauben. Aber das musste dieser strenge Mann nicht wissen.

»Maybe«, sagte sie und hoffte, John Miller würde nicht merken, wie ihr Herz klopfte, »vielleicht.«

Number seventeen eilte herbei und hielt ihr den Steigbügel. Elise sagte wie immer: »Thank you«, obwohl mittlerweile alle englischen Wollweber ›danke‹ verstanden. Sie konnte die Zügel kaum halten. Das Pferd fand seinen Weg allein. Wahrscheinlich schrieb John morgen einen Brief an die Familie des Jack Rosslin, wenn er eine hatte in England. Sie würde das sehen, wenn sie die Briefe der Engländer abholte. Ja, natürlich würde sie kommen, um die Briefe abzuholen. Da brauchte sie den Vater nicht zu fragen. Er brauchte nicht zu wissen, wie heute das ›Bitte‹ des John Miller geklungen hatte. Wie ihre Hand auf seiner Schulter geruht hatte. Wie sich heute ihre Blicke getroffen hatten.

Dann dachte sie an das Stöhnen von Jack Rosslin, wie sie seine Brust berührt hatte. Konnte man an gebrochenem Herzen sterben?

Kommen Sie morgen wieder. Ja, ja, sie wird kommen. Nicht nur morgen. Jeden Tag. Wie hätte sie es aushalten sollen, nicht jeden Tag zu kommen?

*

Zweimal im Leben hatte die Magd Ruschka Hetzer ausgesprochenes Glück gehabt. Einmal, als der Steinmetzmeister Sarotti das Zeitliche segnete und seine Witwe sparen und auf ihre Küchenmagd Ruschka verzichten musste, diese aber dem kaiserlichen Theateringenieur Ottavio Burnacini empfehlen konnte, der gerade vom Kaiser einen Bauauftrag für die Hofburg bekommen hatte und jetzt eine Zimmermagd suchte. Wenn man als hofbefreiter Künstler Gäste einlud, musste man eine Zimmermagd haben, die sauberer ausschaute als eine Küchenmagd. Der Ottavio Burnacini wurde sogar von der Kaiserin Eleonore empfangen, weil er auch aus Mantua kam. Die neue Stellung beim Signor Burnacini war also eine völlig unerwartete und eigentlich auch unverdiente Beförderung der Ruschka, denn sie hatte nichts gelernt, außer wie man einen Hasenbraten machte oder eine dicke Suppe oder einen Bohnenkuchen oder wie man das Feuer im Küchenherd in Gang hielt und die Töpfe reinigte. Sie wusste nicht, wie man herrschaftliche Betten aufschüttelte oder Teppiche reinigte oder gar Beinkleider, und das sollte nun ihre Aufgabe sein.

Die Stelle der Küchenmagd im Haushalt des Herrn Burnacini war nämlich schon besetzt von der Teresa, die eigentlich bereits die Position einer Köchin errungen und ein paar Worte Italienisch gelernt hatte. Ruschka war aber jünger und schlanker als die Köchin Teresa und daher auch ein angenehmerer Anblick für den Hausherrn, wenn sie den Boden wischte oder frische Kerzen aufsteckte oder das Holz in den Kamin schlichtete. Da der Herr Burnacini aus Italien war, war ihm immer ein wenig kalt. Er pflegte die feinere italienische Lebensart und setzte sich jede Woche einmal in einen hölzernen Bottich, den der Knecht in das Schlafzimmer des Signor schaffen musste und den Teresa und Ruschka dann mit zwanzig Eimern warmem Wasser füllen mussten. Ruschka hatte noch keinen gesehen, der sich mit seinem ganzen Körper ins Wasser setzte. Auch der Steinmetzmeister Sarotti und seine Frau hatten sich nur den einen oder anderen Körperteil gewaschen. Ruschka hatte auch zu kontrollieren, ob sich Wanzen auf seinen Betthimmel hatten fallen lassen, und einmal am Tag, manchmal auch zweimal, musste sie seinen Leibstuhl leeren. Er hatte einen eigenen, während sich Ruschka, Teresa und der Hausknecht die Hütte im Hof mit den vier Gehilfen des Signor Burnacini teilten. Wenn der Herr etwas befahl, musste Ruschka mit »Si, Signor!« antworten.

Unter dem Dach befand sich ein Raum, in dem Signor Burnacini mit seinen Gehilfen die wunderbaren Kostüme und Theaterbilder für die Jesuiten und sogar für den Kaiser zeichnete und kleine Modelle herstellte, sodass man sich vorstellen konnte, wie himmlisch es bei der Aufführung ausschauen würde. Ruschka und Teresa hatten sich mit der Erlaubnis des Signor Burnacini einmal den Einzug des HERRN zu Pfingsten auf dem Vorplatz der Kirche der Jesuiten angeschaut, und seither war Ruschka überzeugt, dass der Signor selbst vom Himmel gesandt war. Im Arbeitszimmer des Signor Burnacini lagen überall bunte Federn und Bänder herum und auch kleine Stücke von silbrigen oder purpurnen Stoffen. Ruschka hatte sich das einmal angeschaut, als der Hausherr mit seinen Gehilfen wieder die Bühne bei den Jesuiten herrichtete, obwohl er ihr verboten hatte, den Raum zu betreten, den er ›mein Atelier‹ nannte. Der Signor Burnacini hatte damals noch keine Hausfrau gehabt, aber die Teresa wusste, dass er eine reiche Partie in Aussicht hatte.

Das zweite Mal hatte Ruschka Glück, auch wieder unverdient, weil sie nicht aufgepasst hatte, als sie vom Herrn Burnacini schwanger wurde, und er sie nicht auf die Straße jagte, sondern nur in die Küche, wo sie von da an der Teresa zur Hand ging. Auch ihre Tochter Rosa durfte sie dann behalten, weil Teresa heftig protestierte, dass man das Kind ins Findelhaus bringe, obwohl das üblich war. Denn wo hätte man so einen Bankert sonst hintun sollen? Teresa hatte gedroht, dass sie irgendwelchen Leuten vom Hof erzählen würde, dass der Signor Burnacini der Vater war, und die würden es irgendwie bis zum Kaiser dringen lassen, und man wusste, der Kaiser war streng in solchen Sachen. Und auch die Kaiserin verstand da keinen Spaß. Sonst hätte sie nicht den Orden der *Sklavinnen der Tugend* gegründet, für adelige Damen, die sich nicht hatten verheiraten lassen. Angeblich war ja der Signor Burnacini auf persönlichen Wunsch der Kaiserin aus ihrer Heimatstadt

Mantua geholt worden. Signor Burnacini sprach nur Italienisch und verstand daher die Drohung der Teresa nur ungefähr, dem Sinn nach, weil sie ihren Worten mit beredten Gesten Ausdruck verlieh und immer wieder eine Krone andeutete über ihrem Kopf mit den abstehenden grauen Haaren. Er hielt es zwar für lächerlich, dass ausgerechnet seine Köchin Teresa irgendwelche Kontakte zum Kaiser hätte, aber nichts war ganz ausgeschlossen in Wien. Auch wenn die Ruschka Hetzer nur das Dienstbotengericht anrief, wusste man nicht immer, wie es entschied und immerhin war er Ausländer. Er hatte das Wohlwollen der Kaiserin, das ja. Aber er war doch fremd in Wien, und wer weiß, wie man hier Ausländer behandelte, die eine Wiener Köchin mit ihrem Kind davonjagten. Und seine Konkurrenten lauerten darauf, seine schönen Aufträge für die Bühnenbilder der Jesuiten zu übernehmen.

Signor Burnacini stellte eine neue Zimmermagd ein, und Ruschka und ihre Tochter teilten von nun an das Bett mit der Teresa hinten in der großen Küche. Am Tag wurde ein Brett darübergelegt. Ruschka hatte ihre Tochter Maria nennen wollen, aber Teresa hatte auf Rosa bestanden, weil sie am Tag der heiligen Rosalia geboren war und was gab es Schöneres, als eine Nonne mit weißen Rosen. Wie die heilige Rosalia, die sie auf dem Altar in der Kapelle auf der Wieden gesehen und nicht mehr vergessen hatte.

*

So verbrachte die Rosa Hetzer die ersten sechs Jahre ihres Lebens in der Küche des kaiserlichen Theateringenieurs, Architekten und Kostümbildners Ottavio Burnacini, ohne zu ahnen, dass es die Küche ihres Vaters war. Es war die Küche des Signor. Alle Zimmer gehörten dem Signor, aber Rosa durfte natürlich nicht in alle Zimmer. Als Rosa groß genug war, um

Befehle und Wünsche zu verstehen, wurde es ihre Aufgabe, alles, was auf den Boden der Küche fiel, aufzuheben. Vor allem die Federn der gerupften Hühner, Fasane und Tauben, und diese nach Form und Farbe zu sortieren, weil der Signor sie für seine Arbeit brauchte. Die Gehilfen des Signor kamen zum Essen in die Küche und brachten manchmal ein Fitzelchen Papier mit und belustigten sich darüber, was für Fantasiefiguren das Kind mit einem rußigen Holzstück darauf kritzelte. Außerdem sammelte Ruschka allerlei Pflanzen und Blumen, draußen, in der Vorstadt hinter der Schlagbrücke, die Farbe hergaben und die die Gehilfen dann mit hinaufnahmen in das große Atelier unter dem Dach. Bei diesen Ausflügen in die Auen der Vorstadt dachte Ruschka oft, wie glücklich sie es doch getroffen hatte. Der Signor selbst hatte einen eigenen Mittagstisch in seinem eigenen Mittagszimmer und nur die Teresa durfte ihm servieren.

Nach einiger Zeit hatte er fast vergessen, dass er eine Tochter in der Küche hatte. Die Kaiserin hatte eine passende Frau für ihn gefunden, eine Italienerin, die ihren eigenen Hausstand mit in die Ehe brachte und keinen Bedarf an Ruschka und Teresa und am wenigsten an einem Bankert hatte.

Wieder erwies sich der wunderbare Signor Burnacini als nobel und großherzig, als er Teresa und Ruschka nicht einfach auf die Straße setzte, wie das andere getan hätten, wenn sie einen neuen Hausstand gründeten, sondern er zahlte jeder einen Gulden, sodass sie sich eines der kleinen Häuschen im Krowotndörfl mieten konnten, das dem Freiherrn von Kirchberg gehörte, wie eigentlich alle Häuschen und die ganze Gegend hinter dem Spittelberg. Seit einigen Jahren siedelten sich dort die Kroaten, die Böhmen und die Ungarn an oder sie wurden angesiedelt, wenn sie nicht freiwillig aus der Innenstadt weichen wollten. Mit zwei Gulden konnten sie zwei Jahre dort wohnen, und dann würde man weitersehen. Immerhin konnte Teresa für den Wirt Zum Schwarzen Hund ab und zu ein paar italienische Speisen liefern, zum Beispiel einen Polentabrei, das war ganz neu in Wien, und der Ludolf Köhler, der Wirt, pries das dann als italienische Spezialität aus dem Kaiserhaus an. Manchmal ging Ruschka mit dem Kesselflicker und Messerschleifer, der ein paar Hütten weiter wohnte, durch die Gassen der Stadt, und weil sie in den Jahren beim Signor Burnacini doch ein paar Sätze Italienisch gelernt hatte und sich die Türen der Wiener dann leichter öffneten, rief sie: »Buon appetito! Buon appetito!« Und irgendwie passte das zu den Töpfen und zum Polentabrei der Teresa.

Auch Rosa hatte nicht nur ein paar Brocken dieser wunderbaren Sprache, sondern auch ihre Federnschätze aus dem Haus des Signor Burnacini mitgenommen, und wenn irgendwo ein Huhn oder eine Gans geschlachtet wurde, was selten genug vorkam, und außerdem warteten dann schon die Federnschleißer, erhaschte sie doch das eine oder andere Büschel und bastelte daraus ihre Fantasievögel, und Ruschka nahm diese dann mit in die Stadt hinein und tauschte sie für Mehl oder Eier ein. Für fünf Federnvögel bekam sie zwei Eier.

Rosa hatte sich mit einem Buben angefreundet, der ab und zu an ihrem Haus vorbeistrich und der in der Obhut von zwei alten Leuten war – eigentlich konnte man das nicht Obhut nennen, sondern eher Gefangenschaft –, die beide schon zu Mittag nicht mehr recht wussten, wie der Tag jetzt weiterging, weil sie den Schnaps, den der Ludolf Köhler brannte, schon am Morgen zu kosten begannen. Zu Mittag bekam der Bub seine zweiten Prügel, die ersten schon am Morgen. Außerdem erzählte man, die Alte wäre früher, wie sie noch jünger war, eine Dirne gewesen und hätte sich nur mit dem Alten zusammengetan, weil sie sonst das Häuschen vom Freiherrn nicht bekommen hätte. Jedenfalls konnte dieser Bub nicht ihr eigener Sohn sein, sondern war wahrscheinlich eines der Kinder von Hingerichteten, die man dann oft nicht ins Waisenhaus schickte, weil das nur kostete, sondern bei Leuten ließ, die Kost und Quartier versprachen, obwohl alle wussten, dass die Kinder nur zum Arbeiten oder zum Betteln aufgenommen wurden und sich ihr Essen selbst suchen mussten. Ruschka und Teresa glaubten, dass der Bub ungefähr so alt sein musste wie Rosa. Als sie ihn einmal fragten, wo er getauft worden war, sagte er nur verwundert: »Weiß nicht.« Und wenn man das nicht wusste, wusste man natürlich gar nicht, wer man war. Die Alten riefen ihn Tschontschon, und das klang schon von Weitem wie Ohrfeigen.

Aber die zwei Alten riefen ihn nicht nur so grob. Rosa hatte einmal bemerkt, dass Tschontschons Rücken mit blauen Flecken übersät war und unter der Nase hatte er manchmal eine Blutkruste. Und nun schien es, dass die beiden Alten den Buben namens Tschontschon aufs Stehlen abrichten wollten, denn er hatte Rosa einmal erzählt, dass er Fingerübungen machen solle, die die Frau ihm vorzeigte, solange der Schnaps des Ludwig Köhler noch nicht seine volle Wirkung entfaltet hatte. Rosa hatte das ihrer Mutter und Teresa erzählt, und weil ihnen der Bub Tschontschon leidtat, schlug ihm Ruschka vor, sich doch lieber bei den Bettlern zu bewerben, wenn er zehn wäre, oder bei einer Lumpensammlerkolonne. Bis dahin könnte er mit dem Kesselflicker durch die Gassen ziehen. Ein paar Bissen fielen dabei immer ab. Tschontschon fragte, ob man für die Bettlerprüfung lesen lernen müsse, denn das könne er nicht, er hätte es schon einmal versucht. Ruschka wusste das nicht. Sie konnte nicht lesen und Teresa auch nicht, und sie hatte keine Ahnung, wo die Bettler ihre Gebete lernten.

*

Tschontschon fand seinen Namen hässlich. Niemand hieß so. Er wollte nicht so heißen, wie niemand hieß. Die Frauen in der

Hütte weiter vorne hießen Ruschka und Teresa, und das Mädchen hieß Rosa. Das waren schöne Namen. Der Totengräber am Ende des Dörfls – eigentlich war er der Sohn des Totengräbers –, hieß Karel. Das war auch schön. Die zwei Alten, bei denen er wohnte, in der Hütte ganz hinten, hießen gar nicht. Er hatte sie immer ›Herr Vater‹ und ›Frau Mutter‹ nennen müssen, solange er denken konnte. Seit er reden konnte. Einen anderen Namen hatte er nie gehört. Aber als ihn der Kesselflicker, der in der zweiten Reihe wohnte, einmal gefragt hatte, ob er schon stark genug wäre, um zurückzuschlagen, wenn der alte Säufer ihn verprügelte, und Tschontschon geantwortet hatte: »Geht mir gut bei den Eltern«, wie man es ihm befohlen hatte, hatte der Kesselflicker gelacht und gesagt: »Eltern? Ha, alte Säufer sind sie, sonst nichts, alte Säufer!« Dann hatte der Kesselflicker ihm einen Pfennig gegeben. »Da, fürs Helfen. Gib's nicht der alten Säuferin. Versteck's.« Tschontschon hatte ihm den Pfennig aus der Hand gerissen. Der Herr Vater und die Frau Mutter warteten auf den Schnaps, den man dafür beim Wirt zum Schwarzen Hund bekam. Nein, nicht verstecken. Wenn Tschontschon mit einem Pfennig nach Hause kam, schlug der Herr Vater nur zweimal zu anstatt vier-, fünf-, sechsmal oder bis sein Arm müde war, und die Frau Mutter gab ihm nur eine Ohrfeige anstatt eine links und rechts, weil sie so rasch wie möglich bei der Türe hinaus und zum Schwarzen Hund wollten und dann bekam er vielleicht auch kein Nasenbluten.

»Herr Vater«, hatte Tschontschon aber diesmal gefragt und dabei noch einen Schlag riskiert, »Herr Vater, der Kesselflicker sagt, ihr seid nicht meine richtigen Eltern.«

»Deine Eltern? Das will ich meinen, dass wir nicht deine lausigen Eltern sind, du Laus. Sei froh, dass wir dich aufgenommen haben, du fauler Nichtsnutz! Frisst uns die Haare vom Kopf, du Bastard!«

Tschontschon war froh gewesen, dass er nur zwei Schläge

und eine Ohrfeige bekommen hatte, obwohl der eine Schlag ihn genau dort getroffen hatte, wo er von gestern noch eine Beule hatte. Die sah man aber nicht, wenn er den Ärmelfetzen etwas herabzog. Wenn er sich die Stelle am Oberarm rieb und in Gedanken sagte ›Geht mir gut bei den Eltern‹, war es nicht so schlimm. Wenn seine Alten am Nachmittag nichts mehr bemerkten, ging Tschontschon ans andere Ende des Krowotndörfls, wo er früher beim Abkratzen der Grabbretter geholfen hatte. Und jetzt bekam er vom Karel manchmal ein Stück Holz, mit dem er sich vor das Haus des Totengräbers setzte, damit seine Alten nicht entdeckten, dass er Löffel und Pfeifchen schnitzte, für die der Karel ihm ein kleines Messer lieh. Er hatte im Laufe der Zeit schon ein Dutzend Pfeifchen für verschieden hohe Töne geschnitzt und außerdem kleine Hunde, die die Rosa dann anmalte. Manchmal wurde aus einem Wurzelstückchen eine Schnecke. Die Mutter der Rosa hatte sich die Herstellung der Pflanzenfarben ja bei einem richtigen Maler abgeschaut, hatte die Rosa erzählt. Sie konnte Grün, Gelb, Braun und Schwarz. Leider wusste sie nicht, wo der Signor Burnacini, so hieß der Maler, sein schönes Rot und Blau herbekommen hatte. Aber immerhin sahen seine Hündchen und Pfeifchen und Schnecken auch ohne Rot und Blau wunderbar aus. Ruschka ging manchmal in die Stadt hinein und verkaufte seine Schnitzereien und die Bilder und Federnvögel der Rosa und kam dann mit Eiern, Bohnen und Zwiebeln zurück und er durfte mitessen. Dafür hatte er für jeden einen Löffel geschnitzt.

Er musste nur auf den Nachmittag warten, dann lagen der Herr Vater und die Frau Mutter auf ihrem Strohsack und schnarchten vor sich hin, und er konnte vielleicht wieder zum Karel laufen und vielleicht lieh der Karel ihm wieder ein Messer und vielleicht gab er ihm ein Stück Holz und dann konnte er ein Hündchen schnitzen oder ein Pfeifchen. Hoffentlich hatten die Alten einen Rausch, wenn sie nach Hause kamen. Zum ersten Mal nannte er sie ›die Alten‹ und fühlte eine ungeheure Erleichterung dabei, dass die Alten nicht seine richtigen Eltern waren, denn die würden ihn nicht schlagen. Die Ruschka Hetzerin schlug jedenfalls die Rosa nicht. Und die Köchin Teresa hatte einmal gemeint, die Alten hätten ihn nur aufgenommen, damit er dann betteln oder stehlen ging oder sonst irgendwie Geld herbeischaffte fürs Saufen. Die Ruschka und die Köchin Teresa hatten ihm auch schon geraten, er solle sich doch bei den Lumpensammlern bewerben, die jeden Tag in die Stadt hinein zogen. Die Leute in der Stadt hätten mehr Geld und würden ihre Kleider wegwerfen, wenn sie löchrig waren oder ihnen nicht mehr gefielen, und der Kolonnenführer, der Roman Wagner, sei nicht so schlecht, wenn man genau das mache, was er sagt, und nicht herumtrödle. Und manchmal würden die Leute sogar auch einen Kanten Brot zu den Lumpensammlerkindern hinunterwerfen, zusammen mit den Lumpen.

*

Die Glocken der Deutschordenskirche läuteten Mittag. Von der Orgel drangen dumpf die letzten Akkorde in die verborgene Kammer. Langsam lösten sie sich wieder aus der Umarmung. Gertrud Knox erhob sich wie immer als Erste und schob den Balken auf, der den Blick zum kleinen Innenhof des Deutschordenshauses freigab, den Blick von innen und den Blick von außen. Das große Haus mit den vielen Treppen, den großen Zimmern und kleinen Zellen wurde schon seit Jahren renoviert, und irgendwie hatte man die Kammer zum Hof vergessen, vielleicht, weil sie hinter der Remise mit den Kutschen lag. Der Unterzechenmeister Hieß hatte sie aber nicht vergessen.

»Franz«, sagte Gertrud, während sie in ihre Kleider schlüpfte, Rock, Bluse, Mieder, Umhang, »es hilft nichts. Dräng nicht mehr in mich. Das war jetzt unser Abschied. Mein Bruder ist froh, wenn ich unter die Haube komme, und wenn der Wössner mich will, dann nehm ich ihn.«

Hieß haschte nach ihrer Hand und presste sie an sich. »Und ich, Gertrud? Wir lieben uns! Du kannst nicht die Wössnerin werden! Der uralte Witwer! Das kannst du nicht.«

»Ich wollte einmal die Hießin werden, vergiss das nicht. Du hast mich losgelassen für die alte Khainin.«

»Nicht für die Khainin! Für den Meisterstand. Es ist nicht anders gegangen, das weißt du. Nur für den Meisterstand. War ja sonst nichts freigegeben von der Zeche.«

»Aber sie ist deine Hausfrau und nicht ich. Ich bin immer noch die Gertrud Knox.«

»Sie ist aber nur meine Hausfrau! Nicht meine Frau, Gertrud. Es ist nicht anders gegangen.«

Der alte Khain war gerade zur rechten Zeit gestorben, als Franz seine Meisterprüfung abgelegt hatte. »Nimm sie!«, hatte der Oberzechenmeister Harsleben ihm damals geraten. »Es warten auch andere. Morgen Heirat, übermorgen Zechenmeister.« Hätte er die Gelegenheit verpassen sollen?

»Mein Bruder hat gewartet, bis die Zeche einen Meister freigegeben hat. Und jetzt hat er vier Kinder. Und du hast keines. Nur eine Matrone, die das Geld zählt, ob ihr genug bleibt. Du hast nicht warten können.«

»Ich hab Geld. Und das Haus. Das Haus gehört mir.«

»Dir? Seit wann? Das ist doch das Haus des Khain gewesen.«

»Gewesen. Jetzt gehört es mir.«

Gertrud schwieg. Das war eine neue Situation, und sie wusste nicht gleich, war das nun gut oder schlecht für sie. Das Haus am Neuen Markt – sein Haus. Und seine Fessel. Sie entwand ihm die Hand, zog den Umhang enger um ihre Schultern und fischte mit ihren Füßen nach den Pantoffeln unter dem schmalen Bettstadel. Ihr Rock war in Ordnung. Ihr Haar war in Ordnung. Noch ein kurzer, grauer Schleier über den Kopf.

Franz schaute sie hoffnungsvoll an. Das dunkle Haar, das sich in einer glatten Welle über die Ohren legte. Die dunklen Brauen, die gerade über den Augen lagen, wie bei einem jungen Mann, die hohen Wangenknochen. Gerade die herbe Schönheit der Gertrud hatte es ihm angetan. Hieß liebte dieses Gesicht, trotz seiner Strenge. Denn er kannte auch ihr anderes Gesicht, wenn sie in seinen Armen lag. Dieses andere Gesicht – es konnte ihn nicht verlassen.

»Aber ich liebe dich, Getrud. Der Wössner liebt dich nicht, der braucht nur eine Hausfrau für seine Kinder.«

»Der Wössner braucht mich nicht lieben. Seit wann muss man sich lieben zum Heiraten?« Gertrud hatte sich schon zur kleinen Türe hingewendet, die zur Nebentreppe führte. Hieß rief ihr nach: »Was muss ich machen, dass du bleibst? Dass du meine Frau bleibst?«

Gertrud blieb stehen, drehte sich langsam um und sagte: »Trenn dich von der Khainin. Bekenn dich zu mir.«

Hieß glaubte, nicht recht zu hören. »Was? Trennen?«

»Ja«, sagte Gertrud so ruhig, als hätte er gefragt, ob es noch regne.

»Soll ich meinen Meisterstand verlieren?«

»Nur den von der Zeche.«

»Was heißt, nur den von der Zeche. Sonst gibt es keinen.«

»Kann sein, bald gibt es einen anderen.«

»Einen anderen? Was meinst du? Meinst du, ich gehe zu denen im Leithagebirge? Die brauchen auch keinen unzünftischen Wiener Steinmetzen.«

»Das mein ich nicht. Rede einmal mit diesem Herrn von Schröder, mit dem Ökonomen, auf den der Kaiser hört. Der angeblich alles geplant hat.«

»Gertrud, sprich klare Worte! Das bist du mir schuldig!«

»Ich bin dir nichts schuldig, Franz. Du bist mir was schuldig. Das ist ja ein offenes Geheimnis, dass der Kaiser den Herrn von Schröder und den Doctor Sorbait und noch andere wichtige Männer beauftragt hat, Werkstätten für alle Gewerbe zu bauen. Drüben am Tabor. Wo dann jeder Lehrling werden kann. Alle. Und dass sie Lehrer suchen. Und wer wäre ein besserer Steinmetzlehrer als du?«

»Gertrud! Ich bin ein zünftischer Wiener Steinmetzmeister und Unterzechenmeister! Das mit dem Werkhaus ist nur ein Gerücht! Das ist nicht dein Ernst, was du dir da ausgedacht hast.«

»Du hättest es dir selbst ausdenken können. Es ist kein Gerücht mehr. Das weißt du selbst. Die Wollweber sind längst an der Arbeit und das Haus für die Zimmerer steht schon. Und die Wagnerei und die Hufschmiede. So schaut es aus.«

»Gertrud, ich bin vom Harsleben in Aussicht genommen für den Altar in der Stephanskirche, das ist eine große Ehre! Aber es ist noch geheim, weil auch noch ein anderer sich beworben hat. Aber der Harsleben will mich!«

»In Aussicht genommen! Geheim! Und damit lässt du dich abspeisen? Die Meister vom Tabor werden auch Altäre bauen. Überall im Land. Du wirst sehen, bald gibt es keine zünftischen Wiener Steinmetzen mehr. Die Zeiten sind vorbei. In den Manufakturen wohnen und arbeiten dann alle zusammen. Auch die Meister wohnen dort und müssen sich kein eigenes Haus bauen.«

»Das glaub ich nicht, Gertrud. Ja, aus England sollen Wollweber kommen. Sind schon da. Und die Seidenweberei wird vergrößert. Und vielleicht eine Sattlerei für die Reitschule des Grafen Paar, weil er sich mit den Wiener Sattlern zerstritten hat. Aber mehr nicht.«

»Und wieso ist dann auch der Doctor de Sorbait dabei? Es kommen auch eine Färberei und ein Laboratorium hin und eine Apotheke für die Arzneien, weil der Curtius vom Bürgerspital ein Giftmischer ist. Und du kannst sicher sein, das hat Hand und Fuß, wenn der Doctor de Sorbait dabei ist.«

»Giftmischer! Wer sagt so was?«

»Man sagt es halt.«

»Soll sein, er ist ein Kurpfuscher. Soll sein, der Doctor de Sorbait baut ein Laboratorium. Aber das geht doch die Steinmetzen und Maurer nichts an.«

»Es geht die Steinmetzen was an. Du kannst es glauben oder nicht. Ein ganzes Dorf wird dort entstehen am Tabor. Die Lehrlinge sollen alle lesen lernen. Sie stellen Schulmeister an wie am Hof, heißt es. Dann dürfen die Steinmetzen und Tischler und Glaser und Maler und was weiß ich noch wer überall im Reich arbeiten. Wo sie wollen.«

Sie senkte ihre Stimme und sagte drängend: »Und wir können dann auch hingehen, wohin wir wollen. Du musst dann nicht warten, bis der Harsleben gnädig ist. Du bist dann dein eigener Herr.«

Franz Hieß fuhr auf: »Ich hab das Haus am Neuen Markt! Ich bin mein eigener Herr!« Er war ihr zur Türe hin gefolgt und stützte nun seinen linken Arm dagegen, als wolle er sie daran hindern, sie zu öffnen.

»Das glaubst du wohl selbst nicht«, sagte Gertrud verächtlich und wand sich unter seinem Arm durch. »Und was machst du dann mit deiner Hießin? Überleg es dir. Ist nicht mehr lang Zeit. Sonst ist unser Kind dem Wössner seins.«

»Gertrud! Was redest du da. Was heißt, unser Kind wird dem Wössner seins?«

»Es heißt, was es heißt.«

»Aber heißt das …?«

»Es heißt, was es heißt«, wiederholte sie, und als Franz seinen Arm senkte, lächelte sie und öffnete rasch die Türe zur Remise.

*

Eines Tages – Karel Lorenzy hatte schon mehrere Jahre die Pferde gehalten und die Wolken geschoben bei den heiligen Osterspielen vor der Jesuitenkirche –, während er die Menschen beobachtete, die vor der Kirche standen und weinten beim Verrat des Judas und vielleicht jedes Jahr dachten: Diesmal wird es nicht passieren, dass Judas unseren HERRN verrät, sah Karel weiter hinten einen Mann, etwa so alt wie er selbst, mit kurz geschnittenen schwarzen Haaren und mit einem Anzug, der aussah, als stünden da unten drei und nicht einer: Ein dunkelroter, enger Rock mit großen Knöpfen gehörte einem feinen Bürger. Die braunen, ausgebeulten Hosen gehörten einem Bauern oder einem Rossknecht. Um die Schultern lag ein schwarzer Mantel aus einem dünnen Stoff, wie Karel es bei den Studenten gesehen hatte, die bettelnd durch die Straßen zogen und lateinische Sprüche zum Besten gaben, aber der Mann sah auch nicht wie ein Bettelstudent aus. Als das Stück zu Ende war und die Leute langsam davongingen, manche immer noch weinend, manche froh, dass der gute Mensch schließlich doch zum Himmel aufgefahren war, mithilfe des blumenbekränzten Seils, das der Burnacini ersonnen hatte, blieb der seltsame Zuschauer stehen. Und als Karel sich mit dem Pferd langsam in Bewegung setzen wollte, denn mittlerweile führte er es schon selbst zurück zum Pferdestall des Herrn von Paar, humpelte der Mann heran und sagte: »Ein richtiger Rossknecht bist du nicht, das sehe ich auf den ersten Blick.«

»Und?«, fragte Karel, »wer will das wissen?«

»Kommst aus dem Krowotndörfl.«

»Und?«

»Kennst die Leute dort.«

»Kann sein.«

»Kannst was erzählen.«

»Was? Gibt nichts zu erzählen vom Krowotndörfl.«

»Kannst du lesen?«, fragte der Mann plötzlich.

Karel schwieg verblüfft. Was für eine Frage. Allerdings waren ihm in den letzten Jahren Zweifel darüber gekommen, ob sein Vater recht hatte damit, dass Lesen und Schreiben für einen Burschen wie ihn zu Hochmut und zum Untergang führten und er am Arme-Sünder-Totenacker enden würde.

»Ich bin nämlich ein Schulmeister«, sagte der Neugierige, der nur ein Bein hatte und sich auf eine Krücke stützte.

Ein Schulmeister? Karel änderte seinen Ton: »Ich hab kein Geld zum Lesenlernen, Herr Schulmeister.«

»Macht nichts. Nächsten Sonntagabend beginnt mein Unterricht beim Pater Severin bei den Serviten. Du kannst hinten stehen und zuhören, bis du alle Buchstaben weißt.«

»Das ist alles?«

»Zu Hause musst du natürlich üben.«

Karel blickte ihn zweifelnd an. Wie übte man lesen? Entweder man konnte es, oder man konnte es nicht.

»Ich zeig' dir die Buchstaben, und du erzählst mir dafür was über die Leute«, sagte der Schulmeister, als wäre es das natürlichste Geschäft der Welt.

Zwei Wochen später, Karel und die zehn Schüler aus dem Krowotndörfl waren dem Unterricht des Schulmeisters wie immer stehend gefolgt, weil sie sonst einschlafen würden, behauptete der Schulmeister, und er musste es ja wissen, zeigte ihm dieser nach dem Unterricht einen kleinen bunten Federnball: Ein Vogel aus einer fremden Welt, als Kopf eine große Nuss, aus der Büschel von flaumigen und geschweiften Federn in alle Richtungen hervorwuchsen.

»Kennst du das Mädchen mit den schwarzen Locken, das diese Federnkugeln verkauft vor der Kirche?«

»Ja«, sagte Karel, »das ist die Tochter der Hetzerin, die Rosa.«

»Und die Hetzerin, wer ist die?«

»Die Ruschka Hetzer und die Köchin Teresa. Wohnen neben dem Kesselflicker. Warum?«

»Eine Köchin? Sie hat eine Köchin?«

»Nein, die Teresa heißt so. Sie war einmal Köchin, glaub ich, und alle nennen sie Köchin Teresa.«

»Und der Vater?«, forschte der Schulmeister, der Ferdinand Schuller, weiter.

»Der Vater? Ist vielleicht gestorben, vielleicht nicht. Sie wohnt erst ein paar Jahre bei uns im Dörfl. Warum?«

»Und vorher? Woher kommt die Hetzerin?«

Woher? Das fragt keiner im Dörfl. »Aus der Stadt drinnen. Die Hetzerin und die Teresa waren dort in Dienst. Warum?«

»Kann die Hetzerin Italienisch?«

»Herr Schulmeister, das weiß ich doch nicht. Vielleicht. Die Teresa war, glaub ich, Köchin bei einem italienischen Herrn. Der Wirt verkauft manchmal ihren gelben Brei. Vielleicht war auch die Hetzerin dort.«

»Vielleicht beim Herrn Theateringenieur Burnacini?«

»Kann sein.« Burnacini, der Kulissenzauberer der Jesuiten, soll der Herr der Ruschka und der Köchin Teresa gewesen sein? Niemals hätte er die Ruschka Hetzer mit dem Burnacini zusammen gedacht. Die Ruschka – Magd beim Burnacini? Aber er musste nicht jedes Denken mit dem Schulmeister teilen. »Warum?«, fragte er daher noch einmal.

»Ach«, sagte der Schulmeister wie nebenher, »nur so. Nur, weil ich das Mädchen gesehen habe mit den Vögeln. Sie hat mich an jemand erinnert. Ach, da fällt mir ein, es gibt noch ein verdä … interessantes Gesicht im Krowotndörfl. Ein hübscher Junge. Er zieht mit der Lumpenkolonne, wie es scheint. Ein Künstler vielleicht.«

Karel blickte ihn fragend an.

»Ein interessantes Gesicht«, wiederholte Schuller sinnend, »ein begabter Schnitzer für allerhand Krimskrams.«

»Sie meinen vielleicht den Tschontschon.«

»Kann sein. Wie heißen denn seine Eltern?«

»Tschontschon hat keine mehr. Wohnt bei alten Leuten.«

»Und früher? Ich meine, wo kommt er denn her? Weiß man denn nicht, wer seine Mutter war? War sie vielleicht auch im Dienst in der Stadt? Ich interessiere mich nämlich sehr für Kinder.«

Karel wusste nicht, ob er sich ärgern sollte über diesen Schulmeister, der ihn Dinge fragte, die ihn nichts angingen, oder ob er sich freuen sollte, dass sich ein Schulmeister für die Kinder im Krowotndörfl interessierte, und fragte wieder: »Warum?«

»Nur so, ich schau mir die Leute immer genau an.«

Als Karel schon zur Tür hinaus wollte, rief Schuller ihn zurück: »Fast hätte ich es vergessen. Ist auch nur wichtig, weil ich ja keine Verlorenen Kinder unterrichten darf. Weißt du die Namen von den Protestanten, die dein Vater be …, äh, eingegraben hat?«

Karel war es siedend heiß geworden. Also so einer war der Schuller.

»Ich war doch nicht immer dabei, Herr Schulmeister. Ich kenne keine Namen.«

»Aber es gibt ja die Namenszettel von der Totenbruderschaft.«

»Namenszettel? Kann sein. Ich hab ja nicht lesen können und mein Vater auch nicht. Warum?«

»Wegen der Verlorenen Kinder. Dass ich nicht ein Ketzergesetz breche. Schleichen sich ja oft welche in meinen Unterricht. Und ich bin immer neugierig, weil ein Schulmeister ja viel wissen muss.«

Aber sicher nicht, wer vielleicht einen Ketzer begraben hat, dachte Karel. Das musst du sicher nicht wissen. »Ich muss jetzt in die Kirche, wegen der Kerzen, Herr Schuller, Herr Schulmeister.«

Der Unterricht dauerte nur fünf Monate, dann verstarb der Pater Severin. Sein Nachfolger, Pater Ignatius, wollte keine Sonntagabendschule, und der Schulmeister blieb weg. Doch

Karel hatte genug gelernt, dass er ganze Sätze lesen konnte, auch wenn es länger dauerte. Mittlerweile ahnte er auch, dass der Ferdinand Schuller selbst nicht besonders gelehrt war, aber er hatte überall in der Stadt seine Schüler.

*

Der Dombaumeister Johann Harsleben wohnte mit seiner Frau Agnes, der Köchin Katulka, der Küchenmagd Vroni, der Zimmermagd Leonie und dem Hausburschen Leo in einem Haus in der Tuchlauben. Kinder hatten sie nicht, denn als er geheiratet hatte, vor fünf Jahren, war seine Frau schon fast siebzig und die Witwe des Steinmetzmeisters Krusser aus Eggenburg gewesen. Ihr Erbe bestand nicht nur in dem Haus in der Tuchlauben, sondern vor allem im Meisterstand ihres verstorbenen Gatten, der damit auf den Johann Harsleben übergegangen war. Auch Harsleben war aus Eggenburg, wie fast alle Steinmetzen in Wien. Und deshalb kannten sie sich untereinander und waren eine eingeschworene Gemeinschaft. Die Steinmetzen aus dem Leithagebirge, die immer wieder versuchten, in Wien Fuß zu fassen, hatten wenig Chancen. Man war der Meinung, dass die Ausbildung der Steinmetzen vom Leithagebirge niemals an die der Eggenburger heranreiche, und wenn sie neuerdings sogar mit der Wiener Zeche gleichgestellt werden wollten, war das natürlich Unsinn. Doch angeblich war der Kaiser den Steinmetzen aus dem Leithagebirge wohlgesonnen, weil sie billiger lieferten als die Eggenburger und die Wiener.

Wenn jemand die Treppe zur Küche des Harsleben heraufpolterte und dann gleich eintrat, ohne anzuklopfen, und noch dazu am Sonntag, wussten Katulka und Vroni, dass es sich nur um den Eugen Curtius handeln konnte, den Vorsteher des Bürgerspitals, der ein Freund des Herrn Harsleben war und keine Manieren hatte. Auch diesmal rief er, ohne zu grüßen:

»Hol den Harsleben, ich muss mit ihm reden!« Dann setzte er sich schnaufend und unaufgefordert auf die Küchenbank und blickte Katulka frech an, während Vroni zu der Kammer lief, die der Herr Harsleben sich eingerichtet hatte, wenn er zu Hause arbeitete und nicht in den Steinmetzgewölben neben dem Dom. Katulka schaute stumm zurück und wandte ihren Blick nicht ab, denn das würde ihm gefallen, wenn er sie verlegen machen könnte. Sie kannte sich aus mit Männern, auch wenn das schon länger her war. Auch mit diesem Fettsack hier kannte sie sich aus, oh ja.

Schließlich sagte er: »Was schaust du so frech, Weibsstück?« Er hätte gern noch ärgere Namen gebraucht, aber das wagte er nicht im Haushalt des Harsleben, von dem es hieß, er würde den Küchenmägden nicht einmal eine Ohrfeige geben, wenn sie nicht parierten.

»Ich?«, fragte Katulka, »ich schau die Töpfe an, ob sie nicht dreckig sind.« Dabei musterte sie den feisten, in einen samtenen, langen, dunkelblauen Herrenrock gepressten Spitalsvorsteher von oben bis unten, von der schwarzen Stutzperücke bis zu den schwarzen Stiefeln mit Stulpen, die über die halbe Wade herabhingen, und auch die vorne aufspringende gelbe Seidenhose ließ sie nicht aus. Sie wusste, das jetzt war die Küchenseite des Spitalsvorstehers, die er flugs in seine Habe-die-Ehre-Seite verwandeln konnte, von einer Sekunde zur anderen. Sie hielt ihn für einen Teufel. Nicht für einen Höllenteufel, den konnte man niederbeten, sondern für einen Erdenteufel. Gegen Erdenteufel muss jeder ein eigenes Rezept finden.

In dem Moment trat der Harsleben in die Küche und rief: »Eugen! Wieso heute? Wir sind morgen verabredet. Wir richten uns gerade zum Kirchgang. Was ist los?«

Curtius erhob sich schwerfällig. »Schick deine Weiber in die Kirche, ich muss heut' mit dir reden.«

Gleich hinter ihrem Mann trat mit vorsichtigen Schritten die dicke Harslebin ein und schaute kurzsichtig zum Gast hin. Das mit den Augen war eine Plage, und ohne Zähne war auch das Essen nicht leicht. Obwohl: Sie hatte noch zwei oben und zwei unten. Die Katulka kochte ihr immer etwas Weiches.

Der Spitalsvorsteher machte eine Verbeugung, indem er seine Hand vor den Bauch hielt, und rief, denn auch das Gehör der Harslebin war nicht mehr das beste: »Gott zum Gruße, verehrte Harslebin. So frisch!« Dabei grinste er über das ganze Gesicht. »Verehrte Harslebin, ich muss den Johann sprechen in wichtigen Angelegenheiten. Ich hoffe, ich inkommodiere Sie nicht, verehrte Harslebin.«

Die Harslebin war zwar alt und schwerhörig und kurzsichtig, aber ihre anderen Sinne hatte sie noch beieinander, und sie war sicher: Es lag nicht an ihrer Nase, dass sie den Curtius nicht riechen konnte. Aber der Curtius war ein wichtiger Mann, denn er herrschte über das Bürgerspital, und man konnte nie wissen. Aber sie nannte ihn dennoch nicht ›Herr Spitalsvorsteher‹ wie die anderen.

»Jetzt geht es nicht, Herr Curtius. Wir gehen jetzt in die Messe. Der Johann ist der Dombaumeister, Herr Curtius, der kann nicht wegbleiben von der Messe.«

»Und wäre es nicht vielleicht denkbar, verehrte Harslebin«, schrie Curtius, »dass der Johann …«

»Nein, wäre nicht. Deinen Arm, Johann.«

Sie hakte sich bei ihrem Gatten unter und drängte ihn zur Treppe. Dabei machte sie eine überraschend schnelle Drehung, dass der schwarze Schleier, den sie für den Kirchgang aufgesteckt hatte, sich kurz um ihr dünnes, graues Haar ringelte.

»Nachher, Eugen, später. Komm in einer Stunde«, schlug Harsleben vor. Dann führte er seine Frau vorsichtig die Treppe hinab auf die Straße, Stufe für Stufe, vorbei an den neugierigen Blicken des Perückenmachers, der sich auch gerade auf den Weg in den Stephansdom machte, seine Frau und seine derzeitigen drei Kinder im Schlepptau.

Katulka warf einen triumphierenden Blick auf Curtius. Gegen die Harslebin war er machtlos. Sie hatte immer noch das Geld ihres verstorbenen Gatten. Nur den Meisterstand hatte sie auf den Harsleben übertragen. Und wer weiß, überlebte sie den auch noch. Curtius würdigte die Katulka keines Blickes mehr und eilte dem Ehepaar Harsleben nach. Dass sich die Harslebin nur nicht verrechnete mit ihm! Sie wäre nicht die Erste!

Der Curtius ließ sich nicht abschütteln, und nach der Messe stand er wieder vor der Tür. Nur widerwillig ließ die Harslebin ihn am Sonntagvormittag in ihre Wohnung und in die Arbeitsstube ihres Gatten. Aber sie konnte auch nicht gegen eine Absprache des Dombaumeisters mit dem Vorsteher des Bürgerspitals handeln. Johann war immerhin eines der zwölf Mitglieder des Vorstandes. Sie zog sich aber in ihre Kammer zurück – die hatte sie sich neben dem gemeinsamen Schlafgemach ausbedungen – und überließ es der Katulka, den Männern einen Krug Wein zu bringen.

In der Arbeitsstube des Harsleben gab es nur einen Schrank, einen Tisch, auf dem ein paar zusammengerollte Blätter mit Zeichnungen herumlagen und zwei Hocker, und auf einen hatte der Eugen Curtius sich schon fallen lassen, bevor er vom Hausherrn dazu eingeladen worden war.

»Sprich, Eugen«, begann Harsleben, »was hat nicht Zeit bis morgen? Morgen ist die Versammlung der Eggenburger im Weißen Elefanten.«

»Lauscht jemand bei dir?«

»Bist du verrückt? Wer soll lauschen?«, fuhr Harsleben auf.

Curtius war es gewohnt von den Knechten und Mägden im Bürgerspital, dass die Wände Ohren hatten, wenn er mit dem Doctor Mauser und mit dem Lizentiaten über eine neue Tinktur sprach, die er erfunden hatte, und wie viel die kostete und wer die bekommen solle und wer nicht. Manchmal wollten die Ohren auch nur erfahren, wer noch heute in der Nacht sterben würde.

»Bei den Weibern weiß man nie.«

»Red' oder red' nicht.«

Curtius rückte sich auf dem Hocker zurecht, beugte sich über den Tisch und senkte seine Stimme: »Der Schröder und der Sorbää machen Ernst und wollen im Werkhaus ein eigenes Laboratorium gründen mit den modernsten Apparaten, und der Kaiser will es erlauben, und du weißt, was das heißt.« Er sprach den Namen des Doctor Sorbait absichtlich immer so aus, als würde ein Schaf blöken, um seine Verachtung gegenüber diesem Mann auszudrücken, der glaubte, ihm Vorschriften machen zu können, und der sich ›Pestarzt‹ nennen ließ, weil er die Pest ›studiert‹ hatte. Als ob der Schwarze Tod auf ihn hören würde.

»Ich kann es mir denken«, sagte Johann abweisend, »du willst dein Gold selbst erfinden.«

»Pst!«, zischte Curtius. »Du hängst mit drin.«

»Ich häng nicht mit drin. Ich hab dir gesagt, man muss es dem Kaiser melden. Du hast nicht auf mich gehört.«

»Du hängst mit drin«, beharrte Curtius. »Aber hör zu. Du weißt, was es für Gerüchte gibt über das Werkhaus. Alle Handwerke soll es dort geben! Ohne Zunftordnung!«

Johann lachte auf. »Das glaub ich nicht. Die Seidenspinnerei des Grafen Sinzendorf, ja, und ein paar Wollweber sind gekommen, und denen hat man was hingebaut. Und eine Wagnerei kommt, weil der Reichspostmeister sich dafür stark macht. Und eine Töpferei soll es auch geben, na und? Das meiste sind aber Gerüchte. Deswegen musst du nicht am Sonntag zu mir kommen.«

»Gerüchte? Ein paar Wollweber? Eine ganze Armee Wollweber hat der Schröder geholt, weil er sich einbildet, die können mehr als unsere Leute.«

»Soll sein. Unsere Wollweber haben keine Zunft. Ich mach mich nicht krumm für die Wollweber.«

»Und eine Tischlerei wird gebaut, eine Sattlerei, eine Glasbläserei, und …«, hier hielt der Spitalsvorsteher einen Augenblick inne, »bald auch eine Werkstatt für Steinmetzen.«

»Lächerlich!«, rief Harsleben, aber er sprang dabei vom Hocker auf. »Das würden die Steinmetzen und die Tischler und die anderen Zünfte niemals zulassen. Lächerlich.«

»Und wer wird sie fragen?« Curtius zuckte mit den Achseln und sagte wie nebenher: »Nun, ich frag sie nicht. Für mich hab ich schon einen Weg gefunden.« Er machte Anstalten, als ob er sich erheben wollte, aber bei ihm dauerte das immer länger, bis er wieder stand. Harsleben griff über den Tisch hinweg und erfasste seinen Arm.

»Bleib! Woher hast du das alles? Es wird ja nicht der Schröder Bericht erstattet haben bei dir. Und der Doctor Sorbait auch nicht.«

»Sei nicht so sicher, Johann. Sei nicht so sicher. Der Schröder hat sich beim Lizentiaten über mein Laboratorium erkundigt. Was ich dort mache. Der Lizentiat hat es mir erzählt, weil er sich einschmeicheln will bei mir. Weil er glaubt, ich gebe ihm das Geld, dass er Doctor werden kann auf der Universität. Beim Doctor Sorbää.« Curtius ließ ein meckerndes Lachen hören.

»Und das andere? Über die Steinmetzwerkstatt? Das kannst du mir nicht erzählen, dass sich der Schröder beim Lizentiaten ausspricht.«

Curtius verschränkte seine Arme. »Beim Lizentiaten nicht, nein. Aber vergiss nicht, ich komme mit vielen wichtigen Leuten zusammen. Als Vorsteher des Bürgerspitals hört man einiges.«

»Ich bin ja auch im Vorstand«, erwiderte Johann, »und ich weiß nichts davon. Es ist alles nur ein Gerücht.«

»Du bist im Vorstand, aber ich bin der Vorsteher. Das ist ein Unterschied. Und wenn ich dir erzähle, aus reiner Freundschaft, denn mir kann es gleichgültig sein, dass man etwas plant gegen die Zünfte, dann kannst du es glauben oder nicht.«

Harsleben schüttelte den Kopf. »Das würde der Kaiser nicht zulassen.«

»Bist du sicher? Der Kaiser? Seit wann steht der Kaiser hinter den Zünften? Warum hält er sich dann seine hundert Hofkünstler?« Mittlerweile hatte er sich erhoben. »Also, du weißt es jetzt, du weißt es früher als die anderen. Du kannst dich irgendwann dafür erkenntlich zeigen.«

»Wofür? Bald wissen es auch die anderen, wenn das stimmt, was du daherredest.«

»An deiner Stelle würde ich mir einmal überlegen, warum der Hieß nicht mehr zu euren Zunftsitzungen kommt.«

»Wer hat dir das erzählt?« Auch Johann hatte sich erhoben und trat Curtius, der sich schon zur Türe umwandte, in den Weg. »Die Zunftsitzungen sind geheim. Woher weißt du das?«

»Ich hab dir schon gesagt, ich hör allerhand im Spital.«

»Von wem? Von wem?« Harsleben griff noch einmal nach dem Arm des Curtius.

Curtius schüttelte die Hand ab. »Glaubst du wirklich, dass eure Sitzungen geheim bleiben? Glaubst du, dass ich irgendwas nicht erfahre, was ich wissen will?«

»Aber warum?« Harsleben versuchte es vergeblich.

»Darum. Weil ich ein gutmütiger Mensch bin und meinen Freunden helfe.«

In diesem Moment klopfte es und Vroni trat ein – beim Arbeitszimmer des Herrn musste man immer zuerst anklopfen – und meldete, dass der Sonntagsbraten auf dem Tisch stehe und die Frau schon mit dem Tischgebet beginnen wolle. Sie hatte den letzten Satz des Curtius gehört und wunderte sich, dass der Harsleben ihm trotzdem so finster nachblickte.

Gleich nach dem Sonntagsmahl zog Johann sich wieder in seine Arbeitsstube zurück. Seine Perücke hatte er schon vor dem Essen abgesetzt, jetzt zog er auch den Rock aus, er musste Luft haben, was er sich zu dem Geschwätz des Curtius denken sollte. Das Werkhaus, der Franz Hieß, der auf einmal bei den Zunftsitzungen fehlte – nein, da konnte es keinen Zusammenhang geben. Der Hieß war im letzten Jahr öfters scharf aufgefahren, wenn ihm jemand etwas korrigierte. Aber er führte das darauf zurück, dass der Hieß nicht zum Oberzechenmeister gewählt worden war, sondern der Matthias Knox, obwohl der jünger war und sich geweigert hatte, eine alte Meisterwitwe zu heiraten. Trotzdem hatte er nur fünf Jahre warten müssen, bis die Zunft ihm eine Meisterstelle vergab. Das hatte Johann eingefädelt, weil der Matthias Knox der Sohn seiner Schwester war. Der Hieß hatte ihm das übelgenommen. Aber der Hieß würde schon auch noch drankommen als Oberzechenmeister, da musste er doch nicht gleich den Zunftsitzungen fernbleiben. Das war nicht nur ein Affront, darauf konnte sogar der Ausschluss stehen. Und der Altar der Steinmetzen in der Stephanskirche? Niemals würden sie erlauben, dass ein Verräter an der Zunft mitarbeitete an diesem Geschenk an die heiligste aller Kirchen in Wien.

Johann stützte die Ellbogen auf den Tisch und den Kopf auf die Hände. Er wusste: Es war was dran an dem Geschwätz des Curtius. In Wien ging gerade etwas vor, das die Zunftordnungen im ganzen Reich in Unordnung bringen konnte. Angeblich wollte man sogar uneheliche Knaben von ledigen Müttern, die doch ebenso zu den Unehrlichen zählten, wie Spielleute, Abdecker oder Scharfrichter, aufnehmen in diesen Werkhäusern. Und alles sollte mit den besten und modernsten Werkzeugen und ohne Geheimnisse passieren! Ohne Zunftgeheimnisse! Verräter in der eigenen Werkstatt! Undenkbar, dass so etwas unter den Augen des Kaisers im Gange sein sollte. Das wäre der Tod aller Zünfte. Undenkbar, der Kaiser konnte doch nicht ihren Untergang wünschen! Er konnte sich doch seine eigenen Künstler und Baumeister aussuchen und zu Hofkünstlern machen, er hätte doch nichts davon, wenn er die Zünfte abschafft.

Und der Curtius wusste mehr davon? Ein Dombaumeister war nicht irgendwer. Eigentlich hatte er eine höhere Stellung als der Curtius, der nur mit seiner Hilfe Vorsteher des Bürgerspitals geworden war, obwohl er nur drei Jahre bei einem Apotheker geholfen hatte, ohne Prüfungen. Weil die Eggenburger eben zusammenhielten. Und gerade der Curtius sollte mehr wissen als er? Er hatte allerdings auch ein anderes Gerücht gehört. Man hätte den Hieß zusammen mit der Gertrud Knox gesehen, mit der Schwester des Matthias. Ja, früher einmal, da hatte der Hieß auf die Gertrud geschielt und die Gertrud auf den Hieß, aber da war er noch nicht verheiratet. Das war doch lange her. Und seit der Knox Oberzechenmeister geworden war und nicht der Hieß, trafen sie sich nur mehr bei den Zechensitzungen und gingen dann gleich wieder auseinander ohne ein Wort, soviel er wusste. Er musste herausbekommen, was da lief und ob der Hieß etwas damit zu tun hatte.

»Johann?« Inzwischen hatte die Harslebin den Raum betreten. »Johann, vergiss nicht, morgen früh kommt der Doctor Mauser und untersucht meine Beine, ob er wieder Blutegel ansetzen muss. Er will gleich bezahlt werden.«

Am Montag kam immer der Doctor Mauser vom Bürgerspital. Er war billiger als die anderen fünf Doctores in der Stadt, weil er die Pulver und die Tinkturen und die Blutegel aus dem Bürgerspital mitbrachte. Die Harslebin bestand darauf, dass ihr Gatte den Doctor bezahlte, obwohl sie selbst nicht wenig im Beutel hatte, und die Miete des Perückenmachers wanderte auch dort hinein.

»Ich hab es nicht vergessen«, sagte Johann laut. »Natürlich wird er gleich bezahlt.«

*

Es passierte nicht mehr oft, dass die Hießin die Harslebin besuchte. Damals – da war sie noch die Amalie Khain, und die Harslebin war die Agnes Hutter. Und damals redeten sie über ihre Töchter und Söhne, und was für eine Partie die machen würden. Das war lange her. In einem anderen Leben in Eggenburg, wo es nicht so viele fremdländische Menschen gab wie in Wien und wo es nicht so gefährlich war, wenn man über die Straße wollte. Wenn man sich hier in Wien keine Sänfte nahm, konnte man umgefahren oder umgeritten werden und keinen kümmerte es. Jetzt war die Harslebin so alt und kurzsichtig und dick, dass sie nicht mehr in andere Häuser zu Besuch ging, nur in die Kirche kam sie am Sonntag.

Amalie Hieß, die Hießin, wurde von der Katulka in das Zimmer neben der Küche geführt. Amalie wunderte sich, dass die Harslebin offenbar ein eigenes Zimmer hatte. Sie rückte ihre Knochen auf dem Hocker zurecht, den die Katulka ihr hingestellt hatte.

»Schaust noch recht gut aus, Hießin, wenn ich denk, was du alles mitmachen musst.« Die Harslebin war ins Zimmer getreten, ohne dass die Hießin es gemerkt hatte, was verwunderlich war, denn sonst schlurfte sie, dass man es bis zur Treppe hörte.

»Hat die Katulka dir keinen Polster gegeben? Dein Hintern ist ja nur Knochen. Katulka!«, rief die Harslebin, »einen Polster für den Hintern der Hießin!«

Die Hießin war die ungeschönte Rede der Harslebin gewohnt, und es war ja wirklich erstaunlich, dass die Harslebin noch rundum gepolstert war mit ihren achtzig, wo doch sonst nicht mehr viel funktionierte bei ihr, vor allem nicht die Ohren. Daher schrie sie: »Dafür hast du mich nicht herbestellt, Harslebin, dass ich auf deinem Polster sitze. Also, warum soll ich heute kommen, gerade heute, wo ich das Wochengeld besprechen muss mit dem Hieß?«

»Schrei nicht so. Du kannst von mir aus auch lieber das

Wochengeld besprechen, wenn du keine Zeit hast, aber bald wirst du kein Wochengeld mehr haben.«

Die Harslebin hatte sich den zweiten Hocker herangezogen, der in ihrer Kammer stand, neben dem Bett, den man aufklappen konnte und dann war es ein Leibstuhl, denn die Harslebin bestand darauf, dass sie einen eigenen hatte, und ließ sich darauf nieder. Die Vroni kam mit einem dicken Polster, aus dem kleine Federn herausragten und deutete der Hießin, dass sie ihr Hinterteil hob und Vroni ihr den Poster darunterschieben konnte.

Die Hießin schrie: »Was soll das heißen? Kein Wochengeld.«

»Schrei nicht so. Heißt, was ich sage. Bald hast du kein Wochengeld mehr.«

»Was geht dich mein Wochengeld an?«

»Nichts. Ich brauch es ja nicht. Aber du.«

Die Hießin ordnete ihre Gedanken. Wenn die Harslebin etwas wusste über das Geld des Hieß, konnte das nur bedeuten, dass der Harsleben Zunftgeheimnisse ausplauderte bei seiner Frau.

»Dein Johann hat ja was gegen den Hieß. Hat der Hieß einen Meisterfehler gemacht und muss vielleicht Strafe zahlen? Und dein Johann plaudert dir das weiter? Oder was sonst? Woher hast du das? Du gehst ja weniger auf die Straße als ich. Du kommst ja kaum über die Stufen mit deinem dicken Hintern.«

»Lass meinen Hintern und bleib sitzen. Ich hab meine Quellen, ich brauch nicht aus dem Haus zu gehen. Außerdem bin ich jeden Sonntag in der Stephanskirche. Ist das nichts? Einen Meisterfehler? Kann man sagen. Ja, kann man sagen. Einen schweren.«

Die Harslebin begann zu kichern, dass ihr wohlgefüllter Körper zitterte. »Ein Meisterfehler, ja, der viel kosten wird. Geld und noch was.«

Die Hießin schüttelte den Kopf und machte Anstalten, sich

zu erheben. »Einen Meisterfehler hat der Hieß schon lange nicht mehr gemacht. Das hör ich mir nicht an.«

»Bleib sitzen. Ist was Ernstes, gibt nichts zu lachen. Für dich nicht und für mich auch nicht. Spielt keine Rolle, woher ich das weiß.«

Die Hießin hatte sich wieder auf den Polster gesetzt und blickte die Harslebin mit gerunzelten Brauen an. Natürlich wusste die Frau des Dombaumeisters allerhand, mehr als sie. Aber die Meisterfehler machten sich die Männer der Zeche untereinander aus, wie viele Gulden Strafe sie zahlen und ob sie vielleicht sogar den Auftrag zurücklegen müssen. Nicht mit den Frauen.

»Also was?«

»Die Gertrud Knox ist schwanger.«

Die Hießin verstand nicht recht. Was hatte das mit ihrem Mann zu tun? Mit einem Meisterfehler? Mit ihrem Wochengeld? Allerdings – schön war es nicht, wenn die ledige Schwester des Oberzechenmeisters einen Bankert bekam. Aber in solchen Fällen fand sich immer ein Geselle, der für den Meisterbrief die Heirat erledigte. Die Schwester des Oberzechenmeisters bekam das sicher als Mitgift.

»Die Gertrud Knox – schwanger. Findet sich wer. Vielleicht der Vater selbst. Ist ja nicht so selten, dass Siebenmonatskinder kommen.«

Die Harslebin und die Hießin kicherten einvernehmlich, aber dann sagte die Harslebin plötzlich: »Geht vielleicht nicht. Ist verheiratet.«

»Dann halt ein anderer. Die Gertrud Knox ist keine schlechte Partie. Und jung. Die kann dann noch mehr kriegen, die keine Bankert sind.«

»Eben.«

»Was eben. Red nicht herum!« Auf einmal begann ihr Herz wie wild zu klopfen.

»Frag deinen Franz. Frag ihn, was er so macht, wenn er zum Deutschen Ritterorden geht. Zur Baustelle.«

Der Hießin hätte es den Boden unter den Füßen weggezogen, wenn sie nicht auf dem dicken Polster gesessen wäre. Der wichtige Auftrag für den Umbau des Ordenshauses. Zweimal die Woche mindestens musste der Hieß dort nach dem Rechten sehen. Und das schon seit Ostern. Und jetzt war August.

»Ja und? Wenn es so ist? Wen geht das was an? Ich weiß es natürlich. Ist ja überall so, wenn die Frau ein wenig älter ist.«

Die Harslebin lachte auf. »Ja, ein wenig älter. Doppelt so alt bist du.«

»Du hast ja auch schon den dritten, Harslebin. Was willst du? Hast eine eigene Kammer und einen eigenen Leibstuhl, sieht ja ein jeder, was ist.«

»Stimmt. Ich will nur mehr meine Ruh, und der Johann will ein ordentliches Essen und ordentliche Kleider. Und das Haus gehört mir.«

Die Hießin spürte einen Stich im Herzen. Das Haus. Sie hatte es dem Franz geschenkt, als er sie heiratete. Obwohl noch ihre drei Söhne da waren, die Söhne des Khain. Obwohl das nicht üblich war. Die Zeche hatte weggeschaut. Obwohl sie Einspruch hätte einlegen können. Im Gegenteil hatte sie nichts dagegen, wenn ab und zu nicht nur der Meisterstand, sondern auch die Wohnung an einen neuen, jungen Meister ging. Ein Haus – umso besser.

»Ja und? Was willst du mir sagen, Harslebin? Wir leben alle zusammen. Was spielt das für eine Rolle, dass es dem Franz gehört?«

»Ich weiß nicht. Sag du. Muss eine Rolle spielen, sonst hättest du es ihm nicht geschenkt. Und jetzt gehört es ihm. Vielleicht, dass er auch gern Kinder hätte, mit der oder der. Vielleicht. Und dann hat er ein Haus und genug Platz.«

»Harslebin, du bist zehn Jahre älter als ich und zehn Jahre

fetter und zehn Jahre hässlicher, und der Johann ist immer noch bei dir und hat sich keine Junge geholt.«

»Weiß ich das? Aber ich bin seine Hausfrau und das Haus gehört mir, und später gehört es meinen Töchtern. Meinen Töchtern. Nicht seinen, wenn er vielleicht welche hätte. Und um das Wochengeld muss ich nicht betteln, und er zahlt mir sogar den besten Arzt, wenn ich einmal nicht ganz wohl bin.«

Nicht ganz wohl! Die Hießin hätte am liebsten aufgelacht. Es war ein offenes Geheimnis, dass der Doctor Mauser ein und aus ging.

»Und was heißt das, Harslebin? Dass ich dumm bin, weil das Haus dem Franz gehört?«

»So ist es. Jetzt weißt du, warum du bald kein Wochengeld mehr bekommst.«

»Unsinn! Du weißt, dass das die Zeche nicht geschehen lässt. Der Franz würde den Meisterstand verlieren.«

«Vielleicht. Wahrscheinlich. Aber bald hat er einen anderen.«

Die Hießin beugte sich so weit vor, dass sie nur eine Handbreit vom Gesicht der Harslebin entfernt war, damit sie nicht schreien musste. »Was weißt du, Agnes?«

Nur selten nannten sie sich beim Vornamen. Aber jetzt war die Situation danach.

»Dein Franz fängt ein neues Leben an, und du merkst nichts davon? Er will aus dem Plan für den Steinmetzaltar in der Stephanskirche aussteigen.«

»Was? Daran arbeiten sie doch schon lang, dass das der schönste Altar wird. Da war mein Khain selig schon dabei. Wird ja nicht jeden Tag ein neuer Altar gebaut in der Stephanskirche. Und warum? Wegen der Gertrud Knox?«

»Aussteigen ist nicht ganz richtig. Er darf nicht mehr mitmachen, wenn er den Meisterstand verliert. Und er will Meister im Werkhaus werden.«

»Bist du verrückt?« Jetzt schrie die Hießin wieder. »Bei dem

Dingsdings, wo alle mitmachen sollen, die nicht gut genug für eine Zunft sind? Das ist doch nur ein Gerücht! Der Hieß und die Getrud Knox und das Werkhaus, ist doch nur ein Gerücht! Ein Unterzechenmeister geht doch nicht in ein Werkhaus. Das tut doch keiner!«

»Es soll dann Kunst- und Werkhaus heißen. Das ist ein Unterschied, wenn dort auch Künstler arbeiten. Die vielleicht Bilder malen können. Heilige! Es gibt schon viele, die von den Zünften weggehen wollen. Die die Zunftgeheimnisse mitnehmen wie die Bönhasen, die Zimmerer, die ihren Meistern davonlaufen. Und alle sollen gut bezahlt werden! Nicht nur Seidenweber und Tischler. Auch Wollweber. Und angeblich haben sie auch schon Maurersleute, auch Meister, und die Frauen haben nichts dagegen.«

»Agnes, woher weißt du das alles? Und wieso haben die Frauen nichts dagegen? Ist es keine Ehre, wenn der Mann ein Zunftmeister ist?«

»Ehre schon, aber die kostet. Und im Werkhaus soll das viel weniger kosten, bis einer Geselle ist, und später kann er auch überall hin, wohin er will. Überall. Und wenn einer dann eine junge Frau mitbringt, wird keiner so genau nachfragen, wer die ist, wie in den Zünften. Die ist dann eben seine Frau. Und was vorher war, will keiner wissen. Warum auch?«

Die Hießin wurde blass wie der Tod und dabei raste ihr Herz, und die Harslebin saß da und grinste und schmatzte mit den Lippen, dass man ihre vier Zähne sah, zwei oben, zwei unten, und erzählte vom Hieß und von der Gertrud Knox und vom Werkhaus, als wenn sie das freuen würde. Und die Hießin war zehn Jahre jünger und hatte nicht nur kein Fett mehr auf den Knochen, sondern auch keine Zähne mehr im Mund, und das Haus hatte sie dem Franz geschenkt.

Plötzlich beugte die Harslebin sich vor und legte ihre Hand auf das Knie der Hießin.

»Du und ich, wir sind nicht die einzigen, wenn das kommt mit dem Werkhaus. Nein, mein Johann geht nicht mehr, hat auch nicht mehr alles wie früher und ist Dombaumeister, der bleibt mir. Aber der Brunner, der Zimmerer, überlegt angeblich auch, weil ihm die Zunft keinen dritten Gesellen gestattet, und es gibt Jüngere und Schönere als die alte Brunnerin. Ist der Brunner auch schon draufgekommen. Und sogar welche mit Geld.«

Es war unglaublich, was die Harslebin ihr da eröffnete. Das konnte sie sich nicht alles aus den Fingern gesogen haben. »Woher weißt du das mit der alten Brunnerin?«

»Von der alten Brunnerin.«

»Und woher weiß sie es? Wieso weiß ich nichts davon?«

»Gibt eben Leute, die kommen viel herum und können viel erzählen. Und jetzt weißt du es ja.«

»Und was macht die Brunnerin dann? Wenn das alles wahr ist, was du da daherschwätzt.«

»Sie hat vielleicht ein Rezept gefunden, wenn der Brunner auszieht und ins Werkhaus geht.«

»Ein Rezept? Dass der Brunner bleibt? Das Liebespulver vom Curtius?«

Es war ein offenes Geheimnis: Der Vorstand des Bürger-spitals hatte ein Pulver gefunden, leider ein sehr teures, weil man dazu auch Goldstaub und geriebene Nashornknochen brauchte, welche bekanntlich schwer zu bekommen waren in Wien, ein Pulver, das half, wenn der Fall nicht von vornherein hoffnungslos war, was man natürlich nie wissen konnte.

»Liebespulver eher nicht. Soll auch nicht immer geholfen haben. Vielleicht frag ich den Doctor Mauser, wenn er mich wieder besucht, ob er was weiß. Vielleicht weiß er was. Er kennt sich ja fast genauso gut aus mit der Medizin wie der Eugen Curtius. Wird sicher was kosten, vielleicht sogar viel. Ich brauch so ein Mittel ja nicht, hab ich dir schon gesagt. Ich hab mein Haus nicht hergeschenkt.«

»Verschaff mir das Rezept, Agnes. Ich hab ja auch noch eigenes Geld.«

»Versuchen kann ich es ja. Aber du musst vorsichtig sein. Muss eine Zeit dauern. Schön langsam alles. Wenn du ungeduldig bist, wirst du verdächtigt. Die Wachtmeister sind ja nicht dumm.«

»Soll ich so lang warten, bis der Hieß bei seinem Luder wohnt? Bis alle es wissen?«

Die Harslebin zuckte die Achseln. »Müssen nicht alle wissen. Aber mach, wie du willst, ist ja nicht mein Leben.«

»Und der Curtius? Was weiß der?«

»Was weiß ich, was der weiß. Tut immer so, wie wenn er alles weiß. Ich weiß jedenfalls von nichts, hörst du, Amalie?«

»Wie viel verlangt der Curtius?«

»Keine Ahnung. Wird natürlich nicht wenig kosten. Dafür gehört das Haus dann wieder dir, Hießin.«

Amalie beugte sich noch weiter vor, dass ihre Knie nun zusammenstießen.

»Verschaff mir das Rezept, Agnes.«

*

Im Parterre des Hauses des Harsleben hatte sich der Perückenmacher Jean Bellemont eingemietet. Auf dem Haus in der Tuchlauben lag eine Hofquartierspflicht, und die wurde man nicht wieder los, wenn man nicht nachweisen konnte, dass die Familie sich ständig vergrößerte, und das war beim Harsleben und der Harslebin sicher nicht mehr zu erwarten. Sobald die beiden Töchter der Harslebin aus ihrer Ehe mit dem Hutter unter die Haube gebracht waren und aus dem Haus in der Tuchlauben ausgezogen waren, hatte Harsleben das Erdgeschoß rasch an den Perückenmacher vermietet, um zehn Gulden im Jahr. Sonst hätte ihnen der Hofquartiermeister ein paar Hofschranzen hineingesetzt, um einen Gulden für das ganze Jahr, darum wäre er nicht herumgekommen.

Seit einigen Jahren, das hatte auch wieder der Franzose vorgemacht, setzten sich Perückenmacher in Wien fest und besuchten die Stadtpalais der Adeligen, um ihre Köpfe abzumessen und die Farbe und die richtige Lockenlänge und Lockenform zu besprechen. Die Herren bevorzugten oft Ziegen- oder Rosshaar, weil so die schönen, strengen Rollen entstanden, die Damen wollten echtes Frauenhaar hineinverflochten in ihre hochgetürmten Frisuren aus Ziegenhaar. Es war den Perückenmachern nicht erlaubt, für Bürgerliche zu arbeiten, weil es den Bürgerlichen nicht erlaubt war, Perücken zu tragen. Natürlich gab es Ausnahmen. Der Dombaumeister war ebenso perückenfähig wie der Vorstand des Bürgerspitals oder die Hofkünstler oder die Zunftvorsteher und noch einige andere, die, wenn schon nicht adelig, so doch ein wenig anders als die anderen waren, abgehoben, distinguiert. Aber perückenfähig bedeutete natürlich noch lange nicht adelig. Die Kirchenmänner hielten sich fern von dieser eitlen französischen Mode, obwohl so ein Haargebilde schon etwas hermachte, Eitelkeit hin, Eitelkeit her. Doch viele geistliche Herren kamen ja aus dem Adelsstand und blieben auch dort, und daher verzichteten sie nur in der Ausübung ihrer geistlichen Funktion auf eine Perücke. Ja, das Geschäft hatte Zukunft.

Die Perückenmacher hatten keine großen Werkstätten und machten auch keinen Lärm, nur ein wenig Gestank mit den Farbbottichen im Hof, deshalb eigneten sie sich vorzüglich als Mieter, wie auch im Haus des Dombaumeisters Harsleben oder eigentlich der Harslebin. Der Perückenmacher Bellemont wohnte nicht allein in den Räumen im Erdgeschoß. Im vorderen Zimmer, das zur Straße hinausging, wohnten er, seine Frau und seine Kinder. Jedes Jahr kam eines dazu, aber es starb auch fast jedes Jahr wieder eines, sodass ihre Kinderzahl immer zwischen drei und vier schwankte. Wenn eines der Kinder das Alter von vier Jahren erreichte, musste es helfen, die Haare für die Perücken der Reihe nach gerade aufzulegen. Die größeren mussten die Rosshaare glattstriegeln. Bellemont hatte sich auf die hochgetürmten Perücken für Damen spezialisiert, die weichere Locken und mehr Fantasie verlangten als die lockigen Allongen für die Herren oder gar die steifen Stutzperücken, und hatte daher im hinteren Zimmer nur weibliche Gehilfinnen beschäftigt, sechs oder sieben, die geschickte Finger hatten. Sie schliefen auch dort, mussten dort schlafen, denn so hatte man Tag und Nacht ein Auge auf sie. Aber es waren keine Lehrlinge, und daher bekam er auch kein Lehrgeld. Aber gefüttert mussten sie trotzdem werden.

Manche der Gehilfinnen des Perückenmachers, die für die Sortierung und für Handreichungen herangezogen wurden, waren nicht älter als elf oder zwölf und keine hatte Aussicht auf eine Mitgift. Wenn sie dann sechzehn oder siebzehn wurden und nicht doch noch einen Ehemann gefunden hatten, waren sie oft schon so geschickt im Erfinden und Aufbauen der Frisuren auf den Holzköpfen, dass Bellemont ihnen sogar etwas zahlte, nicht zu viel natürlich, damit nicht ihr Charakter verdorben wurde. Denn es gab adelige Damen, die dann nur genau diese Frisuren von diesen Mädchen verlangten, und dem musste Bellemont Rechnung tragen.

Da es bei den Perückenmachern noch keine zünftischen Vorschriften gab, zumindest waren sie noch nicht vom Kaiser bestätigt, die dann natürlich keine weiblichen Lehrlinge erlaubten, wo käme man da hin, nützte Bellemont die Zeit. Ganz abgesehen davon, dass die Mütter froh waren, wenn sie die Sorge los waren, und ganz abgesehen davon, dass den Mädchen auch ganz andere Beschäftigungen erspart blieben, doch es war auch schon passiert, dass ein Mädchen die anderen Beschäftigungen dem Perückenmachen beim Bellemont vorzog. Bellemont sollte diesbezüglich sogar gelegentlich behilflich sein, hieß es. Auch die Katulka hatte einmal einen Fremden unten im Parterre gesehen, der nicht so ausgeschaut hatte, als würde er eine Perücke bestellen wollen. Aber sie hatte das für sich behalten, denn die Harslebin hätte den Bellemont sonst mitsamt seiner Familie und allen Mädchen hochkant aus dem Haus geworfen, und wo hätten die Mädchen dann bleiben sollen? Ab und zu bekam Katulka so ein Wesen aus dem Hinterzimmer zu Gesicht. Viel war nicht dran an denen. Haut und Knochen, und manche hatten ganz kurze Haare, weil sie ihre langen verkauft hatten. Aber die Mädchen waren jung, sehr jung, das schon.

Die Beschaffung von langen Frauenhaaren gestaltete sich nicht immer leicht. Es konnten die Haare einer Dienstmagd sein oder eines Bettelmädchens, die diese nach Jahren des Wartens verkauften und dann wieder ein paar Wochen Quartier hatten oder, wenn der Perückenmacher großzügig und das begehrte Haar besonders lockig war, sogar ein paar Monate. Dann war ihr Kapital aber aufgebraucht für weitere fünf, sechs Jahre. Oft kamen die Haare auch von den Nonnenklöstern, wenn eine Novizin eintrat und nicht nur ihre weltlichen Kleider, sondern auch ihre weltliche Schönheit ablegen musste. Solche Haare waren sehr beliebt, und wenn ein adeliges Fräulein mit besonders schönem Haar den Schleier nahm, sprach sich das herum, und nicht selten gab es dann schon Interessentinnen dafür, und dann ging der Gulden gleich an die Schwester Oberin. Die Perückenmacher mischten die Nonnenhaare dann geschickt mit den billigen Haaren von Verbrecherinnen, dass man es nicht merkte.

Ein Winter war besonders kalt gewesen, und zwei von den Mädchen waren erfroren, weil der Meister nicht erlaubt hatte, die Perücken, bis sie ausgeliefert wurden, zum Wärmen aufzusetzen. Als er ein Mädchen dabei ertappte, wie sie die Perücke der Gräfin Hohental aufhatte, während sie an der Perücke der Gräfin Seistal arbeitete, hatte er sie mit Ohrfeigen und Tritten auf die Straße gejagt. Obwohl sie eine von den Geschickten war, aber da kannte Bellemont kein Pardon.

*

So viele Wochen schon dieses Würgen! Wie lange saß der Teufel schon in seinen Gedärmen? Franz konnte sich selbst nicht erklären, warum er gleich an den Tod gedacht hatte, als diese Schmerzen anfingen. Warum er die drei Maskensteine, die er in Arbeit hatte, seinen Gehilfen überließ und mit einem Grabstein begann, den niemand bestellt hatte und seinen eigenen Namen einmeißelte, Franz Hieß, Franciscus Hieß, als könne er so ein Band schaffen zwischen dem Hier und dem Dort, zwischen dem Heute und der Ewigkeit.

Schon wieder diese Übelkeit. Diese schreckliche Übelkeit, die ihn in die Ecke des Werkstattverschlags zwang, wo er sich keuchend übergab. Zum dritten Mal heute. Er wankte zurück zu dem Stein, der quer über einem Bock lag, und lehnte sich dagegen, beide Hände immer noch an die Brust gepresst, bis das Würgen verebbte.

Er blieb über den Stein gebeugt, das Kinn bis zur Brust gesenkt und tastete nach den Papieren unter seinem Schurz. Er hatte sie einmal als Bezahlung für die Figur einer Diana erhalten. Diana mit einem Jagdspeer und einem Hund zu ihren Füßen. Die Auftraggeberin blieb ungenannt, man hatte ihm nur die Zeichnung eines Frauenkopfes überbracht, mit hoher Stirn und zartem Lächeln. Es war aber kein Geheimnis, dass die Prinzessinnen des Hofes ihre geheimen Wünsche manchmal mit seltsamen Dingen bezahlten.

Seine zwei Lehrlinge waren mit Einbruch der Dunkelheit gegangen, zurück in sein Haus am Neuen Markt, in ihre Schlafstätten am Dachboden. Hier war nur seine kleine Werkstatt. Eigentlich waren es nur zwei Wände, an die Stadtmauer gelehnt, mit einem schrägen Dach darüber und einer Feuerstelle, dass er nicht gleich beim ersten Schnee Hammer und Meißel aus der Hand legen musste. Hier an der Stadtmauer entstanden nur Arbeiten, bei denen man sich nicht mit anderen zusammentun musste, kleine Aufträge, Grabsteine oder Weihwasserbecken oder Pferdetränken. Manchmal auch ein Maskenstein für ein Portal. Er liebte Maskensteine. Sorgen und Lachen, Trauer und Spott konnte man da hineinschlagen.

»Hieß! Franz!«

Franz blickte erschreckt auf. Gertrud stand vor ihm.

»Franz!«, sagte Gertrud noch einmal, sie rief es fast, »morgen kommt der Wössner und will meine Antwort. Morgen! Jetzt, heute kannst du mich noch haben. Morgen ist es zu spät.«

»Zu spät für was, Gertrud?«

»Für was, fragst du, für was? Für unser Kind! Ich kann keinen Tag länger warten! Seit sechs Wochen bist du nicht zum Deutschordenshaus gekommen. Seit sechs Wochen! Warum zögerst du? War es nicht ausgemacht?«

»Ausgemacht … mit wem? Hat sich wer eingemischt.«

»Eingemischt? Wir waren uns eins!«

»Zu spät für was?«, fragte der Hieß noch einmal, als hätte Gertrud ihm das nicht gerade entgegengeschleudert. »Zum Sterben ist es nie zu spät, nur zum Leben«, sagte er und strich dabei mit der Hand über den Stein, der vor ihm lag.

»Franz, was redest du da? Zum Leben zu spät? Warum zitterst du? Was hast du?«

»Nichts«, flüsterte Franz, »nur ein wenig übel.«

»Nur ein wenig übel? Was ist los, Franz? Du kannst ja kaum den Hammer halten! Was ist das für ein Stein? Du musst ihn nicht heute fertigbringen.«

»Ein Grabstein. Nur ein Grabstein.«

Gertrud trat einen Schritt näher und griff sich erschrocken an die Brust: »Ein Grabstein voller Totenköpfe? Totenköpfe rundherum? Wer will so einen schrecklichen Stein? Ohne Trost?«

»Ich.«

»Aber wer hat ihn bestellt?«

»Niemand«, antwortete Hieß und wischte mit den Händen den Staub von den eingemeißelten Buchstaben, aber sie waren schon nicht mehr sichtbar in der einbrechenden Dunkelheit.

Gertrud wich zurück. »Was redest du da, Franz? Niemand hat den Stein bestellt?«

»Der Stein hat geredet. Er will keine fremde Hand. Will keine fremde Hand.« Die Stimme des Hieß war kaum zu vernehmen. »Gertrud, nimm den Wössner. Unser Kind … darf kein lediges werden. Soll ein Handwerk lernen dürfen. Nimm den Wössner.« Er fasste unter seinen Schurz und zog ein flaches Bündel heraus: »Hier. Ist für unser Kind.«

»Was heißt das alles, Franz? Du brauchst keinen Grabstein! Du stirbst nicht! Du stirbst noch lange nicht! Ich will kein Geld! Der Wössner nimmt mich nicht um Geld. Er will mich, weil mein Bruder ihm den Meisterstand verschafft. Ich will kein Geld von dir!«

»Nimm es. Ist kein Geld.« Er drängte das Bündel an die Brust Gertruds, sodass sie danach greifen musste, damit es nicht zu Boden fiel.

Rasche kurze Schritte näherten sich und die Stimme der Zimmermagd Vroni. Sie wurde immer ausgeschickt, wenn die Hießin etwas von ihrem Mann wollte, und begann schon von Weitem zu rufen: »Meister Hieß! Sind Sie da? Meister Hieß! Die Meisterin schickt mich. Sie will nicht alleine essen, heute Abend. Die Suppe ist schon angerichtet, Meister Hieß.« Inzwischen war sie um die letzte Mauerkante gebogen. »Ist heute schön dick, mit Fleisch, damit Sie wieder zu Kräften kommen, lässt die Meisterin ausrichten, Meister Hieß!«

»Ich komm gleich, Vroni. Sag der Meisterin, sie soll auf mich warten.«

Die Dunkelheit in der Nische verbarg die Gestalt Gertruds. Man hörte ein kurzes Aufschluchzen und dann das Rascheln ihrer Röcke und ihre Schritte in die Gasse hinaus.

*

Als vor Jahren die Gräfin Diana von Sekely, ganz offensichtlich wohlhabend, in das Haus Brunnengasse vier einzog, hatte es reges Interesse unter den zweiten und dritten Söhnen des Adels gegeben, die nur ein kleines Erbe erwarten konnten, und das erst irgendwann einmal, und die sich nicht für eine kirchliche Karriere hatten erwärmen können. Die Gräfin war nicht mehr ganz jung, vielleicht dreißig oder sogar schon vierzig, da gingen die Meinungen auseinander. Es war nicht einmal bekannt, woher ihr Geld stammte. Ob sie es geerbt oder – nun, natürlich geerbt, aber von wem? Von ihrem Vater? Von einem Ehemann? Natürlich war es undenkbar, dass eine Frau ohne Stammbaum, ja nicht einmal mit einem adeligen Vater, bei Hofe verkehren konnte. Aber der Reichspostmeister von Paar hatte ihr das Haus vermietet, das war jedenfalls keine schlechte Referenz. Dennoch hatte es eine Zeit lang das Gerücht gegeben, sie wäre eine von den calvinischen Protestanten in Ungarn gewesen und hätte mit den Türken gegen den Kaiser gehalten, und die Türken hätten sie mitsamt Geld und Gold mitten in die Wienerstadt gesetzt, damit sie ihnen allerhand ausspähe. Aber die Spione des Hofes hatten keinen Beweis dafür gefunden, und man konnte eine ungarische Gräfin nicht einfach so beschuldigen, auf ein Gerücht hin, und noch dazu eine, die jeden Tag in einer anderen Kirche eine Messe mit voller Kerzenausstattung zahlte. Und sie besuchte auch die Friedhöfe und ging von Grab zu Grab und las die Namen, hatte jemand erzählt, und auch das brachte ihr Anerkennung ein, dass sie die toten Wiener ehrte.

Mit der Zeit musste man zur Kenntnis nehmen, dass die Gräfin offenbar kein Interesse an den zweiten oder sonst welchen Söhnen hatte, und auch nicht an Witwern, sondern vor allem am geselligen Leben. Das ließ sie sich etwas kosten, und deshalb waren ihre Abendeinladungen sehr beliebt. Tagsüber saß sie aber angeblich an einem großen Schreibtisch, wie sie sonst nur in Herrenzimmern standen, und studierte Seite um Seite Bücher mit langen Zahlenkolonnen und ließ nur den Notar Hermann von Annaberg vor.

Dass die Gräfin keine eheliche Bindung suchte, hatte den jungen Notar nicht gestört, im Gegenteil. Auch er hatte kein besonderes Interesse an einer ehelichen Bindung. Sein Streben gehörte seinem Beruf und sonst niemand, jedenfalls aber nicht den Frauen. Deshalb war er auch vor einigen Jahren von Linz nach Wien gezogen. Er bewohnte zwei Zimmer im großen Haus des Herrn von Paar und konnte kommen und gehen, wie es ihm beliebte. Für ihre Planungen zum Kunst- und Werkhaus kam er wie gerufen. Seit er trotz seiner Jugend auch der Hofkanzlei seine Dienste zur Verfügung stellen durfte, wurde er öfters gedrängt, sich durch eine eigene Familie zu vollenden. Einladungen, die auch die ›werte Gemahlin‹ miteinbezogen, war er dadurch ausgewichen, dass er sich mit seinen beruflichen Verpflichtungen bei geschäftlichen Angelegenheiten der Gräfin Sekely entschuldigte, und darunter konnte man sich vorstellen, was man wollte.

Das Kunst- und Werkhaus hatte sich gut angelassen, hundert Burschen, die den Zünften nicht gut genug waren, standen in Ausbildung oder Arbeit, aber es warteten noch Hunderte andere darauf, aus der Bettlerkette oder der Lumpenkolonne erlöst zu werden. Obwohl – manche hatten auch schon aufgegeben, weil die Meister des Kunst- und Werkhauses nicht verstehen wollten, dass die Arbeit mit ein paar Schlucken Branntwein besser von der Hand ging, und andere wollten nicht einsehen, warum sie mühsam lesen lernen sollten, wenn sie doch nur einen Hobel führen wollten.

Als man eines Tages bemerkte, dass eine Stubenmagd des Doctor Sorbait lange Ohren und eine lose Zunge hatte und jedes Wort, jeden Satz, den sie verstand, ihrem heimlichen Gespons aus dem Bürgerspital überbrachte, hatten sie ihre Besprechungen in das Haus der Gräfin Sekely verlegt. Paul de Sorbait hatte den Vorstand des Bürgerspitals, den Eugen Curtius, auch schon länger in Verdacht, dass er Pulver zusammenmischte und an die Patienten des Doctor Mauser verkaufte, obwohl er keine Konzession dafür hatte, und ihn einmal zur Rede gestellt. Der Curtius hatte nur geantwortet, der Doctor de Sorbää solle sich um seine eigenen Sachen kümmern, es sei nicht verboten, Wacholderbeeren zu zermahlen, und er solle beweisen, dass irgendwer seine wunderbaren Wacholderpulver nicht vertrage. Sorbait wusste, er würde das nicht beweisen können. Man konnte einen Toten doch nicht einfach aufschneiden und nachschauen, was er in seinem Magen hatte.

Sorbait hatte vor einiger Zeit einen Vorschlag gemacht, den man demnächst ernsthaft diskutieren wollte, nämlich eine Werkstatt für Geigenschneckenschnitzer zu gründen. Die Geigenbauer hätten nichts dagegen, er hatte sich beim besten Geigenbauer von Wien, dem Meister Klotz, erkundigt, der ihm seine Viola da Gamba gebaut hatte, und der hatte keinen Einwand erhoben. Denn wenn es eine Zunft gab in Wien, mit der Sorbait keinen, aber auch gar keinen Ärger haben wollte, dann waren das die Geigenbauer.

»Geigenschneckenschnitzer?«, hatte Klotz gefragt. »Warum nicht? Ich lasse die Geigenschnecken manchmal bei Schnitzern machen, die sich der Tischlerzunft angeschlossen haben. Ich habe auch selbst einen in meiner Werkstatt ausgebildet, dem aber die Augen schon nachlassen, und bei den Schnecken muss man mehr sehen als hören. Wenn ich schöne Schnecken aus dem Werkhaus am Tabor bekomme – warum nicht? Und vielleicht nehme ich dann einen Geigenschneckenschnitzer vom Tabor in meine Werkstatt auf. Warum nicht?«

Man hatte die Idee des Doctor Sorbait und die Unterstützung des Meisters Klotz zur Kenntnis genommen, obwohl Geigenschnecken wohl nicht allzu viele Burschen in Arbeit und Brot bringen würden, nicht einmal in Wien.

»Bedenken Sie, meine Herren, werte Gräfin, dass es noch viele Geigenbauer gibt, die ihre Schnecken in Venedig kaufen, obwohl die doch eher unmodern sind. Wir aber könnten nicht nur elegantere Schnecken herstellen, sondern auch Geigenköpfchen, und so viele Schnitzer gibt es nicht in Wien, die das können.« Immerhin gab es noch keine Zunft der Geigenschneckenschnitzer, die dagegen arbeiten könnte. Demnächst würde man sich nach einem passenden Raum bei den Tischlern umschauen, und der Meister Klotz konnte ihnen sicher auch einen Schnitzer nennen, der ein paar Burschen unter seine Fittiche nahm.

Aber vorher und heute galt es noch eine andere Frage zu klären: Es war ein Vorstoß des Wilhelm von Schröder zu diskutieren, obwohl es eigentlich eine undiskutable Idee war. Er hatte in England nicht nur die Schafzucht, die Webereien, die Handwerke und die Verwaltung studiert, sondern hatte sich auch überzeugen lassen, dass man die Wissenschaft nur durch Experimente vorantreiben könne und dass man das Experiment wagen solle, eine Frau als Lehrmeisterin an das Kunst- und Werkhaus zu engagieren. Er hatte eine Salzburgerin im Sinn, die er auf seiner Reise nach England kennengelernt hatte, eine Margarete Rottmayr. Sie war nicht nur ihrem verstorbenen Gatten, einem Bildermaler, zur Hand gegangen, sondern hatte auch so mancher geschnitzten Madonna mit dem Kindlein erst die richtige farbige Fassung verliehen, in Rot, Blau und Gold, mit einem geheimnisvoll rosigen Schimmer der Haut, für den andere Fassmaler zehn Jahre ihres Lebens gegeben hätten. Auch ihr Sohn, der Michael, hatte schon vielversprechende Proben seines Könnens abgelegt.

»Die Margarete Rottmayr ist eine geübte Fassmalerin. Und Fassmaler sind heutzutage wichtiger als Bildermaler, wo jetzt die Kirchen neue Altäre wollen, moderne, mit einem schönen Tabernakel und Säulen rundherum. Die alten Flügelaltäre will doch kein Mensch mehr.« Wilhelm von Schröder sagte das so bestimmt, als würde er täglich mit den Gläubigen über die Hässlichkeit von Flügelaltären sprechen. Tatsächlich gab es in Wien keine Kirche, die nicht daran dachte, der wiederauferstandenen Glorie der Kirche durch einen neuen, goldglänzenden Altar Rechnung zu tragen, wenn es nicht schon geschehen war.

Ja, es war zweifellos sinnvoller, Fassmaler und Vergolder auszubilden, als Geigenschneckenschnitzer, eines nach dem anderen.

»Aber eine Frau als Meister, das geht zu weit! Und nicht einmal aus Wien!« Der kaiserliche Reichspostmeister Ludwig von Paar schüttelte empört den Kopf, dass sein ganzer Körper wogte.

»Gemach, Herr Reichspostmeister«, sagte Herr von Schröder, was ein wenig verwunderlich klang, denn er hatte es sonst immer sehr eilig. »Wir wollen es aber doch anders machen als die Zünfte. Das ist doch unser Auftrag. Es sollen möglichst viele in Arbeit kommen und nicht nur die ›Ehrlichen‹«, sagte er mit Spott in der Stimme, denn wenn ihn etwas störte am Diktat der Zünfte, dann diese böse Bezeichnung für die unehelichen Kinder. Denn er war sich nicht ganz sicher, ob er nicht selbst in Jena …

»Warum also keine Frau? Was haben Sie gegen Frauen, Herr von Paar?«

Der Reichspostmeister grunzte empört. »Aber Herr von Schröder, das ist doch kein Argument!«

»Sie haben recht, es ist kein Argument«, sagte Schröder beschwichtigend, »aber wenn unsere Frauen unsere Kinder erziehen, warum sollen sie nicht Lehrerinnen am Tabor werden? Man muss doch etwas Neues wagen, und wenn die Maler Angst vor der Rache der Zünfte haben, warum nicht eine Malerin?«

»Das wäre aber doch kein Experiment, Herr von Schröder, ein Experiment kann man abbrechen. Aber welche Frauen können ein Handwerk? So viele sind es nicht. Wollen Sie alte Jungfern anheuern, die von den Burschen ausgespottet werden? Oder Witwen? Wir wollen doch die modernsten Methoden in unserem Werkhaus. Nein, das kann nicht gutgehen.« Der Reichspostmeister schüttelte sein mächtiges Haupt.

»Es ist aber doch auch mit den Wollwebern gutgegangen, obwohl die meisten unsere Sprache nicht erlernt haben. Das war doch auch ein Experiment, oder nicht?«

»Das ist etwas anderes«, widersprach der Reichspostmeister, »das war kein Experiment. Das sind Männer.«

»Und die können umgehen mit ihren Webstühlen«, bekräftigte Graf Althan.

»Und so gut ist es auch wieder nicht gegangen«, sagte der Reichspostmeister auf einmal, »so vielen Krankheiten, als würden sie die Wiener Luft nicht vertragen.« Mit Unbehagen erinnerte er sich daran, dass seine Tochter Elise sich bei den englischen Wollwebern mit irgendeiner Krankheit angesteckt hatte, sodass sie sich monatelang aufs Land zurückziehen musste, um wieder zu Kräften zu kommen. Seine Frau hatte eine Tante auf einem Gutshof an der Traisen, die Elise gesund gepflegt hatte, aber danach war Elise nie mehr so fröhlich wie früher, gab keine Reitstunden mehr und hatte auch nicht mehr den Wunsch, die Bibliothek des Doctor de Sorbait zu beaufsichtigen. Und schließlich, als ihre Mutter und seine Gattin, Gott hab sie selig, einem Gallenfieber erlegen war, hatte Elise sogar den Wunsch geäußert, ganz ihrem Herrgott zu dienen – ein Wunsch, der bisher in der Familie des Herrn von Paar noch nie aufgetreten war – und ihre Lese- und Schreib- und Sprachkünste den Ursulinen darzubringen, die in Wien einen Konvent gegründet hatten. Ja, wenn er es recht betrachtete, war seine Elise auch so etwas wie eine Lehrerin. Aber das war doch etwas anderes.

»So gut auch wieder nicht«, sagte er noch einmal mit leiser Stimme und senkte seinen Kopf. Manchmal überfiel ihn plötzliche Trauer, wenn er an seine Elise dachte. Und manchmal kamen ihm sogar ganz seltsame Gedanken. Verbotene Gedanken. Elise und der John Miller und Elises lange Genesung bei einer Tante seiner Frau. Wenn man sich solche Gedanken nur selbst verbieten könnte!

Doctor de Sorbait räusperte sich, und riss Ludwig von Paar aus seinen verbotenen Gedanken und das Gemurmel um den Tisch verstummte.

»Ich kenne zwei Nonnen vom Kloster der Ursulinen«, sagte er, »denen hat der Meister Pock von der Malergilde Unterricht gegeben. Immerhin ist er der Gildenmeister und wird wissen, was er tut. Und mir haben die Bilder in ihrer Kirche gut gefallen.«

»Na gut«, sagte Graf Althan, »Nonnen. Aber die Bestimmung einer richtigen Frau ist es ja nicht, Handwerker oder Künstler zu werden, sondern Gattin und Mutter.«

»Handwerkerin«, sagte Herr von Annaberg.

»Wie meinen?«, fragte Graf Althan.

»Handwerkerin«, beharrte Herr von Annaberg. »Ich meine, wenn eine Frau ein Handwerker wäre, dann wäre sie eine Handwerkerin.«

»Herr Notar! Wollen Sie mich maßregeln? Wenn man Handwerker sagt oder Künstler, sind die Frauen doch mitgemeint!«

»Vielleicht wollen sie aber selbst gemeint sein, meine Herren«, sagte die tiefe Stimme der Gräfin Sekely aus dem Hintergrund, »nicht mitgemeint.« Sie hatte sich nicht in die Diskussion um die Malerin Margarete Rottmayr eingemischt, aber das geschah öfter, dass sie plötzlich eine Bemerkung machte, auf die man nicht vorbereitet war. Sie saß nicht mit am Tisch, sondern beobachtete die Gespräche immer aus dem Hintergrund, wie ein Schiedsrichter, und ließ dann und wann ihre dunkle Stimme ertönen, sodass sich alle umdrehen mussten.

»Aber gnädigste Gräfin«, fuhr der Graf Althan auf, »wir haben hier doch einen ernsthaften Disput. Sie machen Scherze, gnädigste Gräfin.«

Der Notar von Annaberg mischte sich ein. »Es steht aber tatsächlich nirgends, dass am Kunst- und Werkhaus nur Männer unterrichten dürfen«, sagte er. In seinem Beruf war es das Wichtigste, dass etwas irgendwo stand und man darauf hinweisen konnte. Außerdem brauchte er dann auch nicht Partei ergreifen, und er wollte weder dem Herrn von Paar noch dem Grafen Althan, noch dem Doctor de Sorbait widersprechen.

»Aber das muss auch nicht wo stehen«, sagte der Graf Althan, »das ist doch ganz einfach so in unserer Tradition. Man kann doch nicht alle Traditionen über Bord werfen!«

»Keineswegs wollen wir alle Traditionen über Bord werfen«, erwiderte de Sorbait, »aber die beiden Nonnen, von denen ich gesprochen habe, waren einmal adelige Damen und wohlbekannt mit Kunstwerken der Malerei, wie es eben in diesen Kreisen gepflegt wird. Und daraus hat sich dann vielleicht ihr Talent entwickelt, selbst zu malen. Der Meister Pock hat ja manchmal auch adelige Fräulein unterrichtet, die keine Nonnen sind.«

Der Graf Althan wiegte sein Perückenhaupt hin und her. Von dieser Seite hatte er es noch nicht betrachtet. Auch seine Frau hatte ihn unlängst damit überrascht, dass sie Zeichenunterricht nehmen wolle.

»Aber hier geht es doch darum, dass eine Frau junge Männer unterweisen soll. Was ist, wenn sie der Frau nicht gehorchen?«, entgegnete der Reichspostmeister, als hätte Sorbait den Sinn der Sache nicht verstanden.

»Was ist, wenn sie einem Lehrer nicht gehorchen?«, setzte Schröder dagegen.

»Solche Burschen werden natürlich aus dem Werkhaus entfernt.«

»Eben«, sagte Schröder. Er wollte sich die Führung der Diskussion nicht aus der Hand nehmen lassen. Der Kaiser hatte ihn nach England geschickt, er hatte die englische Wirtschaft studiert, nicht der Reichspostmeister und nicht der Graf Althan. Allerdings – von englischer Malerei hatte er nicht viel gesehen. Gerade deshalb wäre es ja ein Experiment.

»Ich kenne die Malerin«, sagte nun wieder die Stimme der Gräfin Sekely aus dem Hintergrund. »Ich kenne ihre Werke. Auf einer meiner Reisen nach München habe ich ein paar Altäre gesehen, denen sie Glanz und Farbe verliehen hat. Wunderbar. Ein Bild der Madonna und ein Bild dieser Heiligen mit dem Turm. Wunderbar.«

Die Gräfin wusste erstaunlich wenig über die Heiligen, wo sie doch sonst so klug war.

»Ich denke, Sie meinen die heilige Barbara, werte Gräfin. Das mag ja sein, dass sie keine schlechte Malerin ist«, räumte der Reichspostmeister ein, »aber eben eine Frau. Und dass sie ihren Sohn unterrichtet hat, sagt noch nichts. Und sie ist Ausländerin. Unsere Aufgabe ist es doch auch, die österreichischen Künstler in Brot und Arbeit zu bringen. Das war ja der Auftrag des Kaisers. Das wollen wir nicht aus den Augen verlieren.«

»Das stimmt«, musste Schröder zugeben, »aber die Margarete Rottmayr ist doch keine richtige Ausländerin. Und immerhin hat der Fürsterzbischof von Salzburg ihr mit Brief und Siegel erlaubt, ihren Beruf auszuüben, wie ihr Mann, Gott hab ihn selig, gestorben ist. Und ich denke, wir werden doch nicht ein Urteil des Fürsterzbischofs von Salzburg anzweifeln, oder? Wir wollen doch nicht handeln wie die Zünfte, oder? Wenn der Fürsterzbischof sie anerkennt, wird sie doch nicht zu schlecht sein für unser Manufakturhaus, oder?«

»Das natürlich nicht«, sagte der Reichspostmeister, »aber wo soll sie wohnen? Ich kann kein extra Zimmer für eine Frau zur Verfügung stellen. Das müssen Sie verstehen. Und sie wird wohl kaum in meinen Räumlichkeiten für die Meister schlafen können.«

»Nun also, dann nehmen Sie eben einen Wiener Künstler, einen Mann«, sagte die Gräfin, als würde sie das Argument des Herrn von Paar gelten lassen.

Der Herr von Schröder seufzte. »Das ist ja auch ein Problem. Die Wiener Künstler wollen nicht so recht. Das ist auch bei den Malern nicht so leicht. Manche fürchten, dass sie dann die Aufträge des Adels verlieren könnten. Man weiß ja nicht so genau.«

»Aber die Adeligen haben ja selbst Manufakturen. Also warum sollten sie das einem Maler übelnehmen, wenn er Meister im Manufakturhaus wird und nicht mehr in der Gilde ist?«, fragte die Gräfin Sekely.

»Vielleicht nicht, vielleicht ja. Das ist bei Malern nicht so leicht zu sagen. Die Gilde hat immer noch mehr Ansehen, als eine Manufaktur.«

Die Gräfin ließ die Antwort nicht so stehen. »Es gehört immer auch Mut dazu, etwas Neues zu beginnen. Und mutlose Meister wollen wir doch nicht, oder?«

Bevor noch jemand darauf hinweisen konnte, dass sie doch auch einen mutlosen Meister aufnehmen würden, wenn er ein guter Maler wäre, sagte der Graf Althan plötzlich mit gedämpfter Stimme, als würde er ein Geheimnis verraten: »Ich habe von einem Plan gehört. Am Hof erzählt man, es gebe

Bestrebungen, eine eigene Kunstakademie zu gründen, eine Malerakademie, wie sie die Franzosen haben. Und man soll sich auch schon um passende Künstler umschauen, die so ein Werk in Angriff nehmen könnten. Ein sehr interessanter Plan. Das würde uns die Gründung einer Malerwerkstatt am Tabor ersparen.«

»Das wäre keine schlechte Lösung«, sagte Sorbait. »Eine Akademie für alle? Eine gute Idee.«

»Aber doch sicher nicht für Frauen«, widersprach der Herr von Paar, dem es missfiel, dass der Graf erst jetzt mit seinem Wissen herausrückte und sie darüber diskutieren ließ, ob Frauen lehren durften oder nicht.

»Warum nicht? Bei einer kaiserlichen Akademie kann doch der Kaiser immer eine Ausnahme machen. Wie bei den hofbefreiten Künstlern«, führte Sorbait ins Treffen.

»Und was sagen dann die hofbefreiten Künstler?« Die Familie des Grafen von Althan hatte sich bisher eher an die hofbefreiten Handwerker und Künstler gehalten, die keiner Zunft angehörten. Man konnte da besser verhandeln.

»Das kann dem Kaiser gleichgültig sein. Er hat dann ja die Künstler aus seiner Akademie«, sagte die Gräfin Sekely.

»Er hat auch jetzt genug Künstler zur Auswahl«, erwiderte Graf Althan.

»Aber keine Akademie, wie der König Ludwig. Die Akademiekünstler sind dann nämlich keine Handwerker und gehören dann auch keiner Zunft an, wenn sie nicht wollen. Sie sind … etwas Besseres. Das ist es. Deswegen will unser Kaiser auch eine Akademie. Und wenn der Franzose Frauen erlaubt, dann erlaubt unser Kaiser sie auch. So läuft das.« Der Herr von Schröder schien die Sache plötzlich genau zu durchblicken, obwohl er gerade erst davon erfahren hatte.

»Aber jetzt wollen wir doch nicht über eine kaiserliche Akademie entscheiden«, holte Sorbait die Diskussion wieder zusammen, »sondern über unser Kunst- und Werkhaus. Sollen wir die Margarete Rottmayr aus Salzburg einladen oder nicht?

»Unsinn! Unsinn! Geschwätz!«

Zum ersten Mal machte sich die raue, alte Stimme des Tischlers Ritzker bemerkbar. Er war bei ihren Besprechungen immer dabei, aber man bemerkte ihn nicht, weil er nicht redete. Er war einmal Zunftmeister gewesen, und man wollte doch auch jemand aus der Praxis dabeihaben. Der Sargtischler und Sargmaler Konrad Ritzker war einer der ersten Meister gewesen, die sich bereit erklärt hatten, als Lehrer für das Kunst- und Werkhaus zu wirken. Vor allem, weil man die Kunst im Namen führte. In seiner Sargtischlerei hatte er für die adeligen Verstorbenen oft wunderbare Särge gezimmert und bemalt, mit Bildern und Girlanden, aber weil sie alle unter die Erde kamen und vermoderten, konnte man sie nicht bewundern wie Bilder oder Altäre. Es hatte ihn oft gekränkt, dass man ihn unterschätzte, wie damals die Steinmetzen, als er sich als Fassmaler für ihren Altar in der Stephanskirche beworben hatte, um den die Steinmetzen ein Geschrei gemacht hatten, als wäre es der neue Hochaltar. Damals hatte man ihn abgelehnt, er wäre nur ein Sargtischler und Sargmaler. Dabei hatten sogar die Jesuiten einmal Kulissen bestellt bei ihm, weil der Ottavio Burnacini sich über Nacht was Neues für das heilige Theaterstück am nächsten Sonntag ausgedacht hatte. Und er hatte zur vollsten Zufriedenheit der Jesuiten gearbeitet. Aber die Steinmetzen vom Stephansdom hatten sich von den Jesuiten nichts sagen lassen.

»Handwerker! Künstler! Ein guter Maler ist ein guter Maler, und es spielt keine Rolle, wo er das gelernt hat«, sagte Ritzker. Dann schwieg er wieder. Er hatte seine Meinung gesagt. Diskutieren, oder wie das die Herrschaften hier nannten, konnte er nicht. Er fühlte sich hier auch nicht so richtig am Platz.

Das scharfe Urteil des Konrad Ritzker setzte den subtilen Argumenten der übrigen Anwesenden ein Ende.

»Verschieben wir die Entscheidung«, schlug der Reichspost-meister vor. »Wir haben ja genug zu tun. Ich habe nun endlich den besten Sattlermeister gefunden, aus Ybbs. Sobald das Gebäude für die Sattler steht, fängt er an. Und bis dahin haben wir auch einen einheimischen Maler gefunden, einen … Mann.«

Man nickte zustimmend und wollte sich gerade erheben und rückte die Stühle, da sagte die Stimme der Gräfin Sekely: »Bevor Sie gehen, meine Herren, möchte ich Ihnen noch meine Entscheidung mitteilen.«

Man sank auf die Stühle zurück.

»Aber wir haben doch soeben …«, begann der Reichspost-meister.

»Sie haben, werter Herr von Paar. Ich nicht.«

»Ich eigentlich auch nicht«, sagte Herr von Annaberg.

»Aber wie … was …?«, stammelte Herr von Schröder.

»Ich bin dagegen, dass wir die Frage, ob eine Frau am Kunst- und Werkhaus lehren darf, verschieben. Verschieben auf was? Auf den Sankt Nimmerleinstag? Die Arbeit einer Frau bringt der Staatskasse genau so viel ein wie die von einem Mann. Ich weiß das, glauben Sie mir, meine Herren. Ich werde daher für eine Werkstatt der Maler und Vergolder bezahlen. Für die Werkstatt der Malerinnen und Vergolderinnen.«

»Vergolderinnen auch?«, fragte der Graf Althan bestürzt.

»Warum nicht? Ich habe einige schöne Stücke, die einer frischen Vergoldung bedürfen, und ich würde sie gerne in sorgfältigen Frauenhänden wissen. Übrigens würde ich natürlich auch für das Gold sorgen, das für eine solche Werkstatt nötig ist. Nicht zu knapp.«

Nach einigen Sekunden der Überraschung sagte der Ökonom Schröder mit freudig entschlossener Stimme: »Einem solchen Plan wird man sich natürlich nicht entgegenstellen können. Wenn das Geld vorhanden ist, schaut die Sache natürlich anders aus.«

»Und das Gold«, ergänzte die Gräfin Sekely.

»Und auch das Gold.« Herr von Schröder nickte zufrieden.

Hermann von Annaberg meldete sich noch einmal zu Wort: »Ich möchte nochmals darauf hinweisen: Nirgends steht, dass am Kunst- und Werkhaus nur Männer vorgesehen sind.«

»Sehen Sie«, sagte die Gräfin Sekely, »es steht vier zu zwei«, und klappte ihren Fächer zusammen.

»Vier zu zwei«, brummte der Graf Althan, »was soll das heißen? Spielen wir Federnball? Ich bin gegen das Experiment.«

*

Eines Tages lagen im Krowotndörfl die Alten des Tschontschon totgesoffen mitten auf der Straße, und Tschontschon war ohne Heim. Aber er hatte großes Glück, dass er wahrscheinlich schon neun war, denn dann nahm einen der Roman Wagner vielleicht in seine Lumpensammlerkolonne auf. Jüngere Kinder machten nur Schwierigkeiten. Sie konnten das Tempo der Kolonne nicht mithalten und fingen manchmal zu flennen an, nur weil sie Hunger hatten. Der Hadernlump Wagner wohnte ganz in der Nähe der Stadtmauern, denn im Krowotndörfl fielen keine Lumpen an, im Gegenteil musste er die Lumpen, die er einmal im Monat in die Papiermühle nach Stattersdorf lieferte und die er in seinem Schuppen am Spittelberg lagerte, vom alten Josef Zauner bewachen lassen, damit nicht die Leute vom Krowotndörfl sich heimlich die besseren aus dem stinkenden Lumpenberg heraussuchten. Der Wagner war damit einverstanden, dass der Tschontschon seine Hündchen verkaufte, und verlangte dafür nur die Hälfte des Geldes, was ziemlich großzügig war. Denn er hätte den Verkauf auch verbieten können.

Tschontschon war schon einige Zeit mit der Lumpenkolonne des Wagner durch die Gassen gezogen, als er ein seltsames Erlebnis hatte. Als die Kolonne durch die Domgasse zog und

Wagner und sein ältester Hadernlump Heiner, der die lauteste Stimme hatte, ihren Ruf »Ha-dern! Ha-dern!« erschallen ließen und sich das Fenster eines oberen Stockwerks öffnete und ein Bündel Lumpen durch die Luft flog, trat in dieser Sekunde eine junge Frau aus dem Tor, an ihrer Hand einen Buben, und das Lumpenbündel flog direkt vor dem Kind auf die Straße, dass der Staub aufwirbelte. Die Frau und der Bub sprangen zur Seite, und Tschontschon beeilte sich, das Bündel aufzuheben, und dabei baumelten ein paar seiner Hündchen, die er sich mit einer Schnur um den Hals gebunden hatte, vor seinem Gesicht herum. Der Bub blieb stehen und zog die Frau, die vor dem stinkenden Bündel flüchten wollte, zurück.

»Den Hund, ich will den Hund!«

»Welchen Hund?«, fragte die Frau.

»Den da«, rief der Bub, »den, und den auch!«, und zeigte dabei auf Tschontschon.

Tschontschon hatte sich aufgerichtet und seine Hand schützend über die fünf Hunde gelegt, die um seinen Hals hingen, denn er wollte sie auf dem Hohen Markt einer Standlerin, die ihm die Ruschka genannt hatte, zum Verkauf übergeben, und jetzt wollte dieser Bub ihm seine Hunde wegnehmen. Er wollte schon ohne das Lumpenbündel davonlaufen, denn es schien ihm im Moment wichtiger, seine Hunde zu retten, da rief die Frau ihm nach:

»Komm zurück!«

Tschontschon wagte nicht, sich zu widersetzen. Zögernd drehte er sich um. Der Bub war ihm nachgelaufen und hatte einen Zipfel seines Kittels erfasst.

»Wo hast du das her?«, fragte die Frau mit scharfer Stimme. »Da sind ja auch Pfeifchen und Schneckenhäuser, oder was ist das? Wo hast du das her?«, fragte sie noch einmal und fasste ihn dabei am Ärmel. »Das gehört ja nicht dir! Hast du das gestohlen?«

»Nein, nicht gestohlen!«, rief Tschontschon, oder eher schrie er es, denn er hoffte, der Roman Wagner und die anderen der Kolonne würden zurückkommen und ihn befreien. Aber die Kolonne war schon um die Biegung, und lautes Hufgetrappel und das Quietschen von Kutschenrädern übertönten Tschontschons Schrei.

»Ich will den Hund«, rief der Bub jetzt wieder, »und den und den auch!« Dabei riss er an der Schnur, an der Tschontschon seine geschnitzten Schätze hängen hatte. Inzwischen waren ein paar Passanten stehen geblieben und beobachteten die Szene.

»Ein Hadernlump! Wo soll der solches Spielzeug herhaben? Und um den Hals, damit keiner sieht, was er gestohlen hat. Was hast du noch alles umgehängt?«, rief ein Mann, und dabei riss er an der Schnur, dass Tschontschon fast kopfüber in den Staub gestürzt wäre.

»Dieb, Dieb, Hilfe!«, schrie die Frau neben ihm. »Rumorwache! Wo ist die Rumorwache? Am hellen Tag wird man schon bestohlen!«

Tschontschon hielt seine Hände über den Kopf, die Ellbogen vor der Brust, sodass sein Gesicht und seine Hunde und Pfeifchen darunter geschützt waren, und schluchzte nur immer: »Nicht gestohlen, nicht gestohlen!«

Der Mutter des Buben, der unbedingt die hölzernen Hündchen wollte, war die Szene unangenehm geworden, schließlich hatte ihr Bub den Auflauf verursacht, deshalb riss sie an seiner Hand. Der Bub hatte sich am Kittel des Tschontschon festgekrallt, und die Frau, die um die Rumorwache schrie, hielt Tschontschon an der Schulter und rüttelte ihn hin und her. Tschontschon dachte sich einen Augenblick lang, das war nun die Strafe dafür, dass er im Schuppen des Totengräbers heimlich Pfeifchen geschnitzt hatte, anstatt für seine Alten betteln zu gehen.

»Bitte, bitte, ich schnitze nicht mehr«, schluchzte er zu Gott

144

oder zur Jungfrau Maria in seinen Kittel hinein. Im Moment konnte er seine schreckliche Situation nicht unterscheiden von seiner schrecklichen Sünde, dass er heimlich herumschnitzte, anstatt seinen Alten zu helfen.

Plötzlich wichen seine drei Peiniger zurück, und er erblickte ein paar schwarze Stiefelspitzen, die in kurzer Entfernung auf ihn zukamen. Aus den Stiefeln wuchsen schwarze Hosenbeine heraus, mit schwarzseidenen Maschen zusammengebunden, neben dem linken Knie hing ein Säbel bis zum Boden. Höher wagte Tschontschon seine Blicke nicht zu heben, bis er eine warme, tiefe Stimme hörte: »Lass sehen!« Zwei behandschuhte Hände richteten die zusammengesunkene Gestalt an den Schultern auf und fassten nach den Hündchen an seinem Hals. Der Fremde mit dem Säbel und der warmen Stimme legte sie auf seine offene Hand und betrachtete sie. Tschontschon wagte es endlich, den Kopf mit dem großen Kavaliershut, mit der langen schwarzen Straußenfeder und mit den darunter hervorquellenden Locken ein paar Sekunden lang zu betrachten, bis er wieder seine Augen senkte. Die kleine Menschenmenge wollte sich schon entfernen, das war immer sicherer, wenn ein Kavalier kam mit Hut und Säbel, aber die Stimme sagte:

»Keine Eile, meine Herrschaften. Wir wollen nur kurz klären, ob wir hier einen Dieb haben oder nicht, nicht wahr? Und ob man die Rumorwache rufen soll.«

Eigentlich interessierte es jetzt niemand mehr wirklich, wegen ein paar Holzdingern am Hals eines Hadernlumpen wollte man nicht mit den Rumorwächtern konfrontiert werden und womöglich als Zeuge mitkommen auf die Wachstube. Daher gab es keine Antwort, außer von dem Buben, der immer noch darauf bestand, eines der Hündchen zu bekommen, »Ich will sie!« rief und sich von seiner Mutter nicht fortziehen ließ.

»Wenn du die Hündchen nicht gestohlen hast, hast du sie gekauft? Wo denn?«

»Ich habe sie selbst geschnitzt, und die Rosa hat sie angemalt«, stammelte Tschontschon, sodass man ihn kaum verstehen konnte.

»Selbst geschnitzt? Dazu brauchst du ein scharfes Messer. Hast du denn ein Messer? Zeig es her!«

Tschontschon hatte sich ein wenig beruhigt. Das waren Fragen, auf die er antworten konnte, keine Anschuldigungen wie vorhin.

»Der Totengräber hat eins, und wenn ich ihm helfe, leiht er mir das Messer.«

Die Umherstehenden blickten sich an und kamen wieder einen Schritt näher, um keine Geschichte zu versäumen. Totengräber! Was redete ein Bub da von einem Totengräber daher?

»Und wo ist der Totengräber, und wobei hilfst du ihm? Es gibt ja nicht nur einen Totengräber in Wien.«

»Bei uns drüben, im Krowotndörfl. Und wenn ich ihm helfe, die Leichenbretter abzukratzen, leiht er mir dafür sein Schnitzmesser. Er hat nämlich ein Schnitzmesser.«

»Und kennst du auch den Namen des Totengräbers?«

Nein, Tschontschon kannte keinen Namen. Der Totengräber hieß einfach Totengräber. Er schüttelte den Kopf.

»Und für wen schnitzt du das? Willst du die Hündchen verkaufen?«

Tschontschon nickte stumm.

»Welches möchtest du denn?«, fragte die freundliche Stimme jetzt den Buben, der immer noch auf den Hals des Tschontschon starrte.

»Das und das und alle!«, rief der Bub und streckte seine Hand wieder nach dem Hals Tschontschons aus.

»Und deine Mutter?«

Die Mutter nickte, denn die Situation wurde immer unangenehmer.

»Was willst du denn für die Hündchen?«

146

Tschontschon hatte seine fünf Sinne wieder beisammen und witterte das Geschäft seines Lebens. »Fünf Kreuzer«, sagte er forsch.

»Also, wenn du alle willst, das sind fünf Hündchen, dann sind das fünfundzwanzig Kreuzer.«

Tschontschon schnappte nach Luft. Fünf Kreuzer für jedes einzelne! Wer war so dumm, solche Hündchen für fünf Kreuzer zu kaufen? Er band die Hündchen von seinem Hals los und ließ sie in die Hände des Knaben gleiten, und seine Mutter zählte die Münzen auf die Hand des Kavaliers und beeilte sich dann, ihren Sohn, der soeben ihr gesamtes Marktgeld ausgegeben hatte, wegzuziehen.

Tschontschon konnte sein Glück nicht fassen, irgendwie musste das gerade ein Irrtum gewesen sein, aber da drückte ihm der Kavalier die Münzen in die Hand, und da lagen dann fünfundzwanzig Kreuzer. Er steckte das Geld unter seinen breiten Fetzengürtel, hob sein Bündel wieder auf und wollte schon der Kolonne nachlaufen, als die freundliche, tiefe Stimme sagte: »Du wartest jetzt und zeigst mir, wie deine Hündchen entstehen. Das möchte ich sehen. Schnitzt du sonst auch noch andere Dinge? Pferdchen zum Beispiel?«

Nein, an Pferdchen hatte er sich noch nicht gewagt, obwohl er gehört hatte, der Spielzeugmacher im Krowotndörfl würde sie mitnehmen auf den Markt. Die Pferde hatten so lange Beine und einen langen Schweif, und alle hatten einen schönen Kopf. Ein Hündchen konnte irgendwie ausschauen, lange Beine, kurze Beine, und vielleicht konnte auch der Schwanz fehlen, das gab es oft. Aber ein Pferd musste richtig gemacht sein, wie ein Pferd eben.

»Nur Pfeifchen und Schnecken, wenn ich eine schöne Wurzel bekomme. Aber nicht oft.«

»Und du sagst, die Rosa malt sie an. Wer ist die Rosa?«

Tschontschon war noch nie in die Verlegenheit gekommen,

die Person seiner Freundin zu erklären, deshalb sagte er: »Sie ist die Rosa. Sie kann Federnvögel machen, und sie bemalt meine Hunde, und sie kann Menschen und Tiere auf ein Papier malen, wenn sie eines hat.« Tschontschon schaute den eleganten Herrn mit dem schönen Gesicht, mit dem eleganten Bärtchen und der langen Straußenfeder auf dem Hut verwundert an, dass er sich für die Rosa interessierte.

»Und wie heißt du?«

»Tschontschon, glaub ich.«

»Du glaubst, dass du Tschontschon heißt. Wie schreibt man Tschontschon?«

»Bitte, ich kann nicht schreiben!« Die Stimme des Buben zitterte, und er hob flehentlich seine Hände.

»Du glaubst also, dass du Tschontschon heißt«, sagte der Fremde zögernd, »sind deine Eltern aus Böhmen?«

Unglaublich, was dieser unheimliche Fremde wissen wollte! Er wusste es ja selbst nicht genau.

»Meine Eltern leben, glaub ich, nicht mehr. Sie sind, glaub ich, gestorben.«

Paul de Sorbait ahnte, wie er dieses Gestammel zu deuten hatte. Eltern aus Böhmen und vielleicht im falschen Glauben. Und wenn sie jetzt unter der Erde waren, wusste er, warum. Aus Böhmen. Dabei hatte er einen kurzen Augenblick gedacht, er hätte das Knabengesicht schon einmal gesehen. Er schaute dem Buben fest in die Augen: »Wer hat dir von deinen Eltern erzählt?«

Tschontschon hielt inzwischen eine Hand fest an seinen Fetzengürtel mit dem kostbaren Schatz gepresst. Mit der anderen Hand hielt er ein fransiges Tuch fest, das ihm vom Kopf gerutscht war. Die Hadernkolonne war längst nicht mehr sichtbar, man hörte nicht einmal mehr ihre Rufe. Tschontschon wäre ihr am liebsten nachgelaufen, er wusste, jetzt würden sie wahrscheinlich gerade in die Kärntnerstraße einbiegen, wo meist besonders viel aus den Fenstern flog, aber der bohrende Blick des Mannes hielt ihn fest. »Der Totengräber«, sagte er.

»Und wie heißt der Totengräber?«

»Vom Krowotndörfl. Der hat keinen Namen. Er heißt nur Karel.«

»Und der Totengräber vom Krowotndörfl hat dir von deinen Eltern erzählt?«

»Das nicht. Aber er weiß, dass meine Eltern wahrscheinlich tot sind.«

»Das wäre aber eigenartig, dass der Totengräber weiß, wer deine Eltern waren, und du weißt es nicht. Führ mich hin, zum Totengräber vom Krowotndörfl!«

»Bitte, ich muss zur Kolonne, sonst schmeißt der Wagner mich hinaus, wenn ich keine Hadern habe abends.«

»Keine Angst, das wird nicht passieren. Ich will jetzt wissen, wie du wirklich heißt und wie das war mit deinen Eltern. Sitz hinten auf!«

Erst jetzt sah Tschontschon mit Entsetzen, dass in kurzer Entfernung ein gesatteltes Pferd stand. Noch ein letztes Mal wollte er sein Heil in der Flucht suchen und setzte zum Laufen an. Doch da er barfuß war und Schmutzklumpen umherlagen und er seine Hände krampfhaft um den Bauch hielt, kam er nur ein paar Schritte. Ein kräftiger Arm fasste ihn von hinten an seinem Hemd und die tiefe, ruhige Stimme seines Retters sagte: »Keine Angst, Tschontschon, ist nur ein Pferd.« Dann hoben ihn kräftige Arme auf den Rücken des Pferdes vor den Sattel, und während er mit rudernden Armen versuchte, irgendwo Halt zu finden, schwang sich der Edelmann – Tschontschon war jetzt überzeugt, das war ein Edelmann – in den Sattel, rief ihm zu: »Halt dich bei der Mähne fest!«, und das Ross setzte sich in Gang, und es gab kein Entkommen mehr.

Dann, hinter dem Schottentor, auf den Alsergründen, als sie in die Gegend des Krowotndörfls kamen, fragte der Edelmann vom Pferd herab einen Fuhrmann, wo der Totengräber wohne. Man deutete ihm die Richtung, und mindestens zehn Leute, die sich auf der Straße befanden, wenn man den mit Kot und Erde bedeckten Weg so nennen konnte, blickten dem Reiter mit dem Hadernlumpen Tschontschon vor dem Sattel mit offenem Mund nach.

Das Pferd schlängelte sich durch Steine und Pfützen, vorbei an niedrigen, auf den Lehm gesetzten Steinhütten, manche aneinandergebaut, manche einen Steinwurf voneinander entfernt, manche mit einem hölzernen Vordach versehen, wo ein paar Hühner scharrten oder ein Schwein sich suhlte. Sorbait hielt das Pferd auf dem Pfad, den er für die Straße hielt. Als sie am Ende des Häuserhaufens an der Behausung des Totengräbers angelangt waren, einem aus Lehmziegeln gebauten Haus, daneben der Schuppen, der, weil dort die Gerätschaften für die Toten aufbewahrt wurden, größer war als die angebauten Hühnerställe, schwang Sorbait sich aus dem Sattel, und hob den Buben herunter. Wieder schien ihm, er hätte dieses Gesicht, so ein Bubengesicht, schon einmal irgendwo gesehen. Diese weichen, gewellten Haare – auch wenn sie ihm wirr um die Ohren standen. Aber er konnte sich immer leichter an die Krankheiten und Wunden eines Patienten erinnern, als an das Gesicht.

Sorbait hatte in seinem Leben schon viele Tote gesehen und viele Totengräber, aber noch nie die Behausung eines Mannes, der sie unter die Erde brachte. Der die letzte, die allerletzte Arbeit machte für einen Menschen oder für einen Leichnam, wenn man daran dachte, dass seine Seele ja schon entwichen war. Hinauf oder hinunter.

Sorbait war überrascht, dass aus dem Haus, gerade etwas besser, dass es nicht mehr Hütte genannt werden konnte, kein alter Mann trat, sondern ein großer, hagerer Mensch, schwarzes Haar bis zu den Ohren, ein strenges Gesicht, noch keine dreißig, schätzte er, in einem ausgebeulten schwarzen Anzug, dessen Beine und Ärmel etwas zu kurz waren, wie für einen anderen gemacht, vor vielen Jahren. Trotzdem war es ein Anzug. Ein wunderlicher Aufzug im Krowotndörfl, wo man mehr ausgefranste Umhänge sah als Jacken und Hosen.

Der große, hagere Mann vollführte eine linkische Verbeugung. Es war offensichtlich, dass er darin nicht geübt war, und auch seine Worte – »Der Herr wünscht?« – klangen ungelenk. Auch fand Sorbait es sonderbar, dass ein Totengräber sich nach Wünschen erkundigte. Der Mann, der jetzt die Türe freigab, war größer als Sorbait, deshalb musste er seinen Kopf einziehen, bei seinem eigenen Haus. Wieder wollte Tschontschon die Gelegenheit ergreifen, sich rasch zu entfernen. »Bleib hier«, sagte Sorbait ruhig, ohne seine Stimme zu erheben. Der Bub blieb sofort stehen. »Danke«, sagte er dann weiter zur einladenden Geste des Totengräbers und trat durch die Tür. Drinnen deutete der Totengräber auf die Bank, die neben einem klobigen Tisch stand. Er selbst blieb abwartend stehen. »Und Sie setzen sich nicht?«, fragte Sorbait. Der Totengräber ließ sich gegenüber auf dem Hocker nieder.

Sorbait war hier, um zu erfahren, wer der talentierte kleine Schnitzer war und wer ihn kannte. Deshalb wollte er auch wissen, mit wem er es zu tun hatte, der ihn hier im Krowotndörfl in einem schwarzen Anzug begrüßte. Die Förmlichkeit dieses seltsamen Mannes überraschte ihn, denn in seinem Beruf hatte er öfters, als ihm lieb war, mit Totengräbern zu tun, und die waren meist, nun ja, gröber.

»Ich sehe, Sie haben einen Weg«, sagte Sorbait und deutete auf das Gewand seines Gegenübers, während er sich auf die Bank niederließ und den Säbel neben sich legte.

»Nein, ich habe keinen Weg. Ich komme gerade vom Theater der Jesuiten.«

»Vom Theater der Jesuiten? Sind Sie denn nicht der Totengräber?«

»Mein Vater war der Totengräber. Viele nennen mich so, weil ich ihm oft geholfen habe. Jetzt bin ich Mesner bei den Serviten, und manchmal darf ich beim Theater der Jesuiten spielen.«

»Sie dürfen spielen?«, fragte Paul verwundert, denn er wusste, dass eigentlich alle Rollen, auch die der Jungfrau Maria, von den Jesuiten selbst gespielt wurden.

»Ich darf den Esel führen beim Einzug in Jerusalem, und manchmal mache ich den Donner, wenn der Bruder Nestus gerade zu einem Sterbenden muss. Und ich halte die Pferde, wenn welche mitspielen.«

Ja, insofern hatte der Mann recht, alle spielten mit bei diesen heiligen Spielen vor der Jesuitenkirche. »Aber Sie wohnen immer noch im Haus des Totengräbers?«

»Nicht mehr lang.«

»Wie soll ich Sie anreden, wenn Sie nicht der Totengräber sind?«

»Karel«, sagte der Mann einfach.

»Also gut. Karel, dieser Bub hier sagt, Sie wissen seinen Namen und Sie wissen, wer seine Eltern waren. Kann es sein, dass seine Eltern protestantischen Glaubens waren?«

Karel hielt einen Augenblick den Atem an. ›Protestantischen Glaubens waren‹. Was für ein gefährlicher Ausdruck. Die Protestanten hatten keinen ›Glauben‹. Sie waren Abtrünnige, Ungläubige, Ketzer. So redete man von ihnen. Auch wenn sein Vater die Hingerichteten sanft bettete und ihnen die Totenkästchen bereitete. Das war eben nur sein Vater. Das durfte niemand wissen. Sonst hießen sie nur ›lutherische Ketzer‹ oder ›die Calvinischen‹, die waren besonders verhasst, weil sie angeblich mit den Türken hielten in Ungarn. War dieser Mensch hier mit Hut, Kavaliersanzug und Säbel vielleicht selbst ein Protestant? Es gab noch viele, aber sie feierten ihre Messen irgendwo außerhalb der Stadt oder auf einer Burg.

»Mein Herr, das weiß ich nicht.« Karel stand von dem Hocker auf, auf dem er sich gerade niedergelassen hatte. Der Bub Tschontschon war an der Türe stehen geblieben und verstand nur halb, dass es hier vielleicht um seine Eltern ging und dass der Edelmann mit dem Sohn des Totengräbers sprach, als wäre er ein Herr und nicht der Totengräber.

Sorbait bemerkte, dass sich der Mann namens Karel vor den Herd schob, über dem ein Kessel hing, der anscheinend ebenso kalt war wie der Herd, so, als gäbe es dort etwas zu verbergen. Er fragte nicht weiter. Er hatte einen Augenblick vergessen, dass sich niemand gern ausfragen ließ über Protestanten, lebend oder tot.

»Aber Sie kennen den Namen des Buben und Sie wissen, dass seine Eltern aus Böhmen waren? Und Sie leihen ihm ein Messer zum Schnitzen.«

»Nur hier, vor dem Geräteschuppen. Er darf es nicht mitnehmen. Ich helfe manchmal noch dem neuen Totengräber aus der Alser Vorstadt, und dann hilft mir der Tschontschon mit dem Reinigen der Bretter, und dafür leihe ich ihm dann das Messer. Ist was mit dem Messer? Hat er etwas angestellt?«

»Und Tschontschon schnitzt Hündchen?«, fragte Sorbait, statt eine Antwort zu geben.

»Ja, er schnitzt alles Mögliche, auch Hündchen«, sagte der Mann namens Karel mit fragendem Ton.

»Tschontschon zieht mit den Hadernlumpen. Wissen Sie das?«

»Ja, er hat Glück. Gottseidank hat ihn der Wagner genommen. Er hat ihm leidgetan, weil seine Alten doch gestorben sind.«

»Seine Alten? Die Eltern?«

»Nein, die zwei Säufer, bei denen der Tschontschon gewohnt hat, weil seine Eltern … gestorben sind.«

Der Mann wusste mehr, das war Paul klar. Aber Totengräber waren schweigsam, und wenn sein Vater auch hingerichtete

Protestanten begraben hatte, würde sein Sohn sicher nicht darüber sprechen. Man konnte selbst in Gefahr kommen, wenn man über Ketzer sprach, die ihre gerechte Strafe erhalten hatten. Was Kirche und Kaiser für die gerechte Strafe hielten. Unter seinen Freunden gab es nicht wenige, die aus protestantischen Gegenden kamen, und weil sie eine ausgezeichnete Erziehung genossen und ausgezeichnete Universitäten besucht hatten und der Kaiser sie eingeladen hatte, wichtige Ämter in seinem Reich zu übernehmen, wenn sie sich zum katholischen Glauben bekehrten, war das kein Problem. Und kein Hahn krähte nach ihrer abgelegten Religion. Sorbait dachte an den großen Plan, den sich der Wilhelm von Schröder ausgedacht hatte, das englische Project, das seiner Verwirklichung entgegenging.

Tschontschon hielt immer noch eine Hand über seinen Schatz im Lumpengürtel. Es war ihm nicht geheuer, wie über ihn geredet wurde und über die alten Säufer, und er fürchtete, dass man ihm seine Arbeit bei der Lumpensammlerkolonne wegnehmen und ihn vielleicht zu den Bettlern schicken würde. Wo man Gebete lernen musste. Deshalb zog er nun die fünfundzwanzig Kreuzer hervor und sagte: »Ich kann jetzt selbst ein Messer kaufen. Und ich möchte beim Wagner bleiben, damit ich die Hündchen und die Pfeifchen verkaufen kann, und einer am Fischmarkt hat eine Pfeife mit einem tiefen Ton bestellt, und ein Kutscher vom Grafen Althan hat eine Schnecke bestellt mit einer roten Farbe, aber die hab ich nicht, die Rosa malt sie gelb an. Bitte, ich möchte bei der Kolonne bleiben. Ich hab dann ja ein eigenes Messer. Und die Bilder der Rosa will ich auch verkaufen bei den Wirten. Die Rosa …«

»Halt!«, sagte Sorbait. »Langsam. Die Rosa malt auch Bilder? Was für Bilder?«

»Solche!«, rief Tschontschon und zeigte dabei auf die Wand zwischen den Fenstern. Erst jetzt bemerkte Sorbait drei kleine

Blätter, die mit Nägeln an der feuchten Wand angeheftet waren. Der Mann namens Karel sagte fast entschuldigend: »Ich hab sie der Rosa abgekauft, weil sie doch die Medizin für die Hetzerin braucht. Der Apotheker schenkt nichts her.«

»Das hat diese Rosa gemalt?« Sorbait traute seinen Augen nicht. Drei Vögel, Fantasiegestalten mit gekrausten Federn, mit denen sich kein Vogel auch nur ein paar Sekunden hätte in die Luft erheben können, zwei mit langen Schwänzen, gespreizt wie ein Fächer – wie kann ein Kind so etwas auf das Papier bringen? – und mit Schnäbeln wie Habichte, und dazwischen einer mit einem kurzen, nach oben gebogenen Schwanz, wild zerzaust, bedrohlich, mit kurzen Entenbeinen und einem Schnabel wie die aufgebogenen Lippen einer Frau. Gelb, grün, blau, schwarz. Drei seltsame Kreaturen.

»Die Rosa malt solche Vögel, wenn ich ihr Papier mitbringe aus Stattersdorf. Der Wirt Zum Schwarzen Schwan hat schon vier gekauft, und seine Gäste lachen, wenn sie sie sehen. Er kauft noch welche, wenn die Rosa wieder neue malt. Drum will ich bei der Kolonne bleiben.«

Tschontschon hatte die Worte voll Angst herausgesprudelt. Dass das Kind seine Zukunft bei den Hadernlumpen ersehnte, als Lebensglück für sich und für diese Rosa. Inzwischen war er sich sicher: Tschontschon war ein Verlorenes Kind. Ein Kind von verurteilten, vielleicht hingerichteten Protestanten. Und mit solchen Kindern ging man nicht zimperlich um. Irgendwo arbeiten. Nicht lesen lernen. Keine Schule. Diese böse, dumme Strafe, die man sich für die Ketzer ausgedacht hatte. Sorbait wusste aber auch, dass es Geistliche gab, die diese Kinder heimlich zu einem Schulmeister schickten und diesen sogar bezahlten, weil sie überzeugt waren, dass Gott diese Strafe nicht vorgesehen hatte, sondern der Kaiser. Freilich gab es ein Problem. Oben, in den protestantischen Ländern, gab es mehr Schulen als im Kaiserreich, das war kein Geheimnis. Bei den Protestanten konnten mehr Leute lesen als bei den Katholischen, und manche hatten das schon an ihre Kinder weitergegeben, bevor sie der Verdammnis und dem Galgen anheimfielen, und dann war natürlich nichts mehr zu machen. Wer lesen konnte, konnte auch die lutherische Bibel lesen, weil sie in Deutsch geschrieben war, und dann wusste man, es standen Dinge in der Bibel, die nicht zusammenpassten mit dem Leben. Die nicht zusammenpassten mit den Kirchenmännern und mit dem Papst. Aber die richtige, die einzige, die wahre Bibel war in der heiligen Kirchensprache Latein geschrieben, und wenn einer lesen kann, kann er noch lange nicht Latein und noch lange nicht die Bibel lesen und sich daher auch keine eigenen Gedanken darüber machen. Aber wenn der Kaiser den studierten Protestanten aus Jena sogleich gnädig ein Hofamt gab, wenn sie sich zum wahren Glauben bekehrten, das Glaubensbekenntnis sprachen und Gott eine Spende hinterlegten, so konnte es dem Kaiser doch eigentlich nichts nützen, wenn er seine Bürgerkinder dumm hielt, um ihre Eltern zu strafen. Allerdings – Sorbait hatte die Erfahrung gemacht, dass gerade die Dümmsten alles glaubten, was für jeden Kaiser auch ein Vorteil sein konnte.

»Sie wissen also nichts über die Eltern des Tschontschon?«, fragte Sorbait nochmals.

»Nur, dass sie gestorben sind. Das hat einmal jemand erzählt.«

Sorbait fiel auf, dass der Totengräber oder Karel, wenn er so genannt werden wollte, sich dabei mit einem langsamen Schritt vor den Herd schob, und es kam ihm vor, der Mann namens Karel hätte einen Augenblick zum Kamin geblickt, der sich wie ein schmaler schwarzer Schlund über der Feuerstelle erhob. Er wandte sich abrupt zu Tschontschon um und ehe der Knabe sich versah, hatte er ihn wieder auf das Ross gehoben: »Ich bringe dich zur Kolonne, dass du deinen Tageslohn nicht verlierst.«

Zu Karel sagte er: »Aber Ihr Vater hat ja einen Namen gehabt. Wie hat der gelautet?«

»Lorenzy«, sagte Karel und fragte sich, warum ein Kavalier hoch zu Ross seinen Namen wissen wollte. Er warf einen Blick zum Kamin. Hoffentlich hatte der Kavalier nicht einen Verdacht geschöpft, dass er vielleicht Diebesgut lagerte. Das letzte Totenkästchen seines Vaters ruhte jetzt schon bald zehn Jahre in seinem kalten Kamin.

*

Am nächsten Tag hielt der Kavalier wieder vor dem Totengräberhaus und Karel trat klopfenden Herzens heraus. Der Kavalier hatte Verdacht geschöpft. Es konnte nicht mehr lang dauern, dass man ihn der Konspiration mit den Lutherischen anklagte. Der Kavalier hatte herausbekommen, dass der Tschontschon vielleicht … Aber eigentlich wusste er von nichts, niemand wusste etwas vom Tschontschon. Gerüchte gab es über alle Waisenkinder. Und mit wem hätte er reden sollen? In seinem schweigenden Leben gab es nicht viele Gespräche.

Der Kavalier saß ab, machte ein paar Schritte auf Lorenzy zu, ohne die Zügel seines Pferdes loszulassen, und sagte: »Ich glaube, ich habe mich gestern nicht vorgestellt. Ich bin Doctor Sorbait, und ich kenne einige Herren aus der Societas Jesu und habe gehört, dass Sie das gut machen bei den Theaterstücken. Ihre ›Rolle‹«, sagte er lächelnd, »und dass Sie verlässlich sind und die Pferde immer sicher zurückbringen in den Stall des Herrn von Paar. Und ich habe auch mit der Mutter Oberin von den Ursulinen gesprochen. Sie suchen einen Tüchtigen, Ehrlichen, Verschwiegenen, der die groben Arbeiten machen kann in ihrem Kloster.«

»Bei den Ursulinen?« Karel starrte ihn ungläubig an. »Bei den ehrwürdigen Schwestern? Ich?«

»Man braucht einen Mann, der nicht viel spricht. Der lesen kann. Wenn man ihm eine Nachricht aufschreibt.«

Karel schwieg, als ob ein Kloster nicht vorgesehen wäre in seinem Lebensplan.

Sorbait hatte mit einem freudigen Ja gerechnet. Seltsam. Dieser Karel Lorenzy schien noch zu überlegen, ob er dieses unverhoffte Angebot, wie es nur einmal kam im Leben, zumindest im Leben eines Totengräbers und Mesners, annehmen solle.

»Wenn die ehrwürdigen Schwestern mich brauchen, werde ich kommen«, sagte Karel dann langsam und ohne Eifer, wie es Sorbait schien. Dann fügte er hinzu: »Und ich kann lesen. Aber Tschontschon? Er kommt oft zu mir wegen etwas Holz oder wegen … Essen.«

»Für den Tschontschon wird sich ein Platz finden«, sagte Sorbait.

»Man muss auch auf die Rosa schauen. Die Ruschka und die Teresa brauchen das Geld von den Zeichnungen und von den Schnitzereien.«

Sorbait nahm verwundert zur Kenntnis, dass es anscheinend so etwas wie eine Ordnung gab in diesen dreckigen Gassen, wo man nirgends hintreten konnte, ohne im Kot zu stehen. Und dass es dort Kinder gab, die aufeinander schauten, auch ein Mädchen namens Rosa, das dem Tschontschon die Hündchen anmalte und Vögel zeichnete.

»Und die Eltern des Tschontschon …«

Lorenzy unterbrach ihn. »Ich weiß nichts. Ich kenne sie nicht.«

Sorbait musste über diese Ungezogenheit, ihm die Frage abzuschneiden, hinwegsehen. Es hatte irgendwie geklungen, wie … verzweifelt. »Es wird sich alles finden, Herr Lorenzy. Die Rosa und der Tschontschon haben ja noch das ganze Leben vor sich.«

Endlich schien der Sohn des Totengräbers zuzustimmen und seine Gesichtszüge entspannten sich.

»Wann brauchen mich die ehrwürdigen Schwestern, Doctor Sorbait?«

»Sie brauchen Ihre Hilfe so rasch wie möglich. Es gibt noch viel zu tun, bis sie ihre Schule eröffnen können.«

»Eine Schule?«

»Ja, eine Schule für Mädchen, die auch dort wohnen. Einen Ursulinenkonvent.«

Karel wusste, dass es ein kaiserliches Edelknaben-Institut gab, wo junge Männer, die nicht am Hof wohnten und keine Hauslehrer hatten oder die sich als unfähig erwiesen hatten, den Hauslehrern die nötige Aufmerksamkeit zu schenken, untergebracht waren. Sein Vater hatte einmal einem Edelknaben, der auf schreckliche Abwege geraten war und sich nicht mehr zu helfen gewusst und seinem Leben selbst ein Ende gesetzt hatte, die Grube graben müssen, außerhalb der geweihten Mauer. Da kannte man keine Ausnahme, ob Edelknabe oder armes Bettelmädchen.

»Eine Schule für Edelfräuleins?«

»Nicht nur, auch Mädchen von ehrsamen Eltern können aufgenommen werden. Wenn der Pfarrer der Gemeinde es befürwortet. Aber sicher können Sie auch weiterhin mitwirken bei den heiligen Jesuitenstücken, Herr Lorenzy. Geübte Leute wie Sie braucht man. Die ehrwürdige Mutter wird Sie gewiss manchmal beurlauben für das heilige Theater.«

Karel suchte immer noch nach einer Antwort, aber Sorbait sagte nur: »Die Schwester Pförtnerin wartet auf Sie, morgen um sieben. Und lassen Sie Ihren Totenmantel hier. Ich meine, den brauchen Sie jetzt nicht mehr.«

›Und vielleicht brauch' ich ihn doch‹, dachte Karel, nachdem Sorbait sich wieder auf sein Pferd geschwungen hatte.

Am nächsten Morgen, bei Sonnenaufgang, breitete Karel den Totenmantel auf dem Tisch aus, legte den Rock für das Jesuitentheater, den Löffel, den Tschontschon ihm einmal geschnitzt hatte, sein Messer und die drei Zeichnungen der Rosa Hetzer darauf, holte das letzte Totenkästchen aus dem Kamin und wickelte ein Bündel zusammen.

*

Jedes Frühjahr gab es Kranke in Wien, mehr als im Winter und im Sommer. Das war nichts Besonderes. Denn im Winter mummelte man sich ein und verkroch sich unter Stroh und Lumpen, oder man ließ den Kamin dreimal am Tag mit Scheiten auffüllen, je nachdem, wo man wohnte. Im März aber dachte man oft, wie wunderbar warm dieser Tag doch sei, und stellte sich leichtsinnig wieder in die Bettlerkette vor der Minoritenkirche, oder man fuhr ohne Verdeck aus, je nachdem. Am Abend aber wurde es kalt, und am nächsten Tag lag man zugleich zitternd und glühend entweder unter den Lumpen oder unter einem Federbett, je nachdem. Allerdings geschah es öfter, dass die Leute in der Stadt, unter dem Federbett, bald wieder gesund wurden, öfter als im Krowotndörfl, unter den Lumpen.

Auch in diesem März war es nicht anders. Der Reichspostmeister Ludwig von Paar spürte eines Morgens seinen gichtigen linken Fuß besonders schmerzhaft und führte das darauf zurück, dass er vor zwei Tagen in seiner neuen Berline ausgefahren war, denn er hatte schon seit Wochen darauf gewartet, dieses moderne Gefährt auszuprobieren. Das war er auch seinem Ruf als Besitzer der größten Reitschule und des größten Kutschenfuhrparks schuldig. Außerdem wollte er auch in seinen Stallungen am Tabor, jenseits der Schlagbrücke, nach dem Rechten sehen, denn offenbar hatten diese faulen Knechte wieder Essensreste in den Ställen herumliegen lassen, und nun war alles voller Ratten, hatte ihm sein Sohn Ignaz erzählt, der schon einen Teil des großen Geschäftes übernommen hatte, seit es dieses Kunst- und Werkhaus drüben gab, mit dem sie gute Geschäfte machten. Deshalb war es auch ärgerlich, dass die englischen Wollweber sich beim Herrn von Schröder beschwert hatten, dass sie von den Ratten in seinem Reitstall belästigt wurden. Die Engländer waren überempfindlich. Er wusste immer noch nicht recht, was er von ihnen halten sollte. Als vor ein paar Jahren einer von denen, die John hießen, gestorben war, hatte sich, entgegen den Versicherungen des Herrn von Schröder, gezeigt, dass sie keineswegs alle ihrem Irrglauben abgeschworen hatten, denn man hatte ein Büchlein mit protestantischen Sprüchen bei ihm gefunden, die die Gnade Gottes beschworen und den Papst schmähten. Deshalb hatte man seinen Leichnam dem Totengräber vom Krowotndörfl überlassen, der für den ungeweihten Gottesacker zuständig war.

Tatsächlich hatte der Reichspostmeister die Unterstände verschmutzt vorgefunden, die Engländer hatten nicht übertrieben. Die Rattenviecher kletterten sogar auf seine Berline hinauf, und er musste ein paar dieser zudringlichen Tiere aus der Kutsche hinaustreten.

Vorsichtig ließ er sein Bein unter dem dicken Federbett hervorgleiten. Seit seine Gattin an Gallenfieber verstorben war, beschäftigte er zwei kräftige Mägde, die ihm aus dem Bett heraus- und in sein Gewand hineinhalfen. Er hatte sich nicht dazu entschließen können, eine neue Ehe einzugehen, obwohl das kein Problem gewesen wäre bei einem kaiserlichen Reichspostmeister. Auch quälte ihn immer wieder der Gedanke, dass seine Elise jetzt schon viele Jahre unter einer ganz falschen Haube war, unter der Haube der Ursulinen, gegen seinen Willen, was seine Heiratslust nicht gehoben hatte.

Als er seinen Fuß vorsichtig auf dem Boden aufsetzen wollte und dabei die Höhe des Bettes verfluchte, weil es ihm nicht gelang und er vornüber stürzte und »Magda, he!« rufen wollte, den Namen seiner Zimmermagd, kam nur ein Röcheln heraus, aber laut genug, dass Magda und ein Hausknecht, der im Nebenzimmer gerade Scheite in den Kamin schlichtete, hereinstürzten, ihren Herrn mit vereinten Kräften vom Boden aufhoben und auf einen Stuhl setzten, ohne seinen schweren Körper loszulassen, sonst wäre er gleich wieder umgesunken.

Ludwig von Paar fasste sich aber verwunderlich nicht an sein krankes Bein, sondern an den Hals. »Schmerzen«, röchelte er. Magda und der Knecht hoben vorsichtig seine Hand, um sich die Quelle seines Schmerzes anzuschauen, denn es war schon vorgekommen, dass sich der Herr an einer Wagendeichsel verletzt hatte, wenn er wieder einmal selbst anspannen wollte, und am nächsten Tag war die Wunde rot und entzündet. Doch am Hals des Herrn von Paar sah man nur eine Beule, ein bisschen dunkler, aber kein Blut.

»Ist nicht so arg«, sagte daher Magda zum Knecht Hubert, »vielleicht hat er Fieber, weil er doch mit offenem Verdeck gefahren ist, ohne seinen Pelz. Hat vielleicht auch schlecht geschlafen. Aber wenn er sagt, er hat Schmerzen, holen wir den Doctor Sorbait. Und dann lauf hinüber zu den Stallungen am Tabor und frag, ob er sich wo verletzt hat, wie er drüben war. Die Rossknechte müssen ja was gesehen haben.«

Seit der Reichspostmeister ohne Gattin war, hatte Magda es übernommen, den gichtigen Fuß des Hausherrn zu pflegen und auch sonst einige intimere Arbeiten zu verrichten. Jedenfalls galt ihr Wort etwas mehr als ein Dienstbotenwort.

Der Knecht Hubert kam daher dem Auftrag der Magda umgehend nach, schaute aber zuerst einmal bei den Rossknechten vorbei. Nach einer Stunde kam er außer Atem zurück und berichtete, dass drüben was los wäre, in den Stallungen hinter der Schlagbrücke, weil alle zehn Rossknechte herumlagen, sieben stöhnend, drei tot.

»Tot?«, fragte Magda erschrocken. »Wirklich mausetot?

»Mausetot«, sagte der Knecht Hubert. »Ich hab sie umgedreht und genau angeschaut. Mausetot.«

»Und die anderen?«

»Liegen herum. Sicher besoffen.«

Er sei dann gleich zum Doctor Mauser ins Bürgerspital hinüber, weil er in der Eile vergessen hatte, wo genau der Doctor de Sorbait wohnte, und der Doctor Mauser habe versprochen, gleich nach dem Frühstück nach dem Rechten zu sehen beim Reichspostmeister. Die Rossknechte in den Stallungen kämen später dran, wenn sie ihren Rausch ausgeschlafen hätten. Und wenn der Herr wirklich nicht mehr alleine stehen könne und nicht reden, sollten sie derweilen, bis der Doctor Mauser eingetroffen wäre, dem Rat des Abraham a Sancta Clara folgen, das Hausgesinde zusammenrufen und beten, das könne nicht schaden, wenn der Herr wirklich krank sei.

Als der Sohn des Reichspostmeisters, Ignaz, das Schlafzimmer seines Vaters betrat, konnte Ludwig von Paar zwischen seinen Ohnmachten, die ihn alle paar Minuten befielen, nur mehr murmeln: »Elise … Ursulinen … Elise … holen.«

Doctor Mauser traf eine Stunde später ein. Er näherte sich dem Körper des stöhnenden Patienten, den man mittlerweile wieder auf sein Bett gehievt hatte, und hob mit spitzen Fingern einen Zipfel seines Nachtgewandes auf. Dann trat er einen Schritt zurück, dann noch einen und sagte: »Scheint doch eher was Ernstes zu sein, vielleicht. Man kann den Stadthauptmann verständigen, wenn man will. Und auch den Doctor de Sorbait, man will.« Dann wich er noch einen dritten Schritt zurück, drehte sich auf den Fersen um, ließ seine Arzneitasche am Boden neben dem Bett zurück, lief mit raschen Schritten die Treppe hinunter zur Sänfte, die er hatte warten lassen, ließ sich im Laufschritt zum Bürgerspital bringen, befahl dem Faktotum, umgehend, sofort, seine Kutsche anzuspannen, lief in sein Laboratorium, öffnete den Giftschrank, griff hinter die

Tiegel ganz hinten oben, holte einen dicken ledernen Beutel heraus, sprang in die Kutsche, und mit einem lauten Schrei, »Hüh! Hüh!«, steuerte er das nächste Stadttor an.

Der Knecht Hubert wurde zum Haus der Ursulinerinnen geschickt und kam im Laufschritt dort an. Doch weder wurde er hineingelassen, noch hörte man ihn an. »Kein Mann!«, waren die einzigen Worte, die die Pförtnerin durch das Gitterfenster sprach. Als er ratlos stehen blieb, wie er dem Wunsch seines kranken Herrn nachkommen könne, trat ein hagerer Mann, vielleicht der Gärtner, vielleicht ein Faktotum für schwere Arbeiten, denn er hatte einen Krempenhut auf dem Kopf, einen schwarzen Schurz umgebunden und einen Spaten in der Hand, aus einer kleinen Nebentüre der Mauer, die rund um das Kloster führte.

»Was willst du?«, fragte das Gärtnerfaktotum. »Zu den ehrwürdigen Schwestern kannst du nicht.«

»Der Herr von Paar … seine Tochter … das Fräulein Elise …«

Das Gärtnerfaktotum schien einen Augenblick zu zögern: »Hier gibt es kein Fräulein Elise von Paar.« Dann fragte er: »Was ist mit dem Herrn von Paar?«

»Er … stirbt«, sagte der Knecht Hubert und sprach aus, was bisher im Hause des Herrn von Paar noch niemand laut gesagt hatte.

»An was?«

An was? Hubert hatte keine Ahnung. Wie sollte er wissen, woran sein Herr gerade starb? »An der Gicht«, sagte er daher, »oder auch an der Beule an seinem Hals.«

Dem Gärtnerfaktotum fiel der Spaten aus der Hand: »Eine Beule am Hals? Bist du sicher?«

»Glaub schon«, sagte der Knecht Hubert.

»Und ein Arzt …?«

»Der Doctor Mauser war da und ist gleich wieder weg.«

»Und?«

»Und?«, echote Hubert.

»Was hat der Doctor Mauser getan? Was machen die Leute im Haus?«

Der Knecht Hubert fühlte sich über Gebühr ausgefragt von diesem Gärtnerfaktotum.

»Beten. Wir beten natürlich für unseren Herrn.«

»Was ist mit dem Doctor de Sorbait?«

»Es war ja der Doctor Mauser da. Warum …?«

»Renn sofort zum Doctor de Sorbait in die Weihburggasse, so schnell du kannst. Sag, du warst beim Karel Lorenzy bei den Ursulerinnen. Wenn er mich braucht, bin ich da. Das sagst du. Hast du verstanden?«

Der Knecht Hubert nickte.

Karel lief nun seinerseits zur Pforte hin. Die inneren Gänge des Konvents waren ihm verboten, wenn er nicht ausdrücklich von der Mutter Oberin mit einer Arbeit beauftragt wurde. Die Pförtnerin blickte ihn verwundert an.

»Was will er hier?«, fragte sie.

»Ehrwürdige Schwester Pförtnerin«, sagte er mit lauter, zugleich zitternder Stimme, »niemand hineinlassen. Und niemand darf hinaus.«

»Das hat nicht er zu entscheiden, Faktotum Lorenzy.« So nannte man ihn. Faktotum. Kein Mann, ein Es.

»Hat schon jemand das Haus verlassen heute?« Karel rief es fast. »Jemand gekommen?«

»Nein, niemand«, antwortete die Pförtnerin wider Willen, denn es stand dem Faktotum nicht an, ihr Fragen nach dem Kommen und Gehen in diesem Haus zu stellen.

»Bitte, ehrwürdige Schwester! Niemand hinein, niemand hinaus.«

Wenn seine Stimme nicht so eindringlich geklungen hätte und wenn nicht gerade dieser fremde Knecht vorhin vor der Pforte gestanden wäre – die Situation war jedenfalls nicht alltäglich –, hätte die Pförtnerin die Worte des Faktotums nicht an die Schwester Agnes weitergegeben.

Karel ging zurück zur Seitentüre und hob die Schaufel auf, die ihm aus der Hand gefallen war. In diesem Augenblick erst erinnerte er sich, dass ihm vor zwei Stunden der Kesselflicker ein paar Pfannen gebracht hatte und der Apotheker ein paar Fläschchen, und der Fleischer schenkte den Nonnen am Sonntag immer ein Stück Braten, und er hatte alles der Schwester Agnes übergeben, als sie ihm die Befehle der Mutter Oberin überbrachte.

Er hastete zurück zur Pforte: »Schwester Agnes rufen! Schnell, ehrwürdige Schwester!«

Der Knecht Hubert begab sich in einem rascheren Trott in die Weihburggasse zum Doctor de Sorbait und erfüllte den Auftrag dieses Karel Lorenzy, obwohl der sicher auch nur ein Knecht war, aber es hatte irgendwie dringend geklungen, und vielleicht war der Herr von Paar doch noch zu retten. Auf halbem Weg traf er auf den Kesselflicker aus dem Krowotndörfl, der die Pfannen im Haushalt des Herrn von Paar versorgte. Er hatte sich über seinen Karren gelehnt, als ob er nichts zu tun hätte, und stierte vor sich auf die Gasse, als ob er nichts sehen würde. Hubert redete ihn nicht an, jetzt war nicht die richtige Zeit.

Doch der Herr von Paar war nicht mehr zu retten, und der Kesselflicker aus dem Krowotndörfl auch nicht. Es dauerte lange, bis der Schwarze Tod sich sattgefressen hatte. Die Adeligen und alle, die schnelle Gefährte besaßen, flüchteten weit aufs Land hinaus, und der Kaiser und der Hof nach Mariazell.

*

›Reiten verlernt man nicht‹, hatte ihr Vater damals gesagt, als sie Abschied nahm. ›Wenn du zurückkommst von den Ursulinen, wartet die Prinzessin von Liechtenstein auf ihre Reitlehrerin.‹ *Wenn du zurückkommst* – sie ging nicht ins Kloster, um wieder zurückzukommen. Was glaubte der Vater? Was wusste der Vater?

Jetzt aber – alles anders. Der Vater tot. Entstellt mit schwarzen Beulen. Sie hatte sich nicht wegdrängen lassen nach ihrem atemlosen Lauf durch die Gassen von Wien. Der Bruder und die Familie, Marianne und die zwei Jungen und das Hausgesinde kniend und betend in einer Ecke des Sterbezimmers, auf die Totenknechte wartend, die der Doctor de Sorbait hatte rufen lassen.

Nicht berühren den Vater – wie damals ihren kleinen John. Weg, weg vom Bett.

Als sie das Haus verließ, das einmal ihr Elternhaus gewesen war und wo ihr Bruder Ignaz gerade die traurige, schreckliche Pflicht erfüllte, schwarze Tücher vor das Tor zu hängen, wie es der Magistrat und die Hygienekommission vorschrieben, eilte Ignaz ihr nach.

»Elise! Elise! Warte! Hörst du nicht?«

»Nein, Ignaz. Nicht Elise. Schwester Agnes.«

»Eli … Schwester Agnes, warte. Ich muss dir was sagen. Vom Vater.«

Elise drehte sich um.

»Vater hat es nie überwinden können, dass er dich an die Ursulinen verloren hat.«

»Nicht verloren, Ignaz. Bei den Ursulinen ist man nicht verloren.«

»Du weißt, was ich meine, Eli … Schwester Agnes. Vater wollte ja eigentlich, dass du den Gutshof in Sankt Marein übernimmst. Du kannst besser mit Pferden umgehen als ich.«

»Ich habe ein Gelübde abgelegt, Ignaz. Ein ewiges Gelübde für die Ursulinen. Der Gutshof braucht mich nicht.«

Aber dann, nach drei Tagen, galt ihr Gelübde nicht mehr.

Der Schwarze Tod hob alle Gelübde auf und sammelte neue von denen, die hofften, davonzukommen. Da war der Doctor de Sorbait vor der Pforte gestanden, sie hatte ihn sofort erkannt, auch wenn er müde und verschmutzt ausschaute, als hätte er tagelang nicht geschlafen.

»Schwester Agnes«, sagte er kurz angebunden, »Sie waren am Sterbebett Ihres Vaters. Sie haben ihn berührt. Sie tragen vielleicht die Pestfunken an sich. Sie müssen fort aus diesem Haus. Dann können Ihre Mitschwestern vielleicht noch gerettet werden. Waren Sie nah beisammen mit Ihren Mitschwestern? Haben Sie sich die Hände gereicht? Haben Sie das Essen zubereitet?«

»Ich … weiß nicht«, konnte Elise nur stammeln.

»Es ist eine Chance für Ihre Mitschwestern, wenn Sie jetzt sofort weggehen und die Schwestern im Haus bleiben. Die Schülerinnen müssen auch das Haus verlassen. Die Pforte muss geschlossen werden. Heute noch! Jetzt! Reiten Sie irgendwohin, wo Sie eine Zeit lang bleiben können. Wenn alles gut geht«, hatte er dann noch angefügt. »Draußen wartet Ihr Bruder mit einem gesattelten Pferd. Gehen Sie zu ihm, aber berühren Sie ihn nicht. Nehmen Sie nur das Pferd. Sieben Tage allein – dann wird es sich zeigen.«

»Nach Sankt Marein, Elise!«, hatte ihr Bruder dann draußen gerufen und ihr die Zügel zugeworfen.

»Wer erwartet mich dort?«

»Niemand. Alle sind nach Westen in die Wälder geflohen. Nur ein Knecht hat sich nicht von den Rössern getrennt.«

Reiten verlernt man nicht. Dreizehn Jahre war sie auf keinem Pferd mehr gesessen. Das war ihr größter Kummer gewesen all die Jahre, nach ihrem Kind. Nach ihrem kleinen John. Zwei Stunden, drei Stunden, vier Stunden. Dort vorn die Koppel, das Haus, die Stallungen.

So hatte ihr drittes Leben begonnen. Sieben Tage, zehn,

zwanzig – und es zeigte sich keine Beule. Vom Gesinde kamen nur drei zurück, und Elise blieb.

*

Der Doctor de Sorbait hatte empfohlen, sich einen Umhang um das Gewand zu werfen, wenn einer dringend aus dem Haus musste, um irgendwo Essen aufzutreiben, und der Magistrat und die Hygienekommission hatten auch tatsächlich, schon im Mai, beschlossen, tausend solcher Umhänge nähen zu lassen. Sie bestellten dreihundert Umhänge bei der Schneidermanufaktur am Tabor und fünfhundert bei den Meistern in der Margaretengasse, und den Rest würde der Hof liefern, obwohl die meisten Hofbediensteten, und gerade die Schneider, mit der Kaiserfamilie in Mariazell saßen. Aber die Zünfte hatten protestiert, dass diese Pfuscher am Tabor beauftragt wurden, wo doch der Schwarze Tod von dort hergekommen war, und so war der Auftrag nicht zustande gekommen, und man hatte nur die fünfhundert Umhänge der Manufaktur und des Hofes.

Drei dieser Kapuzenumhänge hatte sich der Dombaumeister Harsleben gesichert. Einen davon warf sich die Köchin Katulka immer um, wenn sie kreuz und quer durch die Stadt lief, um einen Sack Mehl und Fett oder ein paar Hühner aufzutreiben, denn in sein Haus ließ der Harsleben niemand mehr hinein. Eines Tages, als sie wieder auf dem Heimweg war, mit einem Topf mit Fett und einem Sack mit Eiern, fühlte sie sich plötzlich matt, kein Wunder, drei Stunden war sie schon auf ihren Beinen, die nicht mehr die jüngsten waren, und setzte sich auf die Stufen der Ursulinenkirche. Nur ein paar Minuten rasten. Vielleicht auch eine Stunde. Einer, der vorbeilief, riss ihr den Topf mit Fett aus der Hand, aber sie war schon zu müde, um sich zu wehren.

Als sie sich wieder aufrichtete, traf sie ein seltsamer Schwindel und sie fasste sich unter die Kapuze an ihren Kopf, legte die Hand auf die Stirn und spürte ein paar Hügelchen, die gestern noch nicht da waren. Der praktische Kopf der Katulka dachte: *Na, also. Also doch. Hat vielleicht ein Loch gehabt, der Mantel.* Und dann gleich: *Nicht nach Hause.* Sie ließ sich gegen die Türe sinken und überlegte, wo man wohl hingehörte in ihrem Fall. Nicht auf die Stufen der Ursulinenkirche. Auf einmal bäumte sich ihr Gehirn auf, wie zu einer letzten Arbeit, obwohl ihr der ganze Kopf jetzt schon weh tat. Sie stemmte sich an der Wand empor, bis sie stand, kerzengerade, zog sich die Kapuze tief in das Gesicht, ließ ein paar ihrer grauen, strähnigen Haare über Stirn und Nase hängen und setzte Schritt vor Schritt, bis sie vor dem verschlossenen Portal des Bürgerspitals stand und sagte zu dem Wächter, der ihr mit seiner Flinte den Zutritt verwehrte: »Ich bin sauber, Dummkopf! Siehst du das nicht? Ruf den Curtius! Hab' den Auftrag, ihm ein Erbe zu übergeben!«, und als dieser zögerte: »Nur ihm persönlich! Oder willst du es selbst einstecken? He?«

Als der Curtius aus dem Portal getreten war, der bewaffnete Wächter hinter ihm, hatte die Katulka ihm den Sack mit den Eiern entgegengestreckt. Curtius war mit ein paar Schritten auf sie zugesprungen und hatte schon den Sack ergriffen, als die Gestalt ihn plötzlich an sich riss, sein Gesicht an ihres drückte und ihm einen langen Kuss ins Gesicht schmatzte, während Curtius zur Salzsäule erstarrte mit einem Sack in der Hand, aus dem Eidotter tropfte. »Wollte nicht sterben ohne dich, Curtius, Drecksack!«, rief die Katulka, und als der Wächter sie mit seinem Gewehr niederschlug, noch: »Hat geschmeckt, Drecksack! Erdenteufel!«

Ende Oktober, als man schon hoffte, die Pest würde Wien wieder verlassen, endlich, nach tausenden, abertausenden Messen und Gebeten, und der Abraham a Sancta Clara von der Kanzel der Augustiner herab verkündete, Gottes Güte habe beschlossen, den Wienern die restlichen Sünden und die restliche Strafe zu erlassen, vorläufig, schlug die Rute Gottes noch einmal zu, im Haus der Amalie Hieß am Neuen Markt.

Die alte Hießin hatte schon seit Jahren ihr Bett kaum mehr verlassen, der Wanzenhimmel über ihr und die Vorhänge rund um das Bett hielten ihr runzliges, zahnloses Gesicht im Halbdunkel. Deshalb merkte auch ihre alte Zimmermagd erst spät, dass ihre blassen, eingefallenen Wangen dunkle Flecken bekamen. Sie stieß einen Schrei aus und lief zur Küchenmagd hinunter und rief: »Hat uns erwischt! Hat uns erwischt! Die Alte oben …« Die Küchenmagd lief in die Kammer der Hießin hinauf und schob vorsichtig den Bettvorhang einen Spalt auf. In diesem Moment schlug die Hießin gerade die Augen auf und sagte mit deutlicher Stimme und sogar so laut, dass die Küchenmagd zurückzuckte: »Priester holen, sofort. Doctor Sorbait holen, sofort.« Die Küchenmagd sagte: »Ja, ja«, und schloss den Vorhang wieder, lief zum Haustor hinunter und rief hinaus: »Doctor Sorbait holen, Priester holen, sofort!« Sie wartete noch mit dem schwarzen Tuch, denn vielleicht würde der Doctor Sorbait doch … Aber sie bezweifelte, dass er überhaupt kommen würde, warum gerade zur alten Hießin, auf die der Tod ja ohnehin schon wartete, schwarz oder nicht.

Unter dem Fenster hörte man gerade das schreckliche, klirrende Schellen, das den Leichenkarren ankündigte. Er fuhr so langsam an den Häusern vorbei, dass man die Toten aus den Fenstern werfen konnte und sie nicht zur Tür hinausschleppen musste, wo sie dann lagen, und die Leichenknechte mussten vom Karren heruntersteigen und sie mühsam hinaufhieven. Die Zimmermagd und die Küchenmagd machten sich gerade bereit, die Hießin aus dem Fenster zu werfen, auch wenn vom Bett her noch leises Stöhnen drang. Gewicht hatte sie ja nicht mehr viel, und Hauptsache, weg, hinaus.

Zu ihrer Überraschung standen aber auf einmal drei Personen in der Türe zur Schlafkammer der Hießin. Tatsächlich, der Doctor de Sorbait, und neben ihm ein großer, hagerer Mann und eine ehrwürdige Ursulinerin, deren weiße Flügelhaube längst nicht mehr weiß war, und die Flügel hingen links und rechts vom Kopf herab. Die beiden Männer hatten weite Umhänge um ihre Schultern und Doctor de Sorbait zog die Kapuze tiefer in sein Gesicht, schob den Vorhang zum Bett der Amalie Hieß beiseite und während er sich zu ihrem Flüstern hinunterbeugte, hatte noch eine vierte Person die Kammer betreten, der Kerl in diesem dummen Harlekinkostüm, wie es manchmal die wandernden Schauspieler trugen, wenn sie auf den Kirchplätzen ihre Späße machten, bis sich die Zuschauer vor Lachen die Seite halten mussten. Er nannte sich ›lieber Augustin‹ und hüpfte am Rand der Pestgruben herum und grölte dumme Lieder. Als die Hießin ihn erblickte, stieß sie einen Schrei aus und drehte ihren Kopf zur Seite, obwohl sie ihn kaum noch bewegen konnte. Sorbait hob drohend seine Hand, aber dann sagte er, ohne seine Stimme zu erheben: »Verschwinde von hier, Trottel, besoffener. Wage dich nicht mehr in meine Nähe. Zieh dein Affenkleid aus und hilf den Leichenknechten.«

Der Mann schaute blöd zum Bett, dann drehte er sich um und trottete wieder die Stufen hinunter. Der liebe Augustin war nicht der Einzige, der sich jetzt volllaufen ließ mit Wein und Schnaps und durch die Gassen torkelte und die Leichenknechte an ihrer Arbeit hinderte, und wenn so ein Besoffener manchmal selbst in die Grube fiel, und dann lachten die Männer mit den gelben Vogelmasken und warfen ihnen ein paar schwarz gefleckte Leichen hinterher.

Sorbait beugte sich wieder zum ausgezehrten Gesicht der Hießin hinunter. Ihr zahnloser Mund formte die Worte: »Priester, beichten.«

»Ist keiner da«, antwortete Sorbait und legte sein Ohr nah an ihren Mund, »willst mir was sagen, Hießin, Amalie?«

»Der Franz«, hauchte der stinkende Mund, »der Hieß, hat weg wollen von mir … ins Werkhaus am Tabor … zur Gertrud Knox, … das Luder … … hat ihren Bankert dem Wössner untergeschoben … das Gift vom Curtius hat gewirkt … wirkt immer … verfluchtes Werkhaus.«

Dann hatte die Hießin ihre Seele ausgehaucht, und ihre letzten Worte waren ein Fluch gewesen. Ein Fluch über das Werkhaus.

In Sorbaits Kopf, der es gewöhnt war, rasch und ruhig zu denken, wirbelte einige Augenblicke alles durcheinander. Das Kunst- und Werkhaus. Das so vielen Burschen Brot und dem Kaiser Steuern gebracht hatte – auf den Tod gehasst? Keine Zeit jetzt, darüber nachzudenken.

Er trat zum Fenster und machte ein Zeichen, dann polterten zwei Vogelmasken die Treppe herauf, hoben die Hießin an ihrem Hemd in die Höhe, dass der Körper hin- und herbaumelte, taten drei Schritte zum Fenster hin und warfen ihn hinunter auf den Berg von Körpern, der auf dem Karren lag, und niemand hatte sie gefragt, ob sie lieber im Grab ihres seligen ersten Gatten, des Steinmetzen und Dombaumeisters Hans Khain liegen wolle, oder bei ihrem seligen zweiten Gatten, dem Steinmetzmeister Franz Hieß, der sich seinen Grabstein selbst gemeißelt hatte.

Die ehrwürdige Schwester Pförtnerin und Karel Lorenzy traten den Rückweg in das Haus der Ursulinerinnen an, zum leeren Ursulinenkonvent, und die Schwester Pförtnerin betete murmelnd für die Hießin, die gerade einen Mord gestanden hatte und anstatt mit dem Segen eines Priesters mit einem Fluch auf den Lippen gestorben war. Karel war das erschrockene Gesicht des Doctor de Sorbait nicht entgangen, als die Hießin ihre Flüche ausstieß. Nur mehr die Schwester Pförtnerin und er – und das Totenkästchen hinter dem Altar der heiligen Ursula. Drei waren sie noch, wenn das stimmte, was sein Vater behauptet hatte: Die Haare sind so gut wie der ganze Mensch am Jüngsten Tag.

*

Franziska Wössner ertappte sich dabei, dass sie mitten in ihrer Trauer, in ihrem Schmerz, als sie sich über den Leichnam ihrer Mutter beugte, obwohl man sie davon abhalten, von der Toten wegziehen wollte, einen kurzen Augenblick so etwas wie freudige Erregung spürte, als sie den flachen Lederbeutel an sich nahm, den ihre Mutter immer um den Hals getragen hatte.

»Ist dein Erbe«, hatte ihr Vater, der Konrad Wössner gesagt, als er seiner Frau den Beutel vorsichtig über den Kopf mit den feuchten Haaren zog, »hat sie für dich aufbewahrt.« Der Vater war schon alt, und seine drei Söhne, ihre älteren Halbbrüder, hatten nichts dagegen, dass so ihr eigenes Erbe vor der Halbschwester geschützt war, die der Vater noch mit der Gertrud Knox gezeugt hatte, was manche verwunderte, aber was gab es nicht alles. Die Steinmetzwerkstatt und der Meisterstand ihres Vaters war ihnen lieber als der Halsbeutel ihrer Stiefmutter, der nicht weiß Gott was enthalten konnte. Sie hatten auch nicht recht eingesehen, warum ihre Schwester zu den Ursulinen in die Schule geschickt wurde, drei Jahre lang, drei Jahre!, nur um lesen und schreiben und andere unnütze Dinge zu lernen, wie die feinen Fräuleins, die eine Frau nicht brauchte, wenn sie den Haushalt führte, und wenn ihre Stiefmutter jetzt tot war, war ihr Platz hier im Haus.

Franziska konnte nicht warten, bis man die Mutter weggebracht hatte. Der Stadthauptmann und der Pestarzt Sorbait hatten verboten, die Toten im Hause aufzubahren und Totenwachen abzuhalten. Sie setzte sich auf einen Hocker in einer Ecke des Sterbezimmers und entfaltete das große Blatt, das der Beutel enthalten hatte.

Verschnörkelte Buchstaben.

Sie las die Sätze einmal, zweimal, dreimal. Ein Haus in der Servitengasse, das dem ersten Kind der Gertrud Knox gehörte. ›Dem ersten Kind‹. Kein Name. Kein gewöhnliches Haus. Ein Haus mit einer kaiserlichen Zunftbefreiung. Wie kam ihre Mutter zu so einem Haus? Sie hielt ein zunftbefreites Haus in Händen, hier, mit einem Siegel des Kaisers, frei für alle Handwerke, frei für jeden Handel.

Dass die Gertrud Knox, die Wössnerin, die Pest nicht überlebt hatte, ihr alter Ehemann aber schon, wunderte alle, die sich inmitten dieses Schreckens noch wundern konnten. Die Zünfte und Zechen hatten schon im Mai ihre Trauerfeiern aufgegeben. Jeden Tag wurden einer, zwei, zwanzig der ihren hinweggerafft. Es gab nicht mehr genug Särge, und niemand kam auf die Idee, nachzuprüfen, ob die Sargtischler wohl keine unerlaubten Gehilfen beschäftigten. Im Juni musste man auf die Särge verzichten und bald auch auf die Leichentücher, denn es gab mehr Tote als Tücher, und im August musste man nach Freiwilligen suchen, die die Gräber aushuben, und im September gab es nur mehr Gruben und Leichen. Leichen und Gruben.

Über die Mahnungen des Doctor de Sorbait konnten die meisten nur den Kopf schütteln. Er nannte sich doch Pestarzt! Er hätte doch längst ein Pulver finden müssen! Hände waschen! Häuser putzen! Keine Versammlungen! Keine Messen! Ein gottverlassener Mann, vielleicht sogar ein heimlicher Protestant, der nicht verstehen wollte, dass ihre Versprechen und ihre großzügigen Spenden an die einzig wahre Kirche die einzigen Mittel waren, Gottes Verzeihung zu erlangen, dass er die schreckliche Strafe wieder von ihnen nahm.

Und das geschah erst im November.

*

Anfang Dezember kamen zwei Melder des Magistrats auch in Sankt Marein vorbei. Der Schwarze Tod, berichteten sie, hätte die Stadt verlassen, auf immer und ewig, denn man würde täglich sechzig Messen lesen lassen. Aber der Stadthauptmann und der Hofquartiermeister müssten jetzt wissen, wer noch lebe und welches Haus leer bleiben würde. Wie das Haus der Ursulinen. Die ehrwürdigen Schwestern hätten im September, als es immer mehr Tote und immer weniger Totenknechte gab, zusammen mit diesem Faktotum Lorenzy geholfen, die Leichen in die Gruben zu legen.

Elise bekreuzigte sich. Sie war geflohen. Ihre Mitschwestern waren tot und sie war gerettet. Dreizehn Jahre hatte sie bei ihnen Zuflucht und Trost gefunden.

Dreizehn Jahre Trauer um ihren kleinen John. Um ihren nicht getauften kleinen John. Wenn nicht jemand gnädig gewesen war. Ihre Mutter war es nicht, damals, vor dreizehn Jahren. Immer wieder hatten sich die Worte der Mutter in ihre Erinnerung gedrängt, ihre Rettung und die Rettung ihrer Familie, die auf immer gebrandmarkt gewesen wäre mit einer Tochter, die die schrecklichste Tat begangen und die Ehre ihrer Familie beschmutzt hatte. »Du willst nicht nur dich ruinieren, du unkeusche Dirne! Deinen Ruf, unseren Ruf, deinen Vater. Sei froh, dass er es nicht weiß. Glaubst du, er kann Reichspostmeister bleiben, wenn seine Tochter einen Bankert mit einem Engländer hat? Von dem keiner weiß, wer er ist. Vielleicht leben die alle noch im Ketzerglauben, die lügen alle, die Engländer. Und dabei hat dein Vater so eine schöne Partie am Hof in Aussicht gehabt, und wir hätten dann … Du undankbare Engländerh …« Elise wusste, ihre Mutter hatte ein schreckliches Wort gerade noch zurückgehalten.

»Aber das Kind …«, hatte sie nur stammeln können.

»Kommt in gute Hände, aber nicht in deine. Sei froh, danke Gott, wenn er deine Gebete überhaupt noch annimmt, dass meine Tante dich aufnimmt, die gute Frau. Ich bete zu Gott, dass niemand etwas erfährt von deinem … Verbrechen. Ich bete, dass ich dann noch einen finde, der dich nimmt. Aber leicht wird das nicht. Wer nimmt schon … so eine.«

Und dann die lange Fahrt in einer geschlossenen Kutsche aus dem Fuhrpark ihres Vaters, allein, ein Bündel neben sich mit ein paar Kleidern. Fünf Stunden Rütteln ohne Rast, fünf Stunden nach Süden – sie konnte das am Sonnenstand erkennen –, ein enges Tal, hinauf, hinunter, ein Bach, hindurch mit dem Gefährt, eine Köhlerhütte, dahinter zwei rauchende Köhler, noch eine Hütte hinter Tannen, weiter vorn ein paar Häuser, weiter drüben ein Kirchturm, ein Kloster, ein Dorf, Pferdekoppeln. Dann irgendwann wieder zwei Häuser an einem Weiher, eine Frau mitten auf dem Weg. Sie musste das Gefährt erwartet haben, das der Kutscher jetzt mit einem »Brrr!« zum Stehen brachte. Der Rock wie braune Laken um die Hüften gewickelt, darüber ein rötliches Hemd oder eine Jacke, das konnte man nicht gleich erkennen. Sie riss den Wagenschlag auf und scheuchte Elise mit einer ungeduldigen Handbewegung heraus. Der Kutscher warf ihr Bündel hinterher. Elise bemerkte, dass das rötliche Hemd, das von den Schultern der Frau herabhing, irgendwann spitzenbesetzt gewesen sein musste, denn in ihrem Nacken, unter den strähnigen grauen Haaren, hingen ein paar geklöppelte Streifen herab.

»Du nennst mich gnädige Frau Tante!«, waren die ersten Worte, die Elise hörte. Eine Magd trat aus dem Haus, das größer war als eine Bauernhütte, und die gnädige Frau Tante deutete auf Elise und zu einem Dachfenster, und die Magd trottete voraus in das Zimmer, das sieben Monate lang ihr Gefängnis sein würde. Zwei Mägde – eine kochte –, zwei Knechte. Zwei Schweine, ein Hühnerstall, ein paar Ziegen, ein Rinnsal hinter dem Haus.

In ihrer Kammer unter dem Dach ein Bett, ein Strohsack,

eine Decke, ein Hocker, eine Truhe. In diesem Augenblick damals hatte sie überlegt, wie viel ihre Mutter wohl dieser Frau, die angeblich eine Tante war, für die sieben Monate ihrer ›Genesung‹ gezahlt hatte. Sie setzte sich auf den Hocker, griff unter ihr Mieder und umklammerte das Tuch, das Stück Stoff, das John ihr von seiner Decke abgeschnitten hatte, damals, als Zeichen ihrer Liebe, sonst war nichts da. Graue Wolle, nur ein feiner roter Streifen dazwischen. Jeder der Engländer hatte sein eigenes kleines Merkmal auf der Decke aus der Heimat. Als die Mutter Anweisungen für den Kutscher aus dem Fenster gerufen hatte, hatte sie es rasch in ihr Bündel gesteckt.

Sieben Monate war sie dann der gnädigen Frau Tante ausgeliefert gewesen, alle Monate nur ein Fuhrwerk, das etwas brachte und etwas mitnahm. Sieben Stunden der Geburt war sie abwechselnd von der dreckigen Hebamme, die der Köhler mit seinen Buchenscheiten aus einem Nachbardorf herbeigetrommelt hatte, und von der gnädigen Frau Tante beschimpft worden, dass sie sich nicht so anstellen solle, weil diese Schmerzen die Strafe Gottes für ihre Sünde seien, und bei einer gottgefälligen Geburt gehe es immer viel schneller.

Eine einzige Stunde hatte sie dann noch ihr Kind gesehen, ihren John, als die junge Magd ihr das Kind brachte, während die gnädige Frau Tante und die Hebamme in der Küche unten eine Stärkung zu sich nahmen, nach dieser Anstrengung mit der Engländerhure. Sie wollten den Bastard gar nicht mehr anrühren.

»Nur anschauen«, sagte die Magd, »nicht angreifen, angreifen bringt Unglück. Kommt ins Waisenhaus. Hat es gut dort.«

Nicht angreifen! Was für schreckliche Worte. Nicht angreifen! Elise fasste das Bündel bei den Schultern, die Magd ließ aber die Beinchen nicht los, und so schob Elise ihre einzige Erinnerung, die sie besaß, den Streifen Stoff mit den rotbraunen Enden unter die dreckigen Faschen, mit denen das Kind umwickelt war.

»God with you«, flüsterte sie, wie John Miller den toten Wollweber verabschiedet hatte. »Wird er getauft?«

»Weiß nicht.«

»Er soll John heißen«, sagte Elise, »wie sein Vater. Ist der John
des John. Kannst du dir das merken?«

»Jaaaa«, hatte dann die Magd mit beleidigtem Ton geantwortet, dass man ihr nicht zutraute, sich einen Namen zu merken, und hatte das Bündel ihren Händen entwunden, »heißt
Tschontschon.«

Von John Miller hatte sie nichts gehört, und wer hätte ihr
auch etwas berichten sollen? Irgendwann hatte der Kutscher der
Monatsfuhre der gnädigen Frau Tante erzählt, die Zehrsucht
gehe um bei den englischen Wollwebern, weil sie nicht mehr
essen, als unbedingt notwendig ist, um nicht zu verhungern,
und das würde zu ihrem dummen Irrglauben gehören. Und
man erzähle, ein paar der Toten hätten verbotene Gebete unter
ihrem Strohsack versteckt, und daher habe der Pfarrer sich
geweigert, ihnen den Segen für die geweihte Erde zu erteilen.

Fünf Tage nach der Geburt des Kindes hatte die gnädige
Frau Tante sie auf den Karren der Monatsfuhre gesetzt, hatte
ihr gnadenhalber eine Decke umgelegt, damit man ihr nichts
nachsagen konnte, und ihr Bündel hinterhergeworfen. »Fahr
los!«, hatte sie zum Fuhrmann hinaufgerufen, das war alles.

Zu Hause dann der kühle Empfang ihrer Mutter, sie hatte
mittlerweile einen Herrn von Schöll ausfindig gemacht, wenigstens ein Von, sonst nicht viel. Fünf Kinder, ja, von seinen
zwei verstorbenen Gattinnen. Ihr Vater würde eine Mitgift
springen lassen, das hatte den Herrn von Schöll für sie einge-
nommen, denn eigentlich brauchte er keine Frau, die monatelang krank darniederlag. Ihr Bruder Ignaz hatte sie flüchtig
begrüßt, er war gerade auf Brautschau, nur ihr Vater hatte sie
in seine Arme geschlossen und gesagt: »Gott sei Dank bist du
wieder da.« Und dann der Tod der Mutter, Gallenfieber. Die

Trauer ihres Vaters nach ihrem Entschluss, ihr Leben ganz hinter Klostermauern zu verbringen und nicht beim Herrn von Schöll.

Dreizehn wäre ihr Sohn jetzt.

Hundert, tausend Mal hatte sie sich ausgemalt, wo er jetzt lebte: In der Schreibstube eines Klosters, denn sicher war er ein Kind mit rascher Auffassungsgabe, behütet von den Mönchen. Oder bei einer Handwerkerfamilie, die keine eigenen Kinder mehr haben konnte, und wenn sie ein Kind aus dem Waisenhaus bei sich aufnahm, wurde ihr die Hofquartierspflicht für zwei Jahre erlassen. Oder vielleicht war er nur Pferdeknecht. Doch Pferdeknecht war eine schöne Arbeit.

*

Sieben Monate bei der gnädigen Frau Tante damals im Traisental, auf der Flucht vor dem Skandal, der ihre Familie entehrt hätte. Sieben Monate jetzt in Sankt Marein, auf der Flucht vor der Pest. Dreizehn Jahre lagen dazwischen, nur dreizehn Jahre, aber eigentlich ein ganzes Leben.

Vor Weihnachten überbrachte auch Ignaz die Botschaft, dass der Schwarze Tod Wien wieder verlassen hatte. Elise war aus dem Haus geeilt, um Ignaz zu begrüßen, aber er hatte sich kaum die Zeit genommen abzusitzen und war neben dem Pferd stehen geblieben.

»Du kannst zurück, Elise, Schwester Agnes, wenn du willst«, sagte er ohne Freude in der Stimme, und dann gleich: »Ich kehre gleich wieder um, bevor der Schnee kommt.«

»Ignaz, es gibt keinen Konvent mehr. Ich bleibe hier. Hier werde ich gebraucht. Vom Gesinde ist die Hälfte nicht mehr zurückgekommen.«

»Aber du hast das Haus in der Brunnengasse. Wenn es keinen Konvent mehr gibt, hast du es wieder. Ich will es nicht.«

»Hat die Gräfin Sekely überlebt?«

»Sie hat überlebt und ihr Gesinde auch.«

»Gott sei Dank hat die heilige Jungfrau Maria sie beschützt und die Heilige Dreifaltigkeit und der heilige Karl Borromäus.«

»Vielleicht. Aber jedenfalls hat die Gräfin das große Portal schließen lassen, und niemand hat ins Haus dürfen, der sich nicht vor den Augen ihres Dieners gewaschen hat, wie es der Doctor Sorbait verlangt hat. Aber nicht viele Familien haben sich daran gehalten.«

»Aber ihr doch, Ignaz?« Elise hatte die Familie ihres Bruders nur wenige Minuten am Sterbebett des Vaters gesehen.

»Danke, dass du nach meiner Familie fragst, werte Schwester«, sagte er so zynisch, wie sie es von ihrem Bruder noch nicht gehört hatte. »Du siehst mich hier stehen, Elise, lebendig. Und Marianne hat auch überlebt. Die Kinder sind tot.«

Elise bekreuzigte sich.

»Wie schrecklich. Gott sei ihrer armen Seelen gnädig. Warum, Ignaz? Habt ihr euch nicht an die Regeln des Doctor Sorbait gehalten?«

Ignaz lachte bitter auf: »Wir haben es versucht. Aber die Menschen wollten aus der Stadt hinaus und haben unsere Kutschen und Fuhrwerke gestürmt. Die Rossknechte und Kutscher haben es nicht verhindern können. Die Stallungen waren voll von Leuten, die sich gegenseitig von den Fuhrwerken heruntergerissen haben. Manche sind in unser Haus eingedrungen. Bis die Stadttore geschlossen wurden. Aber viele haben schon die Pest in sich gehabt und sind nicht mehr zurückgekommen. Und jetzt sind die Gassen in Wien leer.«

Elise konnte nur schweigen. Was für ein Schrecken da geherrscht haben musste, in Wien. Dann sagte sie leise: »Die Jungfrau Maria und der heilige Karl Borromäus mögen euch …«

Plötzlich schlug Ignaz mit der Reitgerte auf den Boden, dass

das Pferd zusammenzuckte, und schrie: »Lass mich in Ruh'
mit deinen Heiligen!«

Elise hob wie zur Abwehr ihre Arme. Ignaz ließ die Gerte
sinken und sagte mit zitternder Stimme: »Lass mich in Ruh'
mit deinen Heiligen. Lass mich in Ruh'. Bleib hier oder komm
zurück. Geh zu deinen Ursulinen oder nicht, oder geh in dein
Haus in der Brunnengasse. Mach, was du willst.«

Das war nicht mehr Ignaz. Das war nicht mehr ihr Bruder.

»Ignaz!«

»Du hast ja immer gemacht, was du willst. Der Vater hat
viel Kundschaft verloren, damals, wie du jeden Tag zu den
Wollwebern bist.«

»Ignaz, das war auch Vaters Idee, das Werkhaus am Tabor.
Es hat doch viele in Brot und Arbeit gebracht!«

»Aber es hätten nicht Engländer sein müssen. Ketzer! Wollweber hätte man auch woanders finden können. Und haben
die Engländer den Kaiser vielleicht reich gemacht? Oder mich?
Oder dich?«

»Wir waren nicht arm, Ignaz.«

»Die Engländer haben Krankheiten eingeschleppt. Das weißt
du selbst am besten. Die Mutter, Gott hab sie selig, hat es einen Beutel Dukaten gekostet, dass du auskuriert worden bist,
unten, an der Traisen.«

Elise trat einen Schritt zurück und legte ihre Hand auf die
Brust. »Woher weißt du das?«

»Die Mutter hat es erzählt. Ein ganzer Beutel Dukaten, weil
diese Engländer dir die Schwindsucht angehängt haben.« *Diese
Engländer.* Es klang wie ein Schimpfwort.

»Und der Schwarze Tod? Sind die Engländer auch alle …?«

»Alle nicht. Manche sind zäh.«

»Und der … Vorarbeiter? Der Mister Miller?« Elise brachte
den Namen kaum über die Lippen.

»Weiß ich? Viele hat ja schon vor Jahren die Schwindsucht

gepackt. Die haben nicht auf den Schwarzen Tod gewartet. Die hatten es eilig.«

»Und wo … hat man die Engländer begraben?«

»In der Stephanskirche jedenfalls nicht!«, lachte Ignaz bitter auf. »Wo gehören solche hin, die sich einschleichen mit Ketzerbüchern? Die unseren Vater und alle belogen haben?«

»Vielleicht nicht alle.«

»Was weißt du denn! Du warst einfach nur eitel und dumm und hast ihnen auch noch die Briefe vorgelesen.«

»Das nicht, Ignaz. Sie konnten alle lesen.«

»Was weißt du denn!«

»Und wo hat man den John …?«

»Na, was weiß ich? John hat es viele gegeben. Sicher am Arme-Sünder-Gottesacker!«

Elises Knie gaben nach, und sie sank gegen den Zaunbalken, an den Ignaz sein Pferd gebunden hatte. Das Pferd tänzelte.

»Was hast du, Elise?«

»Nichts, die Kälte. Ich hole noch ein Tuch.«

»Geh ins Haus. Ich reite zurück.«

»Warte, Ignaz. Ich muss dir noch etwas mitteilen. Du weißt, ich bin über dreißig, mein Vater ist tot, und die Mutter Oberin von den Ursulinen auch. Ich muss daher nicht mehr fragen. Ich … habe mich verheiratet.«

»Was? Was sagst du da? Mit wem? Du hättest mich fragen müssen! Wie soll das …?«

»Nur im Herzen, Ignaz. Ich bin eine Seelenehe eingegangen. Du weißt, das gestattet die Kirche, wenn der Mann in Ehre, Würde und im Glauben lebt. Gelebt hat.«

»Aber wer, Elise? Du warst im Kloster! Du warst die Braut Gottes! Die Braut Jesu. So heißt es doch, oder?«

»Lass das nicht deine Sorge sein, Ignaz. Er hat in Ehre, Würde und im Glauben gelebt.«

»Und seine Familie?«

»Er hatte keine.«

»Hatte keine? Also ein Ehrloser.«

»Nicht ehrlos, nur heimatlos.«

»Das ist aber doch meistens dasselbe. Und … trägst du jetzt seinen Namen? Hast du jetzt sein Geld? Bist du nicht mehr die Elise von Paar und auch nicht mehr die Schwester Agnes? Wer bist du jetzt?«

»Ich heiße jetzt Elsbeta von Molnar und, nein, er hatte kein Geld.«

Ignaz starrte seine Schwester an. »Bist du von Sinnen? Was hast du dir da ausgedacht! Elise! Komm zu dir! Wer soll das sein? Ein Ungar? Vor den Türken geflüchtet?«

»Dräng mich nicht, Ignaz. Es ist, wie es ist. An deinem Leben wird sich nichts ändern.«

»Mein Leben geht dich nichts mehr an, Elise oder wie immer du gerade heißt. Meine Kinder sind gestorben. Aber das kannst du nicht verstehen. Man kann keinen Toten heiraten. Hast du ein Papier?«

»Wenn ich ein Papier hätte, wäre es keine Seelenhochzeit. Du weißt es jetzt. Du bist mein Zeuge.«

Ignaz schüttelte ungläubig den Kopf. »Du hast immer gemacht, was du willst. Du hast Mutter einen Batzen Geld gekostet. Du hast Vater unglücklich gemacht. Du hast deinen Mitschwestern den Schwarzen Tod gebracht. Und du sagst, es wird sich nichts ändern? Ja, bleib hier auf dem Hof. Heirate so viele Seelen, wie du willst. Aber lass uns in Frieden. Das Haus in der Brunnengasse gehört wieder dir, jetzt, wo es keine Schwester Agnes mehr gibt und keine Ursulinen. Mach damit, was du willst. Aber verschone mein Haus, Elise, äh, Frau Elsbeta von Molnar.«

»Das Haus ist vermietet. Braucht mich die Gräfin Sekely?«

»Das glaube ich kaum. Sie kann auf sich selber schauen. Sie wird uns helfen, die Werkstätten am Tabor wieder in Gang zu bringen. Ohne die Engländer. Der Schröder will Frauen in die Werkstatt bringen, und Doctor Sorbait will eine Werkstatt für Geigenschneckenschnitzer.«

»Geigenschneckenschnitzer? Das klingt ja wunderbar.«

»Vielleicht. Ist aber nicht so wichtig wie Sattler und Schmiede. Und Steinmetzen braucht man jetzt eher als Geigen. Was man jetzt nicht braucht, sind … Klosterschwestern.«

»Ignaz, nein! Die Schwestern haben die Toten ins Grab gebettet.«

»Man braucht jetzt Leute vor dem Tod. Nicht hinterher.«

Inzwischen hatte es leicht zu schneien begonnen und das Pferd schnaubte. Ignaz warf sich seinen Umhang um die Schultern, rückte seinen breitkrempigen Hut zurecht, der ihm bei den heftigen Worten verrutscht war, und setzte seinen Fuß in den Steigbügel.

»Warte, Ignaz. Reit nicht fort im Zorn. Hier werde ich gebraucht, nicht in der Stadt. Denk daran, es werden jetzt viele fremde Menschen nach Wien kommen. Viele mit fremden Namen. Niemand wird fragen, warum ich die Elsbeta von Molnar bin. Wenn du mein Zeuge bist.«

»Ich eigne mich nicht als Zeuge für … fremde Leute«, erwiderte Ignaz von Paar, schwang sich auf das Pferd und ritt grußlos vom Hof.

*

Als der Frühling kam, wusste niemand, welche Familie ausgestorben war oder sich vielleicht doch aus der Stadt hatte retten können, rechtzeitig. Erst im Sommer wurde offenbar, welche Wohnung, welches Haus leer bleiben würde oder wo vielleicht nur mehr die Eltern lebten und alle sechs Kinder gestorben waren, oder es hatten die Kinder überlebt und waren nun ohne Familie. Es gab keine Ordnung mehr.

Aber die schreckliche Strafe Gottes hatte auch ihr Gutes. Die Zünfte wagten es nicht auszusprechen und kaum zu denken: Von der Manufaktur am Tabor war nicht viel übriggeblieben. Die Hütten und Häuser und die Werkzeuge, ja, aber es waren keine Lehrer, keine Meister, keine Lehrlinge mehr da. Nur ein paar Gesellen und ein paar englische Wollweber hatten überlebt. Ausgerechnet die Engländer, die sonst schon beim leisesten Wiener Lüftchen dahingesiecht waren.

Die Adeligen waren schon im Dezember zurückgekommen, sobald man die Nachricht erhalten hatte, dass die Stadt mit dem Sterben aufgehört hatte, weil man nicht sicher sein konnte, was sonst über den Winter mit den Häusern geschehen würde, obwohl man das meiste Gesinde zurückgelassen hatte. Als der Graf Harrach sein Haus auf der Freyung betrat, fand er es fast leer. Nur die Köchin und ihre zwei Küchenmägde waren noch da, und der Pferdeknecht Arco und der alte Diener Roberto. Der Graf Harrach hatte allen seinen Dienern italienische Namen gegeben. Die anderen, die Diener und Knechte, die geholfen hatten, die Leichen auf die Totenkarren zu legen und in die Gruben zu werfen, hatten sie eines Abends einfach nicht mehr ins Haus hineingelassen. Der Graf Harrach musste sich auf die Suche nach einer neuen Dienerschaft machen, was nicht leicht war, denn auch alle anderen adeligen Familien hatte die Pest auf die gleiche Weise geschädigt.

Die Franziska Wössner konnte natürlich nicht allein in ihr Haus in der Servitengasse ziehen, ganz abgesehen davon, dass ihre Brüder darauf bestehen wollten, dass es die Pflicht der Schwester wäre, nun für ihren Vater und für ihre Brüder zu sorgen, wo doch die Mutter gestorben und die Magd davongelaufen war, als sie ihre Herrin im Bett liegen sah, mit schwarzen Beulen. Und wer sollte den Vater pflegen, wenn das eines Tages erforderlich wäre? Oder sie solle einen Meister heiraten – sie wäre ja schon so weit, der Vater hatte ihr ja eine Mitgift ausgesetzt –, und den Vater dann zu sich nehmen.

Aber seltsamerweise hatte ihr Vater ganz andere Pläne gehabt für seine Tochter. Er hatte darauf bestanden, dass Franziska eine Lehre mache, eine richtige Lehre, natürlich nicht als Steinmetz, aber auf dem Tabor, im Kunst- und Werkhaus. Denn Franziska hatte bei den Ursulinen nicht nur lesen und schreiben gelernt, sondern auch zeichnen. Eine der Schwestern hatte Unterricht beim Meister Pock gehabt, wie man eine heilige Ursula zeichnete oder eine heilige Katharina oder einen Heiligenschein, dass er ausschaute, als würde er über dem Kopf schweben.

In die Werkstatt für Vergolder wurden ja auch Mädchen aufgenommen, für die diese Gräfin Sekely ein eigenes Wohnhaus gebaut hatte, wo sie versorgt wurden wie die Burschen, mit einem warmen Essen jeden Tag, und sie hatte auch eine alte Amme angestellt, die ein Auge auf die Mädchen hatte. Die Gräfin kam jeden Tag mit ihrer Kutsche angefahren, sie hatte ja auch noch die Seidenweberei auf dem Tabor, kümmerte sich um die Goldblättchen, die der Meister über Nacht in einen Kasten sperrte, und fragte die Mädchen, was sie gelernt hätten. Die Rahmenmacher und Vergolder mussten wissen, welche Rahmen für den heiligen Petrus passten, dass der Maler zufrieden war, und welche für einen Spiegel, dass die Damen zufrieden waren.

Als Franziska einmal allein unter dem Vordach der Werkstatt saß und überlegte, wie man die Goldblättchen am besten auf zwei Bögen verteilte, rief ein Junge über den Zaun, den man zum Schutz der Goldblättchen aufgestellt hatte: »Kann man das lernen, was du da machst?«

»Freilich«, rief Franziska zurück.

Am nächsten Morgen und am übernächsten war er wieder am Zaun gestanden und hatte ihr stumm zugeschaut mit großen, blauen, eher grünen, am ehesten blaugrünen Augen. Am vierten Tag hatte er ihr ein kleines hölzernes Hündchen hinübergereicht. »Wenn du willst, kannst du es behalten«, hatte er gerufen.

Franziska legte den Pinsel, mit dem sie die Goldblättchen aufnahm, zur Seite und kam an den Zaun und nahm das Hündchen vorsichtig in die Hand, denn es hatte ganz dünne Beinchen.

»Hast du das gelernt?«, fragte sie.

»Freilich«, sagte der Junge.

»Wo?«

»Bei einem Meister natürlich. Wo man so was lernt.«

Franziska bemerkte, dass der Junge ein löchriges Hemd trug, wo die Haut durchschien, über einer Hose, die nur über die halbe Wade reichte.

»Wie heißt der Meister?«, rief sie ihm nach, weil sie sich wunderte, dass der Meister ihm nicht einmal ein Hemd gab, aber er hörte nicht mehr.

Am nächsten Tag wartete Franziska schon auf den Schnitzer, aber erst nach einer ganzen Woche trat er wieder an den Zaun.

»Franziska, hier!«, rief er und reichte ihr ein Schneckenhäuschen hinüber, so dünn, als wäre die Schnecke gerade erst herausgekrochen.

»Danke«, sagte sie. »Warum weißt du, wie ich heiße?«

Der Junge zuckte die Achseln: »Weiß ich eben.«

»Warum gibst du mir deine Schnitzereien?«

»Will ich eben«, sagte der Junge und wurde rot, »gefällt mir eben.« Wie sie das Schneckenhäuschen aus seiner Hand nahm, streifte er ihre Finger, und Franziska wunderte sich, dass ihr dabei so heiß wurde.

»Wie heißt dein Meister?«, fragte sie wieder.

»Kennst ihn nicht. Ist ein Steinmetz und Schnitzer.«

»Und wirst du einmal Geselle?«

»Vielleicht. Wahrscheinlich.«

Franziska wusste selbst nicht, warum sie auch am nächsten Tag und die nächste Woche auf das Gesicht wartete, wo er sich doch nicht einmal frisierte, denn seine blonden Locken hingen zerzaust über die Ohren. Endlich, nach langen drei Wochen, sah sie ihn hinter dem Zaun in einer Kolonne, in der Lumpensammlerkolonne, und wollte ihm schon zuwinken, aber in diesem Moment trat der Meister heraus und riss sie vom Zaun weg, dass ihr die beiden Rahmenteilchen, die sie hatte zusammenfügen wollen, aus der Hand fielen.

»Bist verrückt, dummes Mensch? Redest mit den Lumpensammlern?«

Von nun an wagte es Franziska nicht mehr, an den Zaun zu treten, denn wenn der Meister nicht zufrieden war, behielt er einen nicht. Das war nicht anders als bei den Zünften. Aber der Junge mit den blaugrünen Augen und den unfrisierten Locken ging ihr nicht aus dem Kopf, obwohl sie nicht einmal wusste, wie er hieß.

Leider hatte die Werkstatt der Gräfin Sekely bei den Vätern und Müttern keinen Anklang gefunden, obwohl der Notar Hermann von Annaberg öffentlich kundgetan hatte, dass er kein Gesetz gefunden habe, das verbiete, dass man auch Mädchen als Lehrlinge aufnehmen dürfe am Tabor. Nach ein paar Wochen wurden die Mädchen von ihren Müttern oder Vätern oder Brüdern wieder abgeholt, weil sich ein Freier gefunden hatte, und das sei wohl allemal besser für ein Mädchen, als eine Lehre zu machen. Als beim großen Brand am Tabor auch die Vergolderwerkstatt der Gräfin Sekely abbrannte, verzichtete die Gräfin darauf, sie wieder aufzubauen, und lud stattdessen die Franziska Wössner ein, an ihren ökonomischen Disputen teilzunehmen, als Frau aus der Praxis, sobald sie ihre eigene Werkstatt hätte.

»Ich bin noch nicht fertig in Wien«, sagte sie zum Notar, »ich habe nicht die Absicht, klein beizugeben. Ich habe noch nie klein beigegeben.«

Es war kein Jahr vergangen, da hatte der Hermann von Annaberg im Obergeschoß des zunftfreien Hauses der Franziska Wössner seine Kanzlei eröffnet, über der Vergolder- und Rahmenmacherwerkstatt im Parterre. Er hatte die Wössnerin vertreten, als die Zunft der Vergolder ihr das Geschäft verbieten wollte, weil sie drei Gesellen und vier Lehrlinge beschäftigte, ohne die Zunft gefragt zu haben. Der greise Vater der Wössnerin hatte nichts mehr dagegen gehabt, ins Haus seiner Tochter zu ziehen.

Gertrud hatte ihm nicht verschwiegen damals, dass höchstens sieben Monate vergehen würden, bis ihr Kind geboren wurde. »Der Hieß?«, hatte er gefragt, »der Hieß«, war ihre Antwort gewesen, und das war alles.

*

Wien, Sommer 1693

Der Schulmeister tot. Der – Schuller – tot. Tschontschon sagte sich den unglaublichen Satz in Gedanken immer wieder vor. Tot. Wieso? Vor ein paar Tagen war er noch gesund, außer dem Bein, das er nicht mehr hatte. Nicht, dass er traurig wäre. Der Schuller hatte es abgelehnt, ihm die Wörter zu erklären, die auf eine Tafel gekritzelt waren, wie er ihm wieder einmal einen schönen Geigenkopf für den Peter Strudl gebracht hatte, den dieser dann als Arbeit aus seiner Werkstatt weiterverkaufte an den Geigenmacher Klotz. Die Kunden des Geigenmachers ließen es sich was kosten, wenn man anstatt einer einfachen Geigenschnecke einen Kopf aus der Werkstatt des Hofkünstlers und Akademielehrers Strudl bekam. Ein Schwindel war das. Die Kundschaften des Geigenmachers Klotz wurden beschwindelt. Ja, so war das. Der Schuller war ein Schwindler, und der Strudl war auch ein Schwindler. Und er war daran beteiligt. Er war auch ein Schwindler. Der Herr Lorenzo, der Karel Lorenzy, wusste noch nicht, dass er ein Schwindler geworden war. Was würde passieren, wenn man das entdeckte? Der Schuller konnte nicht mehr ins Gefängnis kommen. Aber vielleicht er. Er stand ja immer noch bei vielen in Verdacht, er hätte damals am Tabor das Feuer gelegt. Der Schuller hatte ihm keine Buchstaben zeigen wollen. Nur für den Schwindel hatte er ihn gebraucht.

»Ich hab keinen Platz mehr, und ich nehme auch nicht alle, die lesen lernen wollen«, hatte der Schuller damals harsch geantwortet, und es hatte keine Diskussion mehr darüber gegeben. Der Schuller hatte auch kaum mit ihm gesprochen. Nur: »Hier, die Zeichnung«, und wenn er das Köpfchen brachte: »Hier, dein Lohn.« Einmal hatte er ihn gefragt: »Und diese Rosa, oder wie die hieß. Wo ist die?«

Er hatte nur stottern können: »Weiß nicht. Verschwunden. Weggelaufen«, und das war die Wahrheit. Aber der Schuller hatte einen kurzen Lacher ausgestoßen, als würde er ihm nicht glauben.

Tschontschon taumelte die Griechengasse entlang, seine Finger immer noch um den Stoffballen in seiner rechten Hand gekrallt, ohne dass ihm gleich bewusst war, dass er die Richtung zum Haus des Peter Strudl in der Alser Vorstadt eingeschlagen hatte. *Der Schuller tot.* Heftig atmend blieb er stehen, blickte auf das Bündel in seiner rechten Hand und schlug das Tuch zurück. Als er das Köpfchen betrachtete, beschloss er: Er musste es selbst dem Peter Strudl übergeben, morgen, gleich morgen. Immerhin war er der Schnitzer, auch wenn der Schulmeister das geheim gehalten hatte. Geheim. Alles war geheim um ihn herum, seit dem bösen Gerücht. Der Schulmeister hatte nicht gewollt, dass Tschontschon selbst zum Strudl geht. Der Strudl konnte nur italienisch, angeblich. Aber den Schuller hatte er offenbar verstanden. Dann hätte er aber am Leben bleiben müssen. Dann hätte er seine geheimen Geschäfte weiter betreiben müssen. Der Schuller konnte sich jetzt nicht mehr einmischen.

Manchmal, wenn er wieder mit ein paar Kreuzern für einen schönen Geigenkopf abgespeist worden war, dachte Tschontschon an die Zeit zurück, als er mit den Lumpensammlern durch die Gassen gezogen war und seine geschnitzten Hündchen und Schnecken verkauft hatte. Damals hatte die Rosa Hetzer seine Hündchen und Schnecken gefärbt und ihre Vogelbilder gemalt, wenn sie Papier hatte, und dann hatten sie wieder Essen für drei Tage verdient, auch für ihre Mutter Ruschka und für die Köchin Teresa. Aber oft verkaufte er nichts, und die Lumpenkolonne des Roman Wagner bekam keine Hadern und die Lumpensammlerkinder keinen Brotkanten, und dann kauerte er sich abends in einen Torwinkel und hoffte, dass vielleicht in der Nacht irgendwo in der Nähe

Küchenreste auf die Gasse geschüttet wurden und er sich heranschleichen und sie aufessen konnte, bevor am nächsten Vormittag dann die Müllkutscher kamen. Im Krowotndörfl gab es keine Küchenreste. Und wenn – dann waren die Schweine, Hunde und Katzen schneller.

*

Tschontschon wurde noch trauriger, als er daran dachte, wie der Doctor de Sorbait der Rosa Hetzer eine Arbeit beim Perückenmacher Bellemont verschafft hatte. Der Perückenmacher war damals noch kein Meister und kein Hausbesitzer und hatte beim Dombaumeister Harsleben gewohnt, in der Tuchlauben, unten im Parterre, und im Hinterzimmer arbeiteten junge, ganz junge Mädchen, die nie mehr aus dem Haus kamen, wenn sie einmal dort waren. Das hatte zumindest der Roman Wagner erzählt. Denn die Lumpensammlerkolonne des Roman Wagner kannte jedes Haus in ihrem Rayon. Und dann hatte der Perückenmacher sich ein eigenes Haus gekauft. Der Perückenmacher belauerte immer noch alle Besucher, und immer noch arbeiteten die jungen Gehilfinnen heimlich in einem Hinterzimmer, obwohl das die Zunft eigentlich nicht gestattete. Tschontschon hatte am eigenen Leib erfahren, wie streng die Zünfte waren. Der Schulmeister hatte das sicher auch gewusst und geschwiegen, und der Bellemont hatte dafür über die Besucher des Schulmeisters geschwiegen. So war das. Er war nicht dumm. Langsam war er nicht mehr dumm. Dumm war er lange genug gewesen.

Die Mutter der Rosa, die Ruschka Hetzer war damals überglücklich gewesen und hatte überall herumerzählt, ihre Tochter sei nun bei einem richtigen französischen Meister in der Lehre, was natürlich ein Unsinn war, weil eine Frau natürlich keine Lehre machen konnte, aber die Hetzerin war nicht mehr ganz richtig im Kopf. Und dann war die Rosa eines Tages verschwunden, und Bellemont hatte behauptet, sie wäre mit einem Kavalier mitgegangen und er laufe seinen Gehilfinnen nicht nach. Die Hetzerin hatte Tag und Nacht geweint und hatte Tschontschon beschworen, immer die Augen offen zu halten, wenn er mit der Lumpenkolonne durch die Stadt zog. Irgendwann hatte dann jemand erzählt, er habe die Rosa beim Kaffeesieder Kolschitzky gesehen, aber das konnte auch gelogen sein. Allerdings: Die Lumpensammlerkolonne durfte sich den Kaffeehäusern nicht nähern. Das hatten die Kaffeesieder mit den Kolonnenführern ausgemacht, und Tschontschon hatte einmal gesehen, wie der Kolschitzky dem Roman Wagner am Domplatz etwas zugesteckt hatte.

Eines Tages, als seine Kolonne gerade durch die Weihburggasse zog, war der Doctor de Sorbait aus seinem Haus getreten, hatte ihn aus der Kolonne geholt und gesagt: »Schauen wir, ob wir nicht einen Platz für dich auf dem Tabor finden. Vielleicht in der Tischlerei. Wasch dich morgen und wart auf der Schlagbrücke, gleich um sieben.« Auf dem Tabor! Im Werkhaus! Damals war er sicher gewesen, der Doctor de Sorbait könne Wunder wirken. Aber er hatte keine Wunder wirken können. Es war nichts geworden mit der Tischlerei im Werkhaus.

Und dann war das schreckliche Jahr gekommen, die Strafe Gottes. Der Schwarze Tod. Gott hatte ihn beschützt, ihn und die Lumpensammlerkolonne des Roman Wagner, weil sie gerade ihre Lumpen in der Papiermühle Stattersdorf abgeliefert hatten, als die Tore zur Stadt hinein gesperrt wurden. Als es kein Hinein mehr gab, aber auch kein Hinaus. Acht Monate lang verdienten sie sich ihren Schlafwinkel in der Stattersdorfer Papiermühle, indem sie alle Arbeiten verrichteten, die mühsam und dreckig und stinkend waren. Manchmal fand Tschontschon eine Stunde oder zwei für ein Schneckenhaus oder ein Pfeifchen und der Pächter der Papiermühle gab ihm dafür ein paar Blätter, die nicht ganz fehlerfrei waren und die er daher billiger hätte abgeben müssen im Kaffeehaus des Theodat. Der Schwarze Tod hatte sich keinen Zutritt verschaffen können in die Papiermühle von Stattersdorf. Manche sagten, weil die Menschen dort fleißig gebetet hatten, manche sagten, weil man Krötenpulver um die Mühle gestreut hatte. Sie wussten nicht, was sie erwarten würde, wenn sie zurückkehrten, und das war erst im November, als es schon bitter kalt wurde und der Pächter der Papiermühle sie hinauswarf, weil er Nachrichten hatte aus Wien, dass der Schwarze Tod die Stadt verlassen habe und es seit zwei Wochen keine Toten mehr gebe.

Der Doctor Sorbait war in der Stadt geblieben, hatten die Leute erzählt. Freiwillig, obwohl er mit dem Hof nach Mariazell hätte flüchten können. Und er hatte überlebt. Vielleicht war es wirklich die Strafe Gottes gewesen, die die Guten verschont hatte. Aber dann wäre die Ruschka nicht gestorben und auch nicht die Engländer in der Wollweberei am Tabor, die der Lumpenkolonne immer ein paar freundliche Sätze zugeworfen hatten, auch wenn die Engländer kein Deutsch und die Hadernlumpen kein Englisch verstanden und auch wenn die englischen Wollweber selbst nur Lumpen am Leib und keine zu verschenken hatten. Andererseits: Den Vorsteher des Bürgerspitals, den Curtius, der sie einmal mit Fußtritten verjagt hatte, hatte die Pest persönlich abgeholt, dass er ihr nicht entkam.

Und nach dem schrecklichen Jahr war der schreckliche Brand gekommen. Und der schreckliche Verdacht. Ja, es stimmte, er hatte sich auf dem Tabor herumgetrieben. Aber er hatte nur gewartet, ob nicht die Franziska noch einmal an den Zaun der Vergolderwerkstatt kam. Er war auch einmal am Abend zum Zaun gegangen, obwohl er wusste, dass die Mädchen der Vergolderwerkstatt nicht mehr hinausdurften, sobald es dunkel wurde. Und da hatte ihn einer von den Tischlern gesehen, der gerade seine Pfeife angeraucht hatte. Wenn nicht der Doctor de Sorbait ihn gerettet hätte. Doch der Verdacht war an ihm hängen geblieben wie klebriger Leim, und der Roman Wagner wollte seine Lumpenkolonne nicht mit einem belasten, an dem ein solcher Verdacht hing. Diebstahl – ja. Rauferei – auch. Aber ein Brandstifter – nein. Er hatte Unterschlupf im Häuschen der Köchin Teresa gefunden, die jetzt ganz allein dort wohnte und der Doctor Sorbait hatte ihm noch ein richtiges Schnitzmesser geschenkt.

Und dann kam der Doctor eines Tages angeritten und hielt vor dem Häuschen der Teresa, wo er gerade herumschnitzte, um sich einmal an einem richtigen Pfeifenkopf zu versuchen, wie es ihm ein Wirt geraten hatte. Pfeifenrauchen würde bald große Mode werden, und vielleicht könnte man damit sogar ein Geschäft machen. Der Doctor war abgesessen und hatte ein Papier aus seiner Ärmelstulpe gezogen und gesagt: »Schau dir diese Zeichnung an, das ist der Kopf eines Knaben. Glaubst du, du kannst das so schnitzen? Dass er ausschaut wie auf der Zeichnung?«

»Aber der Kopf ist abgeschnitten!«, hatte Tschontschon erschrocken geantwortet. Die Vögel und Tiere der Rosa waren immer ganz, nicht zerschnitten. Und auch die Heiligen auf den Bildern in der Kirche.

»Der Kopf ist nicht wirklich abgeschnitten. Aber der Kopf ist das Wichtigste am Menschen. Den Körper kann man sich dazudenken.«

»Und rechts hat er kein Ohr.«

»Weil er den Kopf ein wenig wegdreht von uns. Das rechte Ohr musst du dir auch dazudenken und auch, wie er von hinten ausschaut. Aber man sieht, die Haare reichen bis zu den Ohren und sind etwas gewellt. Es ist ein freundliches Kind, denn sein Mund lächelt. Das musst du auch so schnitzen. Und der Kopf muss ganz klein werden. So.« Sorbait formte seine Finger, als wenn er eine Kugel halten würde. »Und hier unten

muss noch Platz sein für den Hals. Und es muss ganz gleichmäßig sein, links und rechts. Sonst kommt die Geige aus dem
Gleichgewicht.«

»Die Geige? Hat der Knabe einen Geigenkörper?«

»Es ist umgekehrt. Der Geigenkörper hat anstatt des einge-
drehten Endes ein Köpfchen.«

Tschontschon wusste, wie eine Geige ausschaute, obwohl er
noch nie eine in der Hand gehalten hatte. Er wagte einen Einwand: »Und wäre so ein eingedrehtes Ende, so eine Schnecke,
nicht leichter zu machen? Im Schneckenschnitzen bin ich gut!«

»Aber das sind keine Geigenschnecken, was du machst. Eine
Geigenschnecke schnitzen ist nicht leicht. Das macht man in
einer Werkstatt mit dem richtigen Werkzeug. Mit deinem
Schnitzmesser geht das nicht. Aber ein Geigenköpfchen kann
man schnitzen.«

Tschontschon hatte sich das Bild noch einmal genau angeschaut. »Der Knabe lächelt, aber er ist auch traurig. Vielleicht
kann ich das.«

»Ja«, hatte der Doctor Sorbait geantwortet, »er war auch traurig.«

»Warum?«, fragte Tschontschon. »Hat man ihn geschlagen?«

»Nein, geschlagen wurde er nicht. Er war krank.«

»Und jetzt?«

»Jetzt ist er schon lange tot. Aber ich möchte an ihn denken,
wenn ich auf der Kniegeige spiele. Er soll mir zuhören können. Probier es. Dann hab ich vielleicht eine Arbeit für dich.«
Und dann hatte er noch gefragt: »Möchtest du vielleicht auch
lernen, wie man Geigenschnecken macht? Vielleicht nimmt
dich der Meister Klotz.«

»Ein Meister?«

»Nun, nicht als Lehrling, das wird nicht gehen. Aber als
Gehilfen. Als Geigenschneckenschnitzer. Ich habe eine Viola
da Gamba bei ihm bestellt, und wenn du das Köpfchen fertig

geschnitzt hast, kann der Meister Klotz probieren, ob man es anstatt einer Schnecke verwenden kann. Und dann werde ich ihn fragen, ob er einen Geigenschneckenschnitzer anlernen will. Einen, der auch Köpfchen schnitzen kann. In zwei Monaten soll meine Viola fertig sein.«

Tschontschon hatte damals das Herz bis zum Hals geschlagen bei der Vorstellung, er könne in einer richtigen Werkstatt arbeiten. Vielleicht in einem Hinterzimmer, wo er nicht im Weg war.

Aber dann – dann war der Doctor Sorbait gestorben, ohne dass er ihn noch einmal gesehen hatte. Als er mit dem geschnitzten Köpfchen in die Weihburggasse kam, waren die Fenster des Hauses verhängt, und er stand in einem Totenzimmer und rundherum so viele Menschen, Männer und Frauen, Tschontschon hatte nicht einmal zur Bahre vordringen können. Als er gerade wieder aus dem Haus schlich, redete ihn ein Mann an, einen Schlapphut ins Gesicht gezogen, eine Krücke unter die linke Achsel geklemmt: »Zeig her, was du da hast. War das für den Doctor?«

Er hatte das Köpfchen mit seinen Fingern betastet und herumgedreht und die Zeichnung angeschaut, die Tschontschon unter sein Hemd geschoben hatte, und gefragt: »Hast du das gemacht? Ich kauf es dir ab.« Er hatte fünf Kreuzer herausgekramt und ihm in die Hand gedrückt, ohne zu fragen, ob Tschontschon damit einverstanden war. Tschontschon hatte keine Wahl. Wer sonst hätte ihm Geld dafür gegeben, dass er ein Köpfchen für einen Toten geschnitzt hatte?

Das war der Beginn seiner Arbeit für den Einbeinigen gewesen, für den Schulmeister Schuller. Ein paar Mal war der Schuller ins Krowotndörfl zum Häuschen der Teresa gekommen, und wenn er Tschontschon nicht angetroffen hatte, ließ er eine Zeichnung bei ihr und drohte: »Aufpassen drauf! Nicht verdrecken, nicht verlieren! Sonst hat der Tschontschon keinen

Lohn.« Tschontschon hatte dann dem Schulmeister die Geigenköpfchen gebracht, und jedes Mal konnte man undeutlich die Stimmen der Mädchen hören, die im Hinterhof des Perückenmachers arbeiteten, Tag und Nacht, oder jedenfalls, solange es hell war. Tschontschon liebte es, die Köpfchen zu schnitzen, aber die Hündchen und Schnecken brachten ihm mehr ein. Dann konnte er ein paar Eier kaufen oder eine Schwarte und der Teresa bringen, aber manchmal reichte es nur für das Holz für den Ofen, denn ohne Feuer konnte die Teresa ihren Brei nicht kochen.

Alles war geheim, denn die zünftischen Holzschnitzer durften nicht wissen, dass ihnen da einer in die Arbeit pfuschte, und die Maler und Schnitzer von der Akademie des Paul Strudl auch nicht. Als der Strudl vor ein paar Jahren seine Malerakademie eröffnete, hatte der Doctor de Sorbait gemeint, das wäre vielleicht das Richtige, da könne er richtig zeichnen lernen und schnitzen auch und ein Künstler werden mit einer eigenen Werkstatt, denn die Zünfte hätten da nicht mitzureden. Aber der Strudl hatte ihn gar nicht ins Haus gelassen. Einer, der Schnecken und Hündchen schnitzen kann, sei noch lange kein Schüler für eine kaiserliche Akademie, hatte er höhnisch gesagt, und der Doctor de Sorbait könne zwar die Kniegeige spielen, aber nicht malen, oder? Und der Strudl hatte dabei Deutsch gesprochen mit dem Doctor Sorbait. Und jetzt kauften die Kundschaften des Geigenbauers Klotz seine Geigenköpfchen und dachten, sie wären vom Strudl.

Alles war aus. Der Schuller tot, und in seiner Wohnung der Karel Lorenzy und ein feiner Herr. Und sie hatten ihn ausgefragt. Der Schuller hatte ihn verraten.

*

Tschontschon lehnte sich gegen eine Hauswand, damit er nicht von einer Kutsche oder von einem Reiter oder von einem eiligen Passanten umgestoßen wurde, öffnete noch einmal das Bündel in seiner Hand und verglich es mit der Zeichnung, die ihm der Schulmeister gegeben hatte, ein pausbackiges Kindergesicht. So, genauso, hatte er das Köpfchen gemacht. Genauso. Irgendwie musste es zum Strudl kommen, damit es der Strudl dem Geigenbaumeister Klotz bringen ließ und er dann seinen Lohn bekam. Vielleicht gab man ihm auch etwas für die Zeichnung. Vielleicht wäre es aber auch ganz anders. Vielleicht würde man ihn gleich verhaften lassen von der Stadtguardia als Schwindler? Wenn er aber nicht zum Strudl ging, würde man vielleicht das Geigenköpfchen suchen und der Karel Lorenzy und der fremde Herr wussten, wo es war und man würde ihn als Dieb verhaften. Er streifte durch die Gassen und überlegte, was er tun sollte. Das Köpfchen einfach wegwerfen? Nein, es war so wunderschön geworden. Schließlich beschloss er, dass es das kleinere Übel wäre, als Schwindler verdächtigt zu werden. Mittlerweile war es dunkel geworden. Er ging nicht zurück zum Häuschen der Teresa. Morgen würde er dem Strudl das Köpfchen bringen. Er hielt nach einem Torbogen Ausschau, oder nach einem Hinterhof, wo er sich hinlegen konnte. Es war ja nicht das erste Mal in seinem Leben. Bei Tagesanbruch musste er von seinem Schlafplatz wieder verschwunden sein. Er fand endlich einen Torbogen, wo nicht einer stand und ihn gleich wegscheuchte, suchte sich den dunkelsten Winkel und rollte sich zusammen. Aber er tat kein Auge zu und umklammerte den Stoffballen, bis es hell wurde.

Eine Stunde später, nachdem er sein Hemd und seine Hose vom Staub abgeklopft und sein Tuch wieder um seine Haare gewunden hatte, klopfte er an die Hintertüre des Hauses des Peter Strudl. Sie wurde mit einem Ruck geöffnet, als hätte dahinter jemand gewartet, und bevor Tschontschon noch etwas sagen konnte, riss ihm eine Frau den umschnürten Stoffballen aus der Hand, rief: »Na endlich, seit gestern wartet der Meister, schon wieder so spät!«, und schlug die Türe wieder zu.

Schon wieder so spät. Das war sein Lohn für seine Arbeit? Nicht einen einzigen Pfennig? Jetzt wäre es ihm fast lieber gewesen, man hätte ihn als Schwindler beschuldigt, denn dann hätte er vielleicht zeigen können, dass er schnitzen konnte. Aber man hatte ihm das schöne Geigenköpfchen einfach aus der Hand gerissen. Einfach aus der Hand gerissen.

Tschontschon griff unter sein Hemd und holte die Zeichnung hervor, die der Schulmeister ihm mitgegeben hatte. Sonst hatte der Schulmeister die Zeichnungen, nach denen er die Köpfe schnitzen sollte – einmal war es sogar ein Hundekopf gewesen –, meistens zurückverlangt und verglichen, ob wohl alles stimmte, jedes Haar, bevor er sie dem Strudl wieder zurückgab. Manchmal hatte er die Zeichnung aber auch in die Truhe unter dem Fenster gelegt, in eine rote Mappe. Er blickte auf das Blatt und dachte an die Arbeit, die es ihn gekostet hatte, die Locke vorn auf der Stirn genauso zu rollen, wie auf der Zeichnung, den Mund genauso lächeln zu lassen, die Wangen genauso zu runden.

Schon wieder so spät.

Er lief ziellos vor sich hin, vorbei an der großen Dreifaltigkeitssäule am Graben, an der schon reges Treiben herrschte. Sie wurde immer höher, und immer mehr Wolken und Figuren kamen dazu. Vier, fünf, sechs Burschen führten hier ihre Meißel. Als er einen Augenblick stehen blieb, rief gleich einer: »Gibt hier nichts zu schauen für Leute, die Maulaffen feilhalten!«

»Schaut aus wie ein Hadernlump. Ein Hadernlump mit Fetzenturban.«

»Will schauen, wie zünftige Steinmetzen arbeiten.«

Sie lachten und pufften dem Witzbold gegen die Schulter für seinen gelungenen Spaß.

Zünftige Steinmetzen.
Er dachte wieder daran, wie ihn damals der Doctor de Sorbait zum Werkhaus am Tabor mitgenommen hatte. Wo es auch Steinmetzen gab. Richtige Steinmetzen, die Lehrlinge aufnahmen, und am Ende bekamen sie einen richtigen Steinmetzschurz. Aber der Doctor de Sorbait hatte ihn in die Tischlerwerkstatt geführt. »Schau dich um«, hatte er zu Tschontschon gesagt, »das wäre das Richtige. Vielleicht nimmt dich der Meister Ritzker, du kannst ja mit Holz umgehen. Meister Ritzker«, hatte Sorbait gerufen, »brauchen Sie einen Tüchtigen?«

»Woher?«, hatte der Angesprochene gefragt.

»Aus dem Krowotndörfl«, hatte Sorbait geantwortet, »ich kenne den Burschen. Ist sehr geschickt mit Schnitzen. Sie haben ja früher auch Leute aus dem Krowotndörfl gehabt in Ihrer Tischlerei.«

»Früher! Früher! Und sonst? Was hat er sonst gemacht? Schnitzer haben wir genug. Die Färber nehmen noch auf und die Wollweber. Kann er lesen?«

»Das nicht«, hatte Tschontschon geantwortet, und bevor Doctor de Sorbait noch etwas einwerfen hatte können, sagte der Tischler Ritzker schon: »Die Färber müssen lesen können. Geht nicht anders.«

»Meister Ritzker, das war aber doch ausgemacht, dass die Burschen hier am Tabor lesen lernen können.«

»Nicht überall. Bei den Färbern nicht, und der Apotheker nimmt auch nur solche, die lesen können.«

»Und die Uhrmacher?«

»Sind voll, soviel ich weiß.«

»Und die Wollweber?«, schaltete sich Tschontschon schließlich selbst ein, denn er dachte an die freundlichen Grüße, die sie der Lumpenkolonne zugerufen hatten. »Hey, boys! Hello, boys!«

Aber der Doctor Sorbait sagte gleich: »Nein, ist nichts. Der

Bursch ist sehr geschickt, Herr Ritzker. Die Schuster nehmen doch immer wieder welche, weil die Gesellen dann gleich über das Land ziehen, oder?«

»Wenn ich ehrlich sein soll, Doctor de Sorbait, der Bursch ist doch mit den Lumpensammlern gezogen. Ich hab ihn doch gesehen in der Kolonne des Wagner. Da wird es schwer sein …« Er zuckte die Schultern und griff wieder nach der Feile, die er kurz zur Seite gelegt hatte. »So haben wir aber nicht gewettet«, sagte Sorbait mehr zu sich selbst als zum Ritzker, und Tschontschon war es vorgekommen, als wenn der Doctor de Sorbait den Ritzker nicht verärgern wollte. »Wir finden was für dich. Verlass dich drauf.«

Verlass dich drauf, hatte der Doctor de Sorbait gesagt. Verlass dich drauf. Dann hatte er ihm die Werkstatt des Geigenmachers in Aussicht gestellt, wenn er die Geigenköpfchen richtig schnitzte. Wo er ein richtiger Geigenschneckenschnitzer werden könnte. Aber der Doctor war gestorben, auf ihn war kein Verlass mehr. Und der Schulmeister auch. Das Geigenköpfchen hatte man ihm einfach aus der Hand gerissen.

Schon wieder so spät. Wie zünftige Steinmetzen arbeiten.
Tschontschon konnte sich später nicht mehr erinnern, dass er zur Säule hingesprungen war, dass er einen Hammer in die Höhe gerissen hatte, dass er den Spötter zu Boden gestoßen und mit dem Hammer auf die Säule eindroschen hatte, auf die Dreifaltigkeitssäule, auf die Pestsäule, die sie alle beschützen sollte vor der Strafe Gottes, auf die heilige Säule, denn sie war schon geweiht worden, obwohl sie noch gar nicht fertig war. Er konnte sich auch nicht mehr erinnern, wie er zurückgerissen und mit Fäusten geschlagen und von der Stadtguardia auf die Wache gezerrt worden war. Alles war verschwunden aus seinem Kopf, nur die zwei Sätze: *Wie zünftige Steinmetzen arbeiten* und *Ich bin ja nicht dumm*, drängten sich vor, und vielleicht hatte er sie auch geschrien, er konnte sich nicht mehr erinnern.

Als er erwachte – jedenfalls glaubte er, geschlafen zu haben –, war es stockfinster um ihn herum, sein Kopf, sein ganzes Gesicht schmerzte und sein linkes Bein war irgendwo angebunden. Es schüttelte ihn vor Kälte. Die Kälte stieg vom Boden auf und von dem Eisen, das um seinem linken Fuß lag.

*

Als die Mietskutsche mit Ladislaus von Wasenau und mit dem Herrn Lorenzo in der Brunnengasse vier ankam, einem alten Haus mit giebelverzierten Fenstern an der Fassade – die heutigen Architekten hielten mehr auf Girlanden und geschwungene Portale –, wurden sie vor der Durchfahrt von einem Diener in roter Livree, mit silbernen Kordeln am Abschluss seiner Beinkleider, erwartet. Er dirigierte die Kutsche in den Innenhof neben eine große, wappengeschmückte Equipage, die sich offensichtlich gerade zur Abfahrt bereitmachte. Der Livrierte riss den Wagenschlag der Mietskutsche auf und wartete mit gebeugtem Rücken, bis die Neuankömmlinge herausgeklettert waren.

Links von der Einfahrt führte eine schmale Treppe unter Arkaden in das Obergeschoß, rechts führten fünf Stufen zu den Parterrezimmern, die jetzt noch vom Ehepaar Fux bewohnt waren. Aus einem der Fenster, die an diesem heißen Tag weit geöffnet waren, drangen Geigentöne, Teile einer Melodie, in den Hof. Ladislaus musste daran denken, dass es hieß: Eine Geige singt wie ein Mensch, und er hätte am liebsten ein paar Minuten hier ausgeharrt. Schade, dass er das nicht mehr hören würde, wenn er hier eingezogen war. Vielleicht, dass die Gräfin Sekely auf dem Cembalo spielte? In Rom war das große Mode gewesen im Palast der Königin Christina. Im Obergeschoß zogen sich die Arkaden weiter rund um den Hof. Der Hof und die Arkaden und die Treppe hatten etwas Verborgenes, aber auch Anheimelndes an sich, und Ladislaus von Wasenau fühlte sich auf einmal fröhlich, obwohl er das Innere des Hauses noch nicht betreten hatte. Die Rufe der Müllkutscher, Sänftenträger, Straßenhändler, das Quietschen von Kutschen und das Klappern von Hufen drangen nur ganz gedämpft herein. Von der hinteren Seite des Hofes kamen ein strenger Geruch und das Schnauben von Nüstern, und erst jetzt bemerkte Ladislaus, dass dort ein Stall eingebaut war und hinter einer Brettertüre zwei Pferdeköpfe sichtbar waren.

Lorenzo blieb im Hof. Der Name der Gräfin ging ihm nicht aus dem Kopf. Er lehnte sich an die Brettertüre des Pferdestalles. Ein Knecht kam vorbei und machte sich an der Kutsche zu schaffen. Lorenzo, der sonst einen großen Bogen um Pferde machte, bemerkte es nicht. In seinem Kopf drehte sich der Name hin und her, hin und her. Sekely. Er hatte diesen Namen schon früher einmal gehört, nicht nur beim Grafen Harrach. Viel früher, als sein Vater noch lebte und er die Kerzen in der Servitenkirche bewachte, und es war auch nicht der Name einer Frau. Sekely. Nein, es war auch nicht Sekely. Der Bursch hatte Sekei geheißen, Sekei war auf dem Zettel gestanden, den der Verhüllte der Totenbruderschaft ihm auf die Brust gelegt hatte am Arme-Sünder-Gottesacker. Den sein Vater schön gerade gerichtet und ein paar Haare abgeschnitten hatte. Andre Sekei. Er hatte die Buchstaben noch im Gedächtnis, auch wenn er damals noch nicht richtig lesen hatte können. Die Buchstaben hatte er sich gemerkt, es war nicht schwer. Und auch die geweihte Ruhestätte, die sein Vater für ihn ausgesucht hatte. *Hab nicht jeden Tag so eine feine Kundschaft.* Ein anderer Name, ja. Eine Sekunde hatte er das Gesicht des Toten vor sich gesehen und dunkle, gekrauste Haare, eine Sekunde, bis er bemerkte, dass der Rossknecht ihm deutete, beiseitezutreten, damit er das Holztor öffnen konnte, um sein Gefährt bereit zu machen.

Der livrierte Diener hatte Ladislaus über die Treppe hinaufgeleitet und eine der Türen unter den Arkaden geöffnet, vor welcher in zwei Holzkübeln blühende Bäumchen eingepflanzt waren, und ließ ihn mit einer Verbeugung eintreten, vorbei an seinem eingezogenen Bauch.

»Hereinspaziert!«, rief eine laute, tiefe Stimme, noch bevor Ladislaus sich in dem hellen Raum richtig orientieren konnte. Die Stimme drang ihm aus der Tiefe eines riesigen Lehnstuhles entgegen, der den Fenstern zugewendet war, sodass Ladislaus erst nach einigen Schritten in diese Richtung der Gräfin ansichtig wurde.

»Treten Sie doch näher, Graf von Wasenau. Man hat Sie schon angekündigt, und ich freue mich, dass ich den tapferen Mann kennenlerne, der über den Semmering geritten ist wie ein Husar!«

Ladislaus konnte sich nicht vorstellen, wie sein schrecklicher Karrentransport über den schrecklichen Berg sich in Wien in drei Tagen zu einem Husarenritt hatte verwandeln können.

«Gnädigste Gräfin«, sagte er mit einer tiefen Verbeugung in Richtung des riesigen grünen, mit Rosen bestickten Seidenbausches, der aus dem Lehnstuhl hervorquoll, »man hat nicht übertrieben, als man von der liebreizenden, charmanten Dame sprach, die das Haus der Gräfin Molnar bewohnt.«

Vom Lehnstuhl her drang tiefes Lachen. »Sie kommen gerade zurecht, lieber Graf, dass Sie meinen treuen alten Freund kennenlernen, den besten Medicus, Arzneigelehrten und Dichter, Adam von Lebenwaldt. Er hat am Sonntag der Festmesse zu Ehren unseres Kronprinzen beigewohnt und ein paar …« – der Medicus hielt mitten in seiner Verbeugung inne und blickte überrascht zur Gräfin hin, – »… ein paar wichtige Dinge erledigt. Aber leider muss er sich schon wieder auf den Weg zurück nach Trofaiach machen, und eine Fahrt über den Semmering kann mit lästigen Verzögerungen aufwarten.«

Der Medicus Adam von Lebenwaldt, in einen langen Reisemantel gehüllt, aus dem mächtige Stulpenstiefel hervorragten, vollendete seinen begonnenen Kratzfuß und stülpte dann einen riesigen Krempenhut über seine Perücke.

»In der Tat muss ich Wien leider schon wieder verlassen, ich reise mit dem großen Wagen des Abtes von Admont und möchte nicht säumig sein.«

»Und hier, lieber Freund«, sagte sie, zum Medicus gewandt, »sehen Sie meinen Hausgenossen für die nächste Zeit, den Grafen Ladislaus von Wasenau, der erst vor wenigen Tagen aus Triest angereist ist und dem zukünftigen kaiserlichen Baumeister Fischer aus einer großen Verlegenheit geholfen hat. Wir alle müssen ihm dankbar sein.«

Wasenau verbeugte sich zum zweiten Mal.

»Lieber Adam von Lebenwaldt, mein Herz blutet, dass ich Sie wieder ziehen lassen muss. Adieu, mein Freund. Kommen Sie gut über den Semmering und … wir danken für Ihre Hilfe.« Die letzten Worte hatte die Gräfin mit leiser Stimme gesprochen.

Als die große Gestalt des Doctor von Lebenwald durch die Türe verschwunden war, wandte sich die Gräfin ihrem neuen Gast zu: »Sie werden nun also mein Hausgenosse und Beschützer sein. Ich habe gehört, Sie waren ein Freund der königlichen schwedischen Trans… äh, Konvertitin in Rom? Sie müssen mir viel vom Hof der Christina erzählen, Gott hab sie selig. Ich habe sie auf einer meiner Pilgerreisen in Rom besucht. Sie hatte ja die allerstrengsten katholischen Sitten an ihrem Hof. Jaja, die Christina, Gott hab sie selig«, wiederholte die Gräfin.

Inzwischen hatte der Livrierte einen zweiten Lehnstuhl zum Fenster getragen. Ladislaus ließ sich vorsichtig niedergleiten und achtete darauf, nicht zu ächzen. Zu Ehren dieses Besuches hatte er seinen Kavaliersanzug angezogen, das einzige Gewand, das er aus Triest mitgebracht hatte. In Wien war ihm aber sogleich klargeworden, dass die Kavaliersmode sich geändert hatte und dass hier andere Ansprüche herrschten als in Triest, wo er in den letzten fünf Jahren festgesessen war. Er versuchte, sein Gegenüber einzuschätzen: Die Gräfin konnte fünfzig sein, vielleicht auch sechzig, das war schwer zu sagen. Ihr schwarzes, mit ein paar weißen Strähnen durchzogenes Haar umschwebte ihren Kopf in Krausen, gebändigt nur durch ein paar perlmuttschimmernde Kämme, die ihre Stirn freihielten. Fünfzig, urteilte Ladislaus, als er bemerkte, dass sie noch alle Zähne hatte und die Fältchen um ihre Augen offenbar von ihrem Lachen herrührten. Ihr Körper schien üppig ausgestattet zu sein, auch wenn das Kleid das Volumen der Gräfin vielleicht übertrieb. An ihren etwas gepolsterten Fingern steckten mehrere Ringe, mindestens fünf, schätzte Ladislaus. Auf ihrem Busen ruhte ein großes, mit Edelsteinen besetztes Medaillon, das sie schon zweimal berührt hatte.

»Wenn das junge Ehepaar Fux ausgezogen ist, haben wir viel Zeit, über die selige Christina zu plaudern. Und ich kann Ihnen natürlich auch allerhand erzählen.« Wieder ließ die Gräfin ein tiefes Lachen hören. »Das junge Paar, der Fux und die Fuxin. Sie haben erst vor ein paar Tagen geheiratet, heimlich in der Nacht, in der Schottenkirche. Jetzt ist der Teufel los in ihrer Familie, weil sie einen steirischen Musikanten geheiratet hat anstatt den Grafen von Dietrichstein. Jaja, der Graf von Dietrichstein.«

Die Gräfin schien nicht nur von der Königin Christina in Rom, sondern auch vom Grafen Dietrichstein alles zu wissen. Die Vorstellung von der heimlichen, nächtlichen Heirat schien ihr zu gefallen, denn sie ließ wieder ein glucksendes Lachen hören. »Aber die Fuxin hat ein mütterliches Erbe, und das wird jetzt frei gegeben. Jaja, der Ehestand hat was für sich.«

Ladislaus konnte da nicht mitreden. Am Hofe der Königin Christina hatte es solche und solche Ehen gegeben, und manche hatten sicher einiges für sich. Die Königin selbst, die abgedankt und auf ihren schwedischen Thron verzichtet hatte und zur strengsten Katholikin konvertiert war, war unverheiratet geblieben und hatte sich lieber mit Büchern und Künstlern umgeben.

Die Gräfin blickte ihn ein paar Sekunden an, stützte ihren Ellbogen auf das Knie und führte ihre rechte Hand sinnend an ihr Kinn: »Und jetzt wohnen Sie also beim Perückenmacher Bellemont, im Zimmer dieses Schulmeisters. Hat er denn … was hat er denn für Schätze hinterlassen, dieser Ferdinand Schuller? Er soll ja nicht nur mit Lesen und Schreiben gehandelt haben, der Ferdinand Schuller.«

Was für eine seltsame Bezeichnung für einen Lehrer, dachte Ladislaus. Mit Lesen und Schreiben handeln. »Ich habe den unglücklichen Signor Schuller nicht gekannt«, erwiderte er, »in seinem Zimmer lagen nur Buchstaben herum, aus Papier ausgeschnitten, und sonst gab es nicht viel. Ein wenig Papier. Ein Pinsel war noch dabei. Vielleicht hat der Signor Schuller auch gemalt, aber es gibt keine Bilder. Ich glaube nicht, dass er was zum Handeln hatte.«

»Na, was weiß man«, sagte die Gräfin und wiegte ihren lockenumkrausten Kopf, »was weiß man. Aber jetzt müssen Sie mich entschuldigen, lieber Graf. Denn gleich kommt mein Verwalter, um mir über meine Manufaktur drüben am Tabor Bericht zu erstatten. Da scheint schon wieder etwas passiert zu sein. Die Engländer, die mir der Herr von Schröder damals so warm empfohlen hat, sind anscheinend nicht erste Wahl. Die Hälfte ist gemütskrank. Und dann erwarte ich auch noch einen Boten von meiner Papiermühle. Ist auch schon überfällig. Und dann muss ich mich auch gleich für den Jour fixe bei der Frau von Auersberg ankleiden.«

Gemütskranke englische Manufakturarbeiter. Alles hätte er erwartet, aber keine Bemerkung über ›meine Manufaktur‹. Die Gräfin besaß eine Manufaktur. Die Gräfin besaß außerdem eine Papiermühle, wie es schien, mit überfälligen Boten. Und der Jour fixe irgendwo. Einen Augenblick fühlte er sich wie bei den Männergesprächen in Rom, wo er auch nicht hatte mitreden können. Als Ladislaus sich notgedrungen ebenfalls schnell erhob und im Stillen die seitlichen Armstützen pries, die ihm dabei behilflich waren, stellt er fest, dass die Gräfin mindestens einen Kopf größer war als er und dass ihre Schritte schneller waren, als man erwarten würde bei ihrer Fülle, und sie schon aus dem Raum gerauscht war, bevor er seine Gedanken hatte ordnen können zwischen Manufaktur, Papiermühle und Jour fixe.

Lorenzo hatte im Hof bei der gemieteten Karosse ausgeharrt. Ladislaus wunderte sich, dass er, der doch dem Grafen Harrach, und nur diesem, zur Verfügung stehen sollte, offenbar frei über den Tag verfügen konnte. Die Gräfin Sekely stand noch unter den Arkaden und winkte ihrem neuen Hausgenossen noch einmal zum Abschied, als ein Reiter in den Hof hereinsprengte. Als er der Gräfin ansichtig wurde, sprang er aus dem Sattel, riss seinen Dreispitz vom Kopf, und noch in der Bewegung rief er: »Attentat auf die heilige Pestsäule! Heute Morgen! Hadernlump im Kerker!«

Die rote Schärpe quer über seiner Brust zeichnete ihn als Melder aus, der von Haus zu Haus und von Hof zu Hof ritt, um die Botschaft zu verbreiten. Die Melder wurden vom Magistrat bezahlt, um ein neues Gesetz oder Verbot zu verkünden, aber sie lieferten gern auch schreckliche Nachrichten, denn die Wiener Stadtzeitung brauchte oft zwei Tage, bis die Meldung gedruckt war, und außerdem konnten die Wenigsten lesen. Eigentlich waren die Melder nur verpflichtet, auf den Plätzen und vor ein paar großen Kirchen ihre Neuigkeiten auszurufen, aber dort fielen keine Extrakreuzer an, während man in den Innenhöfen der Palais und Stadthäuser auf kleine Anerkennungen hoffen durfte. Der Kutscher der Gräfin warf dem Melder, der sich schon wieder in den Sattel geschwungen hatte, eine Münze zu, und dieser fing sie wie ein Jongleur mit einer schwungvollen Handbewegung auf und war schon hinaus auf die Straße, bevor jemand eine Frage stellen konnte, die der Melder ohnehin nicht beantwortet hätte. Das war nicht sein Geschäft.

Eine Sekunde herrschte Schweigen im Innenhof des Hauses Brunnengasse vier. »Attentat«, sagte Wasenau ungläubig, »auf eine Pestsäule. Incredibile. Warum?«

»Allerdings nicht auf irgendeine Pestsäule, lieber Wasenau«, sagte die Gräfin, »es scheint sich um die Säule der Heiligen Dreifaltigkeit am Graben zu handeln, um die kaiserliche Pestsäule, an der schon seit Jahren die besten Steinmetzen arbeiten. Vielleicht ist es nicht so arg. Die Melder übertreiben oft. Wir werden uns selbst überzeugen.« Sie eilte die Treppe herab, ließ sich von dem livrierten Diener in ihre Kutsche helfen, schlug dem Kutscher mit ihrem Fächer leicht auf die Schulter und rief: »Zur Säule am Graben!« Ihre angekündigten Termine schien sie augenblicklich vergessen zu haben.

Lorenzo hatte atemlos gelauscht und versuchte, die Gedanken zu verdrängen, die ihm sofort in den Sinn gekommen waren beim Wort ›Hadernlump‹. Ein Attentäter, der der geweihten Säule Schaden zufügte – das war wie ein Anschlag auf eine Kirche, auf einen Altar. Ein Frevel. Das konnte nur ein Verrückter machen. Ein normaler Mensch würde nicht seinen Hals riskieren oder die Galeeren. Hadernlump gefasst. Nein, nicht er. Nicht der Tschontschon. Hadernlump nannte man viele, die gar nie mit einer Kolonne gezogen waren. Nicht er.

Als sie am Graben ankamen, die Kutsche mit der Gräfin Sekely und die Mietskutsche mit dem Grafen von Wasenau und dem Diener Lorenzo des Grafen Harrach, hatte sich vor der heiligen Säule schon eine große Menge angesammelt, Kutschen, Reiter, Bürger und Gesindel, und alle starrten auf das hohe Gebilde aus Figuren und Wolken, welches sie für alle Zeiten vor der Pest schützen sollte. Am Boden davor die knieende Figur des Kaisers, an deren Schuppenpanzer ein Geselle gerade herumgehämmert hatte und nun fehlte ihr ein Stück des rechten Knies und daneben lagen ein paar Finger des Engels und an der Widmungstafel des Kaisers fehlte ein Stück. Davor stand händeringend und gestikulierend der Ottavio Burnacini und redete abwechselnd auf den Reporter Jean Frechot ein, der Berichte über solche schrecklichen Taten an die Zeitungen schrieb, und auf den Stadtwächter, den man zum Schutze des Tatortes zurückgelassen hatte, dass nicht noch jemand einen herumliegenden Körperteil des Kaisers heimlich an sich nehmen würde. Auf den ersten Blick schien der Schaden nicht so groß zu sein, dass nicht die drei Steinmetzen, der Burnacini, der Strudl und der Fischer, eine neue Engelsfigur, ein neues Knie des Kaisers und eine neue Widmungstafel in kurzer Zeit wieder hätten anfertigen können. Doch darum ging es nicht. Es ging darum, dass hier ein unerklärlicher Frevel geschehen war. Welcher Mensch war gegen dieses steinerne Gebet an die Heilige Dreifaltigkeit? Eine Bitte, ein Flehen. Kein Mensch, nur der Teufel.

Burnacini diktierte dem Jean Frechot in sein Heft hinein, dass der Unglückselige vielleicht von diesem steirischen Baumeister und angeblich, haha, auch Steinmetz, namens Fischer angeworben wurde, weil er nicht die Figur des Kaisers Leopold hatte machen dürfen, sondern er, Burnacini. Na, gut, auch der Strudl. Der Kaiser hatte ja für dieses Wunderwerk der Steinmetzkunst, welches die Pest, die Rute Gottes, für alle Zeiten von den Wienern abhalten könnte, die besten Steinmetzen beauftragt, aber leider auch diesen Nichtskönner Fischer, weil man dem Kaiser eingeredet hatte, dass er auch Einheimische engagieren solle. Und das war jetzt die Folge. Frechot schrieb eifrig mit.

Der Teufel selbst musste in diesem Hadernlumpen stecken.

Manche der Umstehenden bekreuzigten sich, als sie die am Boden liegenden Figurenteile erblickten. Man würde die Säule neu weihen müssen. Eine Säule, an der der Teufel gewütet hatte, konnte die Menschen nicht mehr schützen. Andere wiederum, die sich in der Politik auskannten, wie der Reporter Jean Frechot, dachten nicht gleich an den Teufel, sondern entweder an einen protestantischen Ketzer, weil er den Engel, oder an einen von den Franzosen bezahlten Saboteur, weil er das Knie des Kaisers des Heiligen Römischen Reiches zerschlagen hatte. Oder an einen ungarischen Protestanten, weil diese gleichermaßen gegen die katholische Kirche wie gegen den Kaiser waren, und das würde auch erklären, warum er genau auf diese Stelle eingedroschen hatte, wo der wahre Glauben und der Kaiser mit ein paar Schlägen zugleich getroffen werden konnten. Allerdings hatte man auch erzählt, dass der Attentäter barfuß und in Fetzen gekleidet war, was wieder gegen einen bezahlten Saboteur sprechen würde.

Die beiden Kutschen mussten hinter der Menschenmenge stehen bleiben, und die Gräfin Sekely, der Graf von Wasenau und Lorenzo erhoben sich von ihren Sitzen, um über die Köpfe der Leute hinweg den Tatort zu sehen. Lorenzo blieb der Atem weg. Zum ersten Mal sah er die Figuren der Säule von oben. Die Pest – die Pest. Der Steinmetz hatte die Figur genauso gemacht, wie die Amalie Hieß ausgeschaut hatte, als die Totenknechte kamen und sie aus dem Fenster warfen. Als sie die Gertrud Wössner und das Werkhaus verflucht hatte. Genauso. Ausgemergelt, böse, wie manche der Gesichter, die er als Kind gesehen hatte, wenn sein Vater sie von den Henkersknechten in Empfang nahm. Die Hießin, die Pest.

Von hinten waren mittlerweile noch zwei Reiter herangesprengt. Lorenzo erkannte sie sofort als zwei Knechte seines Herrn, des Grafen Harrach, und als er den verwunderten Blick des einen bemerkte, der ihn länger musterte als die Säule, ahnte er, dass seine Tage beim Grafen Harrach gezählt waren. Doch in diesem Augenblick konnte er nichts anderes denken als: *Nicht der Tschontschon.* Immer wieder trat ihm das Bild vor Augen, wie Tschontschon in der Türe des Schulmeisters gestanden war, ein kleines Bündel in der Hand, irgendwas von Geigenschnecken gestammelt hatte und dann davongelaufen war, als wäre sein Besuch verboten gewesen. Was hatte Tschontschon mit dem toten Schuller zu tun gehabt?

Tschontschon – aus den Augen verloren. Auch nicht gesucht. Als erster Diener eines Grafen hatte er sich nicht mehr gern Gedanken über das Leben im Krowotndörfl gemacht. Die Vorsehung hatte ihn zu einem Grafen geführt.

Die kurze Fahrt in der Kutsche, zurück zum Offenen Zimmer des Grafen von Wasenau, verlief schweigend. Die Mietskutsche musste zurück in die Stallungen des Herrn von Paar, Lorenzo musste zurück in das Haus des Grafen Harrach. Vor dem Haus des Perückenmachers half Lorenzo dem Grafen von Wasenau wieder vom Wagen herunter, und der Graf sagte: »Danke, Signor Lorenzo«, und verschwand mit raschen Schritten in seinem Zimmer, und man hörte, wie er innen den Schlüssel herumdrehte.

Ladislaus von Wasenau blieb den Rest des Nachmittags im Armstuhl des verstorbenen Schulmeisters Ferdinand Schuller sitzen und blickte durch das Fenster auf das Treiben in der Griechengasse und versuchte, nicht daran zu denken, in Wien könnten womöglich öfters Attentäter mit Hämmern durch die Straßen ziehen. Doch das Geschehen bei der Pestsäule ging ihm nicht aus dem Kopf. Dass der Teufel sich des Körpers eines zerlumpten Burschen bedienen sollte, glaubte er nicht, weil er überhaupt nicht glaubte, dass der Teufel sich irgendeines Körpers bediente, nicht einmal seines eigenen, teuflischen. Er hatte zu viele wahre Glauben erlebt auf seinen langen Reisen durch Europa, und der Teufel war immer auf der anderen Seite. Von Polen bis Italien, von Schweden bis Triest.

Er wusste nicht, wie lange sein Aufenthalt bei der Gräfin Sekely dauern würde. ›Mein Hausgenosse für die nächste Zeit‹, hatte sie gesagt. Auch das hatte er zu oft erlebt, dass er sich angekommen glaubte, und dann kam ein anderer und machte ihm den Platz streitig, oder seine Beschützerin starb, wie die schwedische Königin in Rom. Immer neu beginnen. Auch jetzt. Neu beginnen und hoffen.

Vielleicht würde er sich auch in Wien sein Leben mit Zeitungsreportagen verdienen müssen. Auch hier würde sich auf die Dauer niemand für einen verarmten polnischen Grafen interessieren, selbst wenn er durch sein Leben in Rom mit einem gewissen Interesse der adeligen Familien rechnen durfte. Das würde sich bald verflüchtigen, wie in Rom, als seine Gönnerin, die Christina von Schweden, das Zeitliche gesegnet hatte. Seit gestern konnte er allerdings die Hoffnung hegen, es hätte sich tatsächlich ein Heim für ihn gefunden – wenn nicht noch etwas dazwischenkam, so etwas wie das Attentat auf die Pestsäule. Als Erstes würde er erkunden, wo in Wien die Journalisten sich trafen. In Triest war er der Einzige gewesen, dessen Berichte den Weg zur *Frankfurter Postzeitung* und zur *Triestiner Ordinari Zeitung* fanden, denn er hatte sich gutgestellt mit dem Postmeister, der entschied, was wann wohin gelangte. Aber hier in Wien, wo er am Tisch des abwesenden Reichspostmeisters gespeist hatte, war das undenkbar. Hier würde er sich vor allem in den Kaffeehäusern umhören.

Der Sonntagnachmittag im Kaffeehaus des Theodat hatte seine Sinne in wunderbarer Weise zugleich beruhigt und geschärft. Als Nächstes würde er das Kaffeehaus des Kolschitzky besuchen, dessen Name mehrmals erwähnt worden war. In seinem kurzen Reporterleben in Triest hatte er gelernt, dass es das Wichtigste war, in Bewegung, überall zugleich zu sein, was ihm zunehmend schwerfiel. In den Kaffeehäusern konnte man sitzen und zuhören und diese und jene Geschichte vom Hofe der Königin Christina erzählen, wenn das Gespräch ins Stocken geriet. Eine wunderbare Einrichtung. Man musste den Geschichte nicht quer durch die Stadt nachlaufen, sie kamen zur Türe herein.

*

Als die Dämmerung hereinbrach – Ladislaus hatte gerade beschlossen, sich seiner Kleider zu entledigen und seinem Körper die Bequemlichkeit eines langen Nachtgewandes zu gönnen –, stand Lorenzo wieder in der Türe des Hofquartierzimmers, ein Bündel in der Hand, das nicht mehr enthalten konnte als eine Jacke oder eine Hose, und sagte mit seiner leisen Grabesstimme: »Von nun an kann ich Ihnen uneingeschränkt zur Verfügung stehen, Herr Graf, wenn Sie es wünschen.«

»Hat der Graf Harrach Sie aus seinen Diensten entlassen?«, fragte Ladislaus verblüfft und hörte auf, die Knöpfe seines Wams zu öffnen. Lorenzo schwieg. Sein Schweigen war die Antwort. Also entlassen, dachte Ladislaus. Vielleicht sogar davongejagt. Denn wer behielt einen Diener, der den Tag mit Fremden verbringt, anstatt auf die Befehle seines Herrn zu warten? Und gerade mit ihm, der nach Wien gekommen war, um die Pläne seines Herrn zu stören, zu zerstören? Illoyalität war die Todsünde der Dienerschaft. Einen Moment dachte Ladislaus, das seltsame, anhängige Verhalten des Lorenzo wäre Absicht gewesen, denn er hätte doch damit rechnen können, dass der Graf Harrach seine Abwesenheit nicht dulden würde.

In der Stephanskirche, vor dem Grabmal des Doctor Paul de Sorbait, hatte Lorenzo ihm erzählt, er habe mit den ehrwürdigen Schwestern der Ursulinen die Toten begraben, als die Pest in Wien gewütet hatte, während alle Adeligen und alle Kaufleute, die Geld hatten, aus der Stadt geflüchtet seien. Und dass er früher fast alle Gräber in der Stadt gekannt, die Pest aber viel durcheinandergebracht habe. Und jetzt stand dieser Lorenzo vor ihm und wollte sein Diener werden. Ladislaus war eigentlich mehr an den Lebenden interessiert als an den Gräbern auf den Friedhöfen von Wien. Die traurige Geschichte der Frau von Paar, die man ihm beim Frühstück im Palais Paar erzählt hatte, hing immer noch in seinem Gemüt. Aber zugleich hielt ihn die seltsame Würde dieses Mannes davon ab, ihn einfach wegzuschicken. Und es war auch anzunehmen, dass ein Diener eines Grafen manches wusste über die Wiener Gesellschaft. Er selbst kannte ja nur ein paar Gesichter und ein paar Namen, und das war sicher zu wenig für einen Start als Reporter.

»Aber ich brauche doch keinen Diener. Ich habe noch nie einen Diener gehabt, Signor Lorenzo. Ich brauche nur ab und zu ein wenig Hilfe.« Er war es jetzt schon gewöhnt, Lorenzo ›Signor‹ zu nennen. Er hätte schwerlich seinen Diener Signor Lorenzo rufen können. »Vielleicht … vielleicht können Sie bei mir wohnen, wenn ich die Wohnung in der Brunnengasse beziehe. Vielleicht als … Hausgenosse.«

»Das war nur ein Vorschlag, Herr Graf. Ich werde sicher eine Anstellung finden, auch ohne die Empfehlung des Grafen Harrach.« Dann sagte er stockend, als müsse er sich dazu überwinden: »Ich war noch einmal bei der Pestsäule und habe das gefunden. Es war unter ein paar Steinen verborgen.« Er griff unter seinen Rock und zog ein schmales, langes Wolltuch hervor, ausgefranst, mit einem eingewebten roten Faden. Ein Tuch, wie es Tschontschon um den Kopf gewunden hatte.

*

Die Nachricht vom Attentat auf die Dreifaltigkeitssäule am Graben erreichte den Baumeister Johann Bernhard Fischer noch am selben Abend. Die wunderbare Figur des Kaisers wäre entsetzlich entstellt und der Engel nicht mehr zu erkennen, er sehe aus wie eine tote Katze, hieß es. Der Kaiser und der Engel, dachte Fischer, nicht meine Sache. Der Burnacini und der Strudl sollen sich kümmern, sie würden für meine Figuren auch keinen Finger krümmen. Seit sie gemeinsam an diesem Weltwunder einer Pestsäule arbeiteten, gab es Streit, weil der Burnacini und der Strudl es nicht verwinden konnten, dass der Kaiser und die Jesuiten auch einen steirischen Steinmetzmeister und Baumeister mitarbeiten ließen und sogar seinen Ideen den Vorzug gegeben hatten. Seine Konkurrenten hatten das Gerücht in die Welt gesetzt, er schmücke sich mit falschen Federn und er hätte in Rom nur Hilfsdienste verrichtet und wäre ein Freund der Protestanten, und fast hätten sie es geschafft, dass der Kaiser einen anderen mit dem Bau von Schönbrunn beauftragt hätte.

Er wollte sich gerade auf den Weg zum Kaffeehaus des Theodat machen, um zu erfahren, ob der Graf von Wasenau schon eine passende Unterkunft bekommen hätte vom Hofquartiermeister Prämer. Der Graf von Wasenau hatte die gefährliche Reise über den schrecklichen Semmering schließlich für ihn unternommen. Er hätte ihm sein eigenes Heim angeboten, wenn er denn eine eigene Kammer für einen Gast oder wenigstens ein Bett gehabt hätte. Er wäre mit seiner Frau in die Küche gezogen, dass der Wasenau in ihrem Schlafzimmer nächtigen könnte, wenn er denn in Zukunft überhaupt neben seiner Frau schlafen würde. Er hätte seine untreue Sophia aus dem Haus gejagt, nebst seinem hinterhältigen Gehilfen Clemens, wenn er nicht fürchten müsste, dass der Kaiser einem betrogenen, weiblosen Baumeister den Auftrag für Schönbrunn wieder entziehen würde. Die Habsburger kannten keinen Spaß in solchen Dingen. Jedenfalls hatte er sein Bett in das Arbeitszimmer stellen lassen, genau unter den Plan für Schönbrunn, und die

Köchin Tontscha, die so sehr um sein Wohl besorgt war, dass sie ihr Sterbegeld für seine Flucht vor der Stadtguardia hergegeben hatte, angewiesen, ihn fortan eine Stunde früher zu wecken und sein Essen eine Stunde früher zu richten, dass er aus dem Haus war, wenn die Sophia aus den Federn kroch.

Der Kaiser kannte aber auch keinen Spaß mit Attentätern, die sein steinernes Ebenbild zerstören wollten, und deshalb hatte dieser nun sicher nichts zu lachen. Gerade als Fischer sich überlegte, ob er bei seinem Gang über die Schlagbrücke, hinüber zum Kaffeehaus des Theodat, wo er bei der Dreifaltigkeitssäule vorbeikommen würde, nicht doch seinen Hofrock anziehen sollte, jetzt, wo sicher alle schon wussten, dass sie den zukünftigen Architekten von Schönbrunn vor sich hatten, klopfte es an der Küchentür und der Kaffeesieder Theodat trat eilig ein. Kaum dass er sich Zeit nahm, sich auf den Hocker zu setzen, den Tontscha ihm eilfertig zuschob.

»Herr Baumeister«, begann er gleich, »der Graf von Wasenau hat am Sonntag bei mir genächtigt, und gestern hat er ein Hofquartierzimmer beim Perückenmacher Bellemont bezogen, bis der Hofquartiermeister eine Wohnung für ihn gefunden hat.«

»Beim Bellemont?«, fragte Fischer, »den Grafen von Wasenau steckt er zum Bellemont? Wohnt dort nicht auch der Schulmeister Schuller?«

»Das ist es eben«, sagte Theodat, »der Schulmeister Schuller ist tot, ermordet, und der Hofquartiermeister hat das Zimmer sogleich konfisziert und dem Grafen gegeben.«

Fischer starrte seinen Besucher an, und es dauerte ein paar Sekunden, bis er fragen konnte: »Wie? Der Schuller ermordet? Der Schulmeister Schuller ermordet?« Was hatte er gestern alles versäumt in seinem Freudentaumel über den kaiserlichen Auftrag für Schönbrunn und in seinem Zorn auf die Sophia und ihren Buhlen? Ein Mord, ein Attentat, der Graf von Wasenau ohne Wohnung – und er hatte sich um nichts gekümmert.

Er hatte sich noch nicht einmal bedankt, bei seinem treuen Freund Fux bedankt, beim Kompositeur Johann Fux, der ihm seine Dummheit verziehen hatte, dass er Protestanten, Ketzer, nicht von Menschen im wahren Glauben unterscheiden hatte können, dass er nicht gefragt hatte, ob seine Auftraggeber im wahren Glauben leben. Dass er nur daran gedacht hatte, dass er auserkoren war für einen Kreuzaltar, geheim, er, nicht der Burnacini und nicht der Strudl und auch kein anderer. Nicht jeden Tag bekam man einen Auftrag für einen Altar. Und er hatte nicht nachgefragt. Und der Graf von Wasenau jetzt ausgerechnet beim Bellemont? Bei diesem …? Wie sollte er einen nennen, der seine Kundschaften aushorchte und Gerüchte verbreitete? Und im Hinterhof heimlich junge Mädchen beschäftigte, man wusste nicht genau womit, und die Perückenmacherzunft schaute dabei zu? Er hatte sich nämlich genau erkundigt, bei wem er seine Allonge-Perücke in Auftrag geben solle.

»Was hat sich der Prämer dabei gedacht?«, fragte er.

Theodat konnte diese Frage nicht beantworten. »Dem Herrn Grafen schien es zu passen«, antwortete er daher, »aber ich habe gehört, die Gräfin von Sekely hat ihm Gastfreundschaft und eine Wohnung angeboten. Wenn das junge Ehepaar Fux auszieht. In ein paar Tagen.«

Vor ein paar Jahren, als er gerade in Wien angekommen war, hatte er den Stall im Hinterhof der Brunnengasse vier so umgebaut, dass nun die Kutsche der Gräfin darin Platz fand und leider nicht die zwei Rösser, die der Hof dort einquartieren wollte. Denn da die großen Hofstallungen immer noch ein Plan und nicht Wirklichkeit waren, wurden nicht nur die Hofbediensteten, sondern auch die Pferde in der Stadt verteilt. Einmal war er der Gräfin im Kaffeehaus des Kolschitzky begegnet oder vielmehr hatte er gesehen, wie der Kolschitzky ihr im Damenzimmer eine Cocolata servierte. Und vor einigen

Wochen hatte sie ihn zu so einem Vormittagskonzert eingeladen, einer Matinee, der letzte Schrei aus Paris, und das hatte sich als praktische Sache erwiesen, denn man traf dort ganz ungezwungen Auftraggeber und Kollegen, auch wenn man dabei Gesang und Poesie über sich ergehen lassen musste, und seither hatte er mit dem Michael Rottmayr schon die schönsten Pläne geschmiedet.

Ja, das Haus der Gräfin Sekely wäre eine würdige Bleibe für den Grafen von Wasenau.

»Woher wissen Sie das alles, Herr Theodat?«

»Ich kann mich nicht erinnern, woher.«

Die Kaffeesieder wussten immer alles, noch bevor es die Stadtguardia erfuhr. Der Fux. Der Johann Fux und die Clara von Schnitzenbaum. Das hatte er gerade noch erfahren nach der Festmesse des Kronprinzen am Sonntag. Nach der Verkündigung seines Auftrags für Schönbrunn. Die heimliche Hochzeit seines Freundes mit der Clara von Schnitzenbaum. Und er war nicht dabei gewesen.

»Und die Säule am Graben? Ist der Attentäter in Gewahrsam? Weiß man, wer es ist?«

»Das weiß man, aber nicht, warum er es getan hat. Ob ihn einer dazu angestiftet hat. Der Burnacini hat einen Verdacht geäußert.«

Ottavio Burnacini besuchte keine Kaffeehäuser, wo die meisten Besucher nicht als Kundschaften in Frage kamen für einen Künstler, der nur hohe und höchste Auftraggeber hatte. Seine italienische Frau führte einen Salon, in dem nur Italienisch gesprochen wurde, natürlich auch Französisch, aber nicht diese plumpe österreichische Landessprache.

»Und?«, fragte Fischer.

»Und er meinte, dass vielleicht ein Konkurrent …«

»Reden Sie nicht weiter, Herr Theodat! Er meinte mich?«

»Es klang fast so.«

»Und wie heißt der Attentäter?«

»Er wird nur Tschontschon genannt. Er hat keinen anderen Namen. Ist aus dem Krowotndörfl. Früher ist er mit den Lumpensammlern gezogen.«

»Mit den Lumpensammlern! Und jetzt?«

»Jetzt schon lang nicht mehr. Er streift durch die Gassen und verkauft geschnitzte Hündchen oder bemalte Schnecken. Fragt bei Geigenmachern um Arbeit als Geigenschneckenschnitzer.«

»Als Geigenschneckenschnitzer? Warum gerade das?«

»Der Doctor de Sorbait, Gott hab ihn selig, hat ihm den Floh ins Ohr gesetzt, weil er ja die Kniegeige spielte.«

»Und warum hat er das nicht gemacht?«

»Weil ihn kein Meister genommen hat.«

»Weil er aus dem Krowotndörfl kommt?«

»Nicht nur. Es gibt auch ein Gerücht.«

»Und wie geht das Gerücht?«

»Man sagt, dass er sich im Krowotndörfl immer beim Totengräber herumgetrieben und die Totenköpfe nachgeschnitzt hat.«

»Wie schrecklich!«, rief Fischer. »Die Totenköpfe nachgeschnitzt? Und stimmt das?«

»Wie gesagt, es ist ein Gerücht. Irgendwas ist dran.«

Fischer konnte nur den Kopf schütteln. Die Wiener Zünfte waren streng, ja. Sie standen eng zusammen und ließen niemand hinein. Aber sie beschützten ihre Leute. Er hatte das selbst erlebt. Die Wiener Maurer und Steinmetzen hatten verhindert, dass der Kaiser den Auftrag für das Schloss Schönbrunn an diesen italienischen Architetto Martinelli vergab, das Liebkind des Grafen Harrach, bei dem er sich eingenistet hatte und von da an hatte der Harrach ihn madig gemacht bei seinen adeligen Kundschaften. Als er nach Wien gekommen war, vor ein paar Jahren, hatte man ihm auch vom Werkhaus am Tabor erzählt. Dass es Pfuscher ausbilden und die Zünfte hatte zerstören wollen und dass es fast gelungen wäre, wenn nicht die Pest und die Türken ihm den Garaus gemacht hätten. Aber die Zünfte ließen noch immer keinen hinein, der ihnen nicht passte.

»Ein Hadernlump, der Totenköpfe schnitzt«, sagte Fischer kopfschüttelnd, »und dann geht er hin und zerschmettert unsere heilige Säule am Graben.«

»Zerschmettert ist sie nicht«, warf der Kaffeesieder ein, »nur das Knie des Kaisers und der Engel. Der halbe Engel.«

»Und sonst nichts?«

»Sonst nichts«, sagte Theodat.

»Dann ist es nicht so arg. Der Burnacini und der Strudl sollen ein neues Knie und einen neuen Engel machen. Er hätte die Pest zerschmettern können, das hätte Sinn gemacht.«

»Die Pest ist unversehrt, das alte Weib liegt immer noch gleich da.«

»Ich hätte die Figur der Pest nicht zahnlos gemacht«, sagte Fischer unvermittelt, »ich hätte verstehen können, wenn der Attentäter die Pest zerschmettert hätte. Man hätte sie besser machen können.«

Theodat schwieg. Er war kein Steinmetz.

»Und wohin hat man diesen Attentäter gebracht? In den Arrest der Stadtguardia?«

»Nein, gleich in den Kotter im Keller.«

»Was, in den Kotter hinunter? Aber man muss doch mit ihm reden, wer ihn angestiftet hat oder was ihm an den Figuren des Kaisers und des Engels nicht gepasst hat.«

»Ich weiß nicht, ob man ihn noch viel fragen wird«, sagte Theodat, »wenn er schon im Kotter liegt.«

»Aber man muss es wissen. Ich muss es wissen. Wenn ich in Wien bleiben will, muss ich wissen, warum hier die Pestsäulen zerschmettert werden. Morgen gebe ich dem Kronprinzen wieder eine Lehrstunde in Architektur. Er muss mir Zutritt zu diesem Attentäter verschaffen. Schließlich hat er den Kaiser und den Engel zerschmettert und nicht das Pestweib. Das hat doch etwas zu bedeuten.«

Theodat wusste, dass der Baumeister und Steinmetzkünstler Johann Bernhard Fischer manchmal übertrieb, aber vielleicht war das so bei Künstlern. »Ja, also so ist es«, sagte er daher nur, stand auf, lehnte den Becher Wein ab, den die Tontscha gebracht hatte – weil man in Wien allen Besuchern einen Becher Wein brachte, seit ein paar Jahren vielleicht auch einen Becher Kaffee, aber einem Kaffeesieder konnte man keinen Kaffee anbieten –, rückte seine Schachtelkappe zurecht, dass seine gekrausten Haare überall gleichmäßig herausragten und wandte sich wieder der Türe zu.

*

Nicht nur der Hofquartiermeister Prämer sah sich schon ein paar Tage nach der unangenehmen Konfiszierung des Zimmers des unangenehmen Perückenmachers Bellemont vor eine neuerliche unangenehme Entscheidung gestellt, bevor er noch in Ruhe hatte disponieren können. Aber solange sich das Mobiliar des Kaisers dort befand, das große Bett und der große Spiegel, würde der Perückenmacher es nicht wagen, das Zimmer neu zu vermieten.

Auch im Hause der Gräfin Sekely galt es eine heikle Entscheidung zu treffen. Als der Graf von Wasenau mit seinem Gefährten Lorenzo einzog, stellte sich die Frage von dessen Position im gräflichen Haushalt, die Frage, wann, an welchem Tisch, in welcher Gesellschaft Signor Lorenzo seine Mahlzeiten einnehmen würde. Der Graf nannte ihn ›Gefährte‹ und ›Signor Lorenzo‹, aber natürlich wusste man, dass Lorenzo vor einer Woche noch ein Diener des Grafen Harrach gewesen war, wenn auch sein erster Diener, aber alle Sitten konnte man

nicht auf den Kopf stellen, und deshalb war es nicht in Frage
gekommen, dass er mit am Tisch der Gräfin saß. Der Graf
von Wasenau hätte jedoch auch nicht zugelassen, dass sein
neuer Gefährte in der Küche am Tisch mit der Dienerschaft
speiste. Die Frage musste gleich nach dem Einzug dieses steifen, schweigsamen, zugleich vom Geruch eines Domestiken
wie auch vom Geruch eines gräflichen Begleiters umschwebten
Mannes geklärt werden.

Ein Missgeschick der Köchin brachte schon am ersten Tag
die Lösung. Als die Köchin drei Terrinen und zehn wunderbar bemalte Teller auf einmal vom Tisch wischte, erinnerte
sich Diana von Sekely, dass irgendwo noch Kisten der Frau
von Paar lagerten, der verstorbenen Frau des verstorbenen
Reichspostmeisters Ludwig von Paar, und man fragte Signor Lorenzo, ob er das Geschirr der Verstorbenen nicht auf
seine Brauchbarkeit hin prüfen wolle, denn er kenne sich
aus mit gräflichen Haushalten. So hatte Signor Lorenzo die
Position eines Schätzmeisters für Tafelgeschirr erhalten und
sollte fortan eine Stunde vor dem Gesinde allein am großen
Tisch in der Küche speisen.

Lorenzo machte sich sofort an seine Aufgabe und ließ sich
von einem der Diener der Gräfin die Kisten der verstorbenen
Frau von Paar zeigen. Sie lagerten im Hoftrakt des Hauses,
in einem kleinen Zimmer mit knarrenden Dielen, und daneben könne sich der Signor Lorenzo einrichten, hatte ihm
der Diener bedeutet. Immerhin gab es dort ein Bett. Lorenzo
ließ sich auf einer der Kisten nieder und begann, den Deckel
zu lösen.

Wieder sah er sich in Gedanken wie einst an den Toten-
brettern schaben, die sein Vater unter den Begrabenen wieder
hervorgezogen hatte, in der Werkstatt des Konrad Ritzker die
Sargbretter schlichten, sah den Ferdinand Schuller vor sich,
wie er nach dem Tschontschon und nach der Mutter der Rosa

fragte: ›Und woher kommt sie?‹ Das erschrockene Gesicht des Tschontschon vor der Türe des Ermordeten. Was hatte er mit dem Schuller zu tun?

»Das ist ja ein wunderbares Stück, Signor Lorenzo«, hörte er die Stimme des Grafen hinter sich. Lorenzo hielt einen roten Glasbecher in Händen. Er hatte nicht gehört, dass der Graf in das Zimmer getreten war.

»Verwunderlich, dass jemand so ein wunderbares Stück einfach weggepackt hat.« Wasenau hatte sich eine zweite Kiste herangezogen und ließ sich darauf nieder. »Signor Lorenzo«, sagte er dann, »Sie haben diesen Tschontschon doch gekannt! Er hat Sie Karel genannt. Er wusste offenbar nicht, dass der Schulmeister tot ist. Er hatte doch etwas in der Hand. Er sprach doch von einem Geigenmeister, den der Schuller kannte. Und Sie sagten doch, er könne schnitzen.«

»Ja, ja«, sagte Lorenzo, »er konnte schnitzen.«

»Und wer hat es ihm beigebracht?«

»Er hat es sich selbst beigebracht. Es war in ihm drinnen, das Schnitzen. Und man braucht ja auch nur ein Messer.«

»Irgendwer wird ihm dabei geholfen haben.«

»Ich weiß es nicht. Vielleicht hat es der Doctor de Sorbait versucht. Damals hat es das Kunst- und Werkhaus am Tabor gegeben, diese Manufakturen ohne Zunftzwang, für alle Handwerke, und sie haben auch arme Buschen genommen, die keinen Vater hatten und kein Lehrgeld zahlen konnten. Und der Doctor de Sorbait war dabei.«

»Ein Kunst- und Werkhaus? Höchst interessant! Damals? Gibt es jetzt keines mehr?«

»Zuerst ist die Pest gekommen und dann ein großer Brand und der Tschontschon wurde verdächtigt, und dann kam der Türkensommer und es war vorbei mit dem Werkhaus.«

»Orribile! Und dann? Hat der Kaiser nicht befehlen können, dass man es wieder aufbaut?«

»Die Zünfte wollten nicht, es nahm ihnen die Arbeit weg. Wie die italienischen Künstler.«

Ja, deshalb hatte man ihn ja aus Triest geholt mit einer Postkutsche des Herrn von Paar. Dass er gegen die Italiener aussagte, die den Baumeister Fischer verleumdeten. Der Baumeister hatte Freunde und Helfer, aber der Tschontschon hatte niemand.

»Es sind nur mehr ein paar Werkstätten geblieben nach der Pest und nach dem Brand und nach den Türken. Die Seidenweberei, die Keramikwerkstatt, eine Silberdrahtzieherei,« sagte Lorenzo. Das waren zumindest die Werkstätten, die auch den Haushalt des Grafen Harrach beliefert hatten.

»Und eine Schnitzerwerkstatt?«

»Die Tischlerwerkstatt hat auch Schnitzereien gemacht. Es war ja nicht so streng wie bei den Zünften.«

»Und dort hat Tschontschon schnitzen gelernt!«

»Das glaube ich nicht. Burschen aus dem Krowotndörfl hat niemand genommen.«

»Aber Sie haben ja auch im Krowotndörfl gelebt. Sie haben mir allerhand erzählt in der Stephanskirche. Und Sie sind doch Diener bei einem Grafen geworden!«

»Ja, ja, aber ich weiß nichts mehr vom Krowotndörfl«, wiederholte Lorenzo.

»Dieser Tschontschon«, sagte Wasenau nach einigen Sekunden grübelnd, »der kann vielleicht etwas über das Leben des Schulmeisters wissen, was Sie nicht wissen.«

»Das glaube ich nicht, dass er was weiß, Herr Graf.«

»Aber vielleicht doch. Man wird doch nicht einfach so ermordet.«

Lorenzo wusste nicht, worauf der Graf von Wasenau hinauswollte. Sie waren doch sicher, hier im Haus der Gräfin von Sekely. »Doch, das kann schon sein«, sagte er.

Der Graf schüttelte den Kopf. Er forschte einer Sache immer

genau hinterher. Sonst hätte er als Reporter nicht überlebt in Triest. Nein, so einfach nicht. Entweder ging es um Geld – das hatte dieser Schulmeister offenbar nicht. Oder es war ein Raufhandel – aber was wollte ein Einbeiniger raufen? Oder es ging um eine Frau – armer Schuller. Das sicher auch nicht. Seltsam, dass Lorenzo darauf beharrte, der Schulmeister wäre einfach so ermordet worden.

»Sie haben den Schulmeister doch gut gekannt«, bohrte er weiter, »wenn Sie wissen, dass er nicht malen konnte.«

Lorenzo starrte das Glas an, das er aus der Kiste befreit hatte. »Ich habe bei ihm lesen gelernt«, sagte er dann.

»Wie? Sie waren sein Schüler? Er war Ihr Lehrer?«

»So kann man das nicht gerade sagen. Aber, ja, lesen habe ich bei ihm gelernt.«

»Aber Signor Lorenzo, und da möchten Sie nicht wissen, wer Ihren Lehrer ermordet hat?«

»Die Obrigkeit wird sicher herausfinden …«

»Sucht denn die Obrigkeit?«

»Man muss Geduld haben.«

»Aber Signor Lorenzo, ist es so in Wien, dass man geduldig nach einem sucht, der einen einbeinigen, armen Schulmeister ermordet hat?« Wasenaus Reportergeist war wieder hellwach, obwohl er einen Tag lang gedacht hatte, im seinem neuen Heim werde er ihn vielleicht nicht mehr brauchen.

Lorenzo blieb die Antwort schuldig. Er beugte sich über die nächste Kiste und begann, den Deckel zu lösen. Die Kiste war viel kleiner, und als er die Holzlocken beiseiteschob, glitt ein dickes wollenes Tuch heraus, und darunter kam eine kleine Schatulle zum Vorschein, wie für silberne Löffelchen, aber solche Schatullen pflegte man abzuschließen. Im Haushalt des Grafen Harrach hatten nur die Hausdame und er den Schlüssel dazu gehabt. Dies war der Höhepunkt seines Lebens gewesen: Als er den Schlüssel zu den Silberlöffeln des Grafen Harrach erhalten hatte. Es war auch das Erste gewesen, das die Hausdame zurückverlangt hatte, als man fortan auf seine Dienste verzichtete.

Nur ein Bändchen war um die Schatulle geschlungen. Lorenzo löste es, und der Graf hob den Deckel ab. Matt schimmernde weiße Perlen wurden sichtbar, mit einzelnen rot glänzenden Kügelchen dazwischen.

»Ein Rosenkranz«, sagte der Graf verblüfft, »mitten im Essgeschirr ein Rosenkranz. Seltsam. Einen Rosenkranz packt man doch nicht so einfach weg, auf den Dachboden. In Rom jedenfalls nicht.«

Lorenzo nahm ihn vorsichtig heraus und legte ihn auf das wollene Tuch. Ein Rosenkranz. Dieser Rosenkranz. Er kannte ihn. Er hatte ihn oft gesehen. Die matt schimmernden Perlen, die roten Kugeln dazwischen, das silberne Kreuzchen daran. Das hier auf dem Tuch war der Rosenkranz der Schwester Agnes. Die ihm die Befehle der Oberin überbracht hatte. Die den jungen Mädchen im anderen Flügel des Hauses Lesen und Schreiben beigebracht hatte. Bei der Sonntagsmesse in der Kirche der Ursulinen, der er hinten, neben dem Eingangsportal, beiwohnen durfte, stand die Schwester Agnes immer stumm, mit gesenkten Augen, wie eine Büßerin, obwohl sie mit ihren Mitschwestern auch energisch reden konnte, er hatte das beobachtet. Während der Messe aber bewegte sie stumm einen Rosenkranz zwischen ihren Fingern. Diesen Rosenkranz.

»Ich kenne diesen Rosenkranz«, sagte er leise, »er gehörte der Schwester Agnes von den Ursulinen. Sie wurde von Doctor de Sorbait aus dem Haus geschickt, als die Pest begann.«

»Fortgeschickt! Und wohin?«

»Ich weiß es nicht.«

»Und ist sie nicht mehr zurückgekommen?«

»Ich weiß es nicht. Anfang Oktober, wie es keine freiwilligen Totengräber mehr gab, sind die ehrwürdigen Schwestern und ich hinaus auf die Friedhöfe und haben die Toten begraben. Ende Oktober waren alle tot. Mich hat der schwarze Tod übersehen. Mich und die Schwester Pförtnerin.«

»Wie schrecklich«, sagte der Graf, »wie traurig. Und die Schwester Agnes?«

»Vielleicht hat sie überlebt. Ich weiß es nicht.«

»Und wie kommt ihr Rosenkranz hierher? Unter das Geschirr der Frau von Paar?«

»Ich weiß es nicht.«

Ladislaus von Wasenau schüttelte den Kopf. »Aber Signor Lorenzo, der ermordete Schulmeister war Ihr Lehrer, und Sie kannten den Tschontschon und Sie kannten die Schwester Agnes von den Ursulinen und den Pestarzt Sorbait, und während der Pest haben Sie die Toten begraben. Sie kennen die Friedhöfe von Wien, Sie haben mir vom Brand am Tabor erzählt und von der Türkenbelagerung, und Sie haben Ihren Herrn, einen Grafen und Geistlichen verlassen, und alles, was Sie sagen, ist: ›Ich weiß nicht‹? Möchten Sie nicht wissen, wer die Schwester Agnes war, ob sie noch lebt? Wer den Schulmeister ermordet hat? Warum der Tschontschon davonläuft? Ob er der Attentäter von der Dreifaltigkeitssäule ist? Ob er es getan hat? Warum er es getan hat? Wollen Sie das alles nicht wissen? Wollen Sie nicht mit ihm reden?«

Lorenzos Kopf war während dieser langen Rede des Grafen immer tiefer gesunken. Was wusste dieser Graf! Was konnte einer wissen, der an königlichen Höfen gelebt hatte! Was konnte so einer wissen. Er hatte Gräber zugeschaufelt, Sargbretter geschlichtet, war Wache gestanden bei den Serviten und hatte die Rösser gehalten bei den Theaterspielen der Jesuiten, obwohl er sich vor Pferden fürchtete. Er hatte den Tschontschon nicht vor den Schlägen seiner Alten schützen können und die Rosa nicht vor der Bosheit des Perückenmachers. Er hatte keine Frau bekommen, weil keine den Sohn des Totengräbers wollte, nicht einmal die Tochter des Sargtischlers, obwohl die doch selbst von den Toten lebte und ihn auch ein paarmal mit ihrem Ellbogen angestoßen hatte, er hatte sich das nicht eingebildet. Dann wieder der Dreck des Krowotndörfls. Bis der Doctor de Sorbait ihn zu den Ursulinen brachte, in das wunderbare, stille, große Haus. Bis der Graf Harrach ihn zum Diener machte. Das prächtige Palais, die würdigen Besucher, die eleganten Damen! All das war dann auch sein Zuhause gewesen, viele Jahre lang, auch wenn er sich das winzige Dachzimmer mit zwei anderen Dienern teilen musste. Das Krowotndörfl war weit weg – weil er nicht immer alles hatte wissen wollen.

»Ich glaube, aus dem Kotter kommt niemand mehr heraus. Ich glaube nicht, dass noch wer mit ihm reden kann. Vielleicht der Stadthauptmann. Und der Kaiser«, fügte Lorenzo hinzu, obwohl es fraglich war, ob der Kaiser sich um einen kümmern würde, der das kaiserliche Knie an der Säule zertrümmert hatte. Dafür gab es andere. Dafür gab es den Henker. Mit Attentätern machte man kurzen Prozess.

»Aber wenn der Tschontschon Geigenköpfchen schnitzte – wer waren seine Kunden? Ich denke, er hatte keine Kunden für die Köpfchen und deshalb ist er zum Schulmeister gegangen«, sagte Wasenau sinnend und dachte dabei an die Postmeister, die zwischen ihm und den Zeitungen gestanden waren und entschieden hatten, welche Nachrichten weitergeleitet wurden und welche nicht. »Und niemand hat bemerkt, dass er ein begabter Schnitzer ist.«

»Der Doctor de Sorbait hat es bemerkt damals und ihm ein Schnitzmesser geschenkt«, sagte Lorenzo, »und ich habe ihm manchmal ein Stück Holz …«

»Ach, Signor Lorenzo, davon kann man sich ja nichts abbeißen. Aber der Schulmeister hat es auch bemerkt. Darum ist der Tschontschon zu ihm gekommen.«

»Ja, wahrscheinlich«, musste Lorenzo zugeben und sah wieder

den stotternden Tschontschon vor sich. Darum ist der Tschontschon zum Schuller gekommen. Weil er schnitzen konnte. Und der ist jetzt tot. Tot gemacht. Ermordet.

Plötzlich drängten sich Gedanken, Erinnerungen in seinen Kopf, nicht mehr wie einzelne Flecken, die kamen und wieder verschwanden, sondern sie blieben stehen und verwoben sich irgendwie, bildeten Brücken hierhin und dorthin. Der Schulmeister, wie er ihn beim Jesuitentheater beobachtet hatte. Der ihm die Buchstaben beigebracht und nach den Eltern der Rosa und des Tschontschon gefragt hatte. Den er später wieder im Kaffeehaus des Kolschitzky gesehen hatte, wie er um seine Schüler warb im kleinen Damenzimmer und dabei die Leute beobachtete und … zeichnete. Ja, er schrieb keine Buchstaben, er zeichnete Gesichter. In seiner Buchstabenmappe hatte er Gesichter! Plötzlich sah Lorenzo Gesichter vor sich. Gesichter, die sich ineinanderschoben. Als er einmal die Rösser vom Jesuitentheater zurückbrachte in die Ställe des Reichspostmeisters, war er dem Ignaz von Paar begegnet, dem Sohn des Reichspostmeisters, der seine Befehle hin und her rief, und über das Gesicht des Ignaz von Paar schob sich das Gesicht der Schwester Agnes, wie sie ihm die Befehle der Mutter Oberin zurief. Und dann mischte sich ein drittes Gesicht dazu. Das Gesicht des Tschontschon, wie er auf einmal in der Türe des Schulmeisters stand.

»Der Architetto Fischer!«, rief Wasenau jetzt, »der Architetto Fischer unterrichtet den Kronprinzen in Geometria! Der Kronprinz kann befehlen, dass wir mit Tschontschon reden können! Bevor er …« Lieber den Satz nicht beenden. Lieber einen solchen Satz nicht beenden.

*

»Nur Kinderschmiererei«, sagte der Stadtwächter, der die Kleiderfetzen des Gefangenen durchsucht hatte, ob er nicht noch ein Messer eingesteckt hatte, und warf ein zerknittertes Blatt auf den Tisch der Wachstube.

»Gib her«, sagte der zweite Wächter und begann, das Papier glatt zu streifen, »ist keine Schmiererei, ist ein Bild. Ein Gesicht.«

»Ein Kindergesicht«, sagte der dritte.

»Wie kommt dieser Verbrecher zum dem Bild?«

»Gestohlen«, sagte der dritte.

»Wozu?«, sagte der erste Wächter wieder.

»Frag ihn! Ist grad wieder aufgewacht.«

»He«, sagte der dritte und stieß Tschontschon seinen Stiefel in die Rippen, dass Tschontschon aufschrie. »Wehleidig, he? Wo hast du das gestohlen?«

Tschontschon blinzelte durch den Blutschleier über seinen Augen. »Nicht gestohlen, bekommen.«

»Bekommen? Wofür? Von wem?«

»Vom Schulmeister. Vom Schuller.«

Alle drei Wächter schnappten nach Luft. Der Schulmeister! Sie hatten den Mörder des Schulmeisters hier vor sich liegen. Und der leugnete nicht einmal! Vor einer Woche war ihnen ein Gefangener aus dem Arrest entkommen, ein Baumeister, der der Ketzerei verdächtigt war, und jetzt sollten sie alle davongejagt werden. Dass der Baumeister unschuldig war, hatte man nicht gelten lassen. Er hätte auch schuldig sein können. Sie wären nicht mehr hier, wenn die Neuen schon eingetroffen wären. Aber das hier! Das wog alles auf. Sie hatten den Mörder des Schulmeisters!

Sie warfen sich gegenseitig Blicke zu, und jeder trat noch einmal auf den gekrümmten Körper am Boden ein, bevor sie eilig die schmale Treppe aus dem Kotter hinaufliefen und den Schlüssel in der eisernen Türe umdrehten. Diesmal wirklich umdrehten. Dann begannen sie lauthals zu lachen, als wären sie von einer Last befreit, und klatschen sich gegenseitig in die Handflächen.

Sie angelten gerade nach ihren Dreispitzen, die sie in eine Ecke des oberen Zimmers geworfen hatten – hinter den großen Tisch mit den vier Hockern, die sie in der Nacht beiseiteschoben, dass sie unter dem Tisch ihr Schläfchen halten konnten –, um die freudige Nachricht dem Hauptwachtmeister Zechner zu überbringen oder vielleicht besser gleich dem Stadthauptmann, sonst hätte nur der Zechner wieder das Lob, als die Eingangstüre mit einem Ruck aufgerissen wurde. Im nächsten Augenblick stand der Mensch vor ihnen, der an ihrem Unglück schuld war, weil er ihnen heimtückisch entkommen war. Dieser Mensch stand auf einmal mitten im Raum, im samtenen, langen Hofrock und mit Schnallenschuhen, und der Wasserfall seiner weißen Hemdrüschen vermischte sich mit den gekräuselten Haaren der langen Perücke.

Er grüßte nicht, stellte sich auch nicht vor, sondern hielt ihnen ein Papier hin, mit Buchstaben drauf und darunter ein Siegel. Es sah aus wie die Papiere für die Urteile, sie hatten so etwas schon öfters gesehen.

»Herr Baumeister!«, riefen sie wie aus einem Mund.

»Könnt ihr lesen?«, schnauzte der Baumeister. »Hier steht, ich soll mit dem Gefangenen im Kotter reden.«

»Und ist das vom Hauptwachtmeister?«, wagte der erste Wächter einzuwerfen.

»Kannst du nicht lesen? Das ist vom Kronprinzen. Vom Kronprinzen! Er will, er befiehlt, ich soll mit dem Attentäter von der Pestsäule reden.«

»Aber er ist ein Mörder!«, warf der zweite Wächter ein.

»Was, Mörder. Was redest du da, du Dummkopf? Eine Statue kann man nicht ermorden.«

»Aber er hat den Schulmeister Schuller ermordet. Hier!«, sagte der erste wieder und hielt ihm das Blatt mit der Zeichnung hin. »Das hat er dem Schulmeister gestohlen.«

»Unsinn!«, blaffte Fischer. »Gib her!«

Die Wächter, deren Lebensexistenz dieser Mensch hier vor ihnen schon einmal gefährdet hatte, händigten ihm zitternd das Blatt aus.

Der Baumeister warf einen Blick darauf. »Dummköpfe. So was stiehlt man nicht. Dafür bringt man niemand um.« Er faltete das Blatt und schob es unter die Stulpen seines Ärmels. Dann ließ er sich die eiserne Tür zum Kotter aufsperren, verlangte eine Fackel, lehnte eine Begleitung ab und stieg die schmale, steile Treppe in den Kotter hinunter.

*

»War schon tagelang nicht mehr da, der Tschontschon«, krächzte die Köchin Teresa, »hat vielleicht wo waf zu effen bekommen für feine Schnitzerei.« Mit ihrem zahnlosen Mund konnte sie kein S mehr sprechen, und daher musste man sich die Worte manchmal selbst zusammenreimen.

»Der Karel!«, hatte sie gerufen, als er durch den Fetzen, der ihre Haustüre ersetzte, eingetreten war. »Der Karel Lorenfi!« So hatte ihn schon viele Jahre keiner mehr genannt. Karel Lorenzy.

Lorenzo hatte abgelehnt, als der Graf ihn ins Krowotndörfl begleiten wollte. Er wollte allein zu seiner Vergangenheit, allein zur Köchin Teresa, die mit der Ruschka Hetzer und der Rosa damals eines der Häuschen, gerade etwas besser als eine Hütte, bezogen hatte. Die Rosa mit den bunten Vögeln und der Tschontschon mit den Hündchen und Schnecken. Damals. Die Ruschka und die Teresa hatten dem Tschontschon ein Dach über dem Kopf gegeben, als die alten Säufer gestorben waren, und der Tschontschon war mit den Lumpensammlern gezogen. Der Doctor Sorbait, der sich nach dem Tschontschon und der Rosa erkundigt und ihm dann die Arbeit bei den Ursulinerinnen vermittelt hatte. Der Tag und Nacht bei den

Pestkranken gewacht hatte. Der ihn dem Grafen Harrach empfohlen hatte. Was hatte er alles vergessen? Was hatte er alles
vergessen wollen?

Die alte Frau, die auf der schmalen Pritsche halb lag, halb
saß, in einem Kittel, der zugleich ihre Decke war, hatte keine
Zähne mehr, und ihre Haare konnte man zählen und ihr Körper war nur Haut und Knochen und ihr Gesicht in Runzeln
verschwunden. Sie zitterte, obwohl es heiß war in dem kleinen Raum. Eigentlich sieht sie aus wie die alte Hießin, musste
Lorenzo auf einmal denken, die alte Hießin, wie sie aus dem
Fenster geworfen wurde, hinunter auf den Pestkarren. Wie
die Figur der Pest von der Dreifaltigkeitssäule. Aber seltsam:
Das Bündel von Falten und Fetzen hier in der Hütte war nicht
hässlich. Die alte Köchin Teresa war nicht hässlich.

»Teresa«, sagte er, »hat einmal irgendwer nach dem Tschontschon gefragt?«

Das Bündel aus Falten und Fetzen dachte nach. Dann hellte
sich ihr Gesicht auf: »Der Doctor Forbait, der Peftdoctor, war
einmal da und hat gefragt, ob er Köpfchen schnitfen kann.
Und hat ihm eine Arbeit am Tabor geben wollen. Ift aber
nichtf geworden.«

»Und sonst niemand?«

»Nur der Schulmeifter.«

»Der Schulmeister Schuller? Der Einbeinige?«

Teresa nickte.

»Und was wollte er?«

»Hat mir feine Buchstabenmappe gegeben und hat gefagt,
ich foll aufpaffen drauf.«

Eine Mappe! Es gab also zwei Mappen!

»Wozu bringt er seine Buchstabenmappe? Willst du lesen
lernen? Oder der Tschontschon?«

»Nein, nur aufpaffen. Verftecken. Hat mir fehn Kreuzer gegeben dafür.«

Sie kramte unter der Decke herum, wie um sich zu vergewissern, ob sie noch da waren, und stellte einen hölzernen Teller beiseite, auf dem ein gelber, eingetrockneter Brei klebte. Polentabrei, wie sie ihn aus der Stadt mitgebracht und für den Wirt zum Schwarzen Hund gekocht hatte, und der Wirt hatte ihn dann als italienische Spezialität aus dem Kaiserhaus verkauft.

Teresa bemerkte den Blick Lorenzos und sagte: »Hat mir der Tschontschon geschnitft. Und auch einen Löffel.«

»Und die Mappe?«, fragte Lorenzo.

Teresa deutete zu einem Strohsack an der hinteren Wand, darüber stand ein Tisch, weil nicht mehr Platz war.

»Bleib liegen«, sagte Lorenzo und schob den Tisch beiseite, dass er eine dünne Mappe unter dem Strohsack hervorziehen konnte. Er setzte sich neben Teresa auf die Pritsche und schlug die Mappe auf. Es fielen gleich ein paar Buchstaben heraus, aus grobem Papier ausgeschnitten, verbogen und eingerissen, wie damals, als Lorenzo, Karel Lorenzy, am Unterricht bei den Serviten teilnehmen durfte. K-A-R-E-L. Einmal hatte der Schuller seinen Namen vorgezeigt, und alle hatten ihn nachgesprochen. Karel. Lange war er nicht mehr so genannt worden. Und unter den Buchstaben lagen ein paar Blätter, auch verbogen und eingerissen, und darauf waren Gesichter gezeichnet. Einige gekritzelt, einige mit einem Pinsel mit brauner Farbe ausgemalt.

Dann hatte er ein eingerissenes Blatt vor sich, mit einem Gesicht, das er gekannt hatte, damals. Die Rosa! Die großen, dunklen Augen, die schwarzen Locken rund um ihr Gesicht. Der geschwungene Mund. Die Rosa Hetzer! Wie sie damals ausgeschaut hatte, als sie ihre bunten Vögel vor der Servitenkirche verkaufte. Und plötzlich schob sich ein anderes Gesicht darüber, wie gestern bei der Schwester Elise. Das Gesicht des Burnacini. Er hatte es oft gesehen. Beim Sargtischler Ritzker, beim Theater der Jesuiten, beim Grafen Harrach. Er kannte es auswendig. Aber er hatte das Gesicht der Rosa vergessen. Hier lag es vor ihm. Mit einem Pinsel gemalt, nicht nur gekritzelt. Und daneben hatte der Schuller noch ein zweites Gesicht gezeichnet. Nur gekritzelt, aber es war das Gesicht des Burnacini. Lorenzo erkannte es sofort. Die hervortretenden Augen, das energische Kinn. Der Schulmeister hatte die Rosa gezeichnet, gemalt, und daneben den Burnacini. Was wollte er damit? Warum hatte er das in seiner Mappe? Jahrelang wahrscheinlich, denn die Rosa sah jetzt sicher schon ganz anders aus.

»Der Burnacini«, sagte er laut vor sich hin.

Teresa schaute auf das Blatt. »Ja, die Rofa. Wie fie leibt und lebt. Wenn fie noch lebt.«

»Aber sie schaut aus wie der Burnacini! Wie der Kulissenkünstler der Jesuiten!«

»Freilich«, sagte Teresa, »kommt vor, die Tochter schaut auf wie der Vater, kommt vor.«

»Aber Teresa, heißt das, der Burnacini, die Rosa …?«

»Freilich! Die Ruschka war eine hübsche Magd. Hat aber gut gefahlt, wie wir weg haben müffen, wegen der neuen Frau. War nicht neidig, der Herr Burnacini. Fwei Gulden!« Teresa hob zur Verdeutlichung zwei Finger in die Höhe und zeigte um sich herum. »Hat der Herr Burnacini gekauft für die Ruschka, die Rofa und für mich. Und wir haben dafür niemand erfählt, daff die Rofa fein Kind ift. Dabei hat die Rofa beffer feichnen können alf er.« Teresa kicherte in sich hinein.

»Und wo ist die Rosa jetzt?«

Teresa zuckte nur die Schultern. »War beim Perückenmacher Bellemont. Ift dann weggelaufen.« Sie zeigte auf die Mappe. »Und der Schulmeifter?«

»Der Schulmeister ist tot. Erstochen.«

Teresa schien das wenig zu berühren. »Jaja«, sagte sie nur, »hat Leute gefeichnet, und ich glaub, er hat Geld dafür wollen. Und der Tschontschon hat Köpfchen machen follen für die Herrschaften.«

»Kennst du die Herrschaften, die die Köpfchen gekauft haben? Oder die Zeichnungen?«

Teresa schüttelte wieder nur den Kopf.

»Der Schuller ist tot, Teresa. Gib mir die Mappe. Hier«, sagte Lorenzo und schob ihr ein paar Kreuzer in die Hand. Teresa zeigte auf ihren Teller mit dem eingetrockneten Brei.

»Ich lass dir was bringen.«

»Und der Tschontschon? Kommt er wieder?«

»Ich weiß es nicht, Teresa. Aber den Tschontschon hat der Schuller ja auch gezeichnet. Hier, dreimal hat er ihn gezeichnet. Hat das der Tschontschon gewusst?«

»Glaub nicht. Hab die Mappe erst seit ein paar Tagen. Der arme Tschontschon«, fuhr sie fort und strich über das Papier, »war ein hübscher Junge. Ist viel geschlagen worden, immer gehaut, der Arme. Hoffentlich kommt er wieder.«

»Und dieser Schal? Hier hat er einen Schal auf dem Kopf. Wo hat er den her?«

»Hat ihn immer schon gehabt, den Schal. Ist ja eigentlich nur ein langer Fetzen. Hab ihn immer für ihn versteckt. Die alten Säufer haben ihn dem Wirt gegeben für Schnaps, und ich hab ihn zurückgeholt für vier Wochen Polentabrei. Der Tschontschon hat ihn dann immer um den Kopf gewickelt, wenn er zum Schuller gegangen ist oder wenn er in der Stadt die Hündchen verkauft hat. Hat mir Eier dafür gebracht.«

Lorenzo brachte es nicht fertig, gleich wieder davonzulaufen, obwohl die Mappe ihm in den Fingern brannte. Denn die Teresa wollte ihm noch dies und jenes von damals erzählen, als der Meister Burnacini ihr Essen lobte und die Ruschka und die Rosa hinten in der Küche schliefen und die Rosa bunte Vögel zeichnete.

»Ich komm wieder, Teresa,« sagte er schließlich, »und vielleicht auch der Tschontschon. Und vielleicht auch die Rosa. Das weiß nur …« Gott, hatte er sagen wollen, aber das stimmte nicht. Es hing von anderen ab, ob der Tschontschon wieder-kam.

Er schob den Türfetzen zur Seite und trat in die Sommer-sonne hinaus. Die Rosa Hetzer, die Figuren und Vögel zeichnen konnte, die verschwunden war, war die Tochter des Kulissenkünstlers und Steinmetzen Burnacini. Der lauthals den Baumeister Fischer verdächtigt hatte, dass er den Attentäter, den Tschontschon, angestiftet hätte. Das war der Vater der Rosa Hetzer. Der Schuller hatte das gewusst, und er hatte vielleicht auch gewusst, wo die Rosa jetzt ist. Und er hatte den Tschontschon gezeichnet, damals, wie er noch ein Kind war, und jetzt ließ er ihn Gesichter schnitzen und versprach ihm eine Lehre als Geigenschneckenschnitzer. Was hatte der Schuller noch alles gewusst? Was hätte er gemacht? Wenn er nicht gestorben wäre.

*

Alle zwei Monate hielt man im Haus der Gräfin Sekely ökonomische Konferenzen ab, im kleinen Kreis, seit das Kunst- und Werkhaus am Tabor der Pest, der türkischen Belagerung und dem Widerstand der Zünfte zum Opfer gefallen war. Aber das englische Projekt des Herrn Ökonomen von Schröder hatte immer noch Glut. Das Haus in der Brunnengasse, das ihr der Reichspostmeister überlassen hatte, damit es nicht ein Quartier für einen ausländischen Botschafter wurde, und das sie nun seit vielen Jahren bewohnte, war im Jahr nach der großen Pest an eine Gräfin Molnar gefallen, eine trauernde Witwe, die sich bis jetzt nicht gezeigt hatte, obwohl das schon dreizehn Jahre her war.

Der Kaiser stellte kein Geld mehr zur Verfügung für solche Versprechungen der Volksreichmachung, die den Groll der Zünfte hervorgerufen und der Finanzkammer weniger eingebracht hatten, als eine Erhöhung der Judensteuer oder die Konfiszierung von Besitzungen heimlicher Protestanten, wenn treue und ehrliche Patrioten des Vaterlandes einen Hinweis lieferten. Aber man konnte mit der Sympathie des Kaisers rechnen und jedenfalls mit Reiseprivilegien und gelegentlich sogar mit einem Adelstitel, wenn es gelang, mit neuen Produkten den Export zu beflügeln.

Die Gräfin Sekely hatte im Laufe der Jahre durch ihre Geschäftstüchtigkeit und ihre milde Behandlung der Arbeiter in ihrer Seidenmanufaktur ein gewisses Ansehen erlangt, sogar der niedere Adel verkehrte bei ihr, was auch nicht leicht war ohne Stammbaum. Der Graf Althan nahm nur an den ökonomischen Disputen teil, dass kein Übermut Platz griff, denn er hatte Geld in eine Silberdraht-Manufaktur am Tabor gesteckt. Die Seidenmanufaktur der Gräfin florierte. Sie hatte über die Kaffeesieder, die nach dem Abzug des osmanischen Heeres in Wien geblieben waren, Kontakte mit türkischen und persischen Stoffkünstlern aufgenommen. Sie hatte sich nicht lange geziert, gelegentlich so ein Kaffeehaus zu besuchen, obwohl es Gerüchte gab, die Kaffeehäuser wären auch heimliche Treffpunkte für Protestanten. Nun hatte sie in ihrer Manufaktur die schönsten Farben und Muster weit und breit und lieferte nicht nur nach Bayern, sondern auch nach Venedig und das wollte etwas heißen.

Vor einem Jahr hatte sie eine neue Mode aus Paris eingeführt, eine Vormittagsunterhaltung, die man Matinee nannte, für Leute, die die Nacht nicht zum Tag machten und hatte großen Erfolg gehabt. Sogar der Hofquartiermeister Prämer war unlängst ihr Gast gewesen und das hatte ihr minutenlanges Bangen gebracht. Denn der Künstler Arius Textus – so nannte er sich –, den sie engagiert hatte, dass er ein paar Kantaten vortrug, begann plötzlich, ohne Verabredung, ein Sonett eines gewissen Andreas vorzutragen, das von Krieg und Zerstörung handelte und von der Sehnsucht nach Frieden. Sie war vor Schreck erstarrt und hatte um sich geblickt, ob noch jemand den wirklichen Namen des Dichters erkannte, der nicht nur Andreas hieß, sondern auch Gryphius. Prämer hatte ruckartig den Kopf gehoben nach den ersten Zeilen und ihr einen Blick zugeworfen, aber dann hatte er seine Augen an die Decke schweifen lassen, als wären seine Gedanken ganz wo anders.

Ein anderes Mal hatte sie den Baumeister Fischer eingeladen, der ihr einmal den Innenhof des Hauses so geschickt umgebaut hatte, dass kein Platz geblieben war für Hofrösser, und auch den Sohn der Malerin vom Tabor, den Michael Rottmayr. Die beiden waren sofort in ein Gespräch vertieft und waren sich einig darüber, dass die gekräuselte Malerei des Ottavio Burnacini nicht nur altmodisch, sondern auch hässlich wäre. Die Gräfin Sekely ahnte: Sie hatten sich nicht zum letzten Mal getroffen.

Die Gräfin Sekely hatte den Termin ihres ökonomischen Treffens nicht verschoben und blickte nun der Reihe nach ihre Gäste an. Zu ihrer Rechten Graf Daniel von Althan, dann der Herr Ökonom Wilhelm von Schröder mit seiner neuen Stutzperücke des Bellemont, weil der billiger war als die Hofkünstler und auch nur lobende Worte für die schöne hohe Stirn des Herrn Ökonomen gefunden hatte, dann der Notar Hermann von Annaberg. Er wohnte im zunftfreien Haus der Wössnerin und genoss daher das Privileg eines freien Berufs und betrieb ab und zu auch andere Geschäfte als nur sein trockenes juristisches. Er war im Laufe der Jahre der Schatten der Gräfin geworden. Zu ihrer Linken saß der Reichspostmeister Ignaz von Paar, er hatte nicht nur das kaiserliche Amt und die Ställe von seinem Vater geerbt, sondern auch seinen Platz im ökonomischen Zirkel des Herrn von Schröder. Anders als sein Vater, hielt Ignaz von Paar auf straffe Führung und rasche Entschlüsse. Auch verzichtete er selten auf seine Perücke und jedenfalls nicht, wenn es um Geschäfte ging. Die Hausfrau und Gastgeberin war daher von zwei mächtigen Perücken eingerahmt, was ihren Worten zusätzlich Bedeutung verlieh. Neben dem Herrn von Paar saß die Wössnerin, die Jungfer und Meisterin Franziska Wössner, der man die eheliche Ehrenendung angehängt hatte, weil sie eine Werkstatt führte, für welche sie allein die Verantwortung trug. Sie holte sich jede Woche die *Frankfurter Postzeitung* im Reichspostamt ab, während der Herr von Schröder es vorzog, ab und zu eines der Kaffeehäuser zu besuchen und dort die Zeitungen zu lesen, seit er im Ausgedinge war und nur ein kleines Salär bezog. Die Wössnerin hätte nicht nur einmal heiraten können, aber aus unerfindlichen Gründen wollte sie ihr zunftfreies Haus nicht mit einem Meister teilen. Am anderen Ende des Tisches hatte die Gräfin Ladislaus von Wasenau platziert.

»Verehrte Freunde«, sagte die Gräfin Sekely und blickte wohlgefällig über den Tisch, den sie heute nach der neuesten italienischen Mode hatte decken lassen, sodass jeder Gast eine eigene kleine Gabel neben dem Löffel liegen hatte, »heute wäre also der Disput zu führen, ob wir eine Manufaktur für Geigenschnecken gründen sollen.«

Der Herr von Schröder betrachtete die Gabeln mit Abscheu. Italienischer Firlefanz, gottloser. Heute war sie wieder ganz in Gelb. Das passte eigentlich auch nicht zu einem ökonomischen Disput, wie es auf der Einladung hieß, die man ihm in sein Hofquartierzimmer gebracht hatte. Es war nur ein kleines Zimmer, in das man ihn umquartiert hatte, als die Sache mit dem Werkhaus am Tabor nicht mehr richtig in Schwung gekommen war. Auch wenn das Zimmer näher zum Trakt des Kronprinzen lag – es war ein Ausgedinge.

»Der Wohltäter der Wiener und aller Menschen im Kaiserreich«, fuhr die Gräfin fort, »der hochberühmte Doctor Paul de Sorbait, Pestarzt von Gottes und des Kaisers Gnaden, Gott hab ihn selig, hat ja schon einmal die Idee gehabt, dass Geigenschneckenschnitzen eine wunderbare Kunst ist …«

»Kunst gerade nicht«, unterbrach der Graf Althan.

»… ein schönes Handwerk ist und noch keine Zunft hat.«

»Gott sei Dank«, sagte Herr von Annaberg.

»Und da es immer mehr Menschen gibt, Wiener und andere auch, die Geige spielen oder die Viola da Gamba oder die Bassgeige …«

»… ich habe auch gerade damit begonnen«, sagte der Herr von Paar leise zur Wössnerin hin.

»… und daher auch immer mehr Geigenschnecken oder auch Geigenköpfchen gebraucht werden, ist es der richtige Moment. Denn aus Venedig kommen immer noch die alten, plumpen Schnecken, die niemand mehr will.«

Die Gräfin erntete zustimmendes Gemurmel.

»Der Graf von Wasenau hat mir die Ehre erwiesen«, sagte sie nun und deutete über den Tisch hin, »heute mein Gast zu sein und unseren Plan da und dort mit seinem wertvollen Rat zu unterstützen.«

Man blickte ihn anerkennend an, und Ladislaus senkte erfreut sein Haupt, denn er gehörte zum ersten Mal in seinem Leben zu so einem ökonomischen Zirkel.

»Die Meisterin Franziska Wössner«, fuhr die Gräfin fort, »hat sich bereit erklärt, diesen Wunsch des wunderbaren Doctor de Sorbait zu erfüllen, nämlich eine Werkstatt für Geigenschneckenschnitzer zu gründen, und ich werde das Lehrgeld bezahlen.«

Der bescheidene Wunsch passte zu diesem Menschenfreund. Als Paul de Sorbait gestorben war, nicht an der Pest, obwohl er all die Monate sich um die Kranken und um die Toten gekümmert hatte, und auch nicht an einer türkischen Kanonenkugel, obwohl er nicht geflohen war vor den osmanischen Horden wie der Kaiser, sondern in der Stadt die Verletzten versorgt hatte, war er an einem ganz gewöhnlichen Lungenfieber gestorben, weil er eine kalte Winternacht lang bei einem der kranken Wollweber am Tabor ausgeharrt hatte. Der Leichenzug reichte von einem Ende der Stadt bis zum anderen, und alle Glocken von Wien läuteten, bis sich die Bürger die Ohren zuhielten. Auch der Freund des Paul de Sorbait, der Pestarzt, Arzneigelehrte und Dichter Doctor Adam von Lebenwaldt, der in Eile mit dem großen Reisewagen des Abtes von Admont aus Trofaiach angereist war, hatte nichts mehr retten können. Doctor de Sorbait war tot. Viele hatten es nicht glauben wollen. Adam von Lebenwaldt hatte sich bereit erklärt, während des Sommers, wenn die Straße über den Semmering nicht zugeschneit war, mit dem großen Reisewagen des Abtes von Admont jeden Monat die Wiener Universität zu besuchen, eine Vorlesung zu halten und in der Bibliothek nach dem Rechten zu sehen und neue Zeichnungen von Heilpflanzen mitzubringen oder manchmal auch von einer schön abgeschnittenen Hand, dass man alle Adern sah.

»Nun gut, Geigenschnecken, warum nicht«, sagte Herr von Schröder. »Keine besondere Kunst, aber wenn man sie braucht, warum nicht. Und wo ist der Disput?«

Ladislaus klopfte das Herz. Geigenschneckenschnitzer, Geigenköpfchen – die Gräfin konnte nichts wissen von Tschontschon, sie hatte den Attentäter von der Pestsäule nicht gesehen.

»Nun«, antwortete die Gräfin, »wir müssen entscheiden, ob wir auch Schnitzer für Geigenköpfe ausbilden wollen oder ob da die Zunft der Steinmetzen und der Schnitzer protestiert oder die Akademie des Paul Strudl. Der Strudl macht ja die Geigenköpfchen für den Meister Klotz. Wir wollen uns nicht von Anfang an Feinde machen. Die Zeit ist vorbei. Die Akademie hat das Wohlwollen des Kaisers.«

»Natürlich könnte man eine Manufaktur für Geigenschnecken gründen und nicht nur nach Venedig, sondern auch nach

Salzburg und nach Bayern liefern, wohin wir wollen«, warf Schröder ein, »da sehe ich auch keinen Disput.«

»Aber es geht doch auch um die geschnitzten Geigenköpfchen«, mischte sich jetzt die Wössnerin ein, »wir wollen das nicht trennen.« Franziska Wössner hatte das dunkle Haar ihrer Mutter geerbt und ihre geraden Brauen, und im Gegensatz zur Gastgeberin war sie in Dunkelblau gekleidet, mit engen Ärmeln und einem breiten weißen Kragen um Hals und Schultern, ganz wie sich der Ökonom von Schröder das vorstellte, deshalb hatte sie auch sogleich seine Aufmerksamkeit. Und sie hatte ihr Gäbelchen liegen lassen und die Fasanbröcklein, die die Hausfrau servieren ließ, mit spitzen Fingern in den Mund befördert, damit hatte sie auch seine Sympathie.

»Die Steinmetzen und Medailleure sind starke Zünfte«, fuhr sie fort, »und sie haben die Geigenköpfchen dem Strudl überlassen. Dafür bildet der Strudl keine Medailleure mehr aus, es war ihm ohnehin zu teuer.«

»Interessant, was Sie da wissen, Wössnerin, interessant«, sagte Schröder anerkennend. »Was ist Ihre Quelle?«

»Ich habe meine Quelle«, sagte die Wössnerin. »Meine Quelle sagt aber auch, dass der Strudl Lieferschwierigkeiten hat. Vorübergehend.«

»Lieferschwierigkeiten?«, fragte der Graf von Althan. »Was soll denn das heißen? So viele Geigenköpfchen wird er ja nicht machen müssen, oder?«

»Es heißt, er muss dringende Aufträge für den Hof erledigen. Und sie wären wichtiger als Geigenköpfchen.«

»Ach, darum ist er auch mit unserer heiligen Cäcilia noch nicht fertig, und dabei wollen wir in drei Wochen unsere neue Hauskapelle weihen lassen. Wir haben schon überlegt, ob wir ihm nicht den Auftrag entziehen und unserem jungen Freund Meister Rottmayr übergeben sollen, immerhin hat seine verehrte Frau Mutter, Gott hab sie selig, am Tabor wundervolle Arbeit geleistet.«

»Ich würde den Auftrag dem Michael Rottmayr geben«, sagte die Wössnerin. »Er kann meine Werkstatt benutzen. Der Strudl versteht nichts von Musik, also wird er auch keine schöne Cäcilie zusammenbringen.«

»Das mit den Geigenköpfchen stimmt!«, rief Ignaz von Paar jetzt plötzlich. »Das stimmt! Ich wollte für meine liebe Gattin ein Geigenköpfchen bestellen beim Meister Klotz für ihre Bratsche, weil ich hoffe, dass die Musik ihre Traurigkeit vertreibt. Aber man hat mich vertröstet. Und dann auf einmal wollte meine Marianne nicht mehr. Sie wollte kein Geigenköpfchen und auch keine neue Schnecke. Und sie will ihre Bratsche auch nicht mehr anfassen.« Seine Stimme war immer leiser geworden.

»Ach, Herr von Paar, das ist schade«, sagte die Wössnerin und legte ganz leicht ihre Hand auf den Ärmel des Reichspostmeisters, »das ist sehr traurig.«

Ladislaus musste an das Frühstück im Hause von Paar denken, wo die Gattin des Reichspostmeisters ernst und steif am Tisch gethront und kaum ein paar Sätze gesprochen hatte.

»Und der Strudl wird auch die Figur des Kaisers ausbessern müssen«, sagte der Herr von Annaberg, »sobald der Attentäter verurteilt ist.«

»Warum erst dann?«, forschte die Gräfin. »Will man denn nicht so bald wie möglich wieder einen ganzen Kaiser haben?«

»Man möchte das Corpus Delicti herzeigen können«, erklärte der Notar. »Der Strudl und der Burnacini haben einen Zeichner beauftragt, das geht auch nicht so schnell.«

»Und der Attentäter?«, fragte der Graf Althan. »Stimmt es, dass es der Brandleger vom Werkhaus ist? Weiß man denn überhaupt schon, wer er ist?«

»Das nicht«, antwortete der Notar, »das geht auch nicht so

schnell, weil man ja keinen richtigen Namen weiß. Tschont-schon ist ja kein Name. Hat früher im Krowotndörfl herumgelungert. Ja, vielleicht ist es der Brandstifter, den hat man ja nie gefunden.«

»Aber hat nicht der Doctor de Sorbait damals seine schützende Hand über ihn gehalten?«, fragte Herr von Paar.

»Der Doctor de Sorbait hat auch nicht alles gewusst«, erwiderte der Notar.

»Es hat geheißen«, schaltete sich die Wössnerin ein, »er hätte es einmal beim Werkhaus am Tabor versucht, aber der Ritzker hätte ihn nicht genommen. Irgendwer hat gesagt, er hätte früher bunte Hündchen geschnitzt und in den Wirtshäusern verkauft.«

»Oder waren es Totenköpfe?«, sinnierte der Graf Althan.

Franziska Wössner schüttelte den Kopf. Immer noch spukte ihr der Junge von den Lumpensammlern im Kopf herum, der ihr ein Hündchen und ein Schneckenhaus geschenkt und behauptet hatte, er hätte das bei einem Meister gelernt. Dabei war er bei den Lumpensammlern. Sie hätte ihn trotzdem gern wiedergesehen und mit ihm geredet, aber der Meister hatte es verboten.

»Schnitzen kann man sich nicht vorstellen, das kann der nicht.«

»Aber werter Graf, das kann man nicht wissen. Haben Sie ihn befragt?«

»Natürlich nicht! Man muss so ein Individuum wohl auch nicht befragen. Man sieht das auf den ersten Blick.«

»Mich würde das aber doch interessieren« – die Wössnerin ließ nicht locker –, »wenn wir doch gerade von Schnitzern sprechen. Schnitzen ist eine Kunst.«

»Um Gottes Willen«, rief Graf Daniel von Althan, »das ist doch nicht Ihr Ernst, werte Wössnerin! Wir wollen anständige Handwerker und keinen Berserker aus dem Krowotndörfl. Und außerdem: Wer weiß, ob er noch lebt.«

Einen Augenblick herrschte Stille, denn es war keineswegs

unmöglich, dass man schon kurzen Prozess gemacht hatte. Wo denn, wenn nicht hier, wo einer doch behauptet hatte, der Attentäter wäre ein Protestant.

Ladislaus klopfte das Herz bis zum Hals. Er konnte nicht sagen, er durfte nicht sagen, dass sie den Tschontschon gesehen hatten beim Schuller. Beim Ermordeten. Dass er ihnen was von Geigenschnecken erzählt hatte und davongelaufen war. Vor wem? Vor ihm sicher nicht! Vor Lorenzo war er davongelaufen, geflüchtet! Ehe einer bis drei zählen konnte, würde der Tschontschon baumeln, und ehe er sichs versah, wäre er selbst verwickelt in die Sache. Die Gräfin wusste vom Mord am Schuller. *Was hat er denn für Schätze hinterlassen, der Ferdinand Schuller?* Wusste sie auch, dass auf ihrem Dachboden der Rosenkranz einer verschollenen Ursulinerin lag? Die der Doctor Sorbait gekannt und angeblich weggeschickt hatte, als der Schwarze Tod in Wien Einzug gehalten hatte?

Lorenzo hatte sich immer noch nicht gemeldet nach seinem Besuch im Krowotndörfl. Hatte er dort etwas über den Schuller erfahren? Was, wenn der Lorenzo nicht zurückkam? Was wusste er schon von ihm? Er kannte ihn erst seit ein paar Tagen. Was stimmte alles nicht von dem, was er ihm erzählt hatte? Der Graf Harrach hatte ihn entlassen, und er hatte sich hier, im Haus der Gräfin Sekely, einquartiert. Woher hatte er gewusst, dass der Schuller ermordet worden war? Und dann hatte er sich an ihn gehängt wie eine Klette. Und auf alle Fragen hatte er immer nur geantwortet: ›Ich weiß nicht.‹ Warum fiel ihm das erst jetzt auf?

»Es kann aber doch niemand schaden, wenn man mit ihm redet. Ich möchte ihn kennenlernen. Wenn er noch lebt.« Die Stimme der Wössnerin holte ihn aus seinen Angstträumen zurück. Schrecklich, wie dieser ökonomische Disput sich entwickelt hatte.

*

Lorenzo starrte auf die Blätter in seiner Hand. Wie lange saß er schon hier, in der Hütte hinter der Werkstatt des alten Sargtischlers Ritzker, die jetzt einem anderen Meister gehörte? Gesichter, viele Gesichter hier vor ihm, dazwischen auch Figuren, die miteinander redeten, nur in Strichen gezeichnet, dicht nebeneinander, manche quer, sodass kein Platz frei blieb auf den Blättern.

Der Schuller war kein Maler gewesen und auch kein Wanderzeichner, der von Ort zu Ort und von Werkstatt zu Werkstatt zog, um die besten Stücke des Meisters und der Gesellen zu zeichnen und sich damit gerade so viel zu verdienen, dass ein Karren ihn zum nächsten Ort mitnahm und er nicht zu Fuß laufen musste. Der Schuller war in den Kaffeehäusern gesessen und hatte Leute beobachtet, oder er war vor seinen Schülern gesessen und hatte ihnen die Buchstaben vorgezeigt. Er musste sich die Gesichter gemerkt und dann zu Hause nachgezeichnet haben.

Hier, auf diesem Blatt, die Gräfin Sekely war sicher nicht seine Schülerin gewesen. Das musste er im Kaffeehaus gezeichnet haben. Die Gräfin und dicht daneben zwei Frauengesichter, ein älteres und ein jüngeres Gesicht, die Schleier hochgeschlagen. Gesichter, die er nicht kannte, nur hingekritzelt. Aber dann: Der Perückenmacher Bellemont mit seiner Bauchtasche und zwei Mädchengesichter, und eines davon die Rosa Hetzer. Ja, da noch einmal die Rosa neben dem Bellemont! Die Rosa, die Tochter des Burnacini, die Köchin Teresa hatte ihm noch allerhand erzählt, aber er hatte nicht alles verstanden aus dem zahnlosen Mund.

Und wieder der Tschontschon, wie er damals als Kind ausgesehen hatte. Seltsam, dass er den Tschontschon so oft gezeichnet hatte. Noch einmal der Tschontschon, wie er neben einer Kutsche stand, einer Kutsche des Herrn von Paar mit zwei verschlungenen Rädern auf dem Wagenschlag. Nie hatte er den Tschontschon bei den Ställen des Herrn von Paar gesehen, wenn er damals die Rösser vom Jesuitentheater zurückbrachte. Oder wenn er dann einen großen Reisewagen für die Gäste des Grafen Harrach hatte bestellen müssen. Plötzlich aber schoben sich die Gesichter des Tschontschon und des Ignaz von Paar wieder zusammen. Das hier auf dem Blatt war der Ignaz von Paar. Sein Herz schlug schneller. Tschontschon der Sohn des Ignaz? Unvorstellbar. Und doch: Es war das gleiche Gesicht, und der Schuller hatte das gemerkt, schon damals, als er ihn ausgefragt hatte nach der Rosa Hetzer und nach dem Tschontschon.

Die Rosa, der Tschontschon, die Gräfin Sekely. Was hatte der Schuller da jahrelang aufgeschrieben, aufgekritzelt? Der Einbeinige, bei dem er das Lesen gelernt hatte?

Lorenzo zog das letzte Blatt hervor, und es stockte ihm fast der Atem. Ein Knabengesicht. Er hatte es einmal in seinem Leben gesehen. Nur ein einziges Mal. Und da waren seine Augen geschlossen gewesen, als einer der Maskierten der Totenbruderschaft ihm den Zettel mit seinem Namen auf die Brust legte und in das Totentuch einhüllte. Und auf dem Zettel die Buchstaben: Andre Sekei. Einfache Buchstaben, ein einfacher Name, den er sich gemerkt hatte. Es war dieses Gesicht! Aber dieses Gesicht hier war nicht tot. Die dünne Nase, die schwarzen, gekrausten Haare. Der Vater hatte den Körper schön gerade gebettet, das Gesicht zum Himmel. Eine Strähne dieser schönen Haare lag jetzt im Grab des Dombaumeisters Khain am Friedhof der Stephanskirche.

Die Worte der Teresa: ›Ich glaube, der Schuller hat Geld dafür wollen.‹ Aber nicht für einen Toten. Der Schuller hatte es für einen Lebenden bekommen, für einen Ketzer, für ein Ketzerkind. Doch er hatte nicht gewusst, dass noch einer dieses Gesicht gesehen hatte: Er, der Karel Lorenzy, der Sohn des Totengräbers. Das hatte der Schuller nicht gewusst. Kein Gesicht aus dem Krowotndörfl. Kein Name aus dem Krowotndörfl. Die gekrausten Haare fast so wie bei der Gräfin Sekely, aber ein anderer Name. Der Schuller hatte auch die Gräfin gezeichnet, mit zwei Damen. Dafür hätte er sicher nichts bekommen, denn die Gräfin hatte genug Geld, um den besten Maler zu beauftragen. Sie schien für alles genug Geld zu haben, und jedenfalls auch für eine große Dienerschar.

Er musste das alles dem Grafen Wasenau zeigen. Niemand sonst. Der Graf hatte den Tschontschon gesehen und den Perückenmacher Bellemont, und jetzt wohnte er bei der Gräfin Sekely. ›Und möchten Sie nicht wissen, wer den Schulmeister ermordet hat?‹ Doch, jetzt wollte er es wissen. Sie mussten sich Gedanken machen über die seltsamen Zeichnungen des Ermordeten. Er und der Graf, sein – Gefährte.

*

Der Hofquartiermeister Wolfgang Prämer fühlte sich langsam verfolgt von diesem Schulmeister, diesem Ermordeten, diesem Individuum, das ihn eigentlich nichts anging, außer dass er in einem Offenen Zimmer im Haus des Perückenmachers gewohnt hatte. Dass er sich raschest ins Palais des Reichspostmeisters begeben möge, dringend, hatte ein atemloser Diener des Reichspostmeisters ihm überbracht, wegen des Attentäters von der Pestsäule am Graben, auch der Baumeister Fischer sei schon dort. Der Attentäter sei nämlich auch der Mörder des Schulmeisters Schuller, und man bedürfe daher des Rates des Hofquartiermeisters. Das war doch alles nicht seine Sache! Er hatte die kaiserliche Hofquartiershand auf das Zimmer des Schuller gelegt, das war erledigt, er war kein Stadthauptmann und kein Stadtwächter, er hatte nichts mit Ermordeten und Mördern und Attentätern zu tun. Der Baumeister Fischer lasse ihn dringlich bitten. Langsam hatte er genug von den dringlichen Bitten des Fischer. Der Fischer war jeden Tag beim Kronprinzen, dort konnte er seine dringlichen Bitten deponieren. Allerdings: Der junge Prinz hatte nicht das Ohr seines kaiserlichen Vaters. Eine untertänigste Bitte drang daher eher über ihn an das höchste, das allerhöchste Ohr.

Als er das Frühstückszimmer des Reichspostmeisters betrat, erhoben sich der Reichspostmeister und der Baumeister von ihren Stühlen, und Prämer wurde mit einladender Geste zum Tisch komplimentiert, an dem die Hausfrau ihre Frühstücksgäste empfing. Jetzt war der Raum leer, nicht einmal ein Diener war zu sehen, deshalb rückte der Reichspostmeister höchstpersönlich dem Hofquartiermeister einen Stuhl zurecht.

Auf dem Tisch lag ein eingerissenes, fleckiges Blatt Papier.

»Wir danken für Ihr Kommen«, begann der Reichspostmeister, »denn es handelt sich um eine delikate Sache. Der Herr Baumeister Fischer, der ja einer der Künstler, einer der großen Künstler ist, die von unserer Allerchristlichsten Majestät« – alle hoben ihre Körper eine Handbreit von den Sitzflächen – »den Auftrag bekommen haben, eine Dreifaltigkeitssäule zu errichten, die die Pest für alle Zeiten von Wien fernhalten wird …«

Bevor der Herr von Paar den Satz vollenden konnte, fiel Fischer ein: »Es handelt sich um diese Zeichnung. Schauen Sie sich dieses Gesicht an, Herr Hofquartiermeister.«

Prämer folgte der Aufforderung, aber er konnte nichts Besonderes daran erkennen, außer dass es sich um das Gesicht eines Jungen zu handeln schien.

»Erkennen Sie das Gesicht nicht?«, fragte Herr von Paar.

»Eventuell … nicht genau«, sagte Prämer.

»Nun, es handelt sich doch um das Gesicht meines lieben, verstorbenen Sohnes Albert. Die Zeichnung war verschollen, ich habe sie auch vergessen, aber vor ein paar Wochen ist sie aufgetaucht. Unser lieber Albert hat sich gern bei unseren Stallungen am Tabor herumgetrieben, damals.« Der Reichspostmeister schien nach Worten zu suchen. »Und wie dann einmal ein Wanderzeichner den Fuhrlohn nicht bezahlen konnte, hat er rasch unseren lieben Albert gezeichnet, und ich habe ihm den Fuhrlohn erlassen und die Zeichnung eingesteckt. Wir haben nicht gewusst, dass sich die Pest schon eingenistet hat in unseren Stallungen, vielleicht ist sie mit dem Wanderzeichner gekommen. Und dann … war der Schwarze Tod da, und die Leute haben unsere Kutschen und Fuhrwerke gestürmt … und alles war anders, dann.«

Ein paar Augenblicke herrschte Schweigen. Ja, alles war anders dann. Der Baumeister war damals noch in Rom, und auch dort hatte man von dem Schrecken geredet, der Wien heimgesucht hatte, fast ein ganzes Jahr lang.

»Und vor ein paar Wochen«, fuhr der Herr von Paar fort, »ist der alte Stallmeister gekommen, der jetzt bei uns das Gnadenbrot erhält, und hat mir den Rock gebracht, der irgendwo in den Stallungen geblieben ist, damals. Und darinnen war auch noch die Zeichnung von unserem lieben Albert, und auf einmal ist mir der Gedanke gekommen, es könnte meine Gattin trösten, wenn ich auf ihre Bratsche nicht eine neue Schnecke, sondern das Köpfchen unseres lieben Albert machen lasse, beim Geigenbauer Klotz. Der Klotz arbeitet nämlich mit dem Peter Strudl zusammen, weil der die schönsten Köpfchen schnitzen kann. Aber dann hatte der Strudl keine Zeit, und der Klotz hat mich vertröstet, und auf einmal wollte meine liebe Gattin kein Geigenköpfchen mehr und auch keine neue Schnecke und wollte ihre Bratsche überhaupt nicht mehr anrühren. Sie hat nur gesagt: ›Geh mir aus dem Weg mit der Bratsche.‹ Geh mir aus dem Weg mit der Bratsche! Und auf einmal taucht die Zeichnung nun beim Attentäter auf! Bei diesem Tschontschon, wenn er so heißt. Wie kommt dieses Individuum zur Zeichnung des Meisters Klotz? Er sagt: ›Vom Schulmeister‹. Aber wie kommt ein Ermordeter zu dieser Zeichnung? Und warum hat sie jetzt der Attentäter?«

»Tatsächlich seltsam«, sagte Prämer. »Und wie kann ich helfen?«

»Wir müssen mit dem Individuum reden. Ich möchte wissen, warum er eine Zeichnung meines lieben Albert bei sich hat, und der Herr Baumeister möchte wissen, warum er nicht die Figur der Pest zerschlagen hat. Und wenn ein Attentäter im Kotter liegt und vielleicht sogar ein Mörder ist, kann nur Seine Allerchristlichste Majestät verfügen, dass wir noch einmal mit ihm reden.«

»Noch einmal?«

»Nun«, sagte Fischer rasch, »die Sache ist die: Die Wächter haben einen Brief missverstanden, den ich ihnen versehentlich gezeigt habe, und haben mich in den Kotter hinuntergelassen. Aber der Mensch dort, dieser Tschontschon, hat sich nur gekrümmt und gewimmert, und ich habe nichts aus ihm herausbekommen.«

Als der Hofquartiermeister zögerte, sagte der Reichspostmeister rasch: »Ich werde mich auch erkenntlich zeigen, ich glaube, ich kenne ein paar Hausherrn …«

»Ich kann versuchen«, sagte Prämer, »nur versuchen, ob es mir vielleicht gelingt. Ich kann nichts versprechen. Denn Seine Majestät hört nicht gern von Attentätern und kann sein, sein Ärger kommt dann direkt auf mich.«

»Aber Sie haben ja einen breiten Rücken«, erwiderte Herr von Paar.

Fischer sagte rasch: »Herr Baumeister Prämer, ich wäre Ihnen sehr verbunden, wenn ich Ihren Rat bezüglich eines Audienzzimmers für das Schloss Schönbrunn einholen dürfte, wie man es besser anlegen könnte.«

Prämers Augen leuchteten auf bei der Aussicht, beim Plan für Schönbrunn mitreden zu können. »Versprechen kann ich aber nichts«, sagte er, »aber mit Audienzzimmern kenne ich mich natürlich aus.«

*

Der Perückenmacher Bellemont wusste nicht mehr genau, wann der Schuller ihn in seine Geschäfte hineingezogen hatte. Aber dann war er darinnen und fand nicht mehr hinaus. Eines Tages, er hatte gerade sein Haus in der Griechengasse bezogen, kam der Schuller angehumpelt, klick, klack, ein Bündel in der rechten Hand, unter dem Arm eine Mappe, links auf eine Krücke gestützt, und fragte ihn nach dem Zimmer, das zu ebener Erde neben der Durchfahrt lag, das werde doch sicher ein Hofquartierzimmer werden, oder nicht?

»Sicher nicht!«, hatte Bellemont zur Antwort gegeben, aber dann hatte der Schuller gefragt, ob nicht er es vorübergehend bewohnen könne, denn er brauche Platz für seine Studenten und müsse seine Buchstaben und Zeichnungen immer wieder neu sortieren auf einem großen Tisch, hatte seine Krücke an die Hauswand gelehnt, ein Blatt aus der Mappe geangelt und gesagt: »Schauen Sie, solche Bilder. Ich bekomme manchmal Aufträge, und die sind eilig.« Dann hatte er ihm das Blatt vor die Augen gehalten, gerade so lange, dass er sich selbst erkennen konnte, in Umrissen, mit der Bauchtasche und seiner Rüschenkrawatte, und daneben das Gesicht dieser Hermine, die manchmal Herrenbesuch empfangen hatte, man konnte ja seine Augen nicht überall haben, und das Gesicht dieser Rosa, dieses Luders aus dem Krowotndörfl, das ihm der Doctor Sorbait aufgeschwatzt hatte. Bevor er danach greifen konnte, war das Blatt wieder in der Mappe verschwunden. Dieser Auftrag sei nicht so eilig, hatte der Schuller gesagt, er könne warten. Und dabei waren seine listigen Augen zum Hinterhof hin geschweift.

Und dann hatte er die Laus im Pelz sitzen und wusste nicht, was der Schuller noch alles gezeichnet hatte. Jeden Abend kamen ein paar Leute angeschlurft und trampelten in sein schönes Offenes Zimmer, deshalb hatte er ja auch mehr hinlegen müssen für das Haus, und redeten dann im Chor die Buchstaben nach, die der Schuller ihnen vorsprach. Er fing immer mit dem A an. Mit der Zeit kamen immer weniger angeschlurft, und wenn der Schuller beim U angelangt war, hörte man nur mehr einzelne Schritte. Vielleicht hatte die Laus auch Verlorene Kinder gezeichnet, die heimlich lesen lernen wollten, und verriet sie dann dem Stadthauptmann und den Jesuiten und kassierte die Belohnung.

Bald musste er dann auch seine Farbenkammer dem Schuller zur Verfügung halten, als Versteck für Leute, die er nicht kannte und nicht kennen wollte, und Bellemont konnte daher auch keine Herrenbesuche mehr für die Mädchen arrangieren, die gern ein wenig geplaudert hätten in der Farbenkammer. Tagsüber war der Schuller unterwegs, mitsamt seiner Buchstabenmappe, stand auf den Märkten herum oder saß bei den Kaffeesiedern.

Bellemont hatte den Verdacht gehegt, der Mann besitze mehr Geld, als er zeige, und er wolle sich vielleicht einen schönen Lebensabend machen, irgendwo.

Und jetzt verbrachte er seinen Lebensabend im Leichenhaus. Und die Blätter mit den Gesichtern hatte jetzt irgendwer, beim Schuller hatte man nur eine leere Mappe gefunden. Vielleicht hatte er jemand ein Gesicht verkaufen wollen, und jetzt lag er da, die Laus, die elendige.

Endlich konnte er wieder frei über seine nette Farbenhütte verfügen.

*

Ladislaus von Wasenau begab sich in seine neuen Räumlichkeiten im Haus Brunnengasse vier. Drei Räume und eine Dienstbotenkammer. Noch nie im Leben war ihm allein so viel Platz zur Verfügung gestanden. Im Palast der Königin Christina in Rom hatte er ein einziges Zimmer bewohnt, und das konnte er nur durch das Zimmer des Signor Adavio erreichen. Vielleicht erwartete man hier in Wien von ihm sogar, dass er Gäste empfing. Im ersten Raum stand ein Tafeltisch, an dem mindestens zwölf Leute Platz nehmen konnten.

Als er sich gerade vorsichtig auf ein zartes Sofa setzen wollte, das nach französischer Mode gepolstert war, hörte er Schritte und dann ein Klopfen, und dann erschien ein bekanntes Gesicht im Türspalt. »Signor Architetto«, rief er und stemmte sich wieder in die Höhe, und von der Türe her tönte es zurück: »Graf von Wasenau!« Und dann umarmte man einander, denn es war ihr erstes Zusammentreffen, seit der Geburtstagsmesse des Kronprinzen in der Stephanskirche. Seit Fischer zum Architekten von Schönbrunn ausgerufen worden war.

»Amico mio«, sagte Wasenau, »treten Sie näher.«

Fischer hatte den Kompositeur Fux hier erwartet und seine Clara, die Fuxin. »Eigentlich wollte ich nur dem Johann Fux und der Clara Schnitzenbaum Glück und Segen wünschen«, sagte Fischer zögerlich und wusste nicht, ob das jetzt eine unhöfliche Antwort war, dass er nicht den Wasenau hatte besuchen wollen.

»Naturalmente! Aber jetzt müssen wir unser Wiedersehen feiern!« Dabei war dem Grafen von Wasenau eigentlich nicht nach Feiern zumute, nach dem, was er erlebt hatte in den letzten Tagen, mit einem Mord und mit Lorenzo, der nichts wissen wollte, mit dem Rosenkranz der Schwester Agnes und mit einem Geigenschneckenschnitzer, der ein Attentäter war.

Fischer erwiderte: »Natürlich müssen wir das feiern!«, aber er dachte eigentlich nur an diesen Tschontschon mit der Zeichnung des Jungen des Reichspostmeisters, die eigentlich der Strudl haben sollte oder der Klotz, und dass der Burnacini ihn der Anstiftung zum Attentat verdächtigt hatte. Er überlegte gerade, ob er sich nicht doch zurückziehen sollte, da klopfte es nochmals, und das Gesicht Lorenzos erschien.

»Signor Lorenzo«, sagte Wasenau, und man merkte der Stimme sein Erstaunen an.

»Herr Lorenzo«, sagte Fischer und wusste nicht, wie er umgehen sollte mit dem Kaffeehausspion des Grafen Harrach, der jetzt offenbar die Seiten gewechselt hatte.

»Ist es erlaubt einzutreten?«, fragte Lorenzo. Die Herren konnten es ihm nicht verweigern, und Wasenau schwenkte ein wenig seinen rechten Arm.

»Ich werde den Herrn Grafen später aufsuchen«, sagte Lorenzo, denn er verstand die Körpersprache der beiden Herren und wollte die Türe wieder schließen.

»War es dringend?«, rief Wasenau ihm nach.

»Ich weiß nicht, vielleicht ja.«

Ich weiß nicht. Wasenau konnte den Satz nicht mehr hören, und er vergaß einen Moment, dass Lorenzo kein gewöhnlicher Diener mehr war, und sagte herrisch: »Lassen Sie hören!« Gerade, dass er sich das Er verkniff.

»Die Buchstabenmappe«, sagte Lorenzo leise.

»Welche … ach, lassen Sie sehen, Signor Lorenzo.«

Lorenzo trat ins Zimmer zurück und legte die Mappe auf den Tisch, öffnete sie und fächerte ein paar Blätter auf. Wasenau und Fischer beugten sich darüber.

»So ein ähnliches Gesicht war auf dem Papier des Attentäters, des Mörders, nein genau dieses! Das ist Albert, der Sohn des Reichspostmeisters Ignaz von Paar, der bei der Pest gestorben ist.«

»Nein«, sagte Lorenzo, »das ist der Tschontschon, wie er noch ein Kind war.«

»Was, der Attentäter? Herr Lorenzo, was reden Sie da. Ich war ja beim Herrn von Paar und habe ihm die Zeichnung gezeigt, und er hat sie gekannt. Ein Wanderzeichner hat sie einmal gemacht.«

»Diese nicht. Das hier ist der Tschontschon«, beharrte Lorenzo.

»Wie kommen Sie darauf? Wo haben Sie das her? Wer hat die gemacht? Das sind lauter Portraits, rasch hingeworfen«, sagte Fischer mit Kennerblick.

Wasenau deutete auf ein anderes Blatt. »Ist das hier nicht der Bellemont, der Perückenmacher?«, fragte er, »und daneben zwei Mädchengesichter?«

»Das eine Mädchen ist die Rosa Hetzer vom Krowotndörfl. Die andere kenne ich nicht. Die Rosa ist dem Bellemont davongelaufen. Oder er hat sie davongejagt. Sie hat damals bunte Vögel gezeichnet, ich habe ihr einmal ein paar Zeichnung abgekauft. Der Doctor de Sorbait hat die Rosa dann zum Bellemont gebracht, weil er junge Mädchen aufgenommen hat, als Gehilfinnen.«

Fischer blickte Lorenzo erstaunt an. Ein Domestike, ein Kaffeehausspion aus dem Krowotndörfl, der Zeichnungen kauft? Der den berühmten Doctor de Sorbait gekannt hat?

»Eigenartig«, sagte er und vergaß für einen Moment den Attentäter und die Zeichnung des Reichspostmeisters, »wenn ich das Gesicht anschaue, kommt mir der Burnacini in den Sinn.«

»Weil er der Vater ist. Weil die Rosa seine Tochter ist.«

Fischer schüttelte ungläubig den Kopf. »Aber das ist ja nicht möglich! Der Burnacini ist ein Verleumder, ein Angeber, aber er ist doch nicht … Wer behauptet das, Herr Lorenzo?«

»Erstens behauptet es die Natur. Der Schuller hat es bemerkt. Zweitens gibt es eine Zeugin im Krowotndörfl, die die Mutter der Rosa gekannt hat, die Ruschka Hetzer. Sie war eine Zimmermagd im Haushalt des Burnacini.«

»Die Tochter des Burnacini? Nicht möglich.« Fischer konnte den Gedanken noch nicht fassen. »Und das Mädchen hat malen können, sagen Sie?«

»Ja, sie hat bunte Vögel gezeichnet, die es gar nicht gibt, und die Wirte haben ihr manchmal etwas abgekauft.«

»Und gibt es diese Zeichnungen noch?«, fragte Fischer interessiert.

»Ja, schon«, sagte Lorenzo zögerlich. Niemand brauchte zu wissen, dass es den Totenmantel seines Vaters immer noch gab, mit der tiefen Tasche innen drin.

»Und wo ist diese Rosa jetzt?«

Lorenzo hob die Schultern.

»Aber hier, dieses Bild des Tschontschon«, sagte Fischer, »was soll das bedeuten? Soll das heißen, dass auch der Reichspostmeister ein Kind im Krowotndörfl hat? Dass der Attentäter sein Sohn ist? Nein, nein. Ich war mit ihm beisammen, wie er die Zeichnung wiedererkannt hat. Nein, nein. Was wissen Sie von diesem Tschontschon, Herr Lorenzo?«

Mittlerweile hatten die Männer sich an den Tisch gesetzt, auch Lorenzo.

»Der Tschontschon war ein Waisenkind«, begann Lorenzo, »niemand hat seinen richtigen Namen gekannt, wenn er überhaupt getauft war. Die alten Säufer haben ihn aus dem Waisenhaus geholt, dass sie ihn zum Stehlen abrichten. Das Waisenhaus ist froh, wenn die Kinder nichts mehr kosten.«

Und dann erzählte Lorenzo von den Schlägen, die das Kind erhalten hatte, von den Sargbrettern seines Vaters, vom Schnitzmesser, von den Hündchen, von der Lumpenkolonne, vom Verdacht, der Tschontschon wäre ein Brandstifter. Das hatte er vom Doctor de Sorbait erfahren, wie er schon Diener im Haushalt des Grafen Harrach war. So viele Jahre dann dazwischen. Und dann war der Tschontschon in der Türe des Schulmeisters gestanden und wollte Geigenschnecken schnitzen.

Der Sohn eines Totengräbers, der eigentlich Karel hieß, die Tochter des Burnacini, die Rosa hieß und Vögel malte, und ein Waisenkind, das Tschontschon gerufen wurde.

Während sie der traurigen Geschichte des Tschontschon lauschten, war der Herr von Paar ins Zimmer getreten und schwenkte ein gefaltetes Blatt. »Hier, sehen Sie, vom Prämer. Irgendwie hat dieser Tausendsassa es wieder geschafft. Die kaiserliche Erlaubnis, dass wir mit diesem Subjekt im Kotter sprechen dürfen.«

»Mit dem Tschontschon«, sagten alle drei Männer wie aus einem Mund.

*

Ignaz von Paar hatte eine erfreute Antwort des Fischer erwartet. Immerhin war es seine Idee gewesen, den Hofquartiermeister einzuschalten und seinen kurzen Weg in die Gemächer des Kaisers.

»Man hat mir gesagt, dass ich Sie vielleicht hier treffen kann«, begann er, zu Fischer gewendet. »Hier, die kaiserliche Order. Morgen kann das Individuum dann vielleicht wieder sprechen, wenn ihn die Wächter nicht heute noch allzu sehr malträtieren. Dann muss er uns erzählen, wie er zum Bild meines lieben Albert gekommen ist. Warum er den Schuller ermordet hat.«

»Bitte setzen Sie sich, Signor Paar«, sagte Wasenau und deutete auf einen Stuhl. Ignaz von Paar befolgte die Aufforderung mit fragendem Blick.

»Haben Sie den Attentäter der Pestsäule, den Tschontschon, schon gesehen?«, fragte Fischer.

»Aber nein! Warum? Wird nicht besonders hübsch ausschauen momentan.«

»Nein«, sagte Fischer, »tut er nicht.« Er schob die Blätter auf dem Tisch zurecht. »Bitte, Herr von Paar, schauen Sie sich dieses Blatt hier an, dieses Gesicht.«

Ignaz von Paar runzelte die Stirn. »Der Albert«, sagte er erstaunt, »das ist doch unser lieber Albert. Wo kommt das her? Hat der Wanderzeichner …«

»Das hat der Schulmeister Schuller gezeichnet. Und es ist

nicht Ihr kleiner Sohn. Das Knabengesicht hier ist der Tschontschon.«

Ignaz von Paar sprang auf: »Unsinn! Was soll das? Wer erlaubt sich einen solchen Scherz?«

»Den kann man nicht mehr fragen. Der ist tot. Aber ist es
ein … Scherz?«

»Ja meine Herren, was erlauben Sie sich denn? Was soll das
denn heißen? Ist das eine unverschämte Andeutung? Sprechen
Sie aus, was Sie hier andeuten, damit ich Sie … fordern kann.
Dass ich Sie zum Duell fordern kann! Sprechen Sie es aus! Wo
ist diese Mappe her?«

»Bitte, Signor Paar, hier in meinen Räumen wird niemand
verleumdet und niemand beleidigt. Der Schulmeister Schuller
ist tot. Und diese Mappe hat ihm gehört.«

Ignaz von Paar hatte sich wieder gesetzt, aber sein ganzer
Körper zitterte. Als er sich jetzt den Dreispitz vom Kopf holte,
rannen ihm Schweißperlen über die Stirn.

»Graf von Wasenau«, sagte er, »Sie sind ja erst ein paar Tage
in Wien, was wollen Sie hier herumfragen wie ein Richter?
Was geht Sie das überhaupt an? Was wissen Sie denn von meinem lieben Albert und von diesem … Tschontschon? Und was
hat – mit Verlaub – ein Domestike hier zu suchen?«

Lorenzo wollte sich schon erheben, denn er fühlte sich tatsächlich nicht wohl bei diesem Gespräch. Zum ersten Mal in
seinem Leben saß er an einem Tisch mit einem Grafen, einem
Reichspostmeister und einem Baumeister mit kaiserlichen Aufträgen. Er fühlte sich – unerlaubt.

»Herr Lorenzo, bitte bleiben Sie. Der Herr von Paar kann
nicht wissen, was wir gerade erfahren haben. Niemand will
Sie verleumden, Herr von Paar, das liegt uns fern. Aber diese
Zeichnung hier gibt es. Und es ist eine alte Zeichnung. Die
meisten Blätter hier sind alt. Der Schulmeister Schuller hat
sie immer bei sich gehabt, in seiner ›Buchstabenmappe‹, wie

er es nannte. Und man kann davon ausgehen, dass es keine Scherze waren. Und wir glauben, dass die Bilder wahrscheinlich nicht in guter Absicht entstanden sind, sondern in böser. Herr Lorenzo hier ist der Einzige, der den Schulmeister viele Jahre gekannt hat, und auch den Waisenknaben Tschontschon. Tschontschon ist ein Waisenknabe aus dem Krowotndörfl.«

»Ja, also«, antwortete der Herr von Paar erleichtert, »ein Waisenknabe also. Und wie passt diese Zeichnung dann dazu? Was hat er hier für einen Fetzen auf dem Kopf?«

»Das ist dieser Schal«, sagte Lorenzo und zog das Tuch aus seinem Rock. »Diesen Schal hat er auf dem Kopf gehabt. Ich habe ihn unter den Steinen bei der Pestsäule gefunden. Er gehört dem Tschontschon. Eine … Person aus dem Krowotndörfl hat es bestätigt. Der gleiche Schal wie hier auf der Zeichnung.«

»Aber so einen Schal hat unser lieber Albert nie besessen. Sehen Sie hier, meine Herren. Das ist ja auch kein Schal. Das ist ein Streifen von einer Decke. Abgerissen. Solche Decken haben die englischen Wollweber damals mitgebracht. Sie haben sie ›Heimatdecken‹ genannt. Jede war etwas anders gewebt. Sie müssen wissen«, wandte er sich an Wasenau und an Fischer, »mein Vater hat damals das Kunst- und Werkhaus mitbegründet, aber leider ist es nicht so gut gelaufen, weil die Zünfte es sabotiert haben. Und leider hat sich ja auch herausgestellt, dass die englischen Wollweber ihrem Ketzerglauben nicht wirklich abgeschworen haben, obwohl das die Bedingung des Herrn von Schröder gewesen war, sonst hätte er sie nicht importiert, sonst wären sie nach Amerika geschickt worden. Und manche haben auch das Wiener Klima nicht vertragen, und manche sind an der Pest gestorben. Sie wollten in ihren Heimatdecken beerdigt werden, und der Doctor de Sorbait hat auch darauf bestanden. Obwohl es schade war um die schönen Wolldecken. Ja, das kann ein Streifen von so einer Decke sein. Ich habe mich damals nicht so darum gekümmert. Die Engländer waren bei uns nicht besonders beliebt, sie wollten auch unsere Sprache nicht lernen.«

»Aber wie kommt der Tschontschon dann zu diesem Tuch? Wenn es ein Stück von einer Heimatdecke ist«, fragte Fischer.

»Die Hadernlumpen sind auch am Werkhaus vorbeigezogen«, schlug Herr von Paar vor, »da kann er es bekommen haben.«

»Wenn ich etwas bemerken darf«, meldete sich Lorenzo mit seiner leisen Stimme, »auf diesem Bild hier, da war der Tschontschon noch nicht bei den Hadernlumpen. Er hat den Schal schon vorher gehabt, schon … immer.«

»Aber schauen Sie sich doch das Gesicht an!«, sagte Fischer, denn als Künstler war er geübt im Schauen. »Das ist doch offensichtlich ein Verwandter der Familie Paar.«

»Gott bewahre«, rief Ignaz von Paar, »wir haben keine Verwandten im Krowotndörfl!«

Fischer ließ nicht locker: »Aber vielleicht hat einer aus dem Krowotndörfl einen Verwandten in Ihrer Familie?«

Herr von Paar schüttelte den Kopf. »Mein Vater und meine beiden Söhne, Gott hab sie alle selig, sind an der Pest gestorben, und der Bruder meines Vaters schon vor langer Zeit an der Schwindsucht. Ich habe nur mehr eine Schwester, und die ist … die war im Kloster.«

»Bei den ehrwürdigen Schwestern der Ursulinen.« Lorenzo sagte es so leise, als würde er mit sich selbst sprechen.

»Ja«, sagte Herr von Paar, »bei den Ursulinerinnen. Aber wie die Pest meinen Vater hinweggerafft hat …«

»… hat der Doctor de Sorbait sie weggeschickt«, vollendete Lorenzo den Satz.

»Was wissen Sie von meiner Schwester?«, fragte Herr von Paar verblüfft.

»Er hat sie weggeschickt«, sprach Lorenzo weiter, »weil sie bei ihrem Vater war, wie er gestorben ist. Damit sie ihre Mitschwestern nicht ansteckt. Die ehrwürdigen Schwestern sind dann monatelang hinter den Mauern des Klosters geblieben, und ich habe sie versorgt. Und im Oktober, wie es keine Totengräber und keine Freiwilligen mehr gegeben hat, sind die ehrwürdigen Schwestern alle hinaus, und wir haben die Toten begraben. Und im November war nur mehr die ehrwürdige Schwester Pförtnerin am Leben – und ich.«

Einen Augenblick schien es, als hätten die Männer zu atmen aufgehört. Ladislaus senkte seinen Kopf tief zu seiner Brust hinab, als er sich die Gedanken wachrief, die ihm vor wenigen Stunden noch durch den Kopf gegangen waren: *Und jetzt klammert er sich wie eine Klette an mich.*

»Meine Schwester Elise …«, begann Herr von Paar leise.

»War die Schwester Agnes«, beendete Lorenzo den Satz. »Und sie ist nicht mehr ins Kloster zurückgekehrt. Sonst wäre ihr Rosenkranz nicht hier auf dem Dachboden zwischen dem Geschirr der verstorbenen Frau von Paar, ihrer Mutter. Ich habe den Rosenkranz der Schwester Agnes erkannt.«

Wieder herrschte einige Augenblicke lang bleierne Stille. Niemand wagte die Frage zu stellen, die im Raume lag.

Herr von Paar fuhr mit den Fingerspitzen über das Blatt mit dem Gesicht des Tschontschon. »Er schaut aus wie unser lieber Albert«, sagte er. »Meine Schwester ist jeden Tag zu den Engländern geritten, weil sie die Sprache konnte. Und sie hat ihre Briefe besorgt und manchmal eine Wunde versorgt, weil die Ärzte im Bürgerspital nicht wollten.« Dann fragte er plötzlich: »Kann er reiten?«

»Wahrscheinlich nicht«, antwortete Lorenzo, »im Krowotndörfl lernt man das nicht. Er kann schnitzen. Er hat schon als kleiner Knabe herumgeschnitzt, wenn es die alten Säufer nicht gesehen haben. Es scheint, jetzt hat er Geigenköpfchen geschnitzt und wollte ein Geigenschneckenschnitzer werden beim Meister Klotz.«

Herr von Paar strich noch immer über das Blatt. Geigenschneckenschnitzer! Hatte die Gräfin Sekely den sechsten Sinn? Das dritte Gesicht? Und die Wössnerin?

»Hat das der Doctor de Sorbait gewusst?«, fragte er.

»Vielleicht, ich weiß es nicht. Er hat sich um den Tschontschon gekümmert. Aber wie ich zu den Ursulinerinnen gekommen bin, der Doctor de Sorbait hat mich nämlich bei der Mutter Oberin empfohlen, habe ich die Spur des Tschontschon verloren.«

Fischer stellte endlich die Frage: »Herr von Paar, kann Ihre Schwester die Mutter des Tschontschon sein? Kann der Tschontschon der Sohn eines purit ... eines englischen Wollwebers sein?«

Die Hand des Herrn von Paar zuckte von dem Blatt zurück, aber sein Blick blieb darauf haften. »Sie war die Einzige, die alle Namen kannte«, fuhr er fort. »Die Wiener Gesellen am Tabor haben die Engländer nur mit Nummern gerufen, weil sie sich die Namen nicht merken konnten.«

»Solo un numero! Che orribile!« rief der Graf von Wasenau. »Aber warum hat man denn gerade Engländer geholt?«

»Sie waren die besten Wollweber der Welt. Und sie mussten England verlassen und waren billig zu haben. Eigentlich ... hatten sie fliehen müssen.«

»Waren es Verbrecher?«

»Verbrecher nicht, aber ... Ketzer.«

»Was«, rief Wasenau, »in Wien hat man Ketzer importiert?«

»Man hat es zu spät bemerkt, dass sie ihrem puritanischen Glauben nicht abgeschworen hatten. Alles war eine Lüge. Sie haben heimliche Gebetsstunden abgehalten in einer versteckten Kammer. Man hätte sie alle hängen können, aber Doctor de Sorbait war dagegen. Und auch der Herr von Schröder, weil er dem Kaiser doch versichert hatte, dass alle dem falschen Glauben abgeschworen hätten wie er selbst, und sie seien die treuesten Diener des Kaisers und des Papstes.«

»Und das hat man geglaubt«, sagte Wasenau. Es war keine Frage. Er hatte das oft erlebt auf seinen Reisen durch Europa, auf seiner Suche nach einer neuen Heimat.

»Scusi«, fragte er weiter, »aber warum hat man Ihrer Schwester nicht einfach verboten, zu den Engländern zu gehen? Es hätte doch sicher einen passenden Mann dafür am Hof oder sonst wo gegeben?«

»Sie hat sich nichts verbieten lassen. Sie ist auch immer gefährlich geritten. Man wusste nicht immer genau, wo sie war.«

»Aber dann, irgendwann …«, half Fischer dem Herrn von Paar weiter, denn sie waren immer noch nicht auf den Punkt gekommen.

»Die Engländer waren oft krank, und Elise hat ihnen Medizin gebracht. Und dabei hat sie sich mit einem Lungenfieber angesteckt, und die Mutter hat sie zur einer Tante in den Wäldern geschickt, dass man sie auskuriert.«

Fischer sagte in die Stille hinein: »Und das Kind hat man in ein Waisenhaus gebracht. Weil die Tochter des Reichspostmeisters kein Kind von einem englischen Ketzer haben kann.«

Herr von Paar umklammerte jetzt das Blatt und flüsterte ein ums andere Mal: »Das kann doch nicht sein, das kann doch nicht sein.«

»Und dann«, fuhr Fischer fort, »ist Ihre Schwester ins Kloster gegangen.«

Herr von Paar nickte. »Und sie hat sich geweigert, den Herrn von Schöll zu ehelichen, sie wollte nur unserem HERRN dienen.«

»Und … lebt sie noch?«

»Sie lebt auf unserem Gut in Sankt Marein. Sie ist eine Seelenehe eingegangen und will nicht mehr zurückkehren.«

»Eine Seelenehe?«, fragte Wasenau. »Was ist denn das? In Rom gibt es das nicht.«

»Sie hat sich einem Mann versprochen, der nicht mehr lebt. Und sie hat seinen Namen angenommen.«

Die Bestürzung im Raum war einer Spannung gewichen, man konnte sie mit Händen greifen.

»Einen … englischen Namen?«, fragte Wasenau.

»Nein, er ist ungarisch. Sie nennt sich jetzt Elsbeta von Molnar. Ich habe es ihr mit Brief und Siegel bestätigen müssen. Ich konnte sie nicht abweisen. Sie ist meine Schwester. In Österreich muss man immer ein Papier haben.«

»Scusi«, sagte Wasenau noch einmal, »aber kann es sein, dass einer der Wollweber Miller geheißen hat?«

»Miller? Kann schon sein.« Ignaz von Paar dachte nach und sagte dann langsam: »John Miller, ja. Meine Schwester hat mich nach dem Namen gefragt, aber ich konnte mich nicht mehr erinnern. Ich habe die englischen Namen auch immer durcheinandergebracht. John Miller. Ich habe es vergessen. Ja, der Erbauer der großen Webstühle hat so geheißen. Wie können Sie das wissen, Graf von Wasenau? Sie waren ja nicht dabei, damals.«

»Dazu braucht man nicht dabei zu sein, Herr von Paar, aber ich kann Sprachen. Molnar heißt Miller und Miller heißt Müller. Der Vater des Tschontschon hat Miller geheißen. John Miller.«

»Aber Tschontschon …«

»Irgendwer hat den Namen nicht richtig verstanden. Das Kind hätte vielleicht auch John heißen sollen, wie sein Vater. Der John des John. So kann es gewesen sein. Die Leute im Waisenhaus können vielleicht nicht so gut Englisch.«

»Aber das Tuch des Tschontschon, der Schal. Wenn der von seinem Vater ist, von seiner Mutter, hätte man ihn dem Kind denn nicht weggenommen im Waisenhaus?«

»Nein«, sagte Lorenzo, »die Frauen im Waisenhaus sind keine Diebe. Es gibt ja auch nichts zu stehlen, wenn ein Kind vor der

Türe liegt. Und später im Krowotndörfl hat der Bub dann … eine Beschützerin gehabt.«

»Ich glaube, John Miller ist am Lungenfieber gestorben«, sagte Herr von Paar sinnend, als würde er in seiner Erinnerung suchen. »Und dann hat man eine Ketzer-Bibel unter seinem Strohsack gefunden, und der Pfarrer hat ihm die geweihte Erde verwehrt.«

Plötzlich kam Leben ist seine Stimme, und er sprang von seinem Suhl hoch: »Aber wenn das alles so war, wenn das alles stimmt, wenn der Tschontschon, der John wirklich, dann ist er ja … dann müssen wir ja …, kommen Sie Herr Baumeister, wir dürfen keine Zeit verlieren!«

Die beiden Männer stürzten aus dem Zimmer, der Reichspostmeister ließ seinen Dreispitz und seinen Säbel liegen, der Baumeister Fischer die Hochzeitsgabe für den Fux und die Fuxin.

Wasenau und Lorenzo blieben zurück, und Lorenzo begann langsam, die Blätter mit den Gesichtern zusammenzuschieben. »Die alte Köchin Teresa«, sagte er, »bei der der Schuller seine Buchstabenmappe versteckt hat, hat behauptet, der Schuller hätte Geld für die Zeichnungen genommen. Aber wer hätte für ein Bild des Tschontschon zahlen sollen? Sicher hat keiner ihm den Auftrag gegeben, einen Betteljungen aus dem Krowotndörfl zu zeichnen. Also wollte er jemand erpressen. Und das hätte der Herr von Paar gewesen sein können. Denn der Schuller wusste wahrscheinlich nichts von seiner Schwester. Aber der Herr von Paar hat die Bilder heute zum ersten Mal gesehen. Warum hat der Schuller den Tschontschon für die Geigenköpfchen engagiert?«

»Ich denke, Signor Lorenzo, das werden wir noch vom Tschontschon erfahren. Vom John. Aber beim ökonomischen Zirkel der Gräfin hat der Herr von Paar etwas Trauriges erzählt. Er wollte seiner Gattin, die immer noch um ihre Söhne trauert, eine Freude machen. Sie hat früher die Bratsche gespielt, und er hat dem Meister Klotz das Bild seines Albert gegeben, das einmal ein Wanderzeichner gemacht hat, dass der Klotz beim Strudl ein Köpfchen bestellt statt einer Geigenschnecke, das Köpfchen seines Albert. Ich denke, die Geschichte kann so gewesen sein: Der Strudl hat die Zeichnung dem Schuller gegeben, weil er krumme Geschäfte machte. Und da hat der Schuller den Beweis in Händen gehabt, dass er den richtigen Riecher gehabt hat, damals im Krowotndörfl, und dass es wirklich der Sohn des Ignaz von Paar ist. Hat er geglaubt. Wie wir. Und hat ihn erpressen wollen. Aber statt des Herrn von Paar hat er seine Gattin angetroffen und hat sich vielleicht gedacht: auch gut. Sie wird auch nicht wollen, dass der Kaiser erfährt, was für einer ihr Mann ist.« Ladislaus sah in Gedanken die strenge Frau des Herrn von Paar am Frühstückstisch vor sich. »Und deshalb hat dann die Frau von Paar nichts mehr von einer neuen Geigenschnecke wissen wollen und nichts von einem Geigenköpfchen. Und auch nichts mehr von ihrer Bratsche. Denn auch sie wird das Gleiche gedacht haben wie der Schuller. Und wie wir. Was meinen Sie, Signor Lorenzo?«

»So kann es gewesen sein, Herr Graf.«

»Und vielleicht, nur vielleicht, hat die Frau Marianne von Paar dem Erpresser nichts gezahlt, sondern … Was meinen Sie, Signor Lorenzo?«

»Ja, so kann es gewesen sein, Herr Graf«, antwortete Lorenzo wie geistesabwesend, als hätte er nicht zugehört.

Die beiden Männer saßen regungslos.

»Aber das können wir nicht wissen, denn der Schuller hat viele Gesichter gezeichnet. Was meinen Sie, Signor Lorenzo?«

»Nein, das können wir nicht wissen, Herr Graf.«

Dann sagte er, aber eher murmelte er es in sich hinein: »John Miller, John Miller.« Tschon Miller war auf dem Zettel gestanden, den die Totenbruderschaft ihm auf die Brust gelegt hatte. Tschon Miller. Das letzte Kästchen, das noch im Kamin gelegen hatte.

»Was meinen Sie, Signor Lorenzo?«

»So kann es gewesen sein, Herr Graf. Aber wir können es nicht wissen.«

*

Nicht nur die Pferdeknechte und die Diener der Gräfin Diana von Sekely waren überrascht, als am Abend der große Reisewagen mit dem Wappen des Abtes von Admont in den Hof einfuhr. Auch die Gräfin trat unter die Arkaden, als sie das Hufgeklapper hörte und die Stimme des Kutschers, der den Rössern sein »Höööhh« zurief, dass es bis auf die Straße schallte, und rief in den Hof hinab: »Was für eine Überraschung, lieber Freund, was für eine schöne Überraschung, dass Sie mich nicht viele Wochen lang warten lassen!«

Sie lief die Treppe hinunter und war schon am Wagen, bevor noch einer ihrer Diener in die Nähe gekommen war, als könne sie es nicht erwarten, sodass der Kutscher rasch zur Seite trat. Sie steckte ihren Kopf einen Augenblick in das Innere des Wagens und erst dann streckte sie dem Adam von Lebenwaldt ihre Hand hin, während er sich tief verbeugte. Und als er sich nah an ihrem Kopf aufrichtete, fragte sie leise: »Keine kostbare Fracht?«

»In Sicherheit. Heute bitte ich nur um ein Nachlager, werte Freundin, wenn es keine Umstände macht.«

»Umstände, die ich mir jeden Tag wünsche, lieber Adam von Lebenwaldt.«

»Morgen reise ich wieder ab. Denn in vier Tagen muss der Reisewagen wieder in Admont sein.«

»In vier Tagen? Da müssen Sie schnelle Pferde haben. Aber

diesen Abend haben wir für uns. Ich freue mich auf jede Minute.«

Sie klatschte nur einmal in die Hand, dann liefen vier Diener über die Treppen, in die Küche, in den Keller. Der Doctor von Lebenwaldt hielt der Hausfrau galant seinen Arm hin. Die Gräfin hakte sich unter und ließ sich über die Treppe hinaufführen.

»Die zwei Damen?«, flüsterte sie.

»Wollten zurück.«

»Obwohl die Gefahr …?«

»Das Heimweh war stärker.«

»Ich habe die Zeichnung noch nicht … bekommen.«

»Hat man nichts gefunden?«

Die Gräfin schüttelte nur den Kopf.

»Kommt Zeit, kommt Rat«, flüsterte Adam von Lebenwaldt.

»Kommt Rat, kommt Tat«, flüsterte die Gräfin zurück.

Diana von Sekely entließ den Diener in der roten Livree, der sie oben vor der Türe des Speisesalons erwartete, in dem erst Tags zuvor ihr ökonomischer Disput stattgefunden hatte.

»Der Attentäter von der Pestsäule wird des Mordes am Schuller beschuldigt«, sagte sie, als der Diener den Raum verlassen hatte.

»Weshalb?«

»Er hatte eine Zeichnung bei sich, die er vom Schulmeister bekommen hat. Behauptet er.«

»Sonst nichts?«

»Sonst nichts. Nur eine Zeichnung vom Gesicht eines Jungen.«

»Eines Jungen? Nicht …?«

»Nein.«

Der Diener stand wieder in der Türe und sagte mit seiner geübten Dienerstimme: »Der Graf von Wasenau hat die Kutsche des Abtes von Admont gesehen und lässt fragen, ob der Doctor von Lebenwaldt angekommen ist und ob es erlaubt wäre, dass er kurz seine Reverenz erweist.«

Die Gräfin konnte die Bitte nicht abschlagen. »Richte er dem Grafen aus, es wäre erwünscht.«

Wenige Minuten später trat Ladislaus von Wasenau ein. Er wolle nur kurz seine Reverenz erweisen, nur ganz kurz, denn in seinen Räumlichkeiten im Parterre sei er gerade in ein tiefes Gespräch mit Signor Lorenzo vertieft, und er wolle ihn nicht allzu lange warten lassen.

»Ein tiefes Gespräch mit dem Herrn Lorenzo? Über das Service der seligen Frau von Paar auf dem Dachboden vielleicht?«

»Si, si«, sagte Wasenau, »eigentlich hat es damit begonnen. Aber dann hat Signor Lorenzo die Buchstabenmappe des Schulmeisters gebracht, und der Herr Baumeister Fischer ist gekommen und der Herr Reichspostmeister, und es ist allerhand passiert und deshalb …«

Die Gräfin wurde blass und griff nach der Lehne ihres Stuhls. Adam von Lebenwaldt sprang hinzu und stützte sie, aber sie hatte sich schon wieder aufgerichtet.

»Danke, Herr von Lebenwaldt, ich bin über diesen dummen Teppich gestolpert. Hier sollte kein Teppich liegen. Aber kurz können Sie sich doch zu uns setzen, nicht wahr? Sie studieren gerade eine Mappe dieses Schulmeisters, sagten Sie?«

»Si, si, seine Buchstabenmappe. Aber in Wirklichkeit ist sie voll mit Zeichnungen von Gesichtern.«

»Interessant! Hat der Schuller also doch was hinterlassen.«

»Wie man es nimmt. Eigentlich scheint er die Mappe versteckt zu haben. Aber der Signor Lorenzo wusste, wo er suchen musste.«

»Interessant. Und kennt man die Gesichter?«

»Nur manche«, sagte Wasenau. »Ich bin ja nicht aus Wien, und der Signor Lorenzo kennt auch nicht alle, obwohl er viele Leute kennt vom Salon des Grafen Harrach. Aber wie es scheint, hat uns die Mappe verraten, wer der Attentäter von der Pestsäule ist.«

»Tatsächlich?« Die Gräfin griff wieder nach der Stuhllehne. »Und ist er auch der Mörder des Schuller? Man hat das so erzählt.«

»Das … weiß ich nicht. Aber wir haben herausgefunden, wer der Tschontschon eigentlich ist.«

»Nicht ein Hadernlump?«

»Wie man es nimmt. Er war einmal ein Hadernlump. Aber eigentlich, eigentlich hat er Verwandte.«

»Verwandte! Wollen Sie nicht deutlicher werden, Graf?«

»Mi scusi! Verzeihen Sie bitte, aber ich glaube, ich soll seiner Familie nicht vorgreifen. Denn man kann sich ja irren.«

»Lieber Graf, wollen Sie Ihren Gefährten, den Herrn Lorenzo, nicht heraufbitten?«

Bevor Ladislaus antworten konnte, hatte sie dem Diener schon ein Zeichen gegeben.

Als Lorenzo eintrat, wusste er nicht, sollte er sich jetzt verbeugen wie ein Diener oder sollte er grüßen wie ein Kavalier, daher blieb er an der Türe stehen.

»Treten Sie doch näher, Herr Lorenzo«, sagte die Gräfin und deutete auf den Stuhl neben sich.

Lorenzo kam zögernd näher. Die Mappe des Schulmeisters hielt er mit beiden Händen.

»Wir möchten ein wenig in der Mappe des Schulmeisters blättern«, sagte die Gräfin. Dann fügte sie noch den unglaublichen Satz hinzu: »Wenn es gestattet ist.«

Lorenzo legte die Mappe auf den Tisch. Die Gräfin schlug sie mit einer zierlichen Handbewegung auf. Gleich das erste Blatt entlockte ihr einen Ausruf des Erstaunens: »Aber hier! Das ist ja der verstorbene Junge des Herrn von Paar! Der kleine Albert! Er hat uns ja die traurige Geschichte erzählt, wie er seine Frau mit dem Geigenköpfchen überraschen wollte und der Strudl konnte nicht liefern.«

»Das ist nur der Anfang der Geschichte des Tschontschon oder das Ende, wie man es nimmt«, erklärte Wasenau, »der Herr von Paar wird uns sicher bald berichten.«

»Eine ganze Geschichte von diesem Attentäter? Wir sind gespannt.«

Die Gräfin blätterte weiter. »Der Schuller hat aber viele Gesichter gezeichnet! Ich habe gar nicht gewusst, dass der Schuller zeichnen konnte«, sagte sie beiläufig, aber es schien, als suche sie etwas.

Sie zog ein Blatt heraus. »Hier, das könnte ich selbst sein! Ja! Mit zwei Freundinnen. Vielleicht hat er das im Kaffeehaus gezeichnet? Ich glaube, ich habe ihn dort einmal gesehen, im Damenzimmer. Ob ich das Blatt wohl behalten darf? Was meinen Sie?«, fragte die Gräfin und steckte das Blatt in den Beutel, den sie bei sich trug. Als Adam von Lebenwaldt danach greifen wollte, sagte sie: »Ach, ich weiß nicht, ob das jetzt interessant ist. Aber später kann ich Ihnen ein bisschen erzählen von meinem Besuch im Kaffeehaus des Kolschitzky. Meine Freundinnen sind schon abgereist«, sagte sie, aber es klang wie eine Frage.

»Schon abgereist«, wiederholte Adam von Lebenwaldt und fügte an: »Schade.« Aber es klang anders. Die Gräfin und der Arzt aus Trofaiach redeten offenbar über eine Sache, die nicht alle verstanden.

»Irre ich mich, oder wollten meine Freundinnen nicht neue Perücken bestellen beim Bellemont?«

»Soviel ich weiß, hat der Bellemont die Perücken geliefert, ja«, sagte Adam von Lebenwaldt, »aber es wird einen besseren geben. Ich werde ihn nicht mehr weiterempfehlen. Und sein Haus scheint ja auch nicht sicher zu sein, wenn seine Mieter … nicht überleben.«

»Kommt Rat, kommt Tat. Ich hoffe, meine Freundinnen kommen gut nach Hause.«

Eigenartig, dass sich der Adam von Lebenwaldt, ein Poeta laureatus, um die Perücken der Freundinnen der Gräfin kümmert, dachte Lorenzo gerade, als die Gräfin einen kleinen Schrei ausstieß. Sie hatte das Blatt mit dem Gesicht dieses Jungen in der Hand, dessen Haar wie ein gekrauster Schleier um seinen Kopf stand, wie das Haar der Gräfin Sekely. Dessen Gesicht Lorenzo nur einmal gesehen hatte. Die Augen geschlossen.

Die Gräfin schnappte nach Luft und griff sich ans Herz. »Also doch, also doch«, sagte sie, »ich habe es gewusst«, und drückte das Blatt an ihre Brust. Dann griff sie in ihren Nacken, löste den Verschluss ihrer goldenen Kette, legte sie auf den Tisch, öffnete das Medaillon und betrachtete das Bildchen und strich mit dem Daumen zart darüber, als wolle sie es von Staub befreien.

»Mein Bruder«, sagte sie dann, »mein lieber Bruder. Hättest du auf meine Warnung gehört. Er ist zum Schulmeister gegangen, obwohl ich schon einen Lehrer in Aussicht hatte, einen verlässlichen. ›Ich will nicht, dass er sich in Gefahr bringt‹, hat Andre gesagt, ›ich gehe zum Schulmeister, der kennt mich nicht.‹ Der kennt mich nicht! Der Schuller kannte alle. Ich wusste es. Hier ist der Beweis. Er hat ihn gezeichnet. Er hat ihn wirklich gezeichnet. Er hat ihn verraten. Jetzt kann er niemand mehr zeichnen. Und niemand mehr verraten. Ich habe es mir gedacht, wie er vor meiner Tür gestanden ist und etwas gefaselt hat von einem … Handel. Ja, der Handel hat stattgefunden, er hat bekommen, was er verdient hat. Kommt Rat, kommt Tat.«

Adam von Lebenwaldt legte sachte seine Hand auf ihren Arm. »Und dann haben Sie einen Häscher …?«, fragte er leise.

»Nein, kein Häscher. Ich brauche keine Häscher. Diana braucht keine Häscher. Diana erlegt das Wild selbst.«

Die Gräfin starrte in einem fort auf ihr Medaillon. »Und kein Grab hat man dir gegeben, Andre. Dein Grab ist nur in meinem Herzen.«

Lorenzo sagte leise, denn es fiel ihm nicht leicht, einer Gräfin zu widersprechen: »Aber der Junge hat nicht Sekely geheißen, sondern Sekei. Ich weiß es bestimmt. Sekei.«

Die Gräfin fuhr auf. »Was? Was wissen Sie?«

»Die Männer der Totenbruderschaft haben Andre Sekei auf den Zettel geschrieben, auf den Namenszettel. Auf den Totenzettel.«

»Was wissen Sie davon, Sie … Kreatur?«, schrie die Gräfin.

Lorenzo zuckte zurück. »Ich war dabei, wie mein Vater ihn begraben hat. Mit dem Gesicht zum Himmel. Und ich war dabei, wie er die Haare des Andre in ein Totenkästchen gebettet hat und … und dann hat er das Kästchen ins Grab des Dombaumeisters Khain gebettet, heimlich, am Friedhof der Stephanskirche. In geweihte Erde. Der Andre Sekei liegt in geweihter Erde. Er hat nicht Sekely geheißen.«

Diana von Sekely starrte ihn an.

»Am Friedhof der Stephanskirche«, wiederholte Lorenzo.

Ladislaus von Wasenau legte seine Hand leicht auf die Schulter Lorenzos. »Das kann man nur wissen, wenn man Ungarisch kann, Signor Lorenzo. Das ist der gleiche Name. In Ungarn spricht man es so aus. Das haben Sie nicht wissen können. Der Andre Sekei ist der Andre Sekely.«

Adam von Lebenwaldt fasste sich: »Ich glaube, Paul de Sorbait hat es geahnt. Aber er hat nicht darüber gesprochen. Wo sind die Totenkästchen? Wie viele gibt es?«

»Viele«, antwortete Lorenzo, »aber die Pest hat alles durcheinandergebracht. Jedes Grab war aufgerissen, nur die Gräber bei der Stephanskirche nicht. Oder wo die Familien auf die Gräber aufgepasst haben. Wenn noch einer am Leben war.«

»Und warum hat Ihr Vater …?«

»Mein Vater hat gesagt: Die Haare sind so gut wie der ganze Mensch und am Jüngsten Tag soll Gott entscheiden, wo solche hinkommen.«

»Solche? Welche?«

»Die nicht den wahren Glauben haben. Die nicht den Glauben des Papstes haben.« Immer noch fiel es Lorenzo schwer, die Worte »protestantischer Glauben« auszusprechen.

»Und niemand weiß das alles?«, fragte Adam von Lebenwaldt.

»Manche wussten, dass ich der Sohn des Totengräbers vom Krowotndörfl bin. Nicht viele. Der Doctor de Sorbait wusste es, aber er hat es für sich behalten, weil der Graf Harrach keinen Totengräber aufgenommen hätte als Diener. Der Pater Menegatti von den Jesuiten wusste es auch. Aber er hat geschwiegen. Der Graf von Wasenau weiß es. Und der Schulmeister Schuller hat es auch gewusst. Er … war einmal mein Lehrer.«

»Ihr Lehrer? Sie haben einen Lehrer gehabt? Wer hat das bezahlt?«

»Ein paar Wochen lang haben wir Buchstaben gelernt bei den Serviten, ein paar Leute vom Krowotndörfl. Bis der Pater Severin gestorben ist. Der Schuller hat uns ausgehorcht.«

Lorenzo, Adam von Lebenwaldt und der Graf von Wasenau starrten sekundenlang auf die Mappe, die vor ihnen lag und dachten an die Geheimnisse, die sie barg. Sie bemerkten daher nicht gleich, wie die Gräfin sich erhob, das Medaillon mit dem Bild des Andre an sich nahm und zur Türe eilte. Als Lorenzo und der Graf von Wasenau Anstalten machten, sich zu erheben, denn – es musste jetzt doch gehandelt werden, irgendwie, blieb Adam von Lebenwaldt ruhig sitzen und sagte: »Wir können der Gräfin nicht nachlaufen wie Jünglinge. Wir erreichen sie nicht mehr. Und … ist es an uns, etwas zu unternehmen? Haben wir einen Auftrag von der Obrigkeit? Morgen muss ich zurück nach Trofaiach und die Kutsche muss nach Admont. Die Gräfin wird wissen, was jetzt zu tun ist. Heute hat mein Kutscher schon ausgespannt. Die Pferde brauchen Ruhe.«

Lorenzo und der Graf von Wasenau ließen sich wieder niedersinken.

Die Gräfin wird wissen, was jetzt zu tun ist. Ja, Lorenzo hatte das Grab bezeichnet am Friedhof der Stephanskirche. Aber sie würde doch nicht …

Adam von Lebenwaldt wandte sich an Lorenzo, als wäre nichts geschehen. Als hätten sie nicht soeben die Flucht einer Mörderin erlebt. »Und die anderen Totenkästchen sind also alle verloren, Herr Lorenzo?«, fragte er interessiert.

»Nicht alle. Eines liegt noch in der Kirche der Ursulinen, hinter dem Altar der heiligen Ursula, ganz oben bei den Engeln, wo die ehrwürdigen Schwestern nicht hinaufgereicht haben. Ich habe es mitgenommen, wie ich weg bin vom Krowotndörfl.«

»Und … war ein Name bei den Haaren?«

»Auf dem Zettel stand: Tschon Miller.«

John Miller.

»Und weiß das … jemand?«, fragte Lebenwaldt.

»Noch nicht«, sagte Lorenzo.

»Dann müssen wir uns beeilen. In der Kirche der Ursulinen wird gebaut. Ich habe es gehört, wie ich vorbeigefahren bin.«

Alle drei Männer erhoben sich, ohne noch weitere Worte zu verlieren. Jetzt war nur eines zu tun. Wasenau raffte rasch die herumliegenden Blätter mit den Zeichnungen der Gesichter zusammen und steckte sie unter sein Wams.

*

Als sich die zwei Sänften der Johannesgasse näherten, schallte ihnen schon in der Annagasse Lärm entgegen. Aus dem weit geöffneten Portal der Ursulinenkirche hörte man Hämmern und Sägen. Der Graf von Wasenau und Signor Lorenzo teilten sich eine Sänfte und der große Körper des Adam von Lebenwaldt füllte die zweite Sänfte aus.

»Warten!«, rief die befehlsgewohnte Stimme des Doctor von Lebenwaldt den Sänftenträgern zu, nachdem er sich herausgewunden hatte, und dann betraten sie das Dämmerdunkel der Kirche. Von der Orgelempore schallte Hämmern herab. Vorne am Altar waren Leitern aufgestellt und zwei Steinmetzgesellen legten Bretter darüber, ein dritter hatte gerade damit begonnen, die Verankerungen der Engel zu lösen, die links und rechts mit sanft erhobenen Armen den Altar bewachten. Plötzlich trat aus dem Dämmerdunkel mit trippelnden Schritten eine kleine Gestalt hervor, als ob sie ihnen den Zutritt zum Altar verstellen wollte.

Aus der Entfernung sah die Gestalt aus wie ein kleiner schwarzer Vogel, den seine kurzen weißen Schwingen nicht vom Boden brachten. Aber dann rief Lorenzo mit ungewohnt lauter Stimme: »Ehrwürdige Schwester Pförtnerin!«, und als zwei Steinmetzen sich umdrehten, nochmals leiser: »Ehrwürdige Schwester!«

Der schwarze Vogel blieb stehen. Dann blinzelte die Gestalt unter ihren Haubenflügeln zum Rufer hinauf: »Karel Lorenzy!«, sagte sie mit hoher, dünner Stimme. Seit sie gemeinsam die Pesttoten begraben hatten, nannte sie ihn nicht mehr ›Faktotum‹, aber sie hatten sich nicht mehr gesehen, seit Lorenzo den Konvent verlassen hatte.

Lorenzo fühlte sich in einer ungewohnten Rolle. Wie sollte er jetzt seine Begleiter vorstellen? »Ehrwürdige Schwester«, begann er, »das ist der Herr von Lebenwaldt, der Arzt des Abtes von Admont und das ist der Graf von Wasenau, ein … « Aber der kleine schwarze Vogel sagte einfach: »Gott mit euch! Was führt euch her? Das wunderbare Bild der heiligen Ursula wird erst morgen an seinen richtigen Platz gehoben und die wunderbare Orgel wird erst in zwei Sonntagen ertönen, heute ist noch nicht der richtige Tag.«

»Ehrwürdige Schwester«, sagte Adam von Lebenwaldt mit einer kurzen Verbeugung, »wir müssen aber noch heute …«

»Heute nicht! Gott freut sich über jeden, der sein Haus besucht, aber heute, nur heute, freut er sich nicht, weil Sie die Orgeltischler stören und die Steinmetzen, die noch die zwei Engel wegrücken müssen für das schöne neue Bild der heiligen Ursula. Morgen, morgen freut Gott sich wieder.« Dabei deutete die ehrwürdige Schwester mit beiden Händen in die Richtung des Portals, durch das sie gerade eingetreten waren.

Morgen wäre es zu spät.

Morgen würden die Steinmetzen ein kleines, altes Holzkistchen gefunden haben und nichts darin, kein Schatz, nur ein Zettel und ein paar Haare, und würden es weggeworfen haben, oder es wäre schon zersprungen unter dem Schlag eines Hammers. Ein paar Holzsplitter, nichts mehr sonst wäre noch übrig von John Miller.

Während der Graf von Wasenau noch nach Worten suchte, wie man vielleicht doch das Herz oder die strengen Regeln der ehrwürdigen Schwester erweichen konnte, und Adam von Lebenwaldt sich der ungeheuerliche Gedanke aufdrängte, die alte Nonne einfach zur Seite zu schieben, schrie der Geselle, der unter der Leiter gestanden war, auf, und presste die Hände auf seine Augen: »Aufhören!«, schrie er nach oben. »Haust mir deinen Dreck in die Augen! Dummkopf! Aufhörcn!«

»Selber Dummkopf«, schallte es von oben zurück, »schau eben, wo du dich hinstellst!«

»Wie soll ich schauen? Ist kaum mehr was zu sehen!«

»Der Meister hat gesagt, arbeiten, solange man die Hand vor den Augen sieht! Ich seh' sie noch!«

»Aber ich nicht! Willst du morgen allein arbeiten, weil meine Augen hin sind? He, willst du das?«

Der Geselle oben steckte murrend den Hammer in seinen Schurz und stieg die Leiter herab. »Morgen bei Sonnenaufgang, keine Minute später«, sagte er noch, bevor er seiner Werkzeugtruhe das Schloss umlegte und sie hinter den Altar schob.

»Bis morgen, meine Herren Steinmetzen!«, rief die Schwester Pförtnerin. »Ich bin bei Sonnenaufgang hier! Gute Nacht, schlaft wohl unter dem Schutz unseres Herrn!«

Dann drehte sie sich um und rief zur Orgel hinauf: »Schlaft auch ihr wohl, meine Herren Orgeltischler, Gott mit euch!«

Von oben rief jemand zurück: »Aber in zwei Wochen müssen wir fertig sein. Das hat die Mutter Oberin dem Herrn Kompositeur Fux versprochen! Weil der Herr Bischof Kollonitsch sonst keine Zeit hat! Und er will dabei sein, wenn die Orgel angespielt wird!«

»Der Kompositeur Fux und der Bischof Kollonitsch müssen warten«, rief das Stimmchen der Schwester Pförtnerin zurück, »bis der Tag fünfundzwanzig Stunden hat, was Gott verhüten möge!«

Nachdem die alte Nonne auf diese Weise das Tagwerk der Steinmetzen und der Orgeltischler für beendet erklärt und die Herren Zunftbrüder Gott befohlen hatte, wandte sie sich wieder ihren Besuchern zu: »Sie sehen, heute freut Gott sich nicht mehr über Ihren Besuch. Karel Lorenzy, du kennst unsere Regeln: Bei Sonnenuntergang schließe ich meine Kirche zu. Bei Sonnenaufgang schließe ich sie wieder auf.«

»Ehrwürdige Schwester Pförtnerin«, begann er noch einmal, sie konnte einen Grafen von Wasenau und den Arzt des Abtes von Admont doch nicht einfach so wegschicken, »es dauert nur wenige Minuten. Wir müssen nur … etwas suchen.«

»Suchen? Hier? Hier gibt es nichts zu suchen und nichts zu finden, außer dem Segen Gottes und der Jungfrau Maria und der heiligen Ursula. Morgen bei Sonnenaufgang! Heute freut Gott sich nicht mehr.«

Mit jedem Wort hatte sie die Besucher einen Schritt weiter zum Ausgang gedrängt, und dann hörten sie, wie innen der Schlüssel umgedreht wurde.

Bei Sonnenaufgang! Dann kämen auch die Orgelbauer und Steinmetzen, und in ein paar Minuten wäre das Totenkästchen des John Miller zerstört.

»Heute werden wir nichts mehr ausrichten«, sagte Adam von Lebenwaldt, »und ich muss mich auch noch um andere Dinge kümmern. Um ganz andere Dinge.«

Mit einem Mal standen wieder die schrecklichen Worte der Gräfin Sekely vor ihnen: *Diana erlegt ihr Wild selbst.* Wo war die Gräfin mit ihrem Gefährt? Der Kutscher hatte aufgeregt erzählt, sie habe ihn weggestoßen, als er eilig auf den Bock klettern wollte, wie sie die Stufen herabgeeilt war, und die Gräfin habe sich selbst hinaufgeschwungen und sei in der Durchfahrt verschwunden. Der eine Kutscher sagte, nach links, der andere, nach rechts.

Tschontschon! Der Tschontschon im Kotter. Wenn er noch lebte. Wenn der Herr von Paar und der Baumeister Fischer noch rechtzeitig zur Stadtwache gelangt waren, um den Neffen des Reichspostmeisters zu retten. Man durfte den Burschen nicht ohne Stadtrichter festnehmen! Wenn er überhaupt noch zu retten war. Wenn man es so überlegte: Das Totenkästchen des John Miller war nicht so wichtig.

Als Adam von Lebenwaldt sich der einen Sänfte zuwandte und der Graf von Wasenau der andren, sagte Lorenzo zögernd: »Aber es gibt eine Seitentüre vom Garten her. Dort drüben, die Mauer entlang. Die könnte offen sein.«

Adam von Lebenwaldt zog seinen Fuß wieder aus der Sänfte heraus.

Ladislaus von Wasenau zog auch sein zweites Bein in die Sänfte hinein und sagte: »Es wird genügen, wenn Sie allein dieses Wagnis unternehmen, meine Herren. Ich fühle mich heute nicht mehr lebendig genug. Ich möchte mich nach Hause begeben.« Dann klopfte er dem Vordermann der Sänfte auf die Schulter und sagte: »Zum Friedhof der Stephanskirche! Avanti!«

Wenn Lorenzo nicht immer noch jeden Schritt und Tritt im Garten der Ursulinen gekannt hätte, obwohl schon so viele Jahre vergangen waren, wären sie nicht bis vor das kleine Seitenportal gelangt, sondern hier an einen Baum angerannt, da in einen Teich gestrumpft und dort in den Dornen hängen geblieben. Adam von Lebenwaldt blieb Lorenzo dicht auf den Fersen. Dennoch musste er die riesigen Stulpen seiner Stiefel, die bis zu seiner halben Wade herabreichten, mehrmals von stacheligen Rosenranken befreien.

In der Kirche herrschte nun schon völlige Dunkelheit. Vor dem Altar brannten die beiden Nachtkerzen, die die Schwester Pförtnerin immer brennen ließ, vom Sonnenuntergang bis zum Sonnenaufgang, falls eine arme Seele zum Himmel auffahren wollte, während sie ihre Kirche geschlossen hielt. Lorenzo ging mit raschen, leisen Schritten bis vor den Altar. Die beiden Nachtkerzen flackerten auf, als sie sich daran vorbeibewegten. Lorenzo hatte beobachtet, dass der Steinmetz seine Truhe hinter den Altar geschoben hatte, und das war genau die Stufe, die er brauchte, um hinaufzugelangen zum linken Fuß des linken Engels, dessen Ferse ein gebauschtes Tuch abstützte, damit er nicht umkippte. Dort, genau dort, zwischen Tuch und Ferse, war der Platz. Er musste sich nur noch ein wenig strecken. Hier, hier sollte es sein. Aber seine Finger griffen ins Leere. Er stütze sich auf das andere Bein, dass er weiter nach rechts greifen konnte, und tastete mit der Handfläche hin und her. Nichts. Hatte er die Engel verwechselt? Er stieg vorsichtig wieder hinunter und schob die Kiste unter den rechten Engel. Nein, nichts.

Adam von Lebenwaldt zischelte: »Kommen Sie herunter,

Herr Lorenzo. Das hat jetzt keinen Sinn. Das ist doch viele Jahre her. Wir müssen uns jetzt um Tschontschon kümmern und um … noch anderes. Kommen Sie herunter!«

Er streckte Lorenzo den Arm entgegen, dass nicht noch ein Unglück passierte, wenn sie hier herumturnten in der Finsternis. Sie halfen sich gegenseitig über die Altarstufen hinab, an den aufflackernden Nachtkerzen der Schwester Pförtnerin vorbei, die sie nun im Rücken hatten, und tasteten sich zur Seitenpforte hin. Doch da bewegte sich noch ein drittes Licht heran, von der Pforte her. Die dritte Kerze wurde zu einem Gesicht.

»Hast du nun gefunden, was du gesucht hast, Karel Lorenzy? Ist es ein Kistchen mit einem Zettel drin und mit einem Büschel von Haaren? Vielleicht die Haare deines Vaters, der immer behauptet hat, er würde am Sonntag die heilige Messe besuchen, dabei wussten doch alle, dass das nicht stimmte? Hast du geglaubt, hinter dem Altar vergibt ihm der HERR, dass er seinen Tag nicht geheiligt hat?« Die Augen der alten Nonne blitzten zornig.

»Und Sie, Herr von Lebenwaldt«, fuhr sie fort, »Sie waren ein Freund des wunderbaren Paul de Sorbait, Gott hab ihn selig, und brechen mitten in der Nacht in meine Kirche ein? Der Doctor de Sorbait würde sich im Grabe umdrehen, wenn er das wüsste.«

Bevor der Herr von Lebenwaldt etwas antwortete, was man vielleicht nicht antworten sollte, sagte Lorenzo rasch: »Ehrwürdige Schwester, nein, das waren nicht die Haare meines Vaters, das war … jemand anderer. Wie es auf dem Zettel steht.«

»Auf dem Zettel ist nichts gestanden.«

»Nicht – Tschon Miller?«

»Tschon Miller? Was soll das heißen? Nein, nichts. Hast du geglaubt, Karel Lorenzy, unsere Engel bewachen feuchte Kistchen mit feuchten Haaren und feuchten Zetteln? Unsere Engel haben andere Aufgaben.«

Lorenzo flüsterte: »Und Sie haben das Kistchen weggeworfen.«
»Weggeworfen nicht. Aber es braucht nicht bei unseren schönen Engeln in unserer schönen Kirche liegen.«

»Und wo ist es jetzt?«, mischte sich der Herr von Lebenwaldt ungeduldig ein, denn er konnte nichts Verwerfliches darin sehen, dass die Engel der Ursulinen die Haare eines Toten bewachten. »Das Kistchen gehört nicht Ihnen, Schwester Pförtnerin, das Kistchen gehört … Gott.«

Die Schwester Pförtnerin fügte den Runzeln auf ihrer Stirn noch eine tiefe hinzu. »Wenn es Gott gehört«, sagte sie, »warum wollen Sie es dann wiederhaben?«

Adam von Lebenwaldt holte tief Luft: »Wir wollen es nicht wiederhaben. Wir wollen wissen, wo es ist.«

»Warum? Gott wird es wissen.«

»Gott weiß es natürlich. Aber Sie wissen es auch, ehrwürdige Schwester. Hat Gott Ihnen verboten, dass sie es uns verraten?«

Die Schwester Pförtnerin sagte verblüfft: »Das nicht.« Und dann: »Im Garten. Bei der Kamille, in der Mauer.«

»Danke, ehrwürdige Schwester. Dort soll es bleiben. Bei der Kamille, in der Mauer. Ich bete drei Ave Maria für Sie, ehrwürdige Schwester.«

Dann drängte er Lorenzo an der Schwester Pförtnerin vorbei, dass ihre Kerze heftig aufflackerte.

*

Elsbeta war gerade von ihrer täglichen Inspektion der Fohlen zurückgekommen und ritt langsam auf die Koppel zu, wo ein Hengst graste. Als er sie erkannte, blähte er seine Nüstern und sprengte auf die Umzäunung zu. Elsbeta saß ab. In diesem Moment hörte sie Hufgetrappel aus dem Wald den Hügel herabkommen und dann erkannte sie den wehenden gelben Umhang ihres Bruders.

Ignaz! Es war noch lange nicht Mittag! Ihr Bruder musste schon vor Morgengrauen losgeritten sein in Wien. Es musste etwas Schreckliches vorgefallen sein. All die Jahre hatte Ignaz immer nur seinen Verwalter nach Sankt Marein geschickt, im Frühjahr und im Herbst, um über die Rösser für die Wiener Stallungen zu verhandeln. Dann hatte sie ein paar Sätze, ein paar Nachrichten über die Familie ihres Bruders gehört, die es eigentlich nicht mehr gab. Dass Marianne zwei alte Tanten in das Haus aufgenommen habe. Dass die Gräfin Sekely, die das Haus des gnädigen Fräulein von Paar bewohne, zusammen mit dem Herrn von Paar am Tabor ein paar Manufakturen wiederaufgebaut habe, nachdem die Türken geflohen waren. Dass langsam wieder Leben in den Konvent der Ursulinen gekommen sei. Dass der Doctor de Sorbait nicht mehr lebte. Der Verwalter nannte sie immer noch ›Fräulein von Paar‹. Er hatte ihr nichts über den schrecklichen Sommer der Türkenbelagerung zu erzählen brauchen, denn das Gestüt war zweimal von einem Trupp Janitscharen heimgesucht worden, der über die östlichen Koppeln herfiel, zehn oder mehr Stuten aneinanderband und wieder über den Hügel verschwand, nicht, ohne die Speisekammern geplündert zu haben. Aber sie waren wieder verschwunden mit ihrer lebenden Beute. Dann die Flüchtlinge aus der Alser Vorstadt, die entkommen konnten, bevor der Belagerungsring der Osmanen sich geschlossen hatte. Und eines Tages ein Mädchen, eine junge Frau mit einem Kind am Arm, in Fetzen, mit blutigen Füßen. Erst aus der Nähe hatte man bemerkt, dass es eine Türkin war, und sie war geblieben. Jeden Tag hatte Elise Gott gedankt, dass die Osmanen mehr an den Rössern, als an ihr und ihrem Gesinde interessiert waren.

Zehn Jahre war das jetzt her. Die Türkin war jetzt fünfundzwanzig und wurde Anna gerufen und ihre Tochter war elf und wurde Maria gerufen und niemand hatte gefragt, was vorher war.

Und auf einmal jetzt Ignaz. Nach dreizehn, vierzehn Jahren. Es musste etwas Schreckliches passiert sein.

Er ritt ganz nah heran, dass die Rösser sich fast berührten und Elsbeta wollte schon einen Schritt zurücktreten. Da ließ er sich aus dem Sattel gleiten, holte seinen Dreispitz vom Kopf, ließ ihn auf den Boden fallen und lehnte sich sekundenlang an den dampfenden Körper des Pferdes, bevor er zu sprechen begann. Bevor er Worte fand für das, was er zu berichten hatte. Für das, was er zu fragen hatte. Die Frage, die nur sie beantworten konnte.

Reiten verlernt man nicht. Fünf Stunden waren vergangen, seit ihr Bruder ihr die unglaubliche Nachricht überbracht hatte. Fünf Stunden im Sattel. Sie hatte Ignaz schon weit hinter sich gelassen. Sie wagte es noch nicht, sich irgendetwas vorzustellen, eine Gestalt, ein Gesicht, Augen, das Haar, die weichen Haare des John. Sie verdrängte alle Gedanken. Dem Bericht ihres Bruders hatte sie kaum folgen können. Das Krowotndörfl, das Faktotum Karel Lorenzy bei den Ursulinen, der der Sohn eines Totengräbers war und jetzt der Herr Lorenzo, der Doctor de Sorbait, der Schulmeister, eine Mappe mit Gesichtern, ein Waisenknabe, ein junger Mann namens Tschontschon, der Geigenköpfchen schnitzte für den Meister Klotz, die Pestsäule, ein Attentäter. Ein kaiserlicher Baumeister namens Fischer, ein Eilbefehl des Kaisers, dass man den Verwirrten aus dem Kotter freizulassen habe, da er von adeligem Geblüt sei. Und dazwischen ein polnischer Graf von Wasenau und der Adam von Lebenwaldt, der Poeta laureatus aus Trofaiach, den sie einst im Haus ihres Vaters kennengelernt hatte. Alles ging in ihrem Kopf durcheinander. Nur weiterreiten.

Nur das Ende des Berichts von Ignaz hatte sie noch genau in Erinnerung: Dass ihr Bruder und der Baumeister Fischer den John aus dem Kotter heraufgetragen und in eine Kutsche mit dem Wappen des Reichspostmeisters von Paar gebettet hatten.

Dann der Baumeister Fischer vorn auf dem Kutschbock und John in den Armen des Ignaz. Ihres Bruders Ignaz, der sie damals mit den bösen Worten verlassen hatte: ›Ich eigne mich nicht als Zeuge für fremde Leute.‹

Als Elsbeta das Haus betrat, in dem sie aufgewachsen war, das sie seit vielen Jahren nicht mehr gesehen hatte, seit dem Tod ihres Vaters, stand die Sonne schon tief. Marianne eilte ihr entgegen, schloss sie in die Arme und führte sie wortlos in das Zimmer, das einmal das Zimmer ihrer Söhne gewesen war. Elsbeta blieb an der Türe stehen. Am Fenster saß eine Gestalt, ein junger Mann, zusammengesunken, eingehüllt in Tücher, die seine dünnen Beine verbargen, ein blutverkrustetes Gesicht mit geschwollenen Lidern. Eine Hand umklammerte ein Tuch, einen schmalen, zerfransten Streifen. Die andere Hand hing kraftlos herab. Er wollte sich erheben, aber seine Beine, seine Knie trugen ihn nicht.

Tschontschon blickte ihr ängstlich entgegen. Eine Fremde. Er hatte sie nie irgendwo gesehen auf seinen Streifzügen mit den Lumpensammlern und auch nicht bei den Wirten oder auf den Märkten. Eine Fremde aus der Ferne in Reitstiefeln und weiten Reithosen, wie die Türken sie trugen, die über die Schlagbrücke kamen. Zerzauste Haare, die schweißnass an ihren Wangen klebten.

»John?«, fragte die Frau, die seine Mutter sein sollte, seine richtige Mutter, und die jetzt langsam näherkam. »Tschont-schon« sprach er noch einmal den verhassten Namen aus, aber man konnte ihn kaum verstehen.

»Nein, John, nur John«, sagte die Fremde mit einer warmen Stimme, wie er sie noch nie gehört hatte. Außer vielleicht damals, am Tabor, wie das Mädchen von der Vergolderwerkstatt, die Franziska, mit ihm geredet hatte.

*

Die ehrwürdige Schwester Pförtnerin war unerbittlich. Nein, was die Herren gestern in der Nacht getan hätten, sei eine Sünde gewesen, wenn nicht sogar eine schwere Sünde. Sie wolle das hier nicht entscheiden. Aber jedenfalls würden weder der Karel Lorenzy, auch wenn er jetzt Herr Lorenzo hieß, noch der Doctor von Lebenwaldt, auch wenn er ein Poeta laureatus war, ihre Kirche je wieder betreten, falls es nach ihr ginge. Auch wenn der Karel Lorenzy die Pesttoten begraben hatte. Die es vielleicht gar nicht gegeben hätte, wenn dieser Doctor von Lebenwaldt zur Stelle gewesen wäre, damals, im schrecklichen Jahr, und den Doctor de Sorbait nicht alleingelassen hätte. Und dass er ein Freund des Abtes von Admont sei, könne man jemand anders erzählen, ihr nicht. Außerdem wisse der Herr von Paar vielleicht gar nicht, dass der Doctor von Lebenwaldt schon mehrmals, und auch heute, beim Haus der Franziska Wössner gesichtet worden sei? Er sei ja kein zuständiger Arzt für Wien, auch nicht für ein zunftfreies Haus. Vielleicht hätte er den Advokaten dort aufgesucht, wozu brauche ein Arzt aus Trofaiach den Advokaten eines zunftfreien Hauses in Wien?

Ignaz von Paar und Elsbeta standen immer noch vor dem geschlossenen Tor. Marianne hatte ihr ein Kleid und Schuhe gegeben und ihr einen Spitzenschleier über Haar und Schultern gelegt.

»Ehrwürdige Schwester«, sagte Ignaz von Paar, »Sie haben sicher recht. Obwohl – ich kenne den Doctor von Lebenwaldt und den Herrn Lorenzo, und beide sind ehrenwerte Männer, aber es ist natürlich unverzeihlich, dass sie gegen Ihren Willen in Ihre Kirche eingedrungen sind. Ja, vielleicht war es sogar eine Sünde. Vielleicht kann man diese Tat sühnen? Mit einer Spende für die neue Orgel?«

Das Gesicht der Schwester Pförtnerin hellte sich etwas auf, und sie reichte ihnen sogar die Hand. »Unsere liebe Schwester

Agnes«, sagte sie und strich Elise dabei leicht über die Wange, »sie hat uns ja leider verlassen, damals.«

»Es war die Pest«, sagte Elise leise. Sie wollte nicht rechten mit der alten Pförtnerin. »Aber jetzt«, sagte sie, »möchte ich das Kistchen sehen, das Totenkästchen, das bei den Kamillen liegt. Es ist … ein Andenken.«

»Nun, es gehört nicht mir. Da hatte der Doctor von Lebenwaldt recht. Irgendwie. Kommen Sie. Haben Sie jetzt einen anderen Namen? Die Schwester Agnes gibt es ja nicht mehr.«

»Meine Schwester heißt jetzt Elsbeta von Molnar, ehrwürdige Schwester, so heißt sie jetzt. Elsbeta von Molnar. Sie war lange verreist«, antwortete Ignaz von Paar.

»Und das sind also die Haare … «

»Vielleicht. Es ist viel durcheinandergekommen auf den Friedhöfen«, sagte er rasch, bevor die Schwester Pförtnerin weiter fragte.

»Also dann kommen Sie mit mir, Elsbeta von Molnar.«

Endlich öffnete sie das Tor und ließ Elsbeta eintreten. Sie ging mit kleinen, raschen Schritten voran. Elsbeta klopfte das Herz bei jedem Winkel dieses Hauses, das viele Jahre lang ihre Zuflucht, ihr Frieden, ihre Heimat gewesen war. In diesen Minuten war sie wieder Schwester Agnes. Nicht Elise, nicht Elsbeta.

Aus der Mauer neben dem großen Kamillenbeet war ein Stein herausgebrochen, darüber hatte sich ein kleiner Hohlraum gebildet. Wenn man es nicht wusste, sah man ihn nicht. Die Schwester Pförtnerin griff hinein. Ein kleines, altes, modriges Kästchen kam zum Vorschein. Elsbeta griff zitternd danach. So sahen also diese Totenkästchen aus, von denen der Herr Lorenzo, das Faktotum Lorenzy, erzählt hatte? Das Faktotum, das damals ihre Verbindung zur anderen Welt war. Zu einer Welt, die sie verlassen hatte, damals. Der Mann, der für die Ursulinen den Kesselflicker, den Tischler oder einen Steinmetz holte, wenn es nötig war. Der Mann, der ihrer sonntäglichen Morgenmesse beiwohnen hatte dürfen. Der seltsame, schweigsame Mann, der nun der Gefährte eines Grafen von Wasenau war. Und hier drinnen, in dem Kistchen, waren die Haare ihres John.

Sie stellte sich so, dass die Sonne auf ihre Hände fiel und auf das Kistchen, als sie nun die Stifte des Deckels löste, damit sie ihn beiseiteschieben konnte. Sie lehnte sich gegen die Mauer, bevor sie ihren Blick hinunter auf den Inhalt senkte. Auf die Haare des John, die sie in ihren Fingern gefühlt hatte.

Die Schwester Pförtnerin konnte sie gerade noch auffangen, als Elsbeta zur Seite sank und das Kistchen auf dem Boden zersplitterte.

»Kindchen«, sagte sie, »was haben Sie? Was ist los, Ag … Elsbeta?«

»Es ist nur … so schwül hier«, sagte sie.

Dann bückte sie sich und begann langsam, ganz langsam die Holzsplitter und die Haare aufzusammeln und den feuchten Totenzettel, auf dem man nichts mehr lesen konnte.

****

Mein herzlicher Dank –

gilt der Geigenbaumeisterin Ingrid Wilske in Linz, die
alles weiß über Geigenschnecken, Geigenköpfchen und
Geigenschneckenschnitzer.

Er gilt auch Judith Kreiner, Korrektorin in Wien, die die
vermeidbaren und unvermeidbaren Fehler verlässlich eliminiert
hat.

Er gilt aber vor allem der Journalistin Liesbeth Hornik in Graz,
die viele Stunden geopfert hat, um das Manuskript zu lesen und
da und dort ihre Finger auf eine Wunde zu legen.

Und ganz besonders danke ich meinem Sohn Christian fürs
kritische Mitdenken.

Ausblick

Zwei ungleiche Gefährten – ein polnischer Graf ohne Heimat und ein Kulissenschieber am Jesuitentheater – machen sich auf die Suche nach einer verschollenen jungen Frau aus dem Krowotndörfl, die keine Spuren hinterlassen hat – außer ein paar Zeichnungen mit bunten Vögeln. Bis sie auf dem Dachboden einer Dorfkirche einen alten, wurmstichigen Altar finden.

Rückblick

Warum der geniale, aber aufbrausende und undiplomatische junge Baumeister Johann Bernhard Fischer, der Erbauer von Schloss Schönbrunn, von den Wiener Adeligen verleumdet und der Konspiration mit den Protestanten verdächtigt wurde – welchen Plan die Wiener Kaffeesieder zu seiner Rettung schmiedeten – warum sein Freund, der Komponist Johann Joseph Fux, heimlich heiraten musste – und welche Rolle der polnische Graf Ladislaus von Wasenau dabei spielte, erzählte der Roman

Der Kaffeesieder-Putsch.
ISBN: 978-3-7431-8387-2